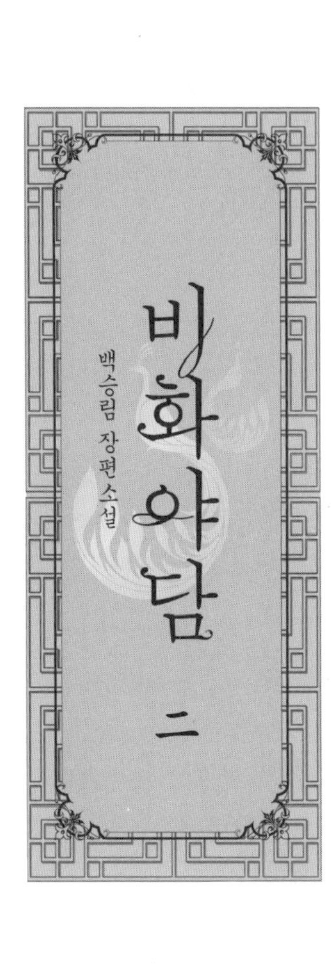
비화야담
二
백승림 장편소설

비화야담 2권

초판 1쇄 인쇄일 | 2020년 04월 01일
초판 1쇄 발행일 | 2020년 04월 09일

지은이 | 백승림
펴낸이 | 박성면
펴낸곳 | (주)동아

출판등록 | 제406-2007-000071호
주소 | 경기도 파주시 문발로 115, 세종출판벤처타운 201-A호
전화 | (031)8071-5201
팩스 | (031)8071-5204
E-mail | bear6370@hanmail.net

정가 | 12,000원

ISBN 979-11-6302-326-5 (04810)
979-11-6302-324-1 (set)

비화야담
백승림 장편소설
2
동아

차례

7. 쉰나흘 전 下 7

8. 쉰사흘 전 61

9. 한 달 전 129

10. 스무아흐레 전 206

11. 스무이틀 전 260

12. 여드레 전 330

13. 그날 424

14. 그날 이후 456

7. 쉰나흘 전 下

네 사람의 몸에 징그러운 소름이 돋아났다.

어떻게 자안황후는 외부에 황제의 시신이 발견되기도 전에 먼저 자기 남편의 죽음을 알았던 걸까?

뭔가 무시무시한 걸 들춰다 본 느낌이 머리를 덮쳤다. 정윤은 이로 손톱을 깨물며 사건을 재구성해 보았다.

아니다. 그게 아주 힘든 건 아닐지도 모른다. 공식적으로는 오경이 넘어서야 선황의 죽음이 궐 전체에 알려졌지만, 비공식적으로 황후에게는 그 소식이 먼저 닿았을 수도 있었다.

그러니까 선황의 사망과 동시에 소식을 전할 누군가가 황후의 쪽으로 출발했다면, 그렇다면 이것도 성립할 수 있는 내용이 아닐까.

그러나 침울한 눈빛의 승학이 작게 머리를 흔들었다. 그녀의 생각을 읽은 듯 무거운 한숨이 아래로 깔렸다.

"사람의 걸음으로 쉬지 않고 달려서 이각이 걸리는 거리입니다. 그러니 일점 안에 도달하려면 말이 필요합니다."

제시한 모든 가정을 열어 보아도 여기에서 다시 가로막히게 되었다. 궁 안에서 감히 말을 탈 수 있는 자격의 사람은 없었다. 황제와 황후 본인을 제외한다면.

"그럼 뛰는 것밖에는 경우의 수가 없군요."

그러니 심부름꾼이 도착할 수 있는 가장 빠른 방법은 숨이 차도록 뛰어가는 것.

"설사 운 좋게 제 시간 내에 도착했다 하더라도."

또 하나의 회의적인 부분이 대두된다.

"저는 돌아가신 황후폐하의 행동이 이해가 가질 않습니다."

이 부부의 죽음이 이렇게나 가깝게 붙어 있는지 몰랐을 때에는 승학도 세간에 알려진 그대로를 믿었었다. 혼자 남겨진 운명을 비관해서 벌어진 자살이라고. 하지만 지금은 그것이 가장 의문점이 되었다.

"일반적인 사람이라면 그런 상황에서 가장 먼저 해야 할 일은 자결이 아닙니다."

지아비가 목숨을 위협당하고 있다. 알았다면 황제를 구하러 가는 것이 급선무였을 것이다. 평범한 사람이라면 그런 상황에서 뒤따라 목숨을 끊겠다는 결심은 쉽게 할 수가 없다. 그토록 사랑했던 배우자였고, 배 속에는 둘의 결실이 잠들어 있었다. 그 모든 것을 한순간에 놓아버린 황후라니.

"이거, 검시관이 뭔가 착각을 한 게 아니었을까? 사망 시각을 잘못 추정했다거나?"

그래, 차라리 이게 가장 현실성이 있었다. 검시관들의 실수라고.

멍하니 빼돌린 책을 바라보던 모연이 책상에 턱을 푹 찍으며 도리질 쳤다.

"글쎄요. 정말 그랬다면 왕실 서고에 불이 났을까요? 우리가 힘겹게 이걸 훔쳐온 이유가 뭔데요. 남아 있는 기록이 이것밖에 없어서였잖아요. 실수가 아니었을 거예요. 아니니까 숨기려고 서고에 화재를 냈겠죠."

이보다 더 자세한 정황이 남겨진 당시의 기록들은 혜제의 장례식 이후에 뭇 관원들의 부주의로 인해 잿더미에 삼켜졌다.

목적은 감추기 위해서.

행여라도 생길 의심의 자국을 불길로 말끔히 지워 버린 것이다.

"하지만 그들이 아무리 대단했어도 누가 쓰는지조차도 모를 실록에까지는 차마 손대진 못했을 거고요. 그리고 어차피 실록은 생산되는 시점부터 바로 은폐되는 자료니까 이건 그냥 놔둔 것 뿐이겠죠."

혹은 설마하니 실록을 빼돌릴 정신 나간 놈들이 있으리라고는 생각하지 못한 것일 수도 있다. 여기 버젓이 그런 놈들이 있는데 말이다.

깊은 적막 사이로 네 사람의 어깨가 동시에 무겁게 가라앉았다.

대체 우리가 뭘 놓치고 있는 걸까.

상식에서 벗어난 황후의 사망 시간과 행동. 그것을 묵묵히 곱씹던 정윤이 조용히 마른 입술을 열었다.

"아니면 이렇게는요."

어떻게? 세 명의 시선이 주목됐다.

"자안황후께서 선황의 죽음을 미리 알았다고 가정하면요."

"미리 알았다는 게 무슨 의미입니까."

"그날 새벽에 암살이 있을 거라는 걸, 범행이 일어나기 전에도 미리 알고 있었다면?"

"……!"

"그럼 황후께서 공범이라고?"

"미친 소리 하지 마세요!"

해경이 이어 붙인 끔찍한 가설에 모연이 귀를 막고 소리쳤다. 뱉어 낸 말이 진짜가 될까 무서워서였다.

"야, 그게 왜 미친 소리냐? 확실히 그 자살은 뭔가 석연치가 않아. 우리가 그걸 이해할 수 있으려면 얘 말대로 황후께서 선황의 죽음을 먼저 예측했다거나, 아니면 그게 실은 자살이 아니었다거나. 둘 중 하나 아니겠어?"

"자살이 아니라면 황후께서도 타살이다. 이 말이냐?"

점차 위험 수위를 높여 가는 발언에 분위기는 눈에 띄게 어둡고 차가워졌다. 우리가 감당할 수 있는 일이 맞긴 한 걸까. 함부로 꺼내기 어려운 수많은 것들이 예고 없이 떠오른다.

갈피를 잃고 입을 다물었던 네 사람이 갑자기 약속이라도 한 듯 일어난 것은 그때였다. 움직임이 불편한 해경조차도 후다닥 일어서서 책을 보이지 않는 곳으로 감췄다.

표정을 갈무리하고 자연스레 업무를 보고 있던 것처럼 행동하기로 시선을 주고받는다.

누군가가 이 방으로 오고 있었다. 발소리를 죽인 채.

"밀실 방문이 여긴가?"

잠긴 고리를 빼려는 손보다 앞서 문고리가 흔들렸다.

* * *

"폐하, 어찌 이리 숨어서 들어오십니까?"

십 년은 감수한 표정으로 가슴을 쓸어내렸다. 책망 아닌 책망을 하며 승학은 가장 상석의 자리를 양보했다.

군주의 위엄 따위는 조금도 없는 자세로 황제가 엉덩이를 내려 착석했다. 그의 주변에 아무도 없는 것을 이상하게 여기며 모연이 둥그런 안경알을 빛냈다.

"뒤따르던 많은 궁인들은 다 어디에 두고 혼자 오셨습니까?"

"쉿, 빼돌렸다!"

"예……?"

"하도 귀찮게 따라붙기에 창문을 넘어서 도망쳐 왔느니라."

"예에에?"

"근데 금방 들키겠지?"

벌렁거리는 남의 속도 모르고 실실댄다. 소심한 모연은 그의 말에 이미 닫힌 문을 다시 한번 점검하며 거친 날숨을 토해냈다.

"근데 너희들끼리 무슨 비밀 얘기냐?"

본인은 무탈한지 다리도 꼰다. 잠시 고민하던 승학이 탁상 밑에 숨겨 놓았던 책을 황제의 앞에 올려 두었다. 빙글거리던 낯이 살짝 멈췄다가 도로 샐쭉해졌다.

"호, 그게 드디어 내 손 안에 들어왔군."

어서 달라는 듯 그의 손이 까닥까닥 움직였다.

"짐이 확인하지 못한 하나 남은 조각이었지."

"폐하, 송구하지만 자안황후마마의 죽음이."

"그건 이미 알고 있다."

뭐? 무례함도 잊은 채 젊은 신하들이 왕의 얼굴을 뚫어지게 쳐다보았다.

"그런 식으로 목숨을 버리시다니. 가당치도 않은 일이지."

황제가 책을 넘기며 말했다. 시시콜콜 설명하지 않아도 익히 알 만큼 알고 있다는 투였다.

"해도 심증만으로는 해결되는 게 없다. 의혹을 증명하려면 물증이 필요하지. 아니면 증인이라도 확보하든가."

그래서 이게 필요했던 거야. 황제가 두 손가락 사이에 끼운 서책을 자랑하듯 들어 보였다. 누가 보면 자기가 얻어 온 줄 알겠다.

"의심은 일찍부터 하고 계셨던 거로군요."

"당연하지. 너희들은 그때 몇 살이었냐? 코흘리개였지? 짐은 그때 벌써 다 큰 어른이었다. 당연히 아는 것과 보는 것, 들은 것이 더 많지. 그렇다 해도 증거로 쓸 만한 건 못 구했었다만."

놈들이 당시에 그만한 난장을 피웠음에도 쓸 만한 증거 하나를 구하지 못했었다. 그들의 뒷 청소는 완벽에 가까웠고 증거와 증인은 차례대로 없어졌다. 눈앞에서 형님의 흔적이 차차 말살되어 가는 것을 보고도 십 년 전의 황제는 무언가를 취할 만한 힘이 없었다. 그것이 늘 마음에 짐으로 자리하고 있었는데, 이제야 좀 위안이 됐다.

"이걸 어찌 빼 올 수 있을까 눈독만 들였는데. 수고했다. 이건 내가 가져가마."

옷 깊숙한 곳으로 쑤셔 넣으며 황제는 특별히 정윤을 향해 눈인사를 보냈다. 이번 일에 그녀가 혁혁한 공을 세웠다는 것을 안다며. 또한 포상으로 그녀에게 내려질 징계도 가벼운 수준으로 면제해 주겠다고 했다.

"아랫놈 몇 명을 입단속 시켰으니 네가 혼선을 놓은 짐의 다과회도 무리 없이 치러진 것으로 처리될 게다. 그래도 다시는 그런 무모한 짓은 하면 안 되느니."

짐짓 엄하게 주의를 준다. 승학의 팔에 찰싹 달라붙어서 머뭇대던 정윤은 잠시 후 느릿하게 한 발을 앞으로 나왔다.

"저어……."

"뭐냐."

"그게……."

"그냥 말해."

"감사… 합니다."

"엉?"

"늦었지만요."

엥, 내가 혹시 뭘 잘못 들었나? 고장 난 것은 아닌지 황제가 귀를 찰싹 내리쳤다. 늘 자신을 미워하지 못해 안달인 녀석에게 공손한 감사 인사라니 적응이 안 돼서였다.

"아니 뭐, 그렇게 까다로운 조치도 아니었다만."

"그게 아니라……. 아버지를 살려주셔서요."

"아, 그거."

에이 팍 식었다. 난 또 뭐라고. 김이 샌 황제가 탁상에 팔을 괴더니 다른 쪽으로 화살을 돌렸다.

"그건 저놈에게 대신 감사해라."

부루퉁한 입술이 승학을 지목했다.

"살리려고 각을 잡은 건 내가 맞기는 한데, 저놈 아버지가 판을 안 깔아줬으면 짐도 시도조차 못 했을 일이니까."

"그게 무슨 말씀이십니까? 저희 아버지가 왜……"

"응? 오호라, 거기까진 모르나 보군. 아, 하긴 알면 안 되지."

황제는 혼자 갸우뚱했다가 혼자 무릎을 치곤 혼자 고민에 잠긴다.

말을 해 줄까 말까 그 역시도 열심히 혼자 간을 보더니, 냇을 손짓으로 가까이 모으곤 속닥속닥 비밀을 풀었다. 너희들은 이런 거 모르지? 하고 자랑하면서.

“짐에게 황태제 책봉서를 들고 온 사람, 승상이었거든. 그날 새벽에.”

그날, 새벽이라면.

“궁궐에서 부고를 알렸던 날.”

“선황께서 승하하신 밤 말씀이십니까?”

“그래, 그날. 그날 승상을 통해서 책봉서를 받았다.”

“……!”

기함할 소리를 아무렇지 않게 꺼내 놓은 황제였다.

히익. 모연이 제일 먼저 뒤로 넘어갔고 해경은 눈을 부릅떴다. 정윤은 승학의 소맷자락을 꽉 잡아서 버텼고 승학은 격양된 목소리로 황제에게 따져 물었다.

“그날 새벽에 제 아버지께 책봉서를 전달 받으셨다 그 뜻이십니까?헌데 어째서 지금까지 아무 말씀 하지 않으셨습니까!”

어째서 지금까지 그에 대해 일언반구도 하지 않았는가. 승학에게는 물론이고 황제는 지난 십 년간 대소신료들에게조차 문제의 책봉서에 관해 어떠한 것도 해명하지 않았다. 그저 자신은 분명히 책봉서를 받았고, 그러므로 후계의 정당성이 명확하다고 일방적으로 주장해왔을 뿐이었다.

“모든 이들이 책봉서의 출처를 두고 폐하를 괴롭히지 않았습니까!

그때 승상에게 받았다, 그 한마디만 하셨으면."
"그럴 수가 없었다."
황제가 단칼에 잘랐다.
"그 새벽 밤은 짐이 승상을 목격했던 마지막 순간이었다. 내 증언이 그를 쫓는 단서가 되면 어찌하려고? 거기서 봤다고 하면 승상을 찾는 자들에게 실마리를 주는 꼴이 아니냐?"
황제는 그것을 저어했다. 자신의 처지와 정통성이 잠시 곤란해지더라도 당시에는 어떻게든 승상의 신변을 보호해야만 했다. 그래야 할 분명한 이유가 있었다.
"그날 일이 아직도 생생하지. 잠이 오지 않아 뜬눈으로 지새웠던 밤이었다. 이대로 있다간 영락없이 파루가 치겠거니 했는데, 종소리 아니라 웬 북소리가 들렸지."
오경을 넘어서까지 이상하리만치 정신이 말똥말똥했다. 몇 번을 잠들려고 시도해 봐도 도로 깨어나고 말던. 그리고 얼마 지나지 않아 심장을 쾅쾅 깨부수는 북소리를 들었다.
"그건 첩고의 소리였다."
파루가 울려야 할 새벽에 어째서 첩고인가. 무슨 연유로 그 이른 새벽에 큰 북을 울려 궐내의 군사들을 정궁 앞으로 불러 모으는 것인가.
좋지 않은 예감이 든 것은 본능적이었다. 무언가에 쏘인 사람처럼 이불을 걷고 일어나 방문을 박차고 나왔다. 대문 밖에서 급한 두드림이 연이어 나무 살을 강타하고 있었다.

궁에서 나온 사람인가, 형님께 무슨 일이라도 생긴 것인가. 신발도 제대로 신지 못하고 마당을 가로질렀다.

- 이 시간에 승상께서 무슨 일로……?

문 너머에서 새벽 공기를 버티고 서 있던 사람은 다름 아닌 승상이었다.

- 2황자께서는 황제 폐하의 칙서를 받으십시오.

어두컴컴한 밤길에 관군도 없이 그 홀로였다.

- 무릎을 꿇고 예를 갖추십시오. 이것은 폐하의 칙서입니다.

불길함이 뇌리를 스쳤다. 고막을 울리는 첩고의 소리는 끊이지 않고, 칙서를 내리는 승상의 두 눈엔 물줄기가 흘러내리고 있었다.

"이유도 모르고 소복 차림으로 꿇어앉았지. 그랬더니 나를 황태제에 봉한다고 했다."

슬픔에 잠긴 목소리가 때 묻은 기억을 헤매듯 아득했다.

"기쁘지 않았어. 불안하고 두렵고 무서웠지. 아직 태어나지 않았을 뿐 곧 세상에 나올 형님의 핏줄이 버젓이 궁 안에 있는데 내가 후사를 이으라니. 짓궂은 장난이신가 했건만 승상이 떠나고 이어서 온 게 파발을 매단 전령이었다."

그 순간을 악몽처럼 잊지를 못한다. 하얗게 질린 얼굴로 뛰어와 바닥에 부복하며 제게 고하던 말을.

"폐하께서 승하하셨습니다. 황자께선 속히 입궐하십시오. 그다음은 알려진 대로다."

알려진 대로. 그 말에 정윤은 눈을 빛냈다. 그가 아는 대로가 아니라 알려진 대로라는 말이 평범하게 해석되지 않았다.

"내가 황태제랍시고 나타나니 다들 놀라서 황당해 했지만 상황이 상황인지라 국상은 어렵지 않게 주도할 수 있었다. 아침에는 절을 올리고 밤에는 시신이 된 형님 앞에서 통곡했지. 그리고 나머지 시간에는 그래, 네 아버지를 살리기 위해 머리를 굴렸다."

국상이 진행되는 동안에도 오성들은 고문실의 의자에 묶여 넝마가 되어 가고 있었다. 하루에 한 명씩 죽어서 시체로 실려 나갔다.

"해가(家)만 살리려 했던 것은 아니다. 가능한 한 모두를 살리려고 했다. 하지만 무엇을 명령해도 잘 통하지 않더군. 승계 절차가 의심스럽다며 반발하고 무시하고."

다시 생각해도 기분이 나쁜지 황제는 불만스럽게 성대를 울렸다. 그리고 곧바로 반전이 튀어나왔다.

"처음에는 내가 칙서를 너무 개인적으로 받아서 그런 건가? 싶었는데 갈수록 지켜보니 그런 게 아니더군. 아, 글쎄 내 책봉 소식을 아는 놈이 아무도 없는 거 아니겠느냐?"

"예?"

"네?"

"뭐라고요?"

"몰라요? 아무도요?"

"그래! 아무도 몰랐다니까? 그래서 다들 그렇게 내가 무슨 명령만 해도 도끼눈으로 쳐다봤던 거였어."

그냥 그런가 보다 하기에는 반발의 정도가 지나쳤다. 마치 그를 전혀 황제의 후보에 예상도 해 보지 않았다는 것처럼 구는 것이 도리어 어이없었을 정도로.

다들 왜 이러지?

그 찜찜함을 누군가한테 말은 못 하고 혼자만 끌어안고 있었는데, 해답은 국상 이후에 이어받게 된 선황의 집무실에서 깨닫게 되었다.

"못 미더운 얼굴들로 일단 일하라고 용포는 입혀 주는데, 짐이 뭘 알아야 일을 하지 않겠나? 해서 형님이 쓰시던 집무실과 개인 문서부터 살폈다."

고스란히 남아 있던 서류 더미와 일의 흔적. 그 틈에 파묻혀서 필체 하나하나까지 대조해가며 경악했던 기억이 떠오른다. 약하게 소름이 돋았는지 황제가 몸을 부르르 떨며 목소리를 낮췄다.

"그러다가 그 무시무시한 사실을 깨닫게 돼 버린 거다. 사실은 '그게' 형님께서 대비하신 일이 아니라는 걸."

경악스럽게도 그 어디에서도 후계에 대한 고려를 찾아볼 수가 없었다. 만일 선황이 스스로 위기에 처할 것을 대비해 황태제라는 비장의 수를 준비해 두었더라면 그렇게까지 아무런 흔적이 남지 않을 수는 없었을 것이다.

"할 수 있는 모든 흔적을 다 뒤졌는데, 결국 그렇게 해서 얻은 결론이라고는 내가 받은 책봉서의 필체가 형님의 것과 조금 다르다는 미친 사실뿐이었지."

확실했다. 그것에는 선황의 의지가 반영되지 않았다.

"……그게 진짜면 큰일 날 얘기 아닙니까?"

지금 본인의 책봉서가 황명을 사칭해 작성된 가짜라는 소리 같은데? 폭탄이다. 엄청난 걸 들어 버렸다.

이거 어떻게 받아들여야 돼? 어떻게 반응해야 하는 거야? 네 명이 나란히 서서 눈동자를 벌벌 떨었다.

반면에 다 지난 과거를 대하는 황제는 에이, 하고 별 것 아니라며 손을 내저었다.

"찍혀 있는 옥쇄는 진짜였다. 그거 하난 확실해."

"들키지 않으신 걸……"

"뭐, 어딘가가 이상하단 걸 대충 눈치들은 챘겠지. 그러니까 다들 날 수상하게 여겼던 거 아니겠느냐."

말투 하며 표정 하며 황제는 그 거대한 사기극이 이젠 정말 아무렇지도 않은 듯했다.

"하지만 짐이 보통 사람이냐? 시간이 지나고 찬찬히 생각해 보니 오히려 그 부분에서 무릎이 탁 쳐지더군. 이것이 바로 승상의 신통한 비책이었구나! 하고."

"무슨 말씀이신지."

"어떤 점에서?"

"그게 어떻게……."

"비책이요?"

"위조된 책봉서말이다."

"허, 허, 허억."

노골적으로 위조라고 명명된 단어 앞에서 숨을 제대로 못 쉰 건 모연이었다. 저는 이런 음모에 가담할 만큼 대범한 그릇이 아닙니다. 제발 내보내 주세요. 비밀의 무게를 견디지 못하고 그녀가 발을 애타게 굴렀다.

그럼에도 황제는 껄껄 웃으며 폭로의 수위를 낮추지 않았다.

"약간의 머리만 있으면 다 추론이 되는 것이지. 승상은 형님의 최측근 중에서도 특히 최측근이었어. 몰래 옥쇄에 접근할 수도 있을 법하지 않느냐? 게다가 짐에게 책봉서를 들고 온 장본인이란 말이야."

왕이 살해당하고 적의 손아귀에 모든 것들이 넘어가기 직전, 그것은 최후의 수단으로 쓰였다. 시기조차 기가 막히게 떨어졌지만 선황의 뜻은 아니었다. 선황의 가까이에 있던 누군가의 뜻이다.

그렇게 생각하면 누가 위조했나? 에 대한 의문은 몹시 쉬워졌다.

"네 아비가 왜 그렇게 갑자기 사라졌는지 궁금했지?"

승학이 흠칫 어깨를 떨었다.

"그래, 승상은 도망간 거다. 그래 봤자 겨우 황명 사칭 조금 한 것뿐인데도 그는 절대로 잡히면 안 되는 죄수가 된 것이지."

그건 겨우 황명 사칭이 아니라 대역죄라고 고쳐야 할 것 같았지만 아무도 입을 열지 못했다.

"내가 황제가 되는 걸 탐탁지 않아 했던 놈들이 어디 한둘이었을 것 같으냐? 하지만 날 옥좌에서 끌어내리려면 마찬가지로 놈들에게도 증거가 필요해. 하다못해 증인이라도 있어야 하지. 위조를 한 당사자인 승상을 잡을 수 있으면 제일 좋고."

승상의 행방불명은 당연하게도 모든 의심의 씨앗이었다. 황제가 그를 범인으로 쉽게 추론해 냈듯이 그건 적들도 마찬가지였다. 그만한 반전을 일으키며 황태제라는 예고에 없던 인물을 등장시킨 건 오직 승상만이 할 수 있었을 거라고 말이다.

"그것이 짐이 그날 밤의 만남을 절대로 발설하지 않았던 이유다."

책봉서가 어디서 났느냐, 모두가 개떼같이 달려와 물어뜯지 않았나. 그럼에도 황제는 꿋꿋하게 선황의 살아생전 은밀히 받았노라고 철저하게 잡아뗐다.

"그걸 아무도 의심 안 했나요?"

"왜, 다 했지."

"그럼 소용없는 거 아닙니까!"

"흥, 해도 지들이 어쩌랴. 어쨌든 나는 승상만 잡히지 않으면 돼. 그리고 아직도 못 잡았을걸? 자고로 무소식이 희소식이지."

단독으로 범행을 저지르고 승상과 연락이 끊긴 지는 십 년이었다. 그가 덜미를 잡혔다면 이미 진작에 일이 터졌을 것이다. 황제는 이쯤이면 안정기로 접어들었다고 부연했다.

"솔직히 승상에게 뒤통수를 맞았다만 원망하지 않는다. 그건 그가 할 수 있는 최선의 선택이었던 거야."

"도망친 것을 말입니까?"

"아니? 뭔 소리냐. 혼란한 와중을 틈타 옥쇄를 찍은 걸 말하는 거지."

발칙하기도 했지만 상황 판단이 좋았다.

"형님이 아셨더라도 눈 감아 주셨을 것이다."

다만 승상의 손을 빌린 것뿐이라고 생각한다. 그대로 앉아서 줄기차게 당했다면 상황은 손쓸 수 없을 만큼 악화됐을 터였다. 복수 따위 꿈도 꾸지 못할 지경으로. 역시 지략가였다며 황제가 으슥하게 미소를 그렸다.

"그럼 정말 그 책봉이 가짜라고요? 그럼 전 지금 누굴 섬기고 있는 건가요……?"

막내는 아직도 무너지는 정신 줄을 잡지 못하고 휘청거렸다. 허허 녀석, 순진하긴.

황제는 모연의 어깨를 툭툭 치며 태연하게 굴었다.

"황사로 태어났다고 디 황제의 재목이겠느냐만, 살다 보면 별별 일이 다 있는 것 아니겠느냐? 짐이야 본래 총명한 형님의 발끝도 못 좇던 아우였다만 어쩌다 보니 이리 되었으니 너도 그냥 그런가보다 하거라."

아무리 생각해도 그는 정치가 체질이 아닌 사람이었다. 그저 형님이 하나씩 바꾸어 놓는 세상을 옆에서 구경하는 게 더 좋았던 아우에 불과했다.

그래도 상황이 이렇게 될 줄 알았다면 형님이 일하실 때 옆에 와서 뭐라도 배워 놨을 텐데. 황제가 제 관자놀이를 톡톡 쳤다.

"너무 큰 걱정은 말라. 위조라도 내 내용은 다 기억하느니. 2황자 가율은 황제의 명을 받들라, 황자를 국본으로 봉하니 짐의 뒤를 이어 이 나라를 바로 세우라."

문서가 가짜라고 유지(遺志)까지 가짜였을까. 받는 순간 그 문장을 제 가슴에, 머리에 그리고 분노에 떠는 이 원한에 새겨 두었다.

"폐하! 어디 계시옵니까! 폐하!"

"앗!"

가면을 쓴 것처럼 싸하게 내려앉았던 황제의 이목구비는 밖에서 들리는 애타는 부름에 다시 화들짝 깨어났다. 드리워졌던 그림자가 후다닥 달아나며 그가 허둥지둥 창문 앞으로 달려갔다.

"짐은 이제 가봐야 한다! 여기 온 걸 들켜선 안 돼!"

은밀한 탈출을 위해 문이 아닌 창을 골랐다더니, 허풍이 아니었던 모양이었다.

아니, 그러니까 대체 여기는 왜 와서는. 신하들은 너나 할 것 없이 그런 생각을 품었지만 우선은 급한 대로 그가 빠져나갈 쥐구멍을 마련해 주었다.

가랑이 사이에 창틀을 끼워 넘으며 황제가 말했다.

"다음 명령을 기다려라! 핫!"

당찬 기합과 함께 눈부신 금빛 용포가 반대편으로 휘리릭 넘어갔다. 걸리거나 끼인 옷자락이 없는지 확인한 뒤 창문은 매몰차게 쾅 닫혔다.

* * *

'흠, 숙직이란 게 이런 거였군.'

환경도, 치안도 열악한 네모난 방 한 칸을 둘러보며 정윤은 생각했다. 어떠한 가구도 없이 그저 완벽하게 각진 사각형만을 유지하고 있는 빈방. 침상조차 없어 영락없이 바닥 행이었다. 막막한 한숨을 내쉬자 문풍지로 바람구멍을 막고 있던 모연이 무릎걸음으로 다가왔다.

"언니는 이런 데서 한 번도 주무신 적 없으시죠?"

"네."

유별나게 굴고 싶진 않았지만 그게 사실이다. 아무것도 없는 맨바닥에서 그것도-

"저도 처음엔 엄청 당황했었죠. 눕자마자 등부터 배기실걸요. 에구, 누구 옆에 딱! 붙어서 주무셔야겠네."

넷이서 끼여 자기까지 해야 한다.

모연이 요사스러운 웃음을 삼키는 것을 뒤로하고 정윤은 다시 좁아터진 공간을 둘러보았다.

처음에 갈 곳이 없어서 여기서 생활하겠다고 했었지. 그때 승학이 왜 그렇게까지 단호하게 반대했는지 알 것 같았다.

여자 혼자라면 이곳에서 무사 안전을 장담하기 힘들 것이다. 아무리 여성 관료가 소수라지만 그들에 대한 배려는 요만큼도 없었다.

경첩마저 시원찮아서 문이 열릴 때마다 큰 삐걱거림이 일었다. 정윤은 얻어 온 이불을 산처럼 쌓아 놓고 들어오는 승학에게서 재빨리 짐을 나누어 받았다.

'휴.'

이부자리를 펴며 다시 푹 한숨을 쉬었다. 잔업이 많아서 다 같이 하게 된 야근 후 숙직.

본래 이렇게 일이 많은 부서가 아닌데, 이건 순전히 이들을 도감에 밀어 넣은 황제 탓이었다.

보이는 곳에서는 탄신일의 성대한 잔치를 위한 모든 행정 지원을 도맡아 처리하고, 은밀한 곳에서는 그로부터 내려오는 밀명을 수행한다.

'내일은 오전 일찍 화원들을 만나서 도상에 대한 논의를 좀 해 두고.'

의미 없이 손을 움직이면서도 머릿속은 일로 가득 찼다. 정윤은 문득 이런 자신에게 생소함을 느끼다가, 허름한 베개를 손에 쥔 순간 눈알이 이글이글 타올랐다.

'아니, 근데 내가 왜 이렇게 일을 열심히 하고 있지?'

계약할 때 이런 얘기는 없었던 것 같은데 말이다. 피차 원하는 것만 이루고 손 털고 헤어지기로 한 쌍무적 계약일 텐데!

'아까도 와서 지뢰나 팡팡 터트리고 가고 말이야.'

까면 깔수록 황제는 불순하다. 음흉하고 어딘가 미덥지가 못하다. 그런 주제에 사람을 이용 해 먹을 줄은 안다는 것이 열 받았다.

'멱살 잡고 싶은데.'

순간적으로 욱한 심정이 반영되어 그녀가 베개를 팍 집어 던졌다. 격한 소음과 격렬한 호흡에 이끌려 승학의 의아한 시선이

닿으려는 찰나-

"아, 아야."

일촉즉발의 순간 정윤은 손에 힘이 풀려서 놓친 척 이마를 짚고 주저앉았다. 부상 탓에 거들지 못하고 벽에 기대앉아 있던 해경이 그 꼴을 보곤 허! 하고 기막혀했다.

"저게 아주 상습적으로 사기를 치네?"

초까지 쳤다. 하지만 알 게 뭐냐. 승학은 하던 것을 다 던지고 챙겨 주러 왔다.

"몸이 좋지 않으십니까?"

"아, 너무…… 일을, 많이 해서……?"

"아무래도 무리하신 것 같습니다."

그녀는 이렇게 밤샘에 가까운 일은 해본 적이 없을 테니까. 심지어 그는 본인이 직접 합당한 이유까지 만들었다.

"참나, 구제불능이구만."

해경이 열심히 떠들어 봤자다. 승학은 거의 마무리가 된 이부자리를 정리하고 정윤을 가장 안쪽에 데려가 눕혔다. 괜찮다 사양하고 싶어도 이미 한껏 꾀병을 부려서 물릴 수도 없었다.

"아니, 형! 왜 걔가 안쪽에 들어가서 눕는데? 양심이 없어도 정도껏이어야지. 내가 지금 부상 중이거든?"

"모연아, 너는."

날뛰려는 해경을 무시하고 승학은 모연에게 그다음 선택권을 넘겼다. 아마도 정윤의 옆을 내줄 생각인 듯했는데 눈치 빠른 막내는 잽싸게 다른 곳으로 폴짝 뛰었다.

"아, 저는요, 문간이 제일 좋아요! 열이 많아서 바람을 쐬어야 하거든요. 옆구리가 터져서 바깥쪽에 못 주시는 분은 제 옆에서 양기나 나눠 받으시면 되겠네요."

"야! 기집애가 무슨 양기야?!"

해경이 꿀밤을 들기 전에 모연은 일렁거리는 촛불에 훅- 하고 입김을 불어 버렸다.

불시의 암전으로 그 순간 머물렀던 자리가 모두에게 오늘의 잠자리로 배정되었다.

가장 문 앞에는 모연이, 그 뒤로 씩씩대는 해경이 억지로 누웠고, 본래 제 자리로 문간을 생각했었던 승학은 조심스레 정윤의 옆자리에 몸을 뉘일 수 있었다.

"벽에서 찬기가 나오진 않습니까."

그의 팔이 정윤의 몸을 건너왔다. 손등으로 찬바람이 드는지 확인하더니 이내 제 머리에서 베개를 빼내 벽에 가림막을 만들어 주었다.

"괜찮아요."

"찬 곳에서 주무시면 안 됩니다."

그러면서 그는 이불까지 꼼꼼히 여며 주었다. 신경 쓰여서 어쩔 줄 모르겠다는 손길이었다.

이런 데서는 불편해도 그냥 다 대충 자는 것인데, 남들이 유별나다고 뭐라 할 만했지만 그의 마음이 그렇지가 못했다.

춥고 협소한 공간에 팔다리를 한껏 웅크린 것을 보면 어떻게든 편하게 해 주고 싶었다. 당장 해 줄 수 있는 건 이것이 최선이라는 걸 알면서도 자꾸만 방법을 찾게 된다. 좁고 불편한 이 자리를 견디지 못하는 건 무언가를 더 해 주지 못하는 그의 마음이었다.

넘쳐나는 애정에 절여져 가며 정윤은 몸을 돌려세워 소곤거렸다.

"조금 좁아도 괜찮고, 추워도 괜찮아요. 같이 있으니까 그래도 저는 좋은걸요."

"……그런 말을 하시면."

아직 익지 않은 어둠 속에서 그의 당황스러움이 느껴져 이불로 얼굴을 감추고 웃는다. 단정한 얼굴이 어떻게 붉어졌을지 상상이 갔다.

"웃지 마십시오."

"왜 웃는 걸로 심술이십니까?"

"심술이 아니라."

하고 싶은 말이 있는데 설명을 못 한다. 정윤의 눈에는 그것이 더 재밌었다. 멀리서 부엉이 우는 소리를 틈타 그녀가 잽싸게 그의 어깨에 얼굴을 붙여 소곤거렸다.

"피곤하실 텐데 얼른 주무세요."

"잘 수 있으면."

마찬가지로 큰 소리는 내지 못하고 승학이 눈을 말똥말똥 뜨며 빛냈다.

"그렇게 말씀하시니까 꼭 개구쟁이 아이 같잖아요."

"그건 소저가 그렇다 하던데. 어르신께서 그러셨습니다. 내 딸은 종종 말썽을 부린다던가."

"말썽요? 제가요? 아닌데요?"

"왜, 난 그래도 좋은데."

코끝이 다가와 톡 부딪쳤다. 속삭임보다 더 작은 속삭임이 간질거렸다. 나는 당신이 아주 못된 장난을 쳤대도, 어른들을 골리는 성가신 아이였대도, 아니, 그보다 더 큰 사고를 치고 거짓말을 일삼았대도. 이랬더래도, 저랬더래도…….

"그래도 좋던데."

말할 때마다 들뜨는 울림이 전해졌다. 호흡을 벅차게 만드는 달짝지근한 목소리에 배 속이 간지럽고 몸이 배배 꼬였다. 뭘까, 이 요사스러운 기분은. 팔다리를 움츠린 정윤이 몸을 이리저리 꿈틀거렸다. 승학은 곧장 입 모양으로 왜? 하고 물었다.

"으음, 등이 조금 배기긴 하네요."

실은 그런 이유는 아니었지만.

"그럼, 이리로."

깜깜한 가운데 별안간 미풍이 스치더니 승학이 한 손으로 제 이불을 높이 치켜드는 것이 어렴풋이 잡혔다. 품을 활짝 연 그가 옅은 웃음기를 섞어 말했다.

"기대 주무십시오."

가히 담대한 배려가 아닐 수 없었다. 흑심이거나 짓궂은 농담일 수도 있었지만 그러기엔 진심의 깊이가 느껴져서 바로 대응하지 못했다.

아니, 이 점잖고 진중한 사람이 웬일이람. 자기 품에 안겨서 잠 들라고? 그럴 수 있다면야 그것 참 안락하고 아늑한 잠자리일 것 같지만…… 정윤은 은근히 놀란 속내와 동하는 마음을 누르고 가볍게 받아넘겼다.

“그러고 싶지만 저는 겁이 많아서요. 여긴 지금 궐이고 뒤에는 눈을 시퍼렇게 뜨고 우릴 감시하는 동료가 둘이나 버티고 있죠.”

“아우들은 잠들었을 겁니다.”

“잠들기만 하면 되나요?”

“걸리지만 않으면 되는 것 아닙니까.”

“정말로?”

“아무 짓도. 그냥 안고만 자겠습니다.”

응해 주지 않는 그녀에게 승학은 듬직하게 말하더니 고민 후 조건을 달았다.

“맹세까지는 못하고.”

풋. 정윤은 손으로 입을 가리고 웃었다. 그러지 않았던 사람이 야밤의 동침이라고 조금은 음흉하게 굴려는 것이 즐거워 도리어 밀어냈다.

“안 돼요.”

최대한 그에게서 떨어져 구석으로 들어갔다. 더 솔직하게는 너무 설레서 몸을 사렸던 것인데 승학은 그것을 그냥 두고 보지 않았다.

"……!"

그가 구석으로 박힌 팔목을 잡아 도로 제 앞으로 끌고 나왔다. 언제나 이해하고 존중해 주던 품성과는 정반대의 행동이라 정윤은 놀란 눈을 한 채 그에게 사로잡혔다.

"그렇게 도망가시면 서운합니다. 이러니 모연이가 우릴 보고 손도 못 잡았냐고 놀리지 않습니까?"

아, 아까 낮에 그랬었지. 그걸 담아 두고 있었나.

"손은 잡지 않았어요?"

"몇 번이고."

억울함을 해명하듯이 꾹꾹 강조해서 말하는데 그러면서도 쥐고 있는 그녀의 손목을 강하게 어루만진다. 놓을 생각도 없는 듯했고 또 도망갈까 힘까지 주고 있어서 정윤은 숨 쉬는 것이 가빠졌다.

안겨 자라던 말이 진심 같았다.

"일단은…… 참으세요."

"될까, 싶은데."

"여기서 이러면 곤란하다고요."

"저야말로. 이미 한계치란 말입니다."

일찍부터 그는 그녀와 함께하는 많은 일상들에 대해 꿈을 꿔왔다. 그러던 것이 비록 완성형은 아니었지만 부부로 살아도 좋다는 반쯤의 확언을 받은 것이 바로 어제였다.

내…… 아내. 그 말이 성큼 현실에 와닿는 순간 부풀기만 해왔던 것들이 폭발했다.

"이렇게 옆에 있는데 어떻게 손대지 말라고."

이만 받아 달라는 듯 못 견디겠다는 말투였다. 사내의 성마른 요구에 정윤은 아랫입술을 지그시 깨물고 무언가를 참으려 했다. 그런데 순간 넓은 어깨와 팔뚝이 한꺼번에 쏟아지듯 몸 위를 덮치더니 단숨에 꼼지락거리던 것마저 압박당했다.

흡!

반사적으로 비명이 튀어나가기 직전에 승학이 쉿 하고 입술에 손가락을 세웠다.

"이건…… 정말 제가 그런 게 아닙니다. 해경이가 뒤에서 너무 편하게 자고 있습니다."

뒤이어 세상 편한 코골이가 귀청을 두드렸다. 짐작건대 승학의 등 너머로 해경이 대 자로 사지를 뻗어 좌우를 완전히 차지해 버린 것 같았다. 그러면서 그의 등을 밀친 게 분명했다.

"아프니까 우리가 양보해야 하지 않겠습니까."

지원군에 힘입어 어렵지 않게 정윤을 품에 넣고는 하는 변명이었다. 의도한 것은 아니더라도 기회를 이용하려는 게 빤히 보이는데, 정말이지 그답지 않은 뻔뻔함이었다.

"제발요."

"예, 제발."

한 팔을 벽에 붙여 정윤을 가두며 그가 비슷한 애원조로 따라 했다.

"내일 걱정도 안 되십니까? 주무셔야죠!"

"지금 자려고 하는 겁니다."

속삭임과 함께 숨결이 귓가를 스쳐 이마 위를 불쑥 지나갔다. 커다란 상체로 감싸 안듯이 보호하고 팔로 감싸 장벽을 두른다. 누워 있어도 키 차이가 월등해 그는 자연스레 턱을 그녀의 정수리 부근에 얹게 되었다.

"정말로……"

"쉿, 쉬잇. 그러다가 누가 깨면 어쩌려고."

나름의 요령까지. 승학은 막 따지려는 정윤의 몸을 안고 조르듯이 흔들어, 안전하게 저지시키기는 데까지 성공했다.

"이러면 등도 배기지 않고 훨씬 편하지 않으십니까?"

으잇, 진짜. 정윤은 어디라도 꼬집으려고 이불 속에서 팔을 꺼냈다.

그러나 바로 그때를 노렸다는 듯이 열려 있는 빈틈으로 그의 손끝이 파고든다. 그는 단숨에 낭창한 허리를 두 팔로 감더니 힘을 실어 당겨 바짝 제 몸에 갖다 붙였다.

"아……!"

커다란 팔이 허리를 감싸는 느낌에 취해 정윤은 야트막한 신음마저 내고 말았다.

못 살아. 정말 부끄러워서 못 살겠다. 하지만 너무 좋다. 이 사람에게 안기는 게 이렇게까지 좋다니. 너른 품에 흡착하듯이 기대고 나자 거짓말처럼 저항할 의지도 맥없이 녹아 버렸다.

헤실대는 표정이 혹시 헤프게 보이면 어쩌나. 너무 좋은 것도 때로는 걱정이 된다. 여전히 찰싹 달라붙은 자세에는 변함이 없었지만 정윤은 마주 보고 있던 몸을 틀어 승학에게서 등을 보였다.

"도망가지 말라니까."

그러자 그가 다시 몸 전체로 끌어안아 왔다. 어느새 머리 밑을 파고든 단단한 팔을 베게 되었고, 넓은 가슴팍에 등을 완전히 기댄 채 벽을 보게 되었다. 뒤에서부터 꼭 안아 주는 느낌에 전신이 흐물흐물해졌다.

"도망간 게 아니에요."

우물쭈물 대답하자 승학이 커다란 짐승처럼 턱과 뺨으로 그녀의 머리칼을 비비적거렸다.

"아무 짓도 안 한다면서."

"맹세까지는 못 한다고 했습니다."

얇은 옷을 걸친 살갗 위로 조심스레 맴도는 듯한 숨결이 느껴졌다. 마치 안착할 곳을 찾아 서성거리는 입술처럼, 삼키고 싶은 작은 열매를 찾아 헤매는 이빨처럼. 덮쳐 내려앉고 싶은 부위를 눈독 들이고 있다.

정윤은 후 더운 입김을 뱉었다.

정말, 이런 식이면 편하게 잠자기는 다 물 건너가는 건데.

하지만 열이 날 정도로 유혹적이기는 하다. 딱 한 번, 손을 뻗어 주기만 해도, 겨우 그 정도만으로도 그는 뒤도 보지 않고 달려들 것이다.

……어떻게 할까. 손끝까지 찌르르했다.

'이대로 보내면 아쉽겠지. 나도 손만 잡고 자는 건 싫다고. 하지만 그다음에 뒷감당은? 아니지 몰래 조금만, 하면?'

조금만 무얼 하면 될까. 머릿속에 많은 잔상들이 스쳤지만 생각보다 행동이 앞섰다. 정윤은 머리를 틀어 손에 잡히는 그의 옷깃을 아래로 잡아당겼다. 살짝 벌어져 있던 두 입술이 위아래로 겹쳐졌다가 가볍게 얽히고 떨어졌다.

승학의 몸이 놀라서 굳어 버렸다.

"쉿, 누가 깨면 어쩌려고요?"

겨우 이 정도에 놀랄 거면서 날 자극하긴. 이번에는 그녀가 그를 놀리듯이 똑같은 말을 돌려주었다.

경직에서 풀린 승학은 말없이 머리를 숙였다. 애교 같은 입맞춤이었어도 그의 본능을 충동질하기에는 부족하지 않은 접촉이었다.

"하읍."

대답도 생략했다. 그는 한 가지 욕망에 눈이 멀어 버렸다. 살짝 젖어 있던 입술이 거의 함몰되듯 삼켜지고 몸 전체로 소름 돋는 감각이 스며들었다.

예상보다 더 급하게 문지르고 벌려 대는 감촉에 정윤은 숨이 모자라 꿈틀거렸다. 촉촉한 것들이 서로 엉겨 붙고 감겨드는 소리가 은밀하게 퍼졌다. 버둥거릴수록 가해지는 압박과 헤집는 정도가 드세졌다. 그가 안에서 빠져나와 혀로 아랫입술을 할짝거리며 맛볼 때에는 결국 참지 못하고 몸을 부르르 떨었다.

때마침 밖을 순찰하는 군사들의 발소리가 지나간다. 그렇지. 여기는 밖이었다. 그것도 무수한 다른 이들이 함께한.

정신이 든 정윤이 얼른 그를 밀쳐냈다. 질척이는 혀에서 빠져나와 손바닥으로 입을 가리고 있자니 가슴이 빠르게 오르락내리락하는 것이 보였다.

이건 처음의 계획과 너무 달랐다. 이건 조금만 하는 게 아니다. 이대로 놔두면 위험해질 것이다.

승학은 그녀가 밀어내는 대로 떨어졌다가 금세 다시 작은 어깨에 턱을 괴며 그르렁대는 목소리를 깔았다.

"소저의 말대로 아무것도 하지 말 걸 그랬습니다. 정말 미칠 것 같은데."

그도 방금 무언가 위험한 수위를 넘나들었다는 것을 아는 듯했다. 동시에 서로의 눈동자에 '그럼 아까처럼 떨어져서 잘까요?' 하는 헛된 물음표가 떠올랐지만 이내 판박이처럼 절레절레 혹은 도리도리 고개를 내저었다.

강력한 부정을 표현하듯 승학이 먼저 팔을 조였다. 뜬눈으로 지새우는 한이 있더라도 이 말랑한 몸을 놓아 주진 않겠다는 뜻이었다.

"그럼…… 음, 잘 자요."

그러니 이렇게 어정쩡하게 인사하고 대강 어색함을 덮어 두는 것이 최선이다. 품에서 빠져나가지는 않은 채 정윤은 다시 등을 지고 돌아누웠다.

억지로 두 눈을 내리감으니 뒤에서 혼자 끙끙거리는 안타까움이 들려온다.

그렇게 한참을 뒤척거리다가 도저히 안 되겠는지 승학은 결국 정윤의 턱을 잡고 살며시 옆으로 돌렸다.

한 번만, 마지막으로 딱 한 번만. 그렇게 중얼거리며 입맞춤을 구걸하고. 조금만, 여기 조금만 하고 애절하게 매달리며 혀를 밀어 넣는다.

조르는 목소리가 야해 정윤은 그에게 잡혀 또 한 번 입술을 내주어야만 했다.

그가 허리를 쓸어 만지고 쾌락에 젖은 목 울림을 들려줄 때마다 몸 깊은 곳에서 열기가 피어올랐다.

여전히 밖에서는 땅을 차는 군화 소리가 경종처럼 울리는데 이 좁디좁은 이부자리에는 그것들이 침범할 수가 없다. 그와 몸을 누이고 타액을 섞는 이 순간만이 살아 있는 현실 같았다.

"자야 하는데."

귓불을 물고 늘어지는 통증조차도 달콤하게 다가온다. 정윤은 제 허리 부근을 감싸고도는 굵은 팔뚝을 잡았다. 그녀가 흐느끼듯 내뱉은 만류에 승학은 닿아 있는 귓가에 뜨거운 입술을 비볐다.

"재울 겁니다. 재울 테니까."

그럴 테니까.

"한 번만…… 잠든 척해 주십시오."

얼마나 힘든 밤이 될지는 상상해 보지 않아도 알고 있었다.

그래도 당장 한 이불 속에서 섞이지 못하는 건 죽기보다도 더 싫었으니까.

자신 없을 텐데도 시키는 대로 고이 눈을 감아 주는 정윤의 손을 승학은 훨씬 더 커다란 손으로 감싸 잡았다. 눈을 감아도, 떠도 그녀에게 제 존재감이 지워지지 않기를 바랐다.

"좋은 꿈 꾸십시오."

서로의 체온으로 데우고 달구기에 여념이 없는 밤. 이전에는 알지 못했던 낯선 의미의 밤에 승학은 정윤의 이마에 살포시 입을 맞췄다.

* * *

하지(夏至)에 들어선 후부터 해는 점점 더 일찍 뜨고 늦게 지는 주기를 반복했다. 그만큼 이르게 시작된 궁궐의 아침이었다.

일찍부터 일을 보러 나서는 정윤의 이마에 햇살이 부서졌다. 조각난 빛이 스며든 속눈썹 사이로 숨길 수 없는 즐거움이 엿보였다.

- 어떻게 한 번도 안 깨고 그렇게 편하게 잘 수 있습니까?

허름한 거처에서 첫 눈을 뜬 아침, 깨자마자 가장 먼저 본 것은 밤새 핼쑥해진 것 같은 승학의 몰골이었다. 눈 밑도 그늘지고 약간의 원망마저도 느껴졌던 얼굴. 혹시 밤을 꼴딱 샜느냐. 묻기도 전에 그는 입술부터 왈칵 깨물었다. 하루의 시작으로 받아들이기에는 다소 격한 입맞춤이었지만 나쁘지는 않았다.

아니, 사실은 매우 좋았다.

그래서 부스스해진 긴 머리를 손 빗질로 모으며 고의적으로 그 앞에서 목선을 드러냈다. 흰 살결을 보여 주며 실처럼 가느다란 눈웃음으로 매달고 '전 공자가 아무 짓도 안 하실 거라고 믿었으니까요.' 라며 그의 볼을 살짝 매만지기도 했다.

'아, 그 문장은 좀 심술궂었지.'

걷다가 혼자 웃음을 터트리며 정윤은 그런 거 하지 말라던 승학의 흐린 목소리를 되새김질했다.

좀 더 각선미를 뽐낼 기회가 있다면 좋을 텐데. 한 번만 살짝 건드려도 와르르 무너져 내릴 그의 절제력 앞에 서 있는 이 아슬아슬한 놀이가 즐겁다. 고약한 성미라 해도 자신이 그 평온한 남자의 눈빛을 흔들리게 한 장본인이라는 것이 매우 기쁘다.

'얼른 더 늑대 같아지시면 좋겠다!'

승학은 아직도 훨씬 더 선비에 가까웠다. 그의 성정은 그의 외모를 닮아 차분하고 더없이 이성적이었다. 하지만 그것과는 분명 다른 면도 있을 것이다. 어제는 그것의 아주 일부를 훔쳐보았다.

"늑대 늑대……."

그런 거, 나랑 있을 때 더 보여줬으면 좋겠다! 야무진 기대를 하며 정윤은 나가는 발길에 박차를 가했다.

데구르르- 툭.

땅을 차며 걷는 신발코 앞으로 실패(실을 감아두는 반짇고리)가 굴러와 끝을 살짝 건드리고 멈춰 섰다.

뭐지? 가던 길을 멈추게 하는 이물질. 허리를 숙여 생각 없이 줍자마자 곧 다른 이의 손에 의해 빠져나갔다.

"주워 주셔서 감사합니다, 나리. 제가 떨어트린 거예요."

실패에 묻은 흙을 툭툭 털어내는 여자는 머리 모양에서부터 신분이 짐작되었다. 궁녀들의 처소에서 막일을 하는 각심이[婢子].

감사 인사를 표하며 그녀가 고개를 치켜들었을 때, 정윤의 얼굴에 퍼져 있던 웃음기는 가뭄을 맞은 땅바닥처럼 쩍 하고 갈라졌다.

"……너."

반사적으로 목소리가 튀어나왔다.

"저는 수방 항아님들의 허드렛일을 돕는 시비입니다. 나리께서는 소문의 그, 해 주서님이시죠?"

"어떻게……."

여기에.

"궐에는 언제나 나리에 대한 이야기가 자자하니까요. 어떤 분일까 궁금했는데 정말 소문대로 대단한 미색이십니다."

탁한 회색빛으로 가득 찬 안색을 들여다보며 여자는 더 밝고 높게 목소리를 띄웠다. 정윤이 입을 떼기 전, 무언가를 말하기 전, 그렇게 한 박자씩 빠르게 말을 가로채고 나오며.

정윤의 손발이 차가워진다. 뒤통수가 고통스럽게 당겨오기 시작했다. 그 모습을 즐기는 듯 여자는 마지막으로 유려한 인사치레를 끼얹었다.

"누구든 한 번이라도 봤다면 절대 잊지 못할 절색이십니다.

얼굴도, ……목소리도.”

홍조를 띤 얼굴이 음전하게 머리를 숙였다. 일부러 굴려 보낸 실패를 바구니 속으로 집어넣으며, 살의가 넘실대는 입을 통쾌하게 찢으며, 허리를 숙인 다음 그렇게 사뿐하게 뒤돌아섰다.

물질로 까칠해진 손이 입가를 가리며 킥킥대는 웃음소리를 어설프게 덮었다.

찾았다. 찾았어.

너야, 네가 맞지? 맞잖아. 너잖아.

희열이 녹은 웃음소리 사이사이에 그런 말이 저며 들어가 있었다.

어두컴컴한 폐가에서 자신의 뒤통수에 ‘노(奴)’자를 찍어 넣었던 그 잔악무도한 목소리의 주인공. 드디어 찾았다.

시현은 웃음으로 어깨를 들썩이면서도 분노로 호흡을 헐떡였다.

작정하고 찾으려던 건 아니었다. 그 끔찍한 밤에 들은 것이라곤 검은 가리개 속의 목소리뿐이지 않았었나. 그것이 유일한 단서였다. 그것만으로는 범인을 찾을 수 있을 거라곤 기대도 하지 않았다. 아니, 실은 영원히 찾지 못할 거라고 생각하고 있었는데…… 그 범인이 승학의 곁에 서 있었던 것은 기적이고 숙명에 가까웠다.

갈 곳이 없어 막일꾼으로 흘러들어 온 궁. 시현은 이곳에서 승학을 제일 먼저 발견했다. 당연한 일이다. 그는 어디에 두어도 단연코 눈에 뜨일 만한 사람이었으니까.

꼴이 이리 되었어도 나름 면식이 있는 사이였다. 그런 연유로 그의 주변에 다가섰다가 듣고 만 것이다. 그 잊지 못할 목소리를.

인식하기도 전에 심장이 먼저 날뛰었다. 목소리만으로도 확신했다.

너라고, 바로 너라고.

돌아와선 소주방에서 훔친 쇠젓가락을 돌에 대고 얼마나 날카롭게 갈았는지 모른다. 기회를 엿봐 그냥 등 뒤에서 찔러 버릴 생각이었다. 발각되어 제 목숨이야 어떻게 되든 상관없었다. 그냥 그 여자가 죽었으면 했다.

그런데 숨어서 지켜볼수록 그것만으로는 부족하다는 생각이 강해졌다. 그 계집이 너무 행복하게 웃고 있어서 피가 거꾸로 솟고 어금니가 갈렸다.

'넌 어떻게 그렇게 행복하게 웃을 수 있는데?'

나 사는 곳을 구정물에 진흙탕으로 만들어 놓고 그녀는 봄볕 드는 자리에서 밝게 미소 짓고 있었다. 곁에는 늘 승학이 머물렀고 벗처럼 보이는 이들이 함께였다.

그래서 생각을 틀었다.

죽는 것보다 더 고통스러운 쪽으로.

그 행복을 부숴버리면 어떨까? 다시는 웃을 수 없게 만들면 어떨까? 네 주위의 사람들에게 미움 받게 해버린다면.

사랑하는 이에게 버림받듯이. 제 아비가 자신을 노비로 팔아버렸듯이 말이다.

'연모하는 사이일 테지. 찢어 주마.'

시현은 문득 멈춰 서서 방금 떠나온 자리를 응시했다. 뒤돌아보니 그 사이에 벌써 눈빛이 독해진 계집은 그곳에 서서 자신을 노려보고 있었다.

'두고 봐.'

시현은 픽 한쪽 입꼬리를 치켜 올렸다. 두 사람, 절대 함께할 수 없도록 갈기갈기 갈라놓을 작정이었다. 자신이 떨어진 곳보다 더 바닥으로 저 계집을 떨어트릴 것이다.

까다로운 일도 아니리라 생각되었다. 그냥 그녀의 본모습을 승학에게 알려 주기만 하면 해결되는 것 아닐까.

'어디 한 번 사랑하는 이에게 혐오스러운 눈길을 받고 버림받아 보라지.'

시현이 휙 제 갈 길로 향하는 동시에 반대편에서 모연이 정윤을 힘차게 부르며 뛰어왔다.

"언니! 밖에 나가죠? 저도 같이 가요!"

그제야 정윤은 정신이 든 듯 차가워진 손을 급히 감싸 쥐었다. 덜덜덜 떨리는 그것을 소매 춤으로 욱여넣자마자 모연이 숨을 몰아쉬며 재잘댔다.

"아휴, 저도 밖에 볼일이 있어서. 하필이면 말일에 이렇게 일이 많지 뭐예요."

뭐라 말하는지는 전혀 들리지 않았다.

* * *

해경은 지금 이 상황이 매우 불편했다. 궁금해 죽겠는데 무슨 일이냐고 다짜고짜 추궁하려니 눈치 없는 사람이 될 것 같고, 그렇다고 아예 모른 척하자니 우중충한 공기에 짓눌릴 것 같았다.

"아이고오……."

"휴우……."

아오, 진짜 왜들 저래 정말.

한 사람은 귀신이라도 부르는 것처럼 곡소리를 내고, 또 한 사람은 세상이 끝난 것처럼 한숨을 쉬어대고 있다.

둘 다 외출을 다녀온 후부터였다.

뭔 일이 있었나. 본래 이맘때쯤의 모연은 어딘가 좀 칙칙한 분위기를 풍기긴 했다. 그런데 오늘은 정도가 좀 심한 데다가 난데없이 정윤까지 가세했다.

해경이 한 발로 승학을 툭 쳤다.

'형님은 뭐 아는 거 있어? 둘이 왜 저래?'

승학이 깊어진 눈으로 고개를 가로저었다. 그도 전혀 짐작되는 바가 없었다.

"아이고오……."

"휴우……."

결국 참다못한 해경이 버럭 역정을 냈다.

"아, 뭔데 그래? 둘 다 입 안 다물래? 신경 쓰여서 일을 할 수가 없잖아!"

앓는 소리와 한숨 소리가 교대로 나오는데 이유도 모른 채 들어 주려니 아주 짜증이 날 지경이었다.

“지금부터 아이고- 이거랑! 휴우- 이거랑! 하지 마!”

“사형.”

“왜!”

“좋으시겠어요.”

“뭐가!”

“단순하셔서요.”

젖은 빨래처럼 책상에 엎드리며 모연이 시무룩한 목소리를 냈다. 안경알 속의 눈동자가 유난히 맥없이 보였다.

“저도 그렇게 살고 싶어요. 모 아니면 도, 이거 아니면 저거. 속사정 같은 건 생각하지 않으면 차라리 편할 텐데. 사형의 그 단순함이 부럽네요. 탐나요.”

“싸우자는 말을 그런 식으로 돌려 말하는 거지, 지금? 내가 몸 좀 다쳤다고 진짜 만만해 보이냐?”

날뛰는 해경을 무시하고 모연은 시꺼먼 붓을 아무렇게나 종이에 찍찍 그어 댔다.

“이런 게 다 무슨 소용이라고.”

글씨로 빼곡했던 종이가 검은 물에 지워지더니 이내 와자작 구겨져 진개통에 던져졌다. 그 모습을 가만히 지켜보던 승학이 정말 궁금하다는 표정으로 물었다.

“매일 무엇을 그리 열심히 쓰고 버리는지 모르겠구나.”

“아무것도 아니에요. 그냥 부질없는 낙서요, 낙서.”

모연은 평상시에도 일을 하면서 늘 서류 밑에서 뭔가를 끄적거리곤 했다. 회의를 하면서도 끄적거리고, 측간에 가서도 끄적거렸다. 뭘 쓰는 거냐고 물으면 지금처럼 아무것도 아니라면서 보여주질 않았다.

"이렇게 바쁜 와중에도 딴짓을 할 궁리를 한다는 게 대단해, 엉? 어디서 새롭게 발견한 예쁜 언니라도 찾았나 본데. 뭘 하든간에 일단 일부터 하고 하라고."

"아이고오……."

"야, 그거 하지 말랬지!"

해경이 모연의 멱살을 잡고 달달달 흔들었다. 어느 모양으로 봐도 닦달하는 구조였지만, 덕분에 먹구름이 낀 것처럼 어두웠던 분위기는 그나마 해소되었다.

정윤은 애써 풀어낸 표정으로 잠시 그들 사이에 꼈다가 남몰래 창백한 안색으로 되돌아갔다. 울지도 않고 웃지도 않는 얼굴이었다.

"밖에서 무슨 일이 있었습니까?"

"아, 아니요. 별일 아니에요."

승학이 조심스레 다가와 물었지만 회피했다. 걱정 어린 눈길을 느끼면서도 눈을 마주칠 수가 없었다. 그를 볼 때마다 자신을 향해 이를 드러내던 시현의 얼굴이 머릿속을 할퀴어대고 있었다.

내가 한 짓을 이 사람이 알게 되면 어떡하지.

불안하다. 시현이 자신을 어떻게 알아보았는지는 몰라도 그녀는 분명히 보복을 예고했다. 제 앞에 모습을 드러냈다는 것은 선전포고와도 같았다.

'바보같이.'

뒤늦게야 자책이 밀려왔다.

그녀들 중 누군가가 자신에게 독기를 품고 찾아올 가능성은 처음부터 있었다. 그런데도 태만했고 뻔히 알면서도 방치했던 거다. 당시에는 무서울 게 없었다. 오히려 찾아와 주기를 바란 적도 있었다. 너희들의 등에 칼을 꽂은 게 나라고 정체를 보여 주지 못한 것이 아쉬웠을 때였다.

하지만 지금은 아니다.

지금은 무섭다. 두렵고 초조하다.

……그에게 들킬까 봐.

오한이 든 것처럼 어깨를 떠는 정윤의 몸 위에 승학은 모포를 가져와 덮어 주었다. 하지만 배려 깊은 그의 손끝이 얇은 목을 스쳤을 때 정윤의 체온은 더욱 차갑게 떨어졌다.

"아이고."

"또, 또! 그거 하지 말랬지!"

"돈을 벌면 뭘 하냐고요. 쓸 때도 없…… 어? 아? 아! 아니지!"

계속 책상 위에서 이마를 박고 있던 모연이 갑자기 의자를 밀치고 일어섰다. 심각했던 표정 속에 조금의 들뜸, 혹시나 하는 기대감, 일탈의 즐거움 같은 이질적인 것들이 비집고 들어가더니 별안간 보던 서류들을 후다닥 정리하기 시작했다.

이럴 때가 아니야, 마지막 희망을 놓쳐선 안 되지, 응응 그렇고 말고, 아니면 우리끼리 즐기기라도 하면 되고, 하는 등의 알 수 없는 혼잣말도 중얼댔다.

비실비실 걸치고 있던 안경을 바짝 고쳐 낀 모연이 발을 콩콩 대며 나머지 세 사람을 부추겼다.

"다들 의욕도 없으신 것 같은데 이깟 것들 다 때려치우고 밤마실이라도 나가는 게 어때요?"

밤마실……. 이 와중에? 이 시간에? 대체 왜?

듣던 이들의 얼굴이 같은 생각으로 일감이 쌓인 책상과 컴컴한 창밖을 번갈아 오갔다.

"그건 좀 힘들 것 같은데."

"아, 난 됐어."

"저도 별로 내키지 않네요."

꼬맹이 녀석이 머릿속이 참 꽃밭이기도 하다. 내일 없이 오늘만 보고 사는 인생인가.

막내답게 종종 투정을 부리긴 했어도 천성이 겁이 많아 나랏일 앞에서는 깨갱거리며 나름 기죽어 지내는 그녀였다. 이렇게까지 말도 안 되는 얘기를 꺼내는 적은 없었는데 어쩐 일인지 오늘의 막내는 공무의 지엄함 앞에서도 당당히 농땡이를 주장했다.

"잠깐만 나갔다 오는 건데요? 내일부터 도감 회의에 끌려다녀야 하는데 그거에 비하면 지금 잠깐은 정말 아주아주 사소한 잠깐일 텐데도요? 혹시 알아요? 나갔다가 엄청 중요한 행운이라도 줍게 될지!"

포기하지 못한 모연은 모두의 팔을 붙잡고 늘어졌다.

이 쪼꼬맹이가 그렇단 말이지? 말문을 잃었던 모두가 대강 빠르게 시선을 교환하더니 일제히 막내를 향해 팔짱을 끼고 돌아앉았다.

"아, 그래? 그럼 너 축문에 참고할 고서는 다 찾아 놨냐?"

"제가 알기론 아우님은 아직 연회의 자리 배치도 다 못 짠 걸로 아는데 말이죠."

"식순도 네가 검토해 줘야 하는데."

징징이에게 화살 세 대가 동시에 날아와 박혔다. 힝, 너무해. 모연은 한동안 원망이 실린 눈망울로 삐죽거렸다. 그러나 입을 다무는가 싶던 것도 잠시, 금세 또 새로운 꿍얼거림을 시작했다.

"밤바람 잠깐 쐬고 좋은 거 보고 오자는 소린데……. 같이 가 주기만 하면 되는데……. 원래 우리 관청은 이렇게 일 많이 하는 곳 아닌데……."

거참 꽁알꽁알. 웅얼웅얼.

못 들은 척 무시하려던 세 사람이 다시금 붓을 내려놓았다. 이번에는 팔짱에 이어 다리까지 꼬았다.

"좋아, 꼬맹이. 그럼 날짜순으로 뽑아야 하는 자료는 준비해 놨는지 그것만이라도 일단 들어 보자."

"아우님, 오늘부터 저랑 같이 공물 목록 검토하기로 했잖아요."

"모연아, 예부의 관리들은 까다로우니 얼굴이라도 익혀 놓으면 일이 수월할 텐데."

지 할 일도 하나도 안 한 게 어디 딴짓을 할 여유가 있냐는 거다.

차라리 맴매를 하지 이건 너무 어른스러운 혼꾸멍이라 막내의 서운함이 대폭발했다.

"진짜 너무해요, 너무해요! 제가 일에 집중이 됐으면 그런 말을 했겠어요?! 저도 알고 보면 일을 못 하는 사정이 다 있다고요!"

"듣자 듣자 하니까 아주 웃긴 녀석이네? 내가 왜 네 사정을 알아 줘야 되는데?"

"집중이 안 되는 걸 집중해서 끝내는 게 원래 일이라는 거잖아요. 새삼스럽네요."

"너무한 얘기도 아니다. 다른 관청의 관원들은 평소에도 다 이만한 업무량을 책임지고 있다."

"아, 몰라요! 전 오늘 아무것도 못 해요, 못 해! 그리고 제가 저만 좋자고 이러나요? 저기 언니 안색 좀 보라고요! 창백한 게 당장 쓰러질 사람 같은데!"

정윤이 곧 쓰러질 것 같다는 말에 승학은 날아가 박히듯 그녀의 얼굴을 잡고 이리저리 살펴보았다. 쓰러지기 직전의 얼굴은 아니긴 했어도 창백하다는 지적은 사실이었다.

"저게 다 제때 쉬지를 못해서 그런 거라고요. 봐요, 어제도 찬 데서 잤잖아요."

"꼴값을 떠네. 찬 데서 재만 잤냐? 그리고 달랑 하루가지고!"

"자자, 교랑님. 고운 얼굴이 저리 상해 가는데 두고만 보실 건가요?"

이번에는 여인을 아끼는 사내의 마음을 이용한다.

아예 자리까지 바꾼 모연은 승학의 옆에서 알짱대며 큰 몸짓으로 과장되게 설명했다.

"과로로 실려 나가는 시체가 한 달에도 몇 구는 된다죠. 경험이 있는 사람이라면 또 몰라요. 하지만 이제 막! 갓! 들어온 신래에게는 정말 힘든 얘기겠죠. 신참이라고 말도 못 하고 참고만 있을 테고 그러다가 결국 송장이 되어서……"

"일리 있는 말이구나. 잠시만 쉬었다 갈까."

정윤이 깜짝 놀라 그를 쳐다보았다.

"전 괜찮습니다. 어찌 얕은 꾀에 넘어가려 하십니까."

"제가 괜찮지 않아서 그렇습니다."

실은 곁에서 보는 얼굴이 너무 어두워 바깥바람이라도 쐬어 주고 싶은 마음 때문이었지만, 승학은 그런 언급 없이 제 앞으로 핑계를 돌렸다. 순식간에 일 안 하고 노는 것으로 판도가 바뀌자 해경도 허겁지겁 외투를 챙겨 들었다.

"뭐야, 이거. 전부 다 나가는데 나만 일할 줄 알고?"

가장 신난 건은 모연이었다. 승학이 정윤만 보낼 리 없고, 그건 반대의 경우도 마찬가지다. 해경이야 혼자 남는 게 억울해서라도 악착같이 따라 나올 것이라 예상했다.

"달이 환하니까 나루터에 나가는 게 좋겠어요. 강가에서 맞는 달이 금상첨화죠. 뱃삯은 걱정하지 마시고요."

"꼬맹이가 무슨 돈이 있어서. 야, 너 혹시 어머니 기루에서 훔……."

"쉿! 그건 비밀!"

나불거리려는 해경을 밀어내고 모연은 닫혀 있던 창을 양옆으로 활짝 젖혔다. 보름달의 밝은 기운이 안으로 쏟아져 들어왔다.

"해 급사님."

달빛에 음영이 진 정윤의 등을 그녀가 팔꿈치로 살짝 밀었다.

모처럼 듣는 진중한 직함이었다.

"무슨 일이신진 모르겠지만 근심이 가득 쌓인 것 같은데 저랑 같이 달구경이라도 가요. 마침 오늘이 영월이네요."

"대보름도 아닌데요."

"꼭 대보름에만 달맞이하란 법 있나요? 넋두리하고 싶은 게 있으면 찾아가는 게 달님이죠. 그러다 우릴 가엽게 보셔서 뭐 소원 하나라도 들어주면 장땡이고요."

달님이라. 가만히 듣던 정윤은 마른 미소를 지었다.

"글쎄요."

달님이 죄 지은 사람의 소원도 들어주나요?

그다지 희망적이지 않은 얘기였다.

* * *

놀이를 나갈 나루터의 다른 배들은 일찍부터 속속들이 떠났고, 일행이 차지한 것은 긴 시간 누군가를 기다리고 있었던 듯한 마지막 빈 배였다.

말뚝에 묶인 채로 오래 있었던 것인지 정윤은 배에 올라탈 때 밑바닥에 고여 있던 진흙 탓에 신이 더러워졌다. 그래도 머리칼을 날리는 찬바람에 기분만큼은 홀가분했다. 뺨을 시리게 하는 세찬 공기가 도리어 마음을 편안하게 하는 탓이었다.

"이렇게 끝내주는 달빛인데 아무도 안 나오고 말이야……."

가장 먼저 등을 대고 누우며 모연이 볼멘소리로 그렇게 중얼거렸다. 앉자마자 술독부터 깐 해경이 그 말을 이어받았다.

"신나서 줄줄이 다 끌고 나온 놈이 왜 그렇게 죽상인데?"

"정말 무슨 일이 있느냐."

"큰일이에요?"

다 같이 자신을 바라보자 모연은 머쓱한지 드러누웠던 자세에서 허리를 세워 앉았다. 그녀가 입김이 서린 안경알을 소매로 쓱쓱 비비며 말했다.

"그냥요……. 남의 연애사는 옆에서 아무리 용을 써도 안 되는 건 안 되나 보다 싶어서요."

"부모님 일?"

승학이 눈치껏 띄운 말에 해경이 제꺼덕 선수를 뺏어 달려들었다.

"하지 말랬더니 너 아직도 어른들 사이를 쑤시고 다녔냐? 네가 그런다고 해결되는 게 아니라고 했잖아! 나대지 말고 가만히 있어. 그러다 너도 가문에서 쫓겨난다고. 어른들 일에 꼬맹이는 끼어드는 거 아니라고 몇 번을 말했어?"

그러더니 술통을 휘젓던 국자로 모연의 이마를 콩 찧는다. 매 맞은 막내가 참지 않고 달려든 덕분에 배의 한쪽이 기우뚱 출렁였다.

"이 꼬맹이가! 아으악!"

모연의 이빨에 해경의 팔뚝이 물어뜯기는 것을 보고 정윤은 살짝 입꼬리를 올렸다 내렸다. 웃어 보려고 애썼는데 마음이 자꾸 딴 곳으로 흘러가 잘 되지가 않았다.

혼자 여러 번 노력하던 그녀는 결국 버석한 눈길로 바깥으로 머리를 돌렸다.

수면이 잔잔하니 마치 비단길을 미끄러져 가는 듯한 착각이 들었다. 허리를 빼내 검은 비단 같은 물속에 막 손을 담그려는데 커다란 손이 뒤에서부터 몸을 건져냈다.

"위험합니다."

뒤에서 보기에는 꽤 위태로운 위치까지 숙이고 있었던 모양인지 거둬내는 승학의 표정이 편치 않았다.

"웃음이 들어올 공간이 없나 봅니다."

세심한 사람이니 제 낌새를 알아차렸을 거라 생각하긴 했다. 정윤은 차마 부정하지도 못하고 그렇다고 긍정하지도 못했다. 대답 없는 그녀를 그가 배의 안전한 머리 부분에 앉혔다.

"신이 더러워졌습니다."

승학은 맞은편에 무릎을 접고 꿇어앉아 조심스럽게 치마를 들췄다. 진흙이 잔뜩 묻은 신발 한 짝을 벗기더니 제 도포로 그것을 닦아낸다. 깨끗했던 옷이 금세 얼룩으로 망가졌다.

정윤은 재빨리 만류했다.

"어차피 땅에 닿는 것입니다. 하지 마세요. 옷이 더러워지잖습니까."

"땅에 닿는 것이 아니라 소저의 발에 닿는 것입니다."

그가 깨끗해진 비단신을 들고 싱긋 웃어 보였다.

"제가 신겨 드리겠습니다."

자기 소매가 까맣게 얼룩졌는데 뭐가 좋다고 웃는 걸까. 정윤은 발을 뒤로 빼며 도리도리 고갯짓을 했다.

약지 않은 그가 싫었다. 조금의 나쁜 점도 없이, 부끄러운 점도 없이, 바르고 정직한 그가 자꾸만 죄지은 제 가슴을 먹먹하게 만들고 있었다.

이 사람이 아무리 닦아 주어도 이미 이 몸은 처참한 죄의 흔적으로 까맣게 칠해져 버린 후다. 그의 소매를 더럽히고도 여전히 누런빛을 벗어나지 못하는 이 꽃신처럼 말이다. 통증으로 아리는 목구멍을 꾹 누르고 그녀가 잠긴 목소리를 꺼냈다.

"사내가 여인에게 신을 신겨 주면 그 여인이 도망간다는 말도 모르십니까?"

"도망가지 못하도록 꽉 잡고 있을 테니 염려 말고 발을 내주십시오."

뒤로 빠진 발목이 큰 손에 잡혀 나왔다. 승학은 발바닥에 묻었을 흙을 먼저 털어낸 뒤 꽃신 안으로 살포시 넣어 주었다.

"도망가지 말고."

다정한 미소와 함께 작은 발이 두 손안에 감싸 안듯 쥐어졌다.

"이걸 신고 제게 오십시오."

오늘의 달맞이 소원입니다. 승학이 웃음과 함께 덧붙였다. 혹시 나 소리가 너무 커, 시샘한 달이 들어주지 않을까 봐 속삭이듯 고백한 읊조림이었다.

너무 애틋해서 간절함마저 담긴 이야기에 정윤은 붉어지는 눈시울을 꽉 감아 숨기지 않을 수 없었다. 사랑으로 가득했지만 그녀는 그것에 지독한 통증을 느꼈다.

겨우 다시 눈을 떴을 때도 그는 한결같이 눈앞에 앉아 있었다.

처음과 변함없는 태도로.

'처음.'

그래, 당신은 처음에도 그랬지.

봄비를 피해 그와 나란히 서 있었던 나무 아래가 떠올랐다. 그 순간부터, 아니 그 순간에도 그는 지금과 다르지 않았다.

신뢰와 믿음, 친절과 배려.

……내가 어떤 여자인지도 모르면서.

그때에도 나는 죄를 짓고 있었는데. 죄를 짓고 추하게 달아나던 길이었는데.

그날에 보았던 복사꽃의 작은 봉오리마저도 이젠 다 져버리고 없을 것이다. 하지만 눈앞에 꿇어 앉아 있는 이 남자만은 그날의 모습 그대로 머물러 있었다. 첫 만남, 첫인상, 첫 느낌, 첫 설렘 그 모두를 고스란히 간직한 채로.

"무슨 생각하십니까?"

승학이 맑은 음성으로 환기했다.

"우리가 처음 만날 날이요."

그날, 꽃이 예뻐서. 아니, 예뻤던 건 꽃이 아니라 큰 등으로 비를 막아줬던 당신이었지만.

정윤의 말에 덩달아 기억을 거슬러 올라가던 승학이 아아, 하고 목을 울렸다.

"처음 만날 날. 비 내리던 날 말씀이십니까."

"네, 그날 갑자기 비가 와서……."

"정자에서."

"나무에서, 네?"

같은 기억인 줄 알았는데 단어가 엇갈렸다. 정자에서? 정윤이 눈을 동그랗게 떴다.

"비 내리던 날, 처음 만난 건 거기잖아요?"

봉루 근처의 복사꽃 아래. 몇 번을 회상해 봐도 정자는 없었다. 인연은 하루뿐이었다. 처음이었고 마지막이 되리라 여겼었던.

순간 말실수를 한 것처럼 멈칫했던 승학은 하루뿐인 인연이었다는 그녀의 언급에 가볍게 머리를 내저으며 미소 지었다.

"왜 우리의 인연이 하루뿐이었을 것이라 생각하십니까?"

"그럼 뭐가 더 있었단 말이세요?"

"예, 있었지요."

잠든 꽃을 훔쳐보고 달아난 벌꿀 한 마리가. 인형인 줄 착각하여 그 뽀얀 뺨에 손자국까지 찍었던 대담했던 사내가.

"제가 외사랑을 좀 하여."

그러나 승학은 진솔하게 털어놓지 않았다. 눈을 반으로 접고 입을 그녀의 귓가에 붙이며 사랑스러운 비밀을 그대로 묻어 두었다.

정윤은 무슨 뜻인지 조금도 감 잡지 못했다. 그러나 머리가 알지 못하는 일을 가슴은 기억하는 듯 마음이 포근해지는 것을 느꼈다.

"얼레리요? 또 둘이서만 행복하네요."

"거기서 부둥켜안지 말고 얼른 소원이나 빌어!"

신나게 막내를 괴롭히던 해경이 하늘을 삿대질하며 가리켰다. 배는 어느새 강의 가장자리를 벗어나 중앙에 도달해 있었다. 한가운데에서 올려다보는 보름달이 크고 충만했다.

모연이 설레발을 치며 콩콩 뛰었다.

"다들 어떤 소원 빌지 빨리 생각들 해보세요! 구름이 한 점도 안 끼었을 때 빌어야 제대로 약발이 든단 말이에요! 구름이 지나갈 때 빌면 이뤄져도 한 상 거하게 바쳐야 된다고 그랬어요."

"뭐 그런 미신이 다 있어? 무슨 놈의 신이 그래?"

"에? 좋은 일도 구미가 당겨야 응하는 법이죠. 달님이라고 뭐 마냥 자원봉사 하나요."

맨입으로는 안 한다, 치사하다 그냥 해 줘라, 하며 입씨름하는 사이에 만월의 표면으로 또 한차례의 실구름이 지나갔다. 기왕 이렇게 된 거 눈 떴을 때 깨끗한 보름달이 보이면 협상된 걸로 하자고 넷은 편한 해석을 적용하기로 했다.

"자, 그럼 지금부터 열이에요!"

딱 열까지 세고 떠보는 거다. 달이 보이면 빌고, 보이지 않으면 이번 달맞이는 망했다.

"하나."

모연의 호령이 떨어지기도 전에 모두의 눈꺼풀이 굳게 내려앉았다.

둘, 셋, 넷……. 숫자가 넘어갈수록 정윤은 맞잡은 두 손에 힘을 주었다. 곧이어 여섯, 일곱, 여덟. 모인 손끝이 절실함으로 파르르 떨렸다.

"열!"

그리고 열.

어떻게 되었을까. 모른다. 정윤은 최종 선고를 받고도 눈을 뜨지 않았다. 확인하고 싶지 않았다. 그저 기도하는 두 손을 모은 채로, 굳게 사려 다문 입술로, 미세하게 흔들리는 속눈썹으로 간절히 빌었다.

'……달님.'

이토록 지독한 저를.

당신 앞에 끌려 와서도 끝끝내 용서 빌지 않는 이리 죄 많은 저를.

'가엾게 여겨 주세요.'

시린 달빛이 참회하는 머리 위를 서글프게 비추었다.

8. 쉰사흘 전

잔치의 본격적인 준비를 위해 공식적인 도감이 설치되었다.

책임자와 실무자가 접촉하는 본격적인 회의. 수염을 어루만지는 노신들의 눈가에 찌푸림이 올라섰다.

골방에 처박아 놓은 성가신 골칫덩어리들이다. 황제의 명으로 엉겁결에 실무자 자리를 내주었지만 영 믿음직스럽지가 못하다. 일이나 제대로 해 보았는지, 시킨 거나 구멍 내지 않고 해오면 다행이라고 그리 여기는 눈치였다. 특히나 책임자 자리에 한 석을 차지하고 있는 상장군의 심기가 가장 예민해 보였다. 그가 까칠하게 입을 열었다.

"제례에 쓰일 기물들은 다 들여왔는가?"

"예, 태자마마께서 무리 없이 진행하실 수 있도록 습의(習儀)까지 마쳤습니다."

언제나 그랬듯 맑은 담채화 같은 모습의 승학이 먼저 대답했다.

"화원들은……"

"이미 만나 의궤에 대한 논의를 끝냈습니다. 여기 제작할 도록의 목록입니다."

말이 끝나기도 전에 이번엔 정윤이 얇게 엮어진 책을 내밀었다.

보기보다 빠른 일 처리에 살짝 당황했는지 동작을 굳힌다. 행사의 규모가 크니 너희들의 허술한 실력으로는 무리라고 판단했겠지. 정윤은 밤을 새느라 피곤한 눈가를 꾹꾹 누르며 실룩이는 볼을 숨겼다.

"흠, 숙설소(熟設所: 궁중잔치를 준비하기 위해 임시로 세운 주방) 설치가 아직 미흡하단 얘기가 있던데."

"식자재는 신선도를 고려해서 차례대로 들어올 예정이고, 부족한 일손은 외부에서 확보해 대기하고 있습죠."

가장 어설플 것처럼 보였던 해경마저도 웬일인지 막힘이 없었다.

감독관의 눈썹이 제대로 꿈틀거리는 것이 보였다. 뭐라도 책잡을 것을 찾아 그걸 빌미로 싹 내쫓을 심산이었는데 이건 기대를 벗어나는 결과였다.

대화 사이에 공백이 생기며 주도권이 허공으로 뜨자, 모연이 기회를 엿봐 약삭빠르게 끼어들었다. 이럴 때 얼른 계획한 것을 밀어붙여야 했다.

"영감…… 아, 아니 대감들께오선 진연의 일정에 대해 어디까지 의논해 보셨습니까? 워낙에 부지런한 분들이시니 설마 얘기가 벌써 다 끝난 것은 아니시온지?"

느긋하게 수염을 쓸던 그들이 서로 시선을 교환하며 어색하게 웃었다.

"우리끼리 어찌 모든 것을 논의할 수 있겠는가. 자네들과 함께 논의코자 기다리고 있었네."

거짓말. 거슬리는 우리들을 어떻게든 자를 생각부터 했을 터. 그래도 젊은 관리들은 미소로 경청하는 척 했다.

"탄신일의 진연은 총 삼일. 첫째 날은 외국의 사신들을 영접하고 잔치를 치르는 것이 좋을 것일세. 폐하의 은덕도 널리 알리고."

당연한 소리다. 첫날의 일정은 무조건 그렇게 고정될 수밖에 없었다. 축하해 주러 온 사신단을 홀대하는 건 황실의 수치다.

"문제는 둘째 날과 마지막인 셋째 날이지."

애매하게 운을 띄우며 노신은 음흉한 음성을 굴렸다. 다시 먹잇감을 찾은 듯한 눈빛이었다.

"셋째 날이야 때마다 다르게 진행했지만 보통 둘째 날에는 폐하의 야외 행차가 있었네. 민간에 음식을 내리고 하옥한 죄인을 방면해주기도 했지. 헌데 폐하께서 이번엔 특별한 무언가를 원하시니 참 난감한 일이 아니던가. 자네들이 무척이나 기발한 계획을 짜올 것이라 기대가 크신 것 같지만……."

어디 한 번 그 머리들을 짜내어 대단한 뭔가를 토해내 보라는 촉구였다.

참나, 자기들이 생각해 온 건 하나도 없으면서. 아랫입술을 삐죽 내밀은 모연을 시작으로 해경과 정윤이 연달아 건성으로 말했다.

"글쎄요, 고기 잔치라든가?"

"아니면 놀음이라든가."

"그것도 싫으면 투전이라든가."

물론 당연히도 이런 것들은 정답이 아니다. 질탕한 콧김을 내뿜으며 수염을 파르르 떠는 노신들을 보면서도 이들은 별 위기감을 느끼지 못했다. 일부러 병든 닭 세 마리 흉내를 내어 중간에 낀 고고한 두루미 한 마리를 취하게끔 유도한 것뿐이었으니.

"송구합니다. 소신들이 패기에 넘쳐 말도 되지 않는 일들을 아뢰었습니다."

고고한 두루미, 승학이 시기적절하게 고개를 숙이고 들어왔다. 앞과는 확연히 비교되는 분위기라 자연스레 이목이 쏠렸다.

"폐하께서 주최하시는 사냥대회를 고려하고 있습니다."

"사냥이라?"

반문하는 분위기 속에 이미 나쁘지 않은데? 의 반응이 포함되어 있었다. 우선은 전에 해 보지 않은 행사라 별난 걸 내놓으라 성화인 황제에게 면목도 서고, 그렇다고 모양이나 격식이 빠지는 것도 아니며 특별히 문제 될 것도 없어 보였으니까. 굳이 평가하자면 흔히 있을 수 있는 모날 것 없는 궁중 행사였지만, 앞의 세 사람이 낸 의견과 비교되어 훨씬 매력적으로 들렸다.

"흐음."

"단순한 유희는 아닙니다. 대외적으로 황실의 굳건함을 선전할 수 있고, 군신의 관계를 돈독히 하는 계기가 될 것입니다. 잡은 사냥감은 잔칫상에 올리는 것으로 하시지요."

"구색은 나쁘지 않아 보이는군."

"홍군과 청군으로 나누어 참여하는 쪽으로 계획하려 합니다. 성과를 매겨 승리한 편에 폐하께서 술과 음식을 하사하시면 보다 더 보기 좋은 그림이 될 것입니다."

조금 더 구체적인 방 안까지 제시했다. 내색은 안 해도 마음에 드는 눈치라 네 사람은 탁상 아래로 쾌재가 담긴 주먹을 꾹 쥐었다.

"아, 그리고 셋째 날에는 소소하게 신료들과 그 식솔들을 초대해 궐에서 나례를 했으면 하는데요……."

흐름을 쫓아 모연이 잽싸게 준비해 온 다른 것도 첨가했다.

'사냥.'

정윤은 상상 속에서 눈앞의 있는 자들의 몸통을 이등분으로 갈라 보았다. 무리를 진 이들에게 어울리는 건 역시나 패싸움. 둘째 날은 반드시 사냥대회가 되어야 했다.

* * *

도감 참여 두 시진 전, 당일 새벽의 일이었다.

외출을 다녀온 이들 앞으로 환영한다는 듯한 황제의 선물이 때맞춰 기다리고 있었다. 이번에도 시문 하나와 그림 한 장이었다.

"구만리 푸른 하늘에 구름 일고 비 내리네. 빈산엔 사람 하나 없으나 물은 흐르고 꽃은 피나니."

승학이 짧은 한시를 읊었다.

"뭔 소리야, 이게. 몇 번을 읽어봐도 그냥 자연의 아름다움을 찬양하는 평범한 내용인데."

해경이 졸린 눈을 비비며 허공으로 발버둥을 쳐댔다. 벌써 창밖으로 먼동이 터 오르고 있었다. 그러나 아직 문제의 근사치에도 접근하지 못했다.

그쯤 되니 이 꼭두새벽에 그림을 그리고 시문을 지은 황제의 취미가 원망스러워질 지경이었다.

곧 있으면 도감에 들어간다는 것을 알고 있을 테니 그냥 보냈을 리는 없고, 어떤 지시를 내린 것만은 틀림없어 보였다. 다만 통 실마리가 잡히질 않았다.

"한시도 풀이 못 했는데 이 그림은 또 어쩌죠."

정윤이 찡그린 눈살로 풍속화를 훑었다.

춘분을 배경으로 넓은 쑥밭이 펼쳐져 있고 머릿수건을 인 아낙들이 모여 앉아 쑥을 캤다. 바로 옆, 담장을 사이로 둔 곳에선 여러 명의 남자들이 그 쑥밭을 질서 없이 걷고 있었다. 그 외의 특별한 거라면 구석에서 연 날리기를 하며 뛰노는 서너 명의 아이들 정도?

도대체가 아무리 봐도 의미를 모르겠다. 그녀가 다시 시문으로 눈을 돌렸다.

"뜻에는 아무런 단서가 없는 듯한데."

답답한 마음에 황제가 쓴 시를 빈 종이에 똑같이 따라 옮겨 써 보았다. 저번처럼 구도 속에 단서를 숨겨 놓았나 싶어서였다.

쓱쓱 바른 정자체로 한시를 베껴 적은 정윤은 그것을 황제가 쓴 종이 옆에 나란히 붙여 보았다.

음……. 으음…….

으으으……!

"으아아! 진짜 모르겠어요! 이렇게 속필로 대충 써낸 시를 우리 보고 어쩌라는 걸까요?"

"속필이요?"

문득 듣고 있던 승학이 그 말에 턱을 괴고 있던 팔을 뗐다. 그가 정윤이 쓴 종이와 황제가 쓴 종이를 양손에 집어 들었다.

흘림체와 정자체.

딱 보아도 확연하게 비교가 되는 필체였다.

정윤이 쓴 것은 바른 정자체인 해서(楷書)로, 궁에서 기록되는 글들은 사소한 일지에서부터 중요한 공문서에 이르기까지 반드시 바른 해서체로 쓰는 것이 원칙이다. 그에 반해 황제의 서법은 그보다 자유로운 행서(行書)의 형태를 취하고 있었다.

"왜 그러세요?"

"폐하께서 이전에 보내신 다른 시문들을 찾아봐야겠습니다."

그가 황급히 서가로 들어가 황제의 이전 시문들을 잔뜩 집어 들고나왔다. 심각한 얼굴로 한 장, 한 장 그것들을 넘겨보던 그의 표정에 미묘한 변화가 생겼다.

이번에도 알아낸 걸까? 초조함에 입이 바짝 마른 구경꾼들이 기다리지 못하고 그를 채근했다.

"뭔가 알아내신 거예요?"

"역시 형님이라니까!"

"아아, 빨리 말해 주세요! 현기증 나요!"

세 사람의 성화에 승학이 머쓱한 웃음을 지으며 말했다.

"잘 모르겠는데."

"아씨, 그게 뭐야!"

"하지만."

"하지만 뭐!"

"폐하께서 행서체로 쓰셨다는 것이 마음에 걸린다."

"나 참, 그게 뭐 어쨌다고? 빨리 흘려 쓰시다 보니까 자연스레 그리됐겠지."

"그래, 그럴 수도 있지만 행서체로 쓴 시를 보내신 건 이번이 처음이라서 말이다. 지금껏 한 번도 이같이 속필로 글을 보내신 적이 없었다. 개인적인 소일거리에도 언제나 황실의 바른 서체인 해서(楷書)로 글을 쓰셨지. 일전에 보내신 것들도 마찬가지고."

그런데 어째서 이번에는 흘림체로 글을 썼는가. 단 한 번도 그러지 않았던 황제가?

단순히 시간에 쫓겼다거나, 불현듯 관심에도 없었던 서예 연습을 한 건 아닐 것이다. 머릿속에서 여러 개의 실타래가 뭉쳐 얽혔다.

물꼬는 튼 것 같은데 그다음이 연결이 안 된다.

행서, 행서, 행서. 작게 중얼거리던 정윤은 그림으로 다시 고개를 내렸다. 혹시 뭔가 연결 지을 만한 것이 있을까 해서.

앉아서 나물을 캐는 아낙들, 연을 날리며 뛰노는 아이들, 들판에서 무리 지어 걷는 사람들…….

있는데. 분명히 뭔가가 있는데.

'앉아 있고, 뛰고 있고, 걷고 있고.'

앉다. 뛰다. 걷다.

'걸어?'

걷는다. 그 하나의 행동에 순간적으로 집중력이 미친 듯이 몰렸다. 그녀가 책상 바닥을 손바닥으로 세게 내려치며 벌떡 일어났다.

"'걷다'예요!"

마찰음까지 더해진 몹시 우렁찬 외침이었다. 해경이 벙벙한 귀를 때리며 그녀의 소매를 아래로 잡아끌었다.

"뭘 걸어? 앉기나 해!"

그의 손길을 자신만만하게 내치며 정윤은 흣, 하고 팔짱을 끼었다.

"왜들 이리 답답하십니까? '걷다'라고요! 걷는 거요!"

하지만 나머지 사람들을 여전히 감을 잡지 못했다. 정윤이 서둘러 풀이하며 재잘댔다.

"행서체의 행(行) 자는 서(書) 자와 같이 쓰면 서체의 뜻을 가지지만, 행(行)만 따로 띄워 놓고 보면 여러 가지로 뜻이 많지 않습니까?"

"아."

가장 먼저 승학이 짧은 탄성을 터트렸다. 뒷말은 굳이 듣지 않아도 되었다.

행(行) 자에는 자그마치 스무 가지가 넘는 쓰임이 중복되어 있다. 그리고 개중에 가장 흔하게 통용되는 의미는 '걷다'이다. 걷는 자를 행인(行人)이라고 부르듯이. 그러니 황제가 행서체로 글을 쓴 건 '걷다'라는 의미를 전하고 싶어서가 아니었을까?

"여기요, 그림 가운데요. 걷고 있는 남자들이 있잖아요. 담장 안에서 자기들끼리 돌아다니는 사람들."

그녀의 말대로 대쑥이 무성한 담장 안에는 여러 명의 남자가 규칙 없이 어지러이 걷고 있었다.

"그래서?"

"어?"

"그래서 그다음이 뭐냐고. 걷고 있는 사람까지는 아주 좋았어. 그래서 그 사람들이 뭘 하는 건데?"

"어음, 그건……."

해경의 지적에 정윤은 말을 더듬었다. 무언가 하나 중첩되는 걸 찾았다는 사실에 흥분하느라 거기까진 생각해 보지 못했다.

가자미눈으로 그림을 가까이 들여다보던 모연이 껴들어 중얼거렸다.

"근데 자세히 보니까 이거 되게 엉터리 쑥밭이네요. 무슨 쑥이 이렇게 배배 꼬였을까나. 이런 거 보면 폐하께선 시서는 제법 하시면서도 그림은 좀 떨어지시는 경향이 있다니까요."

무엄하게도 황제의 흉이었다. 이거 내가 더 잘 그리겠다는. 그리고 그것을 기점으로 말없이 이야기를 듣고 있던 승학의 눈가에 환하게 빛이 들어왔다. 그가 곁에 있던 정윤의 맨송맨송한 얼굴을 반짝이는 눈으로 쳐다보았다. 마치 기특하다는 듯이, 대견하다는 듯이, 당장이라도 쓰다듬어 주고 싶어 하는 듯한 기색이었다.

"뭐야? 그 은밀한 눈빛은!"

"와, 전 한숨도 못 자서 숟가락 들 힘도 없는데. 세상에, 남자란!"

나머지 두 사람은 그 의미를 단단히 오해한 것 같긴 했지만 아무튼 정윤을 바라보는 그의 눈길은 그만큼이나 영롱했다.

"뭘 알아냈으면 말을 해. 둘이서만 꽁냥거리지 말고."

"걷는 사람을 찾아냈으니 거기서부터 풀이하면 될 것 같아서 말이다. 그림에 글자가 보인다."

"뭐가 보인다고?"

"글자."

그의 손가락이 얼기설기 솟아 있는 쑥밭을 시점으로 하나씩 이동해 갔다.

"맑은대쑥 소(蕭), 담 장(牆), 갈 지(之), 어지러운 란(亂)."

"소장지란?"

"거기에 걷는 사람, 행인(行人)."

보이는 광경 그대로를 직역해 딴 글자였다. 대쑥이 난자하게 자라 있는 담장 속을 걷는 남자들.

"사자성어였어요?"

"소장지란이면…… 분란?"

그렇다, 같은 패 안에서 일어나는 싸움. 암호는 내란을 가리키는 단어로 탈바꿈되었다.

"자, 자, 잠깐만. 그럼 이 걷는 남자들이 의미하는 게?"

"취군회겠지."

"오, 젠장."

"탄신일에 그들 사이에 분란을 일으키라는 명령인가요?"

그게 황제의 뜻인가. 정윤의 반신반의한 질문에 승학이 무거운 고개를 끄덕였다.

"게와 가재가 싸우면 어부에겐 득이 되는 법이니까요."

그리고 아마도 이 목적에 이들을 도감에 밀어 넣은 황제의 진짜 속셈이 있으리라 짐작되었다. 휘저으려면 어쨌든 같이 안에 들어가 있어야 하니까.

그렇다면 남은 것은 하나였다.

"어떻게?"

"으아, 저희가 무슨 수로요?"

적들 사이에 어떤 파문을 일으켜 어떻게 싸움을 붙일 것인가. 수수께끼를 해치우자마자 곧장 또 다른 과제가 닥쳐왔다.

"어차피 의리로 뭉친 자들은 아니지 않습니까. 손익을 따져 행동한다면 틈을 벌릴 만한 뭔가가 있지 않을까요?"

장사꾼의 딸답게 정윤은 수치로 접근하려 했다. 인간사의 대부분의 일들은 물욕으로 해결이 가능하니까.

그러나 하나같이 다 부정했다.

"그건 좀 힘들걸?"

"의리로 뭉친 것은 아니지만 평범한 사이도 아니에요."

"예, 알팍하긴 해도 그들이 그렇게 긴 시간 동맹 관계를 유지했던 건 각자 서로의 약점을 쥐고 있기 때문입니다. 남을 고발하게 되면 결국 자신 또한 죽게 되는 구조이지요. 그런 기이한 고리가 그들 사이를 단단히 묶고 있습니다."

내가 한 일을 놈이 알고, 놈이 한 일을 내가 안다. 따라서 놈이 죽으면 나도 죽으니 내가 살려면 놈도 살려야 한다.

취군회의 일원들을 엮고 있는 끈은 이런 부류였다. 유대감을 끈끈하게 해 주지는 않지만, 누구 하나라도 쉽게 딴마음을 품지 못하게는 할 수 있었다.

'그러면.'

정윤은 눈을 가늘게 좁혔다. 꼬리에 꼬리를 무는 형태로 손을 잡고 있다는 건 그들의 진형이 원형이라는 소리. 모난 곳이 없는 둥근 원의 형태라. 확실히 각진 것보다는 외부에서 깨트리기 어려워 보이긴 하지만…….

"배신자가 한 명이라도 나오면 무너지는 구조네요?"

어느 한 군데 구멍만 터져도 원은 깨지기 마련이다.

어떻게 한 명만 이쪽으로 섭외할 수 없을까요? 그녀의 물음에 해경이 과격한 대안으로 보완했다.

"뭘 귀찮게 섭외야. 그냥 걔들 중에 한 명한테만 자객을 보내면 되지 않아? 무리 중에 한 놈이 꼴까닥 비명횡사하면 우리 중에 누군가 배신자가 있구나 하겠지!"

"아니, 제발 좀 사형. 이게 누구 하나 죽인다고 해결되는 일이에요? 그러다가 발각되면 오히려 그쪽한테 결집의 빌미만 주게 될걸요? 우리를 누군가 노리고 있구나 하겠죠!"

"안 걸리면 되지!"

"그럼 안 걸리는 자객으로 사형이 가실래요?"

"아, 누가 내가 간대?! 그리고 되게 기분 나쁘다? 왜 내 말만 허무맹랑한 소리로 취급하는데? 지들끼리 목숨 줄 쥐고 있어서 배신 못 하는 놈들인데, 거기다 대고 분탕질 치려면 똑같이 목숨 줄이 위협당하는 위기 정도는 만들어 줘야 배신자가 나오는 거 아냐!"

"그러니까 일리는 있지만요, 그분들 위기에 빠트리려다가 실수해서 잘못 걸리면 그다음엔 바로 우리가 위기에 빠져서 골로 간다니까요? 전 싸움 못해요! 싸움 잘하시는 사형이 자객으로 가시든가!"

이놈 시키! 해경이 뺀질거리는 모연의 볼을 잡아당기려는 때였다. 정윤이 그 손을 중간에 확 낚아챘다. 회심의 미소로 입꼬리가 쓰윽 올라갔다.

"너."

"뭐야."

"완전 천잰데?"

"앙?"

"그래, 네 말이 맞아. 안 걸리면 되잖아? 후후, 안 걸리면 되는 거 아니겠냐고."

설마 그 의견에 동의하는 거냐며 경악스러운 시선이 꽂혔다.

물론, 동의하고말고. 정윤의 어깨가 으쓱 올라갔다.

"그 자객 역할, 우리가 안 맡으면 되는 거 아니에요?"

애당초 놈들에게 선물해 주고 싶었던 건 쑥밭에서의 패싸움 아니었던가. 그러니 지들끼리 싸울 수 있게 판만 깔아 주면 되는 얘기였다. 그 위에서 주먹질하는 인물이 꼭 아군일 필요는 없었다.

"가서 합법적인 자객 놀이 하자고 해요. 거기서 우리는 심판하고, 그들한텐 자객 역할을 맡기도록 하죠. 제대로 효과를 보려면 최대한 많은 자객을 끌어들이는 게 현명하겠네요."

처음에 원했던 건 그저 한 명의 배신자 정도뿐이었다. 그중에 하나만 섭외할 수 있다면, 하고 바랐었다.

하지만 다다익선이라고 둘이 배신해 주면 더 좋고, 셋이면 더욱 더 좋고, 전부 다 배신해 주면 그게 바로 최상의 각본이 아닐까?

"탄신일의 둘째 날을 사냥대회로 밀어요."

합법적인 패싸움. 의심받지 않을 인간사냥 말이다.

세 사람이 아연실색하여 그녀를 쳐다보았다. 하지만 말하는 정윤의 낯빛은 조금도 변하지 않았다. 이성적이고 냉철했다.

* * *

"사냥?"

뿌린 씨앗이 수확되기까지는 긴 시간도 걸리지 않았다. 도감 회의가 파하고 고관들은 곧장 황제의 집무실에 들었다.

"누구의 생각이오?"

턱을 괸 황제의 말에 웃음기가 스며들어 갔다. 흡족한 낌새를 읽은 이들은 주저 없이 계획을 자신들의 공으로 돌렸다.

"소신들이 머리를 맞대고 고민한 끝에……."

"잘했군."

"아! 마음에 드시옵니까?"

"음."

아주 칭찬해. 수고했다. 황제가 지그시 눈꺼풀을 내리며 넉넉한 미소를 그려냈다.

잘했다, 칭찬해. 친근하고도 편한 말투는 물론 노신들을 겨냥한 것은 아니다. 하지만 그 정도 노련함이 있을 리 만무할 터, 황제가 빙글거리는 입술로 말했다.

"셋째 날은 어찌하기로 했소?"

젊은 녀석들이 셋째 날에는 '나례를……' 하고 제안하던 것이 스쳐 지나간다. 차마 그것까지 가로채기에는 조금 찔렸는지 노신들은 다른 대안을 꺼냈다.

"폐하의 궐 밖 행차가 예정되어 있사옵니다. 중앙제단에 절도 올리시고 민생도 두루두루 살피고 오시면."

"그건 본래도 하던 것 아닌가? 짐이 시시한 것은 원치 않는다 했건만."

좀 전만 해도 마음에 든다고 함박 미소를 보이더니 이번엔 바로 시시하다고 고개를 외로 돌려 버린다. 노신들은 즉시 경로를 바꿨다.

"혹시 지루하시오면."

"지루하면?"

황제가 틀었던 목을 원위치로 되돌렸다.

"셋째 날 자정에 나례(儺禮: 음력 섣달 그믐달에 묵은해의 귀를 쫓아내려 베풀던 유희)를."

"좋소."

"예?"

"좋다고."

"아…… 마음에 드시옵니까?"

"그렇다니까. 아주 좋아."

감정 기복이 죽 먹듯이 쉽게 움직였다. 황제는 그들의 의견이 기똥차게 좋다고 격려하며 훤히 건치를 드러내며 웃었다.

'녀석들. 대충 일러 주어도 알아서 척척 가져오는구나.'

그가 꼭두새벽부터 보낸 밀지에는 두 가지 요구사항이 담겨 있었다.

하나, 취군회 사이에 내분을 일으킬 것. 둘, 가면극을 올릴 수 있는 빌미를 제공할 것.

'너희가 준비한 빌미가 나례란 말이지?'

마침 무대에 올릴 이야기로 으스스한 걸 점찍어 두고 있었으니 나례와 상성이 잘 맞을 것 같기도 했다. 황제가 무릎을 치며 기뻐했다.

"잘 생각하였느니. 참으로 기특하도다."

"황송하옵니다."

풍성한 치하를 받은 노신들은 기뻐서 왜 마지막 날에 나례를 해야 하는지에 대하여 묻지도 않은 이유들을 먼저 떠들어댔다. 진연을 정갈하게 마무리 짓고, 궁에서 벽사를 행하면 황실이 평안해지고…….

"공들."

황제가 차가운 미소로 흐름을 끊었다.

"예부터 나례라는 것이 역귀를 쫓는 의식이긴 하나 요즘 세상에 그런 걸 믿는 사람이 몇이나 되겠소?"

"예? 그렇긴 하오나."

"잡귀는 됐고 재미나 있었으면 하오. 나례 때 생생한 가면희를 좀 보았으면 하는데."

"그것이야 어려운 일도 아니옵니다. 하명만 하시오면……"

"밖에서 사당패를 들여와도?"

자신만만하게 대답하던 신하들의 무릎이 도중에 휘청했다. 그래도 황제는 아랑곳하지 않았다. 옥좌의 팔걸이에 팔자 좋게 기대

누우며 그가 또 한 번 명령했다.

"사당패를 불러오시오."

"아니되옵니다!"

"어째서?"

"그건 나례가 아니라 잡희이옵니다! 장악원에서 관리하는 우인과 창우가 있는데 어찌 그런 시정잡배들을!"

"그들은 지루하잖소. 짐은 팔딱팔딱 뛰는 생생한 가면극을 원하는데."

생생함이라는 것을 물론 부차적인 이유고 진짜 황제가 노리는 것은 비밀 유지였다. 길거리의 광대란 너무 흔해서 오히려 아무도 신경 쓰지 않는 부류니까. 개중에 누구를 부를지도 모르고. 구미에 맞는 연기자로 쓰기엔 이쪽이 더 편리했다.

물론 당연히 결사반대하겠지. 그리고 거기까지도 이미 예측했다. 황제가 미리 대비해 온 깜찍한 당근을 꺼내 들었다.

"싫은가? 허, 그것참 아쉬운데. 밖에서 사당패를 들이면서 짐은 신료들의 자녀도 더불어 초대하려 했소. 광대도 들어오는데 그대들의 자식들이 입궐하지 못해서야 되겠는가."

정말 아쉽다는 듯이 그가 안타까운 입맛을 다셨다.

"황자와 황녀가 모두 혼기가 차, 괜찮은 짝이라도 없나 점찍어 보려 했건만."

듣던 자들의 눈이 단번에 번쩍 뜨였다. 황자와 황녀의 배필을 고른다? 마른 침이 꼴깍 소리를 내며 목구멍으로 넘어갔다.

딸을 황태자비로 밀어 넣으면 그 아비는 부원군이 되는 것이고, 아들을 부마로 밀어 넣으면 집안 전체가 황실의 외척이 되는 것이다.

광대들의 난장판이야 눈 한번 질끈 감고 양보하면 그만이지 않을까?

'이거 잘만 하면 우리 신예를 황태자비로 만들 수도 있는 것 아닌가?'

눈앞에서 어른거리는 달콤한 유혹에 상장군은 정신을 차리지 못했다. 일생일대의 기회인지도 모른다. 자신이 황제의 사돈이 된다. 십 년 전, 안융경 그 작자가 제 딸이 황후가 되었다며 오만방자하게 굴던 것을 보며 배가 얼마나 아팠던가. 이제 제 차례가 온 것인지도 몰랐다. 아니, 그렇다고 확신했다.

"하지만 공들이 반대하는 것을 굳이 고집하는 것은 못난 임금의 짓이겠지?"

"그렇지 않사옵니다, 폐하."

아무런 상의도 없이 상장군이 저 혼자 태도를 뒤집었다.

"더 많은 이들과 경사를 나누심은 지극한 순리이옵니다. 폐하의 은덕을 가까이에서 입는다면 황실을 공경하는 마음 또한 더욱 단단해지지 않겠사옵니까."

"아하, 그래, 역시 그렇지."

꿀을 보고 그냥 지나간다면 그건 벌이 아니지. 황제는 말이 통해 기쁘다는 듯이 또 한 번 그에게 현명하다는 칭찬을 아끼지 않았다.

"허면 그리 진행해 주시오. 모든 신료들과 그 자제들까지 한 명도 빠짐없이 참석하라고. 이일야말로 신중을 기해야 하는 일이니."

"명심하겠사옵니다."

"아, 그리고 태부도 잊지 말고 모시도록."

"태부……를 말이옵니까?"

"음. 모든 신료에는 당연히 그도 들어가야 하지 않겠소. 얼굴을 본 지도 오래되었고 말이야."

거짓말이다. 선원사고에서 불시에 그와 조우했었다. 아주 살벌했었지. 하지만 그 만남을 굳이 말해야 할까. 황제가 은은한 표정으로 기다렸다.

"하오나 태부는 병상에 있어 조정에도 잘 참석하지 못하온데. 지팡이 신세라 몸도 불편하고……"

"불편해도 걸을 순 있을 거 아니오. 걸을 수 있으면 와야지. 짐이 보약을 내릴 테니 빠지지 말고 입궐하라 전하시오."

느긋하면서도 완강한 황제의 태도에 대신들의 반응이 뜨뜻미지근한 것이 느껴졌다. 이거, 그래도 되는 건가? 하는 머뭇거림. 태부가 입궐하면 그 딸도 함께 와야 할 텐데……. 뭔가 모르게 불안한 것이다.

황제는 재촉하지 않고 쟁반 위의 다과를 집어 먹었다. 정체를 알 수 없는 긴장감이 팽배한데 아삭아삭 씹는 소음이 경쾌하게 울렸다.

"분부대로 하겠사옵니다."

그리고 오래 지나지 않아 결과는 나왔다. 이번에도 마찬가지로 앞서 총대를 맨 것은 상장군이었다. 탐욕과 불안. 그중에서 그의 탐욕이 승리했다.

'벌써 십 년이나 된 일인데 무슨 상관인가.'

세상의 기억도 바람에 깎이고 빗물에 다 씻겨 내려갔다. 태부의 사정이야 이제 자신이 알 바 아니었다. 기회가 눈앞으로 지나가는데 고작 과거의 불안함에 묶여 큰 행운을 놓칠 수는 없었다.

손가락에 묻은 부스러기를 툭툭 털며 황제가 말했다.

"아주 든든하구려, 공."

"과찬이시옵니다."

"참, 영휜서의 별종들은 제대로 일을 하고 있소? 들어보니 죄공들의 몫인 듯한데. 무능하면 이제라도 자를까?"

놀리듯이 가볍게 던진 물음이었다. 하지만 노신들은 누가 먼저랄 것도 없이 허겁지겁 답변했다.

"아니옵니다."

"그럭저럭하고는 있습니다."

"마, 만족스럽지는 않지만."

서둘러 구질구질한 변명이 이어졌다. 이 자리에서 나온 이야기들은 전부 그 문제아들에게서 나온 것. 대신들의 머리로 떠올린 것은 아무것도 없으니 당장 그들을 자르게 되면 앞으로 세밀한 계획을 짜고 실행하기가 곤란했다.

"아, 그래? 그럼 됐구려."

자르는 것이 불가능하다는 대답에 황제는 편안하게 등받이에 파묻혔다.

"허면 사당패를 데리고 오는 것도 그 이들에게 시키시오. 별로 하는 것도 없는 듯한데 그런 시시한 거라도 해야지. 아니 그렇소?"

하찮은 소일거리를 하는 데 귀한 일손을 동원할 수는 없다. 시시한 일 처리는 공식적인 백수들에게 시키자. 대수롭지 않게 내린 황제의 명령은 과연 반론할 여지도 없이 타당했다.

"그리 하겠사옵니다."

하긴. 그래, 그런 일은 그런 놈들에게 시키는 게 맞긴 하지. 대신들은 떨떠름한 줄도 모르고 나란히 명을 받들었다.

* * *

만년 구석데기 신세인 영훤서에 모처럼 공식적인 황지가 내려왔다. 내용은 나례에 대한 승인과 지시 사항.

날짜에 맞추려면 당장 공연에 참여할 사당패를 구하러 나가야 할 지경이었다.

'빠르기도 하시지.'

황제가 원하던 쪽이 이쪽이 맞았나 보다. 정윤은 황제의 조속한 처리에 역시나 했던 짐작을 확인할 수 있었다.

"저요, 저! 제가 다녀올게요!"

어제만 해도 일하기 싫다고 징징대던 모연이 번쩍 손을 들고 일감을 자처했다.

"제발요! 제가 열심히 일할 수 있게 해 주세요, 네? 네?"

나가면 또 얼마나 농땡이를 피우다가 들어오려고. 처량한 눈으로 매달리는 그녀를 무시하고 말들이 오갔다.

"아니면 어쩌나 했는데 폐하의 심중을 제대로 읽었나 봅니다."

"다행이에요."

"뭐가 다행이야. 이로써 할 일이 또 추가된 셈이지."

지난밤, 골머리를 앓았던 그림에서 그들의 발목을 잡은 것은 한 가지가 더 있었다.

실은 모르고 그냥 지나칠 뻔도 했지만, 시종일관 폐하의 그림 실력이 꽝이라고 흉봤던 모연의 꼬투리가 시발점이 되었다.

- 근데 정말 다시 봐도 폐하께서 그림은 못 그리신다니까요. 아니면 연을 한 번도 안 날려 보셨나? 애들 팔 꺾인 거 보세요. 이렇게 해서 연을 어떻게 띄운담요.

다 끝났다고 집어넣으려는데 그녀가 이것 좀 보라며 손가락질했다. 덩달아 들여다보던 정윤도 가볍게 동의했다.

- 그러게요. 연 무늬도 이상하네요. 괴수 얼굴 같기도 하고. 아닌가? 사람 얼굴인가? 보통 연에는 태극문이나 운문을 넣지 않아요?

- 어? 언니 눈에도 그렇게 보여요? 잠깐만요! 저 그림 한 번만 더 볼게요!

모연은 순식간에 심상찮은 얼굴이 되어 그림에 달려들었다. 사실

자기는 그 부분이 처음부터 계속 이상하다고 생각했었다면서, 다만 시문과 관련이 없어서 말하지 않았는데 이질감을 느낀 게 본인뿐만이 아니라면 조금 더 자세히 살펴볼 필요가 있다고 했다.

- 왜, 뭔가가 걸려?

방금 산 하나를 넘어왔는데 또 산인가. 연 날리는 아이들을 꼼꼼히 살펴보던 그녀가 그 부분을 손가락으로 가리키더니 대뜸 기묘한 춤사위를 보이기 시작했다. 가만히 지켜보니, 춤이라기보다는 연극에 더 가까웠는데 사자 흉내도 내고, 할머니 흉내도 내고, 꼽추 흉내도 내 보였다.

- 갑자기 이러면 너랑 더 멀어지고 싶은데.

- 에에? 이렇게까지 재현했는데도 모르시겠어요? 대체 풍류 생활에 얼마나 눈이 어두우신 거예요?

해경에게 핀잔을 준 그녀가 다시 한번 했던 동작을 반복했다.

- 제가 방금 한 이거. 그림 속 아이들의 모습을 따라 한 거예요. 그리고 흉내 냈던 몸짓. 그건 연에 그려진 가면 탈을 따라 해본 거고요.

- 연 무늬가 가면이라고?

모연은 대답하는 대신 의자에 착석하는 것으로 긍정을 드러냈다. 조심스럽게 모두를 바라보던 그녀가 신중한 추측을 꺼내 놓았다.

- 제 생각이 맞는다면 이건 셋째 날에 대한 밀명 같아요. 둘째 날에 대해서도 원하시는 바가 있으셨는데, 셋째 날이라고 의미 없이 낭비할 리가 없어요.

- 그래서 네 생각은 어떠하냐. 폐하께서 원하시는 건?

- ……광대놀음이요. 아이들의 동작, 연에 그려진 탈의 무늬. 이건 모습만 다르게 해서 숨겨 놓았을 뿐이지 광대들의 가면희가 분명하거든요.

그래서 그녀를 믿고 지른 것이다. 의심 반 확신 반의 긴가민가한 상태였지만 셋째 날에 나례를 넣는 것이 어떻겠느냐 넌지시 제안한 건 그런 이유에서였다.

뭐, 결과적으로 잘 들어맞았고 행사의 마지막을 가면극으로 장식하게 되었다. 정윤이 먼저 싱긋 웃으며 애처로운 눈빛을 한 모연의 손을 들어 주었다.

"그냥 보내드리죠. 어차피 아우님이 아니었다면 놓쳤을 내용이니까요."

"그렇죠, 바로 그거죠! 인지상정!"

"아, 근데 넌 그걸 어떻게 눈치챈 거야? 난 아무리 봐도 모르겠던데."

"기녀들이 바깥나들이를 가면 제일 먼저 구경하러 가는 게 가면희거든요. 제가 그쪽에 대해선 좀 잘 알죠. 엣헴. 어렸을 때 저도 거기에 자주 데려가 줬거든요."

어렸을 때? 정윤이 눈으로 질문했지만 마음이 들뜬 모연은 그걸 보지 못하고 쏜살같이 책상을 정리해 뛰어나갔다. 어느 정도 암묵적인 동의가 이뤄진 이 기회를 놓칠 수 없었다.

"그럼 전 이만! 수고들 하세요! 연희에 부를 사당패는 책임지고 구해 오겠습니다!"

당최 어떤 급한 일이 있는 건지 뒤도 돌아보지 않았다.

그걸 허탈한 웃음으로 보다가 승학이 따라서 자리를 정리하고 일어섰다.

"그럼 우리는 나례가 열릴 곳을 미리 다녀와 봐야겠습니다."

그가 정윤에게로 손을 내밀며 가볍게 까닥거렸다. 어서 잡으라는 건데 정윤은 잠시 눈을 깜박거렸다.

우리? 어, 그런 얘기는 사전에 못 들었는데…….

"네, 미리미리 다녀와야 필요한 것도 준비할 수 있겠죠?"

하지만 지금 들었으니 된 거 아닌가. 어쨌든 듣기만 하면 됐지. 목적지도 묻지 않은 채 그녀는 덥석 내민 손에 달라붙었다.

* * *

하늘하늘 꽃잎이 떨어지는 길을 걷고 있노라니 마치 한 폭의 그림 속에 들어와 있는 듯한 기분이 든다. 서궁의 비화림까지는 초행이라 정윤은 승학의 손에 의지해 걸으며 연신 감탄했다.

"정말 이곳에서 가면희를 한다고요?"

비화림은 대대로 황후의 전용 정원으로 이용하던 곳이다. 꽃이 비처럼 떨어진다 하여 그렇게 이름 붙인 것인지, 가는 내내 나비가 두 사람 주위를 맴돌며 날개에 묻은 꽃가루를 털어냈다. 입을 벌리고 구경하는 그녀를 향해 승학이 부드럽게 눈매를 풀었다.

"의미가 있는 장소이니 아마 그리될 겁니다."

"무슨 의미…… 아."

호화로운 풍경에 취해 잠시 현실을 망각할 뻔했다. 자안황후는 바로 이곳에서 혜제를 따라 숨을 거두었다. 황후가 스스로 목을 매달아 자살했다는 공간에서 꽃구경을 즐기고픈 이는 없었기에 같은 이유로 이 아름다운 곳은 그간 냉궁이나 다를 바 없이 취급 당해왔다.

지금은 그저 비밀스럽고 아름다운 폐원의 신세. 발길이 끊겨 이끼가 잔뜩 낀 돌기둥을 정윤은 승학의 손을 잡고 돌았다.

그렇게 얼마나 걸었을까. 점점 공간이 부채꼴 모양으로 넓어지더니 전설 속에서나 나올 법한 연못이 고개를 내밀었다. 정원의 최중심부, 연못의 한가운데를 차지한 것은 소담한 팔각정이었다.

"저 정자가 보이는 이 주변에서 무대를 마련해야 할 겁니다."

기록에 남아 있었던 그 애달픈 정자가 바로 저건가. 승학의 목소리를 따라 정윤은 푸른 물결에서 반듯한 돌길로, 다시 아담한 처마 끝으로 눈을 옮겨갔다.

연화정. 소담하게 걸려 있는 현판을 작게 소리 내어 읽었다.

아내에게 선물한 정자였으니 현판 또한 혜제의 친필로 써서 올렸을 것이다. 하지만 그도 몰랐겠지. 사랑하던 아내가 저곳에서 목을 매달 줄은.

뻑뻑해진 눈시울을 다독이려 정윤은 속눈썹을 내렸다. 까맣게 가려진 시야는 눈앞의 정자를 가리는 대신 그녀가 보지 못하는 과거를 들춰 보여 주었다.

햇살이 들이치는 창가에서 손목을 잡고 한 자, 한 자 획을 긋는 남자가 보였다. 그런 남자의 뒷모습이, 얼굴이, 그의 행복한 어깨가 커다랗게 다가왔다.

'왜 이런.'

가슴 아픈 잔영을 물리치듯 그녀가 눈꺼풀을 확 치켜떴다. 말도 안 되게 이입되는 감정을 물리치려 일부러 밝은 목소리도 냈다.

"연꽃의 정자라니. 연못과 잘 어울리는 이름이네요."

"그렇기도 하고. 글자 그대로 자안황후를 뜻하는 말이기도 합니다."

죽은 황후의 이름은 연화. 그녀는 연꽃 그 자체였다.

잡은 손을 이끌어 정자로 데려가며 승학은 다정하게 정윤을 챙겼다. 옷자락마다 스며들 것 같은 온유함에 그녀는 더욱더 극명하게 현장의 비운을 느꼈다.

삐그덕. 삐그덕.

나무계단이 우는 소리다.

조심스럽게 사려 밟아도 정자의 계단은 밟힐 때마다 고통스러운 신음을 냈다.

정윤은 저도 모르게 붙잡고 있던 난간에서 손을 뗐다. 함부로 건드려서는 안 될 것 같은 조마조마하고 여린 심정이 들었다.

'시들어가고 있었구나.'

숨죽여 둘러 본 내부는 밖에서 볼 때와는 달리 오래도록 방치

된 흔적이 역력했다. 왜 아무도 이곳을 찾지 않는지 그제야 제대로 실감이 났다.

춥고 외롭다. 기둥 사이로 바라본 액자 속의 낙원은 쓸쓸한 풍경이었다.

부부가 나란히 서서 웃었을 정자에서, 여인은 저 위 서까래 어딘가에 길고 흰 천을 동여매었을 것이다. 그리고 모질게 세상을 등졌겠지. 그런 생각을 하면 불지도 않는 찬바람이 귀밑머리를 쓸고 가는 것 같았다.

공간은 여자가 죽은 그날에 시간이 멈췄다.

'그 정도로 의미가 없었을까. 혼자 남겨진다는 건.'

자기 손으로 생을 끊어 내면서까지 따라가는 사랑이란 대체 무엇일까. 지독하다고 생각하면서도 눈 밑이 뜨거워지는 것을 막을 수가 없다.

정윤은 애써 잠긴 목을 떨쳐냈다.

"선황 폐하의 마음이 대단히 깊었나 봐요. 아내의 이름을 딴 정자라니, 근사한데요."

승학이 따스한 표정으로 되돌아보았다.

"마음이 깊으면 무엇이든 해 주지 못할 게 없겠지요."

무엇이든. 가슴이 울컥한 단어에 정윤은 왠지 반감이 들었다. 무엇이든 목숨이라도 걸게 될 것 같아서였다.

"그렇지만…… 해 준다는 건 어쩌면 앗아가는 걸 수도 있잖아요. 사랑하면 할수록 빼앗기는 거예요. 자안황후께서도 선황을 그렇게까지 깊게 사랑하지 않았다면 목숨 같은 건 내놓지 않았을지도 모르잖아요."

연인에게 가진 것을 다 빼앗기고 나면 무엇을 갖고 살아가나요? 살아갈 수 없을 거예요. 빈손으로는 아무도. 그래서 결국엔 이렇게 목숨을 걸어버리고……. 정윤은 회의감을 가장해 낮게 읊조렸다.

그리고 슬프게도 바랐다. 그러니 당신, 아무리 나를 사랑하더라도 무엇이든 해 주지는 말라고.

만약에 아주 만약에 설혹 내 비밀이 드러나더라도, 그래서 당신이 알고 있는 나란 사람이 전부 거짓으로 밝혀지더라도, 해서 종내에 내가 저지른 잔인함에 몸서리를 치더라도.

그래도 다 해 주지 말고, 감싸 주지 말고, 이별해도 괜찮다고.

제게 다 앗긴 후에 이별을 통보하게 되면 그때 그의 마음이 얼마나 괴로울까. 정윤은 그가 많이 아프지 않기를 바랐다. 그런 생각을 가면 가슴이 무너졌다.

구슬프게 떨어지려는 눈망울에 파문이 떠오른 건 그때였다. 귓가에 곧게 떨어진 목소리가 가라앉던 심장을 덥석 움켜잡았다. 한 사람에게만 집중된 열망이었다. 뒷걸음질 치려는 정윤의 팔을 승학이 한 발 더 앞서 강한 힘으로 잡아당겼다.

"황후께서 사랑에 목숨을 빼앗기셨대도 빈손으로 가지는 않으셨을 겁니다. 그분은 목숨을 버리는 대가로 선황의 마음에 자신을 새기셨습니다. 절대로 잊히지 않을. 죽음으로 상처를 줘서라도 영원히 기억될 자기 자신을요."

연인에게 절대적인 존재로 남는 방법은 두 가지다. 그를 대신해서 죽거나 그를 좇아서 죽거나. 그러니 먼저 떠났다 해도 선황은 아픔 속에서 몸부림을 쳤을 것이다. 자신 때문에 죽음을 선택한 아내 때문에 그는 고통으로 갈기갈기 찢어졌을 것이다.

"그러니 잊히지 않을 겁니다. 황후께선 그것으로 영원히 선황 폐하를 가지게 되시는 겁니다. 자신을 따라 죽은 정인을 어느 사내가 잊을 수 있겠습니까. 평생 잊지 못하겠지요."

"……!"

"본래 그런 것입니다, 소저. 빼앗기지 않을 수도, 빼앗지 않을 수도 없습니다. 그러니 걱정 말고 가져가셔도 됩니다. 전부 뺏기더라도 저는 소저라면 괜찮으니까. 드리고 일부분이라도 얻으면 되니. 그 정도 마음은 제게 주실 것 아닙니까."

속삭이듯이 퍼트리는 음성인데 이렇게까지 뜨거울 수가 있을까. 그의 까만 눈 속에는 시든 폐원이 없었다. 그저 아끼는 연인 하나만 남아 있었다.

설령 빈털터리가 되더라도 정말 아무것도 남지 않는 건 아니라면서 사랑의 이기심에 대해 이야기했던 그는 이제 다시 자세를 낮추고 그녀의 마음 한 귀퉁이를 구걸하고 있었다. 그로부터 오는 설렘이 두렵고 버거워서 정윤은 눈을 질끈 감아 버렸다.

"대답 정도는 해 주시지. 힘들면 끄덕여만 줘도 괜찮은데."

혹여나 부담이 될까 금세 장난스러워진 말투였다. 정윤은 대답 대신 벅찬 고개를 꾹 아래로 내렸다.

"잘했습니다. 착합니다."

붙잡고 있던 팔을 그대로 끌어당겨 승학은 그녀의 몸을 가볍게 품에 넣었다. 그대로 안고 가만히 뒤통수를 쓰다듬어 주었다.

만져 주는 느낌이 따뜻해 정윤은 눈을 감은 채로 넓은 어깨에 살며시 뺨을 기댔다. 그때를 기다린 듯 수풀 속에서 웅크리고 있던 여치가 조그마한 목소리로 울었다.

이건 누구의 울음소리일까. 죽은 여인이 보내는 경고? 위로? 아니면 응원?

다물린 속눈썹이 섬려한 떨림으로 들썩였다.

언제나 과분한 욕심이었던 사람. 나의 부족함을 느끼게 만들었던 남자. 이런 사람이 제게 무한히 해 주고 상처 입게 된다면 견디지 못할 것이다. 정윤은 자신을 감싼 품으로 깊숙이 파고들어 갔다. 이기적인 욕심이 차마 전하지 못한 바람을 그 안에 심어 놓았다.

'아니요. 그러지 마세요, 공자. 사랑에는 목숨을 걸지 마세요. 선황은 아주 많이 슬펐을 거예요. 자신이 준 사랑에 목숨을 건 아내 때문에 그는 제 가슴을 찌르고 싶었을 거예요.'

부족한 내게 당신이 너무 많이 빼앗겨 주지 않기를. 등을 갑갑하게 감아쥐는 품속에서 정윤은 간절히 기도했다.

끌어안은 두 사람 뒤로 강한 바람이 불었다. 시샘 어린 눈으로 훔쳐보던 나뭇잎들이 바삐 흐트러지고 작게 웅크려서 울던 여치도 어디론가 사라졌다.

그러나 바람은 흉한 것 또한 가리지 않고 드러낸다. 무성한 잎들이 흔들리면서 그 사이에 숨어 있던 독기 어린 시선이 삐죽이 노출되었다.

숨어서 애틋한 광경을 노려보고 있던 시현은 휴대용 지필묵을 꺼내 자신이 보고 있는 것을 빠르게 종이 위에 적어 나갔다.

읽는 이가 이것을 보고 질투심에 휩싸일 수 있도록, 속병이 날 만큼 분개할 수 있도록, 해서 저 둘을 떨어트릴 수 있도록. 독한 마음이 더해져 서찰의 내용은 사실보다 더 비대한 살이 붙은 채로 완성되었다.

두 사람의 애정을 과장하여 마무리 지은 편지를 흡족하게 읽어보며 시현은 종이를 접어 고이 소매 속에 넣었다. 궐 밖으로 부칠 편지였다.

* * *

담벼락 앞에서 초조한 발이 원을 그리며 우왕좌왕했다.

"아씨."

싸리문이 살그머니 벌어지더니 익숙한 얼굴의 몸종이 움츠린 어깨로 다가와 보퉁이를 내밀었다. 상기되었던 모연의 눈매가 단숨에 실망감으로 무너졌다.

"또야?"

"저어, 그리고 이제 다시는 오지 마시라고……. 이것도 한 번만 더 가져오면 땔감으로 던지겠다 그리 전하라고……."

"하!"

모연은 반항기 가득한 손길로 보퉁이를 낚아챘다. 으름장을 들었지만 무섭기보단 분한 심정이 강했다. 고름은 풀어보지도 않은 채 그대로였다.

성마른 손길로 고름을 풀어헤치니 안에 든 것은 곱게 싸인 책이었다. 모연은 그걸 다시 불쑥 몸종의 배에 들이밀었다.

"알겠으니까 그럼 이것만이라도 봐 달라고 전해 줘."

"아이고, 제발. 아씨."

몸종은 이러지도 저러지도 못하고 사이에 껴서 안절부절못했다. 아씨의 말을 듣자니 모시는 주인의 엄명이 걱정되고, 주인의 뜻대로 하자니 눈앞의 아씨가 가여워지는 탓이었다.

시간이 정처 없이 흐르자 모연의 눈가가 서서히 벌게졌다. 울컥한 그녀가 몸종을 밀치고 달려들었다.

"자신 없으면 아범은 비켜."

뚫듯이 걸음을 쇄도해 허름한 초가의 문을 박차고 침입했다. 들어서자마자 매서운 지청구가 떨어졌다.

"이놈!"

허락도 없이, 여기가 어디라고! 꾸짖고 혼내는 나이 든 남자의 노성이었다. 비단으로 감싸진 모연의 부유한 차림새와는 확연하게 대비가 됐지만, 무명옷을 입었다 해서 꿇리는 듯한 기세는 전혀 없었다.

모연은 곧장 전진해 그의 누추한 옷깃을 손에 잡으려 했지만 잠깐 손아귀에 들어왔던 천 자락은 야멸차게 빠져나갔다.

씩씩거리는 숨소리에 성화가 섞여 나갔다.

"책 나온 날, 왜 강가에 안 나오셨어요?!"

"고작 그런 걸 따지러 온 게냐."

참 철도 없다는, 한심한 어린아이를 대하는 듯한 태도에 모연은 더욱 분개했다.

"제가 부탁했잖아요."

"그건 내가 할 말이로구나. 여기 오지 말라고 누차 말했었지."

"한 권은 읽어보셨어요?"

"……."

"한 권이라도 읽어는 보셨어요?"

돌아앉아 장작더미를 불쏘시개로 쑤시던 남자는 말이 없었다.

모연은 억지로 화를 삭이듯이 숨을 몰아쉬며 그 뒤에 털썩 주저앉았다.

"안 보셨구나."

"……."

"정말 안 봤어."

장작불에서 타닥타닥 불티가 튀겼다. 그 후로 질식할 것 같은 고요함이 내려앉았다. 한 사람은 등을 보이고 앉아 끝내 붉은 불씨만 바라보고, 또 한 사람은 끝내 그런 야속한 등을 향해 움직이지 못한 채로 굳었다.

서로 언성을 높이다가 갑자기 툭 소리가 끊겨버린 공간. 다시 그 단면을 이은 건 실망감이 가득 찬 모연의 우울한 목소리였다.

"부모님을 주인공으로 했어요. 모르시겠지만 이거요, 인기도 엄청 많아요. 매달 말일에 책이 나오는 날이면 다들 서로 먼저 보려고 줄을 선다고요. 정작 봐 줬으면 하는 사람들은 보지도 않지만……."

상대가 듣는지 안 듣는지도 모를 이야기를 그녀는 힘없이 중얼거렸다. 훌쩍이면서 말하다가 피시시 자조하기도 했다.

"아버지 재능이 저한테 있나 봐요. 저도 창작에 소질이 있는지 글이 잘 써지더라고요."

억지로 무시하고 있던 등이 그 말에 날카롭게 방향을 돌렸다. 우물거리는 모연에게 뭐라 쏟아내고픈 말이 있는 듯했는데 주먹을 꽉 쥐며 감내했다.

"들려주셨던 추억들. 상상해서 열심히 썼어요. 어머니한테 첫눈에 반하셨던 거, 마음을 얻으려고 그림도 그리고 글도 쓰셨던 거. 밤에 두 분이서 뱃놀이를 자주 다니신 것도."

《매달 말일 달빛이 고인 강가에서 뵙겠소.》

부모가 몰래 숨어 만나던 시절. 모연은 두 사람이 서로 밀약하듯 나눴다던 그 말이 너무나 듣기 좋았었다. 그래서 매번 그 문장을 끝으로 책의 마지막을 장식했다.

세인들은 그것이 그저 다음 권의 예고일일 뿐이라고 생각했지만 아니, 그건 약속이었다. 연인의 약속.

그러니 읽었다면.

"그래서 전 매달 강가에 배를 빌려 두고……"

그걸 읽었다면 반드시.

"달빛이 뜰 때까지 기다리고……."

어떻게든 찾아올 것이라고.

"동이 틀 때까지 서서……."

생이별을 한 세 식구가 다 같이 모일 수 있을 거라고 들뜬 마음으로 기대했다.

"그런데 아무도 안 나오셨어요."

기대는 매달마다 처참하게 부서졌지만, 그래도 포기하지 못한 채 바라고 바라다가 결국 여기까지 왔다. 모연은 두 손으로 쥐고 있던 책을 아무 표정도 보이지 않는 등에 대고 내밀었다.

"부탁이에요. 한 번만 읽어 주세요, 아버지."

아버지라는 호칭에 낡은 무명배자가 크게 들썩거렸다. 받아 주길 기다리고 기다리다가 결국 흙 밑에 고이 내려놓는 작은 소리에 남자는 억장이 무너지는 참담함을 느꼈다.

작고 하찮은 이야기라 소설(小說)이라 한다. 하지만 그것은 귀족들에게나 그러한 법이지 세상 사람들에게는 가장 즐겁고 흥미로운 이야기로 통했다. 남자가 모를 리 없었다. 한 권도 읽지 않았을 리 없었다. 한 권도 읽지 않을 수가 없었다.

젊은 시절, 자신이 했던 일이 아닌가.

글쓰기에 재능이 있어 그도 정인의 마음 얻고자 자주 글을 쓰고 그림을 그렸다. 한 번만 봐 주기를 바라는 마음에 과거 공부도 내팽개치고 소설가라는 직업에 몰두했다. 글쓰기도 좋았고 제 글을 아껴 주는 정인도 좋았다. 그러다 아내를 얻고, 어여쁜 딸아이도 얻었지만…….

남자는 번져가는 기억을 끊어 낸다. 전부 자신이 했던 짓이었다. 그걸 제 아이가 부모의 마음을 얻고자 이리 좇아 할 줄은 미처 몰랐다. 애써 바닥을 외면하며 그가 소리가 나오지 않는 목을 고통스럽게 쥐어짰다.

“이건 어른들의 사정이다. 왜 네가 부모의 일에 미련하게 발목을 잡혀. 어리석은 것.”

“저도 어른이에요. 가문에서 저 역시 쫓아낸다 하면 나가면 되고요. 더 이상 눈치 안 본다고요.”

“말도 안 되는 소리! 너는! 너는 그렇게 살아서는 안 돼! 우리가 어떤 심정으로 너를 보냈는데……!”

분노인지 슬픔인지 알 수 없는 감정이 용솟음쳤다. 속의 말을 하지 못해 숨이 안 통하는 것처럼 가슴이 답답했다. 안다. 소설 속의 이야기처럼 세 식구가 단란하게 행복했던 때가 있었다.

일패 기생과 귀족 남자. 혼례식도 없이 낳은 부정한 아이.

손가락질을 받았지만 아무렴 어떠냐 싶었다. 그런 비난은 그들

가족을 조금도 해칠 수 없었다.

별일이 없었다면 아마 지금도 그렇게 살고 있었을 것이다. 그런데 애지중지 키운 딸아이가 해가 갈수록 너무도 영특하게 자라는 것이 눈에 띄었다. 그런데도 나가면 늘 반푼이 취급을 당하는 것을 그는 부모의 심정으로 도저히 견뎌낼 수가 없었다.

"우리는 너를…… 아주 귀하게 키웠다."

너무 귀해서. 너무 사랑해서.

그래서 가문에 찾아가 아이를 의탁했다. 이대로 영영 반푼이인 채로 살아가게 하기엔 내 자식의 인생이 너무 가여워질 것 같아서. 그러기에는 자식을 너무 사랑했으니까.

가문은 아이를 거둬가는 대신 조건을 내걸었고 어미부터 아이의 인생에서 지우려 했다. 아내는 눈물을 흘리며 그것을 수용했지만 그는 차마 그러지 못해 미친 듯한 발악 끝에 기어이 가문을 등지고야 말았다.

그리고 긴 시간이 흐른 지금은 딸의 인생에 누가 되지 않게, 내 아이가 온전한 귀족으로 살아갈 수 있게 날숨 하나도 조심해가며 살아가고 있었다.

"너를 가졌을 때 네 어미는 입에 안 맞는다면서도 좋은 것만 챙겨 먹었다. 그늘진 곳에는 앉지도 눕지도 않았다. 마애불의 코를 만지면 예쁜 애기가 들어선다고 부른 배로 매일같이 산길을 탔지. 그만큼 우리에겐 네가 소중했고……"

변명같이 들릴 것이다. 아니, 변명이 맞지만 그래도 알아듣기를 바랐다. 이별은 전부 너를 위한 일임을. 너를 위하는 길이었음을. 헤어짐을 선택한 어리석은 부모의 결정을 부디 이해해 주기를.

꺼낼 수 없는 진심을 대신하여 빙빙 허공을 도는 말들이 쏟아져 나왔다.

'아직 혼처도 없이…….'

그는 자신의 결정이 바보 같았다고 생각하지 않았다. 부모의 잔재는 심지어 아직까지도 딸의 앞길을 방해하고 있었다. 지금도 그랬다. 딸아이에게 여태 혼처가 정해지지 않은 것도 서러운데 출사를 해서도 궐 구석에 처박혀 허드렛일이나 하는 신세였다.

"딴생각하지 말고 얌전히 가문에 붙어 있거라. 좋은 곳에 갔으면 잘 살아야지 무엇 하러 자꾸 이런 곳에 기웃거려. 귀애루에도 심심찮게 발길 한다는 것을 내 다 안다. 문중에서 그걸 곱게 볼 성싶으냐!"

"제가 제 어머니 보러 가는 거예요. 그런 것까지 눈치 보며 살아야 할 만큼 전 가문의 뒷배가 아쉽지 않거든요."

"가거라. 그리고…… 다신 오지 마."

소요가 일었던 마당에 발자국이 띄엄띄엄 찍혀 멀어진다. 모연은 그 뒷모습을 눈에 담지 않으려 힘겹게 내리깔았다.

"안 오려고 했는데. 했는데도 안 됐던 건데."

* * *

외궁 뒤뜰, 한적한 공간에 소리꾼의 야성이 퍼져 나갔다. 풀 한 포기, 흙 한 줌마저 칼같이 관리되었을 버드나무 사이에 잡초 같은 외줄이 걸리고, 거친 노랫소리를 뒤이어 싸구려 합죽선이 경쾌한 음률을 내며 움직였다. 멀리서 관망하던 황제가 뒤를 돌았다.

"네가 책임관이냐?"

솜털이 선 채로 불려온 모연은 전혀 친하지 않은 척 데면데면하게 구는 황제의 하문에 서둘러 관모를 숙였다.

"예, 폐하. 제, 제가 명을 받아서."

"왜 저리 외진 곳에 자리를 내줬느냐. 그래서 제대로 감독이나 할 수 있겠느냐?"

목청이 뾰족하게 울리자 가뜩이나 긴장하고 있던 모연은 더욱 벌렁벌렁하게 콧구멍을 키운다.

실수하면 안 된다. 핑계를 잘 대야 한다. 사방에서 황제를 모신다는 명분하에 시퍼런 눈과 쫑긋 세운 귀로 그녀를 주시하고 있었다.

"아무리 그래도 사당패라 내궐까지 출입하게 하기에는 문제가 있사옵고……."

"그리고?"

"그리고 또, 어, 그러니까 보안! 보안 때문에 그렇사옵니다! 폐하의 탄신일 동안 국외에서도 사신들이 올 터인데 외부인이 쉽게 들락날락할 수 있으면 아무래도 허튼 일을 꾸미는 자들에게 기회를 줄 수도 있으니까요!"

그럴싸하게 들리는 말일까. 보이는 게 황제의 신발 앞코밖에 없어서 모연은 목을 숙인 채로 남몰래 진땀을 흘렸다.

실은 숨겨 두려는 의도로 저들을 외궁으로 빼돌렸다. 그래야 무슨 연습을 하고 있는지 쉽사리 알려지지 않을 테니까. 물론 이 역시도 황제와 사전에 말을 맞춘 사항은 아니라서 재주껏 연기하는 수밖에 없었다.

으, 나 제대로 대답한 거야? 입술을 바짝 태우던 그때 희미하게 웃음이 담긴 동조가 떨어졌다.

"일리 있는 말이로군. 하기야 그런 시기를 이용하려는 못된 작자들이 있지."

그래, 그런 작자들이 바로 여기에 있다. 그 1순위 주동자인 황제가 뒷짐을 지고 있던 손을 풀며 감추고 있던 서책을 선뜻 찔러 넣었다. 겉면이 휑한 이름 없는 서적이었다.

"이번 가면희에 올릴 가극이다."

이게 대체 뭔데 제목도 없이……. 모연은 최대한 어깨를 좁혀 거의 훔쳐보다시피 종이를 후르륵 넘겼다. 대강 아는 내용이었다. 용과 봉, 이리, 몽괴 같은 기이한 동물들이 나오는 신수림전이었다.

문제 될 건 없는가 하고 넘기며 보는 동작에 속도를 더했을 때였다. 부드럽게 넘어가던 종이가 특정한 지점에서 틱 하고 걸리듯이 멈췄다.

앞부분은 누렇게 변색 된 낡은 종이인데 그 지점 이후부터만 어색하리만큼 종이가 하얗고 빳빳했다. 새로 끼워 넣어진 부분이란 걸 알려 주기라도 하듯 새 종이 특유의 냄새가 올라왔다.

"가극에 잘 쓰는 이야기는 아니지만 그래도 꾸며 놓으면 구경하는 재미가 있을 게야. 교훈도 있으니 다 같이 보기에도 유익할 테고."

"저기, 폐하."

"지금부터 준비해도 시간이 빠듯하니 얼른 저들에게 탈을 만들 재료를 주고 나례 때까지 완벽히 준비하도록 하여라."

황제는 고의적으로 모연의 말을 무시했다. 다급해진 그녀가 다시 한번 입을 열려 했으나 이번에는 아예 하지 말라는 손짓에 가로막혔다.

"저들이 가극을 완벽히 선보일 수 있도록 모든 지원을 아끼지 말라. 황명이다."

급기야는 엄명으로 박음질까지 당했다. 모연은 별수 없이 풀밭에 무릎을 꿇고 예, 라는 답변을 올렸다.

짧은 만남이 종료되자 황제의 주위를 다시 수많은 궁인들이 둘러쌌다. 꿇어앉아 몸을 조아리고 있던 모연은 제 옆을 스치듯 지나가는 사람들에게서 집요한 시선이 떨어지는 것을 느꼈다.

무슨 책이지? 어떤 내용이지? 시시한 것? 아니면 중요한 것? 사소한 정보라도 빼내려는 듯한 따가운 첩자들의 눈이었다. 들킬 것 없이 잘 연기했다고 생각했는데도 심장이 무섭게 두근거렸다. 그 속에 적과 내통하는 자가 몇인지는 짐작조차 할 수 없었다.

* * *

'신수림전이라면.'

책장 사이를 거니는 정윤의 손가락이 정렬된 수십 권의 책등을 의미 없이 쓸고 지나갔다.

가면극에 쓸 이야기가 무엇인지 참고하러 왔다. 그 말에 황궁 서고의 관리인은 군말 없이 모든 구역의 출입을 허가해 주었다. 평소에 사사건건 시비를 걸던 행태와는 천양지차라 우스울 정도였다.

한참을 뱅뱅 돌던 그녀가 뒤꿈치를 번쩍 들어 빽빽한 책등 사이에서 한 권의 책을 뽑아냈다.

"하루 이틀 정도 빌려 갈 수 있나요?"

황궁 서고의 책은 특별한 사항이 아닌 이상 반출되지 않는다. 잘 알고 있었지만 정윤은 허가를 가장한 떳떳함을 과시했다.

"일…… 때문이십니까?"

관리인이 표정을 엿보듯이 살폈다.

"당연히."

"이번 가면극과 관련 있는?"

하, 하마터면 이 부분에선 헛웃음을 터트릴 뻔했다. 이런 어설픈 작자가 있나. 이리도 운을 띄우는 게 허술해서야.

하지만 한편으로는 기분이 으쓱하기도 했다. 이전까지는 해 씨라고 다들 상대도 안 해주고 무시하더니, 지금은 이렇게 말도 걸어 주고 제법 자신의 눈치까지 살피고 있지 않나.

'역시 인간은 어디서든 핵심인사가 돼야 한다니까. 내가 잘 나가면 알아서 와서 붙지.'

하지만 지금 이렇게 들러붙는 건 친분 목적이 아니라 염탐 목적이라는 걸 안다. 그녀가 허리를 깊이 숙여 책상 위의 붓을 잡곤 산뜻하게 눈을 접었다.

"예, 그렇긴 하지만…… 그래도 쉿, 발설해선 안 됩니다. 이번 공연은 아주 깜짝 공연이라 보안이 심히 높아졌거든요."

입은 간지럽히듯이 속살거리면서도 손은 간결하고 빠르게 움직인다. 얼굴을 붉히는 관리인의 면전에 서책의 제목과 서명을 적어 던진 정윤은 유유히 서고를 나섰다. 밖은 벌써 까만 어둠이었다.

아, 요새 계속 야근이네. 뻐근한 목을 좌우로 꺾으며 어깨를 퉁퉁 두드렸다.

이젠 새우잠을 자는 것에도 익숙해졌고, 빛이 어두워져도 복잡한 대궐의 샛길을 제집처럼 잘 찾아가는 경지에 이르렀다.

어느덧 이 각박한 궁 생활이 익숙해졌다는 사실에 정윤은 어이가 없는 코웃음을 쳤다. 너무 익숙해져서 이렇게 컴컴한 와중에도 가야 할 방향과 사물의 위치를 정확하게 파악해낼 정도였다.

그래서 어둠 속에 무엇이 감추어져 있더라도 이렇게 손쉽게 잡아내고야 만다.

"자네, 어디로 가는 건가?"

밤길을 헤치던 그녀의 걸음이 인적 드문 각사 앞에서 멈춰 섰다. 설마 발각되리라곤 생각하지 못했는지 기둥 뒤에 숨어 있던 그림자가 그 말에 출렁거렸다.

"가엾게도. 밤길에 길을 잃었나."

정윤은 고의적으로 위압감을 주는 발소리를 퍼트리며 그림자 앞으로 다가가 섰다. 음지에 몸을 숨기고 있던 새앙머리의 나인이 천천히 고개를 들었다.

"다시 뵙습니다, 나리. 야심한 시각까지 공사가 다망하신 모양입니다."

들켰는데도 뒤처리가 제법 유연한 편이었다. 과연 보통내기가 아니라는 뜻이겠지. 정윤은 비슷하게 부드러운 태도를 취했다. 저번에는 바보같이 아무 말도 못 하고 얻어맞았지만 이번에는 그렇게 눈 뜨고 당해줄 마음이 없었다.

"그래, 바쁘지. 그래도 충실해야지. 제대로 해내지 못하면 모든 것이 수포로 돌아가게 되니 말일세."

"그렇군요."

의미 없이 추임새를 넣으며 시현의 재빠른 눈알이 서책을 낀 정윤의 옆구리로 흘러들어 갔다. 흘끗 훔치는 시선에 무언가를 담아내고 다시 재빨리 아래로 숙여진다. 그걸 알면서도 정윤은 은은한 미소를 잃지 않았다.

"나랏일로 수고가 많으십니다. 하오면 소녀는 이만 제 길을 갈까 합니다."

뒷걸음질로 물러서려는 목덜미를 그녀가 거칠게 잡았다.

"윽!"

"어째서 벌써 가나. 자네는 아직 내 질문에 대답하지 않았네."

"무슨 말씀이신지."

"어디로 가는 건가."

"아시다시피 저는 수방으로."

"거긴 수방 쪽이 아니야."

"……."

"물론 이곳도 수방 쪽이 아니긴 매한가지지만."

미소 짓고 있어도 간담을 서늘하게 하는 목소리였다.

머리와 옷깃으로 가려진 시비의 뒤 목에 인두로 지져진 글자의 귀퉁이가 찔끔 내보였다.

노비의 노(奴). 틀림없이 그녀의 작품이었다. 무표정한 손길이 잡고 있던 옷깃을 내쳤다.

"이 먼 곳까지 수방의 나인이 어쩐 일인지 알고 싶군. 길을 잃었다고 대답하면 한 번은 속아 넘어가 줄 용의는 있네만."

넌지시 묻는 것 같지만 실제로는 강제하는 어투라 시현의 눈썹이 꿈틀거렸다. 정윤에게 깔아 눌리고 뭉개지는 것을 참기 힘들었는지 답하는 음성에 독기가 서렸다.

"볼일이 있어서 왔을 뿐 다른 일은 없습니다. 제가 속인다고 생각하신다니 역시 성정이 어둡고 음침하시군요."

"마치 나를 잘 아는 듯이 말하는군."

"그건 나리도 마찬가지 아니십니까."

"나야 물론 자네를 잘 알지. 다시 보게 되어서 당혹스럽고. 이리 재회할 줄 알았으면 그때 널 그렇게 살려 보내는 게 아니었는데, 싶고."

"……!"

순간적으로 냉기가 쫙 퍼지면서 숨통을 조인다. 마음의 준비도 없이 그것을 그대로 받아버린 시현은 등골이 더럭 선득해져 아랫입술을 떨었다.

숨기지 않고 고스란히 드러낸 정윤의 말투는 그날의 폐가에서의 악몽을 완벽하게 되살려냈다.

"말솜씨가 지나치십……"

"송시현."

이름마저 불렸다. 더 연기할 것도, 감출 생각도 없다는 듯이 차갑고 미련 없이.

"나는 널 알아."

"……."

"네가 날 모르는 거지."

얼음장 같은 손가락이 시현의 턱을 들어 올렸다. 달빛에 비춰 얼굴을 찬찬히 뜯어본 정윤은 인상을 찌푸렸다. 그날 이후로 시현의 얼굴을 제대로 마주하는 것은 사실상 처음이었다.

다신 만나고 싶지 않았는데.

다시 보니 또 한 번 괴로웠다. 두렵고. 그리고 마찬가지로 독해진다. 정윤의 마음이 비틀리기 시작했다. 시현을 보고 있자니 피비린내가 가시질 않는다. 속이 울렁거리고 화가 났다.

"무슨 짓을 꾸미고 있든 간에 그만두는 게 좋을 거야. 이번에도 피투성이가 되면 두 번은 일어나기 힘들 테니. 받아들이면 굶어

죽지는 않게 해 줄 수 있지."

경고성 발언에 시현의 눈두덩이에 잔 경련이 일었다. 매서운 기운을 받아내느라 굳어 있던 입매가 서서히 일그러졌다.

"왜, 내가 무슨 짓을 할까 봐 무섭긴 한가 봐? 걱정 마. 거창한 건 없어. 그냥 네 죄를 단죄하려고 하는 것뿐이니까."

"네가?"

"그래!"

웃기지도 않는군. 악에 치받친 대꾸에도 정윤은 같잖다는 비소를 흘렸다. 이내 단호한 어투가 되돌아왔다.

"넌 그럴 자격이 없어."

"내가 왜 자격이 없어? 내가 피해잔데! 내 인생이 너 때문에 이 꼴이 됐는데!"

원한 깊은 목소리가 왜 그랬냐고 해명하라는 듯이 소리쳤다. 그러나 귓가를 찢는 고음, 억울함, 울음에도 불구하고 정윤은 호흡 하나 흐트러트리지 않았다.

"왜 그랬긴, 말했잖아. 나는 안다고. 네가 모르는 거지."

"하! 내가 뭘 몰라? 나도 알아! 네가 얼마나 끔찍한지 그날 똑똑히……!"

"그래? 그럼 말해 봐. 내가 너한테 이러면 안 되는 이유. 하나라도 제대로 말해."

내뱉는 어절 하나하나에 오래 묵혀 둔 분노가 덧씌워져 있다. 삽시간에 달궈진 눈빛에 시현은 주춤하면서도 지지 않고 외쳤다.

"너, 너한텐 잘못한 건 아무것도 없어!"

반사적인 부정. 일말의 의심도 재고도 없다. 나는 오로지 피해자. 그것을 대변하는 얼굴에 정윤은 피식 웃음을 흘렸다.

"그래, 옛날에도 그렇게 말했었지."

제 뒤통수에 돌팔매질을 한 것이 시현 하나만은 아니었으니 특별히 그녀의 행동이 기억에 남는다거나 하는 것은 아니다. 다만 그 무리의 주장은 오래도록 잊히지가 않았다.

- 우린 너한테 사과할 거 없어! 우린 잘못한 거 없어!

뒷머리가 흉터로 벌집이 되어 몇 번을 삭발했는지 모른다. 완치가 될 때까지 정윤은 어렸을 적 몇 번이고 머리를 밀어야 했었다. 그러고도 바깥에 나가기가 무서워 벌벌 떨며 오랫동안 방구석에 처박혀서…….

"아, 또 생각나 버렸네."

보복을 하는 것이 딱히 옳다고 주장하려는 것은 아니다. 하지만 어쨌든 간에 매일같이 기분은 더러웠다. 미안해. 그깟 게 뭐라고. 그깟 사소한 말 한마디 못 들은 게 고작 뭐라고 이렇게까지 끌려다녀야 하는 건지. 정윤은 그 점에서 분노했다.

"괜찮아. 모르면 그냥 몰라도 돼. 모르는 채로 당하는 억울함도 난 나쁘지 않다고 생각하니까."

과거에 잠겨 잠시 길게 늘어져 있던 속눈썹이 금세 시현을 향해 싸늘히 나아갔다. 여지없이 잔인한 말. 일일이 설명해 줄 가치도 없다는 듯 정윤은 현실을 꼬집었다.

"그리고 무엇보다 널 판 건 내가 아니라 네 부모였다는 걸 잊지 말도록 해. 네 아비는 너를 노비로 팔지 않는 다른 선택지를 고를 수도 있었어. 그런데도 그는 너를 팔았지. 정확히 탓을 하려면 그 쪽으로 가라고."

"아무리 그렇다고 해도 남한테 이런 짓을 해도 된다고 생각해?!"

"그건 네가 상관할 바가 아니야."

꼬리를 잡으려는 것을 정윤은 단칼에 잘라 냈다. 옆구리에 잡고 있던 책을 추슬러 올리며 제 할 말만을 했다.

"이쯤에서 협상하고 싶은 마음이 조금은 있었는데."

"닥쳐."

"그래, 잘 선택했어. 나도 별로 내키지 않았거든."

결국은 이렇게 된다. 현명한 선택은 아니어도 잘 된 선택이다. 둘 다 갱생하지 말고 괴로워도 끝까지 괴롭게 사는 것이다. 용서하지도 말고 용서받지도 말고.

"잘못 든 길은 아닐 테니 알아서 돌아가도록 해. 궁에 있어도 웬만하면 내 눈에 띄지 않는 게 좋을 거야."

정윤은 마지막까지 싸늘하게 내뱉었다. 다음번에 또 거슬리면 무슨 짓이든 하고야 말겠다는 뜻이었다.

"두고 봐! 나한테 했던 짓 후회하게 될 거야. 상상 이상의 지독한 걸 준비하고 있으니까!"

일방적으로 쏟아내고 돌아서는 그녀의 뒤통수에 시현은 섬뜩한 예고를 퍼부어 댔다.

피맺힌 저주에 한 번은 발목을 잡힐 뻔도 한데 일정하게 멀어져가는 등은 조금의 흔들림도 없었다. 어차피 상대가 되지 않는 싸움이었다.

* * *

'왜 이렇게 늦는 거야.'

궐의 쪽문 근처에서 신예는 초조하게 손톱을 물어뜯었다. 짜증나. 그녀가 신경질적으로 내뱉으며 머리꼭지부터 덮어쓰고 있었던 쓰개치마를 결국 내렸다.

이쪽 길은 허드렛일을 도맡아 하는 하급 궁인들의 전용 출입구라 잡상인도 많고, 번잡하고 소란스러워서 싫다. 그런데다 진연까지 앞으로 닷새밖에 남지 않아 더욱 어수선한 분위기였다.

'건방진 계집. 날 이런 데다가 불러 놓고 기다리게 해?'

심기가 절로 표독스러워졌다. 마음 같아선 어울리지도 않는 건데 상대가 전해 주는 편지를 받아야 하니 어쩔 수 없었다.

계집은 지난번 편지에 온봄달 스무아흐레에 노예시장을 방문한 여인에 대하여 적어 보냈었다. 아직 그 사실을 입증할 단서를 찾진 못했지만 그건 상당히 도움이 되는 정보였다. 그러니 그다음, 그보다 더한 정보를 서둘러 손에 넣어야 했다.

사람들이 왕래하며 쪽문이 간혹 열리고 닫히는 틈새로 내부의 광경이 잠깐씩 엿보인다.

안쪽에 남색 마고자를 입은 감찰궁녀들이 모여 있어 신예는 고개를 갸우뚱했다.

큰 행사를 앞둔 터라 경계가 삼엄해진 건가? 하기야 제 아비만 해도 요즈음 없던 제식 훈련이 늘어 퇴궁 시간이 늦어지긴 했다.

여전히 미간을 찌푸린 채로 그녀가 전방을 주시했다. 그 사이에 쪽문이 다시 한번 열렸고 이번에는 여러 명의 사람들이 열을 맞춰 몰려나왔다.

'어디로 외출하는 건가? 근데 왜 이쪽으로 아니, 왜…… 내게로 다가오는 것 같지?'

불만으로 툭툭거리고 있던 발끝이 경직됐다. 정면에서부터 남색 마고자를 걸친 무리들이 그녀를 향해 직선으로 다가온다. 정수리에 칼 모양의 첩지를 두른 틀림없는 감찰궁녀들이었다.

개중 우두머리로 보이는 궁녀가 소속을 밝히곤 엄숙한 표정으로 목을 숙여 인사했다.

"공무에 관한 일이라 무례를 무릅쓰고 잠시 말씀을 여쭙겠습니다, 아씨. 괜찮으신지요."

"무, 무슨 일인가?"

신예는 최대한 고관 댁 아가씨다운 티를 내며 목소리를 떨지 않으려 노력했다.

"혹시 예서 사람을 만나기로 약조하셨는지요."

"그건…… 어째서 묻는 건가?"

"그자에게 받기로 한 물건이 혹시 이 서찰이신지요."

흔들리는 동공이 궁녀가 들이민 흰 봉투로 굴러갔다. 겉면에 시현과 그녀 둘이서만 알아볼 수 있도록 언약한 표식이 있었다.

순간 망설였지만 살벌한 기운을 감지하고 신예는 천천히 좌우로 고개를 그었다.

"아……니. 전혀 모르네."

그러자 기다렸다는 듯이 뒤편에서 재갈이 물린 시비가 앞으로 끌려 나왔다.

"허면 이 자는 아시는 얼굴입니까."

신예는 하마터면 헉 소리를 낼 뻔했다. 양쪽에서 팔이 잡혀 억류된 이는 분명 제시간에 편지를 가지고 왔어야 할 시현이었다.

그녀가 도움을 요청하듯 갈급한 눈빛을 보냈다. 지인이라고 대답해 주면 그녀를 구제할 수도 있지 않을까. 하지만 신예는 이번에도 그러한 애원을 외면했다. 돌아가는 상황이 심상치 않으니 우선은 나부터였다.

"모르는 자일세."

"저 시비의 말로는 만남을 약속한 아씨가 이곳에서 기다리고 있을 것이라 하던데요."

"글쎄 나는 아니라고 하지 않았는가! 대체 무슨 일이기에 이리도 무례하지?"

무고한 척 짐짓 역정을 내자 궁녀는 사죄드린다며 정중히 물러섰다. 사건의 앞뒤도 간략하게나마 제대로 설명했다.

"수방에서 일하는 계집종입니다. 궁 내부의 기밀을 누설했다는 밀고를 받아 내통한 자를 찾는 중이었습니다. 무례를 용서하시지요."

듣자마자 신예는 뜨끔해서 쥐고 있던 쓰개치마를 놓칠 뻔했다.

내통이라니, 이게 어떻게 들통이 났지?

그간 둘 사이에 오고 간 서찰이 몇 통 있긴 했다. 문제가 될 만한 내용이 있었던가. 신예는 해 씨 계집에 대한 소문이나 일거수일투족에 대한 것들을 알려 달라고 부탁했었고, 혹시나 발각될 것을 대비해 그 대상이 정윤임을 명시하지는 않았었다. 특별히 문제될 것은 없을 텐데.

'아니야. 그럴 리가 없어.'

혼란스러운 머리로 현실을 부정하고 있는데 답은 다른 곳에서 나왔다.

"아, 오셨습니까, 나리. 이것부터 맞는지 확인해 보십시오."

뒤늦게 불쑥 끼어든 연녹색 관복의 관원에게 상궁이 증거품으로 갖고 있던 서찰을 넘겼다. 역시 비슷한 예를 차리며 정윤은 빠르게 훑어본 뒤 돌려주었다.

"맞소. 여기 정확한 서책의 제목까지 적혀 있군. 내 며칠 전 황궁 서고에서 나오다 저 시비를 마주치긴 했지. 설마 그 틈에 쥐새끼처럼 훔쳐볼 줄은 몰랐소."

한 인물에 관한 집요한 관찰일기나 다름없는 편지의 내용 속에는 그 인물이 서고에서 빌려 나온 서책의 제목까지 세밀하게 기록되어 있었다. 이만큼 집착적이기도 쉽지 않을 텐데. 정윤은 과장된 한숨을 내쉬며 십 년은 감수했다는 투로 덧붙였다.

"이번 가면극은 폐하께서 각별하게 신경을 쓰고 계신 일이라 시작도 전에 이리 이야기가 퍼져 나가선 곤란하오. 더군다나 지금은 궁의 보안이 삼엄한데……. 큰일이 나기 전에 잡을 수 있어서 다행이었지만, 해도 저 시비의 죄는 제대로 문책해 경중을 가려 주길 바라겠소."

점잖게 우회해서 말했지만 그건 명백히 시현의 처벌에 압력을 가하려는 의도였다. 뭣 모르고 저지른 실수이거나, 대수롭지 않은 발설이라고 너그럽게 눈감아 줄 수 있는 가능성을 아예 닫아 버렸다.

새겨듣는 감찰 상궁의 눈빛이 더욱 날카로워졌다.

"죄송합니다, 나리. 궁녀들의 실수는 저희의 과실. 더 빈틈없이 궁인들을 단속하도록 하겠습니다. 저 시비는 감찰부로 송치한 후 출궁 절차를 밟을 것입니다."

"수고가 많소."

"앞으로도 이런 일은 지체 없이 고발해 주십시오."

"여부가 있겠소."

때맞춰 등장한 정윤과 상궁과의 대화. 그 두 가지만으로도 돌아가는 분위기를 파악하기에는 부족하지 않았다. 손목에 밧줄이 묶여 휘청거리는 시현의 모습을 신예는 창백해진 안색으로 바라보았다. 재갈이 물린 채로도 악다구니가 쏟아졌다.

"기밀이라니요! 전 그런 거 모릅니다! 그런 것인지 몰랐습니다! 정말 무고합니다!"

신이 바닥에 질질 닳도록 끌리는데도 시현은 끝까지 핏대를 세우며 몸을 비틀고 발악했다. 그저 정윤에 관해 보고 들은 것을 전부 썼을 뿐인데 그것이 대죄라니. 이건 모함이고 누명이고 계략이었다. 입에 물린 천 사이로 그녀가 정윤을 향해 소리쳤다.

"나쁜 년! 너, 이 나쁜 년! 나를 눈앞에서 치우려는 것이지?! 나 하나 쫓아낸다고 끝날 일일 것 같으냐! 네 비밀이야 이미 내 손을 떠난 지 오래라고!"

행인들이 가던 걸음마저 멈추고 수군거릴 정도로 소름 돋는 비명이었다. 신예는 그것을 아무렇지 않게 관망하는 정윤을 훔쳐보다가 떨리는 동공을 숨기려 쓰개치마를 다시 꽉 여몄다.

이윽고 검은 무리들이 왔던 길을 되돌아 사라지면서 주변이 서서히 한적해졌다. 똑똑, 문을 두드리듯이 얼굴을 가린 쓰개치마 너머로 상냥한 목소리가 인사를 건네 왔다.

"오랜만입니다."

아직 떠나지 않은 정윤의 목소리였다.

"예. 그렇, 군요."

"저런, 많이 놀라셨나 보군요. 감찰궁녀들의 손속이 본래 매운 법이라."

"아, 아닙니다. 놀라진 않았어요. 괜찮아요."

수상한 점이라도 들킬세라 신예는 얼른 대답했다. 그러자 웃음소리가 낮게 깔리더니 정윤이 한 발짝 더 다가온 듯한 거리에서 말했다.

"그런가요? 저는 놀랐는데. 인연이 이리 연결될 줄은 몰라서."

의미심장했어도 정윤으로서는 꽤 솔직한 발언이었다.

상장군의 딸이라니. 정말 의외의 사람이었다. 문 너머로 시현과 내통하는 누군가가 있을 줄은 예상했지만 그게 신예일 거라고는 고려도 해본 적 없었으니까. 더 진솔하게는 아예 안중에도 없었던 후보였다.

제게로 겨눠지는 화살을 느꼈는지 신예가 두르고 있던 쓰개치마를 확 걷으며 짐짓 당당한 표정을 드러냈다.

"손버릇 나쁜 도둑 하나를 잡은 것 아닌가요? 놀랄 것도 없지요. 그런 일은 허술하게 관리되어서는 안 되니까요. 그래서야 위신이 서지도 않고요."

구석으로 조금 몰았더니 제법 발끈하곤 표정 관리를 하려고 한다. 정윤은 선선히 턱을 끄덕이며 동의했다.

"아무렴요, 뒤주를 갉아먹는 바퀴벌레는 잡아야 하니까요. 해서 덫을 놓고 유혹해 제대로 잡았습니다."

"덫, 이라니요?"

나름 평범을 가장하고 있던 얼굴에 다시 어떻게? 하는 불안감이 떠올랐다.

정윤은 피식 실소했다. 어떻게긴, 처음부터 노렸으니까 가능한 일이다. 그녀는 애당초 전혀 틀린 책을 눈속임용으로 들고 나왔다. 서고에서 빌려 나온 책은 황제의 가면극과는 아무런 연관도 없는 책이었다.

그것으로 여럿을 낚아 보려 했는데 운 좋게도 시현을 제일 먼저

만난 것뿐이었다. 그래서 일부러 자극하면서 들고 있는 물건을 보여 주었다.

자, 이제 보았으니 어떻게 할래?

어떻게든 해코지하고 싶어 안달이 나 있을 테니 작은 노출에도 효과는 나쁘지 않을 거라고 생각했다. 제 힘으로 뭔가를 도모할 능력은 안 될 테니 주워 먹은 단서를 안고 기쁘게 조력자를 찾아가겠지. 삼킨 것이 독인지 약인지도 모르고 말이다.

구상했던 그대로 배달된 결과물에 정윤은 흡족한 미소로 답변을 돌려주었다.

"정확히는 스스로 증거를 만들어 내게 하는 덫이었죠. 그 시비는 제가 특별히 사정을 좀 읽을 수가 있어서."

그렇다고 해도 역시나 이런 식의 연결은 좀 놀라웠지만. 다시 한번 의외라는 시선을 보낸 그녀가 지나가는 식으로 가벼운 말을 떨어트렸다.

"참, 별 내용은 없었습니다."

"예?"

"서찰 말입니다. 보지도 못하셨으니 궁금하실 듯하여."

"……!"

말하는 이는 대수롭지 않았지만 듣는 사람은 단숨에 흙빛이 됐다.

껄끄럽게 대치한 사이치곤 그동안 마주치질 못했었지. 정윤은 신예를 재평가했다. 연적이라기에는 위기감도 위협감도 주지 못한다고 여겼었는데 뒷구멍으로 생각해낸 게 송시현일 줄은 몰랐다.

아니, 어쩌면 머리 장식을 떨어트렸을 때부터 간파했었어야 했나. 떠나기 전 한 번 짚고 넘어가는 것이 좋겠다는 생각이 들었다.

"사람을 만날 때는 조심하시는 게 좋겠습니다. 마음가짐도, 몸가짐도. 아시다시피 어수선한 때이니까요."

"전 그런 사람은 모른다고……!"

"오늘 이곳에 왜 나오셨습니까?"

"말해야 할 이유가 있나요?"

"아니요, 물론 아니죠. 그래도 혹시나 하여 여쭤보았습니다. 뭐든 확실한 게 좋으니까요."

방금도 보지 않았나. 사소한 시비 한 명조차도 누락하지 않고 검열해내는 이 예민함을. 정윤은 웃는 얼굴로 신예에게 본인의 존재감을 새겨 넣었다.

"그럼 약속한 분과 무탈하게 만나고 돌아가시기를. 대화는 즐거웠습니다."

그녀가 친절한 미소와 함께 마지막이기를 바라는 인사를 남겼다.

* * *

잡히는 대로 물건을 던지고 행패를 부려놓은 방 안은 사방이 찢어지고 부서진 것들로 천지였다.

깨진 거울 조각 속으로 분한 숨을 몰아쉬고 있는 신예가 비쳤다. 색을 입힌 빨간 입술이 쉴 새 없이 이빨에 씹혔다.

"당했어! 그 계집한테 당했다고!"

마치 다 알고 있다는 듯 자신을 하찮게 내려다보던 정윤이 눈빛이 머릿속에서 지워지질 않는다. 당했다는 생각이 드니 분해서 죽을 것만 같았다.

"내가 이대로 가만있을 줄 알고……."

발에 걸리적거리는 잡동사니들을 또 한 번 짜증스럽게 쳐내고 신예는 경대의 가장 아래 칸을 끌어당겨 열었다. 유병이 가득해야 서랍 안은 흰 봉투로 채워져 있었다. 그간 시현과 주고받았던 편지였다.

어서 이 다음 것을 받았어야 했는데! 봉투를 겹쳐 잡은 손에 힘이 들어가자 우지직 종이가 구겨지는 소리를 냈다.

"아씨, 들어가겠습니다."

허락 없이 통보만으로도 유모는 주인의 방을 침범하고 들어왔다. 보통의 어멈처럼 보이나 실상은 그렇지 않은 대담한 몸종. 그녀가 어질러진 방 안을 한심하게 훑어보더니 입을 뗐다.

"가신 일이 잘 안되었나 보군요."

"시끄러워! 내가 시킨 건 알아보고 온 거야?"

"온봄달 스무아흐레에 해정윤이라는 이름으로 북문을 빠져나간 사람은 없답니다."

"뭐야?"

앙칼진 소리가 내리꽂혔다. 신예가 쌓여 있던 봉투 중 가장 최근의 것을 꺼내 거칠게 뜯어 열었다.

"분명 온봄달 스무아흐레라고 했어! 여기 이렇게 쓰여 있다고!"

"정말 없었습니다."

"그럼 그 시비가 내게 거짓 정보를 흘렸다 이거야?"

"그건 쇤네가 모르지요. 하지만 아주 일치하는 것이 없었던 것은 아닙니다. 그날 한 왜인이 여노비 여럿을 데리고 북문을 나간 기록은 남아 있더군요. 여노비들의 행방은 알 수 없지만 그 왜인의 이름 정도는 문지기의 일지에서 찾아냈습니다."

뭐라더라. 발음하기가 어려웠는데. 유모는 말로 답하는 대신 주머니 속의 쪽지를 찾아 꺼냈다.

"여기 있습니다."

"이게 뭐야?"

"저도 읽지 못해 베껴만 써왔습니다. 효국 글자가 아니라 왜율국 문자로 적은 듯합니다."

"이건 내가 원하던 이름이 아니잖아!"

외국인의 글씨를 보자마자 신예는 도로 내쳐버렸다. 그녀가 원했던 건 해정윤이란 이름이었다. 그날 수십 명의 귀족 여자들을 잔악무도하게 팔아버린 범인. 그것을 낱낱이 까발려 줄 증거물 말이다.

하지만 없다. 얻지 못했다. 원하던 패가 손에 쥐어지지 않자 애가 끓는 격분이 밀려왔다.

이걸 어찌하지? 그냥 놔두면 둘 사이엔 작은 기울임조차도 생기지 않을 것이다. 승학의 태도가 그러했고, 오늘 정윤의 눈빛이 그러했다.

가뜩이나 산증인으로 쓸 시현마저 잃은 마당에 신예는 마음이 초조해졌다. 고작 이름 정돈데 거짓으로 꾸밀까? 없는 죄라면 만들어 씌우면 되지 않을까? 진짜로 그 일을 누가 저질렀는지 무엇이 중요한가 말이다. 거짓이든 아니든 신예는 승학의 앞에 무엇이라도 폭로할 수만 있다면 이제 아무래도 상관없을 것 같았다.

'어떻게든 공자님만 만나면.'

하지만 승학은 마지막 만남 이후로 아예 그녀를 상대조차 하려 하지 않고 있었다.

"유모, 북문의 문지기를 매수할 수 있겠어?"

유모는 지그시 눈살을 좁혔다. 혼자 몰두하더니 고작 내린 결론이 그것이냐는 식이었다.

"그런 건 됐으니 그만 두시지요."

"뭐?"

"그만두시라 했습니다."

"나한테 그런 식으로 명령하지 마!"

빗을 던지며 소리쳤지만 무덤덤한 여인은 조금도 타격받지 않았다. 주인이 아닌 그저 주인의 딸, 소모품. 그런 식으로 무시하는 태도가 역력했다.

"그보다 더 중요한 일이 있으니 드리는 말입니다. 앞으로는 이곳에 총력을 기울이시지요."

아씨의 권력을 우습게 보는 하인은 이것이 진짜 볼일이라는 듯 가지고 온 패물함을 열었다.

“장군께서 보내셨습니다. 살펴보시지요.”

“싫어.”

“보셔야 합니다.”

안에서 수북하게 쌓인 장신구들이 번쩍였다. 또 나를 어떤 곳에 이용하려고 아비라는 작자가 이런 선물을 바리바리 싸서 보냈을까. 신예가 치를 떨며 반항했지만 바깥에 있던 하녀들이 들어서 비단옷 서너 벌까지도 놓고 나갔다. 개중 유모가 가장 화사한 색감의 옷을 들어 갖다 댔다.

“이것이 제일 잘 어울릴 것 같습니다.”

“이게 다 뭐야?”

“아씨께 궁중 예법을 가르칠 선생이 한 분이 오실 겁니다.”

“뭐?”

“수일 내로 상급 궁인의 수준까지는 되었으면 합니다.”

지시인지 부탁인지 모를 미묘한 말투는 오늘도 강경했다. 감히 네가 뭔데. 욱했던 신예는 일순 기대와 탐욕으로 부푼 유모의 눈동자와 마주치곤 저도 모르게 물러섰다.

“앞으로 닷새입니다.”

“무슨 뜻이야.”

“아니지요, 아씨께는 이레가 남았겠군요.”

“무슨 뜻이냐고 물었잖아!”

“입궁하라 하십니다.”

“……!”

"진연의 마지막 날, 장군께서 아씨와 함께 입궁한다 하셨습니다. 황제께서 손수 초대하시는 행사이니 그날 반드시 눈에 띄어야 한다고도요. 더불어……."

"더불어?"

"이 교랑은 그만 잊어도 좋다 하셨습니다."

그제야 이 별안간의 대화가, 아비의 노림수가 이해가 됐다.

더 큰 것을 바라고 있구나.

"눈에 들어야 한다는 건."

"온갖 가문의 수많은 영애들이 몰려올 터, 아씨의 미색과 예법이야 어디에 내놓아도 빠지지 않지만 그것만으로는 쉽지 않겠지요."

그런 말이 아니다. 지금 그런 얘기를 하자는 것이 아니다. 신예의 눈이 심하게 흔들렸다.

"나더러 황태자비 자리라도 가져오라는 거야?"

"간택을 노리는 겁니다. 아씨는 장군님의 무남독녀. 고작 비서교랑의 안사람이 될 재목은 아니지요. 황가의 일원이 되면 대대손손 가문의 영광으로 남을 것입니다, 아씨."

그깟 일개 비서교랑의 부인 자리가 언감생심 황태자비에 비할쏘냐는 얘기였다.

저울질한다면 당연한 소리였지만 신예는 흔쾌히 갈아탈 수가 없었다. 아니, 오히려 물건처럼 결혼장사에 팔려 가는 듯한 기분만 더 생생하게 느껴져 반항심마저 솟았다. 진연에서 황제와 황태자를 사로잡으라니 아비의 욕심에 치가 떨렸다.

'하필이면 왜 지금! 기회만 잡으면 공자님을 차지할 수 있을지도 모르는데!'

그녀는 아비의 겁박에도 흔들리지 않는 승학의 강직함을 잊지 못하고 있었다. 그리고 그것 이상으로 정윤을 증오하고 있었다. 이제 와 포기하고 싶지 않았다.

사정을 모르는 유모는 재차 당부의 말을 이어갔다.

"실수할 리 없으실 테지만 그래도 허투루 대비해선 안 됩니다. 그날 모든 문무백관의 자녀가 들어올 것입니다. 경쟁상대가 많다는 건 좋은 상황이 아니에요. 기회를 엿보는 후보가 대략 일곱은……."

"잠깐, 모든 문무백관이라고?"

"예."

말꼬리를 잡은 신예는 즉시 눈가를 좁혔다. 모든 관료가 참석한다. 그렇다는 건 승학도 여지없이 껴야만 한다는 소리였다. 물론 그 보기 싫은 계집도 때마침 함께하겠지. 절호의 기회라는 생각이 스쳤다.

'공자를 어찌 만날 수 있을까 고민이었는데.'

기왕 폭로할 거라면 다 같이 모인 자리에서 터트리는 것도 나쁜 선택은 아니었다. 그러면 그 계집의 표정이 일그러지는 것과 버려지는 것을 모두 다 관람할 수 있을 테니.

진짜 속셈을 감추며 신예는 수긍하는 척 얌전히 어깨를 내렸다.

"알겠어. 아버님의 명령을 내가 무슨 수로 거역하니."

"무엇이 더 값나가는 일인지 아씨도 잘 아시겠지요. 오늘부터 몸을 단정히 하십시오. 날이 되는 날까지 빈틈없이 모시겠습니다."

"그렇게 하도록 해."

호의적으로 나오는 태도에 유모는 안심하고 자리에서 물러났다. 신예는 바닥에 던져져 있던 장신구들을 두 손 가득히 담아 챙기는 시늉을 했지만 문이 닫히고 혼자 남게 되자 싸늘히 식은 미소를 떠올렸다.

"그럼, 부족한 것 없이 준비해야지."

꼬시려는 대상이 황태자는 아니지만 어느 사내에게나 어여쁜 쪽이 좋기는 하다. 사납고 독살스러운 여인과 대비되려면 더더욱.

거울 속의 뽀얀 손이 분합을 열어 가면 같은 얼굴에 미백분을 톡톡 찍어 발랐다.

9. 한 달 전

궐의 대문에서부터 정전에 이르기까지 수백만 송이의 꽃들이 바닥에 깔렸다. 절제되어 있으면서도 들뜨고 즐거운 발걸음들이 그 위를 누비고, 황금빛 장식을 한 병사들이 열을 맞춰 도열했다.

대륙을 지배하는 높디높은 군왕의 탄신일. 연희는 성대한 잔치로 포문을 열었다.

그 주인공인 황제를 알현하기 위해 사신단의 행렬이 끝없이 늘어지고, 시중드는 자들의 몸놀림은 쉴 틈이 없었다. 멀리서 보면 대단한 장관이었지만 안은 정신없는 북새통이었다.

마지막의 마지막까지 돌아가는 상황을 점검한 승학은 서둘러 관복을 벗어 던지고 마구간으로 향했다. 그곳에서 먼저 떠날 채비를 마치고 있던 나머지 셋과 합류해 그는 곧장 황실 사냥터로 가쁘게 말을 몰아 도착했다.

첫째 날이 무사히 끝나면 그다음 날은 바로 사냥대회가 있으니까. 내일의 사냥을 준비하기 위한 당연한 절차였다.

노을이 저물어가는 초저녁. 빽빽한 수림 속에서 조족등 네 개가 부유하듯이 바삐 돌아다녔다.

사전에 먼저 조사한 대로 들어가야 할 구역과 아닌 구역을 나누고, 위험한 장애물이나 지형에 대한 접근을 미리 봉쇄해 돌발 상황을 예방한다. 사슴을 풀어 놓을 자리도 알맞게 지정했다.

아무리 꼼꼼하게 탐사를 해도 사냥터란 것은 본래가 위험하기가 짝이 없는 장소라 그들은 벌어질 사고를 다루는 데에 총력을 기울였다.

"여기, 여기, 여기 지점에서 사고를 내면 딱 좋겠네요. 숨으면 아래에선 절대 안 보일 겁니다!"

"무기는 십(十)자 표시된 지점에 있는 건가요?"

"예, 계획대로라면. 해경아, 무기는?"

"어, 맞아. 걱정 마. 우리가 아니면 절대 발견하지 못하도록 숨겨 놨으니까."

마침내 모인 너럭바위 위에서 결과를 보고하는 토의하는 소리가 소곤소곤 울렸다. 가운데에 지형이 세밀하게 표시된 지도를 두고 내일의 일에 대해 네 사람은 진지한 대화를 주고받았다.

"공격을 해야 하는데 공식적으로는 빈손이어야 하니까 좀 까다로운데요?"

"어쩔 수 없잖아. 우린 대회에 참여하지 않는 관리자 쪽이라고. 알아서들 조심하자."

"각각 십(十)자 지점에서 은신하고 벗어나지 말거라. 대회에 참가하는 자라면 이 중 한 곳이라도 반드시 지나갈 수밖에 없는 길목이니."

"네, 몸을 숨기기에도 용이하고 발각되어도 퇴로를 확보하기 쉬운 곳들이에요. 물론 '사냥감'이라고 전부 건드릴 필요는 없긴 하지만요."

정윤이 비유적으로 언급한 사냥감이라는 의미에 모두가 고개를 끄덕였다. 이 대회에는 진짜 사냥감이 있다. 유흥거리로 방생할 사슴이 아니라 이 네 사람의 화살을 빗나가게 맞을 운명에 처한 몇몇의 이들이 있었다.

"수뇌부만 잡으면 됩니다. 십 년 전의 일을 소상히 알고 있는 자들은 취군회 내에서도 몇 되지 않을 겁니다."

그렇게 추려낸 인물이 대략 여섯 정도였다. 그들의 신상에 대한 정보는 이미 머릿속에 박혀있었다.

"그리고 일을 마친 후 다 같이 합류할 지점은 여기."

승학이 까맣게 찍힌 점을 짚었다. 깊은 산중, 먹이를 노리는 맹수의 눈과 같았다.

* * *

사냥터에서 약간 떨어진 작은 객잔에 네 사람은 여장을 풀기로 했다. 늦은 손님의 방문에 객잔의 주인이 하품을 쩍 하며 뒤뚱뒤뚱 걸어 나왔다.

"일행이 어찌 되십니까."

"총 네 사람일세."

정윤은 돈주머니를 들고 대답했다. 그 말을 확인하듯 주인장의 시선이 그녀의 어깨 너머로 건너갔다.

뒤쪽 기둥에 기대서서 수다를 떨고 있는 건장한 남자와 작은 체구의 여성이 둘, 주방에서 음식을 주문하고 있는 훤칠한 인상의 남자가 하나 더. 그리고 눈앞의 그녀까지 도합 네 명이 맞았다.

저 사람들이 다 들어갈 만한 곳이 어디 있으려나. 주인이 남아 있는 방의 개수를 세어 보며 머리를 긁적였다.

"창문이 있는 방으로 필요하십니까."

"당연히. 창이 없으면 갑갑하단 말일세. 무조건 창가로 주게."

"그러면 2층뿐인데요. 거기에 큰 방이 하나가 비어 있습니다. 널찍하니 네 분이서 같이 묶으시면 될……."

"아, 그건 곤란한데."

냅다 던지는 거절에 주인이 눈알을 껌뻑였다. 어째서? 아, 혹시 개인실을 선호하는 건가? 그가 다시 숙박 목록을 보며 방을 골랐다.

"어디 보자, 그럼 한 계단 더 올라가도 괜찮으십니까?"

"전혀 상관없네."

"그러면 3층 복도 쪽으로 가시지요. 붙어 있지는 않은데 크기는 작아도 전부 개인실입니다. 창문이 달린 데다가 침구도 새로 갈아서 아주 좋……."

"아, 그건 별로야."

"예?"

아니, 전혀 상관없다면서 이번에는 또 왜.

하지만 정윤은 심각한 얼굴로 어깃장을 놓았다.

"다른 방."

주인이 고개를 갸웃대며 다시 뒤적거렸다.

"다른 조건으로는 묶으실 곳이 없을 것 같은데요. 2층도 없고, 3층 복도는 싫다 하시고. 아! 4층에 빈방이 두 개! 아아, 아닙니다, 아닙니다. 생각해 보니 거기는 창문이 없어서……."

"두 개면 됐지."

"싫으실 텐데…… 예?"

"왜, 난 좋은데."

"예에?"

"그 방 얼만가?"

"아니, 왜 꼭대기까지 올라가시려고요. 꼭대기는 덥고 춥습니다. 그럴 거면 아까 처음의 큰 방으로 하십시오. 가격도 그쪽이 더 저렴합니다."

"4층, 방 두 개짜리로."

"거기는 창도 없고."

"4층, 방 두 개."

"비좁고."

"빨리 계산해 주게."

"아까는 분명히 꼭 창문이 있어야 하신다고……."

"계산."

더 이상의 협상은 없다는 듯 정윤은 간략한 단어로 일갈했다.

이 인간 정말 장사 머리가 없는 양반이로구만. 손님이 원하는 걸 이리 몰라서야. 그녀가 속으로 혀를 찼다.

여전히 이해하지 못한 표정의 주인이 놋쇠를 건네자 그것을 묵직하게 잡아 빼며 그녀가 조용히 일렀다.

"이 객잔에 남은 유일한 방 두 개를 운 좋게 구할 수 있어서 참으로 다행일세. 늦은 밤 깨워서 미안하군. 얼른 들어가서 마저 주무시게."

그러면서 제시한 가격보다 더 웃돈을 얹어서 방값을 지불했다. 주인의 벙벙했던 눈에 뒤늦은 깨달음이 스쳤다.

하, 참나. 이제야 알아차렸나. 손님의 깊은 뜻이 담긴 요구를? 정윤은 일행에게로 걸어가며 긴 머리칼을 어깨 뒤로 넘겼다.

승학은 주방에서 허기를 달랠 요깃거리를 포장하고 있었다. 그의 위치를 눈대중으로 힐끗 재어 보며 정윤은 목을 다져 조금은 큰 목소리로 말했다.

"내일 폐하의 행차가 있어서 근방에 숙소가 대부분 찼나 봐요.

우린 넷인데 남은 방은 두 개뿐이라네요. 어쩔 수 없이, 이게 최선이었어요."

안타까운 어조까지 잘 버무려 구사해 냈다.

해경이 벽에서 등을 떼며 대꾸했다.

"뭐, 어때. 두 개면 됐지. 나랑 형이랑 쓰고. 너는 얘랑 쓰면 되잖아."

아니, 근데 이 몹쓸 놈이? 거짓말처럼 두 여인의 눈꼬리가 동시에 치켜 올라갔다. 모연이 먼저 잽싸게 머리를 내밀었다.

"아이쿠, 저는 사형이랑 쓰고 싶은데요? 오랜만에 동기끼리 사이좋게 수다 떨자고요."

"내가 왜? 싫어."

"그럼 나랑?"

"미쳤냐?!"

모연의 제안을 거절했더니 그다음에는 곧장 정윤이 부자연스러운 미소로 합방을 제시했다.

이것들이 어디서 쥐약을 먹고 왔나. 내가 왜 너희들이랑 같은 방을 써? 그가 정윤의 손에서 열쇠 하나를 낚아채며 항변했다.

"왜 선택지가 그렇게 되는데. 나는 형이랑 쓴다고."

그러자 이번에도 마찬가지로 두 여인의 눈빛이 가시처럼 치솟았다. 이 눈치 없는 새끼 같으니라고. 양쪽에서 힐난이 들어왔다.

"아이, 진짜. 말 안 통하네."

"대체 뭐가 문제래요?"

이 자식 이거 처단해야겠는데? 거사를 도모하는데 방해물이다. 정윤이 불량하게 팔짱을 끼는 새에 모연이 마치 한심한 남자를 바라보는 듯한 자세로 그 옆에 딱 붙어 섰다.

"뭐, 뭐야. 너희 둘. 또 뭔데 그 불건전한 눈빛은!"

"정말 크고 사나운 돌멩이다, 너."

"걸리적거리는데 어떻게 치워야 할까요."

삐딱선을 탄 둘을 보고 나서야 해경은 그녀들의 목적을 알아차렸다.

너희들 설마 우리 형을……? 그가 짐승 보듯이 그녀들에게 부들거리는 손가락질을 하더니, 턱 끝으로 주방 쪽에 있는 승학을 가리켰다.

"그럼 형이랑은 누가 같은 방 쓸 건데."

"나."

"언니죠."

"웃기지 마! 내가 그 꼴을 볼 줄 알고?!"

해경이 펄쩍 뛰며 계단으로 향하는 길목을 다리로 뻗어 가로막았다. 기필코 막겠다는 심보였다.

"형한테 손끝 하나 못 댈 줄 알아!"

그는 쓸데없는 보호주의에 보수적인 면마저 있었다. 철장처럼 가로막은 그의 다리를 정윤은 가소롭게 내려다봤다. 세상에 어리석게도 힘 대결이라니. 어이, 어이, 친구. 우리는 둘이라고?

"피곤하게 이러지 않았으면 좋겠어."

"맞아요, 어린애도 아니고 이런 시시한 걸로 다투지 말자고요."

"닥쳐, 이 변태들아! 지들의 변태성을 그렇게 어물쩍 합리화하네?"

공중에서 신경전이 팍 튀면서 들리지 않는 으르렁 소리가 맞붙었다. 얼음처럼 차갑게 쏘아붙이는 정윤과 뜨거운 불꽃이 타오르는 해경 간의 기 싸움이었다.

"어디 외간 남녀가 한 방이야. 내 눈에 흙이 들어가도 절대 안 돼. 남녀는 칠 세가 넘어서부턴 한 방에 같이 있으면 안 된다, 그런 말도 몰라?"

"어, 난 그런 건 잘 모르겠고. 성인 남성 둘이 한 방에 같이 있으면 그건 엄-청 이상하게 보일 거라는 건 좀 알아. 차라리 남녀가 낫지? 남남보다야."

"뚫린 입이라고 나불나불……!"

씩씩거리느라 흐트러진 해경의 발목을 정윤은 재빨리 움켜잡았다. 정당방위고 뭐고 모연까지 합세하자 쏟아지는 악력이 순식간에 이 인분으로 늘어났다.

"이 눈치 없는 사내자식!"

"교화되어라! 어서 교화돼!"

해경은 비명을 삼키며 버티다가 결국 인해전술에 튕겨져 나갔다. 그가 주저앉아 발목을 부여잡으며 눈물이 고인 눈으로 외쳤다.

"이 더러운 협잡꾼들! 비열하고 저질스러운 기집애들아!"

"어디 사내가, 다리 그렇게 쓰는 거 아니야."

"남자 다리는 알맞은 곳에 이롭게 사용해야죠."

유유히 어깨를 맞댄 승리자들은 심지어 훈수마저 꺼리지 않았다.

그를 몰아내고 객실로 올라가는 지점을 확보한 정윤은 분한 호흡을 거칠게 내뿜는 해경의 눈앞에 허리를 숙여 왔다.

"뭘 봐! 두 얼굴에 이중인격자야!"

"어머? 아직도 결과에 승복하지 못하는 것 같네. 기다려봐, 내가 확실하게 패배를 인정하게 해줄 테니까."

해경이야 울든 말든 그녀는 자신감으로 가득 차 있었다. 뻔뻔하기로는 어디에 가도 뒤지지 않는다.

잠시 후 세상에서 가장 화사하고 낭랑한 목소리가 바람을 탔다.

"여기 객잔에 빈방이 두 개뿐이래요. 저희끼리는 대충 방을 정했는데 공자님은 어느 쪽으로 가실래요?"

포장한 도시락을 들고 오던 승학이 그 자리에서 멈춰 서서 눈을 깜박거렸다. 남남이냐 아니면 남녀냐, 골라라. 갑작스럽게 들이민 양자택일에 그는 놀란 듯했다.

한 사람의 여유와 한 사람의 희망, 또 한 사람의 짠함이 스치는 정적이 지나가고 그가 곧 침착하게 입을 열었다.

"남남이면 이상해 보이잖습니까."

예상대로 그는 보통의 취향을 골랐다. 정윤은 생긋 눈웃음을 지었다.

* * *

손에 감기는 수건에 물기가 축축했다. 이미 짜낼 만큼 다 짜냈는데 정윤은 괜히 또 젖은 머리에서 물기를 꾹꾹 눌러 빼냈다.

옆머리를 말리는 척, 뺨을 가린 수건을 방패로 눈동자가 옆으로 빠졌다.

'좋긴 한데 좀 난감하네?'

작은 협탁을 사이에 두고 승학과 한 공간을 공유하는 중이었다. 들어올 때는 이런 어색함은 미처 고려하지 못했다.

너무 설레고 긴장돼서 도리어 어색해질 줄이야. 그래도 처음에는 마주 보며 헤실헤실 웃고 몇 마디 주고받기도 했는데, 둘 다 뽀얗게 목욕을 하고 나온 후부터는 대화라고 할 만한 것들을 거의 나누지 못했다.

지금 옷차림이 너무 허술하지 않나? 제길, 승부를 볼 속옷이라도 있었어야 했는데! 따위의 두서없는 망상들이 머릿속에서 제멋대로 솟아났다.

꾹꾹 머리칼을 누르던 동작이 점점 벅벅 비벼지는 수준으로 변해갈 즈음이었다.

"그러다가 머리칼이 다 상하겠습니다."

승학이 손으로 그것을 제지하며 수건을 거둬 갔다. 표정을 가려 줄 방패막이 허무하게 사라지자 정윤은 의자 위에 무릎을 올리고 바짝 몸을 껴안았다.

'소, 소, 손이 엄청 크셔.'

처음 잡아 본 것도 아닌데 새삼스레 그와의 체격 차이가 실감

났다. 뼈마디도 굵고 핏줄도 불거져 있는 남자의 손이다. 정윤은 긴장으로 타 버린 마른 입술을 깨물었다.

상체를 기울이려던 승학은 그녀의 행동을 의식하곤 도중에 좁히려던 거리를 도로 물렸다.

"전 걱정이 됩니다."

"걱정…… 뭐가요?"

"내일 일."

"아, 내일. 내일 일이요. 네, 그렇죠. 걱정되죠. 계획대로 잘 풀려야 할 텐데."

"그거 말고요."

"그거 말고요?"

"내일은 지금처럼 함께 있지 못하잖습니까. 곁에 없으니 무슨 일이 생겨도 소저를 제대로 지켜낼 수가 없는데."

대화의 맥락이 달라서 정윤은 한 박자 늦게 이해했다. 그는 또 한결같이 그녀의 안위를 걱정하고 있었다.

"걱정하지 마세요. 전부 혼자 움직이는데 저도 제 몫은 해내야죠. 저 활도 그럭저럭 쏘는 편이고요. 말도 잘 타고 산도 잘 타요."

"씩씩하시군요."

"그럼요, 제가 얼마나……."

"저는 소저를 혼자 보낼 생각을 하니 벌써부터 막막한데."

"아……."

"떨어진다고 생각하니 허전해서 미칠 것 같고."

"……."

"지금 이렇게 잠깐 말 안 걸어 주고, 눈 안 마주쳐 주는 거로도 힘든데."

은은하면서도 강한 향기가 코앞까지 밀고 들어왔다. 분명 평소와 다름없이 잔잔한 음성이었는데도 어디에선가는 거친 느낌이 났다.

정윤은 무릎을 감싸고 있던 팔을 뻗어 승학의 뺨을 스쳤다. 미세하게 떨리는 음성이 자그마하게 속삭였다.

"지금은 그냥…… 무슨 말을 해야 할지 잘 모르겠어서……. 보고 있으면 얼굴만 빨개지고요……."

속내를 고백하는 건 부끄럽지만 공연한 오해가 쌓이는 건 싫었다. 혹여나 피한다고 생각할까 봐. 피한다는 게 틀린 말은 아니긴 했지만 내용이 달랐다. 가까이 있으면 홍조도 옮겨붙는지 승학이 붉어진 콧잔등을 매만졌다.

"멍청하게 군 건 저도 마찬가지잖습니까."

"티 안 났잖아요."

"소저도 티는 안 났습니다."

승학은 덩달아 민망해하면서도 한편으로는 안심하는 자신을 깨달았다. 나와 같이 있는 게 불편해서 그런 건 아니었구나, 하고 확인받을 수 있어서.

"제가 괜한 고집을 부렸을까요?"

"무엇을?"

"같은 방 쓰겠다고……."

"그래도 결과는 달라지지 않았을 겁니다."

그는 해경을 피한 게 아니라 정윤을 원한 것이었다. 같이 있고 싶었다. 손도 대지 못하고 노심초사하며 결국 뜬눈으로 밤을 지새운다고 해도.

조금 시무룩해하는 정윤의 얼굴에 승학은 쓰게 웃었다.

그녀는 정말 아무것도 모르는 것 같았다. 자신이 지금 얼마나 전전긍긍하고 있는지.

둘만 남게 된 순간부터 그는 이미 맛이 간 상태였다. 젖은 머리에서 떨어진 물방울이 그녀의 흰 어깨를 적시는 것을 보았을 땐 숨 쉬는 게 버겁기까지 했다. 그런데 눈앞에서 그렇게 잔뜩 웅크린 채로 있어서 얼마나 심장이 졸았는지.

다시 말수가 줄어들고 분위기가 잠잠해지자 정윤은 먼저 후다닥 자리를 털고 일어섰다.

"그럼 이제…… 음, 자야죠? 내일 일도 있으니까 일찍 일찍."

그녀가 움직이는 대로 시선을 따라가던 승학은 다시금 드러난 가벼운 잠자리 차림새에 목울대가 불거졌다.

물기를 머금은 투명한 피부 위에 홍화처럼 피어 있는 빨간 입술이 도드라져 보였다. 굽이져 내리는 짙고 긴 머리칼 때문에 꼭 그림을 감상하고 있는 듯한 착각이 든다. 만약 저 하얀 벽이 도화지라면 그녀는 지금 막 그 속에서 사뿐사뿐 걸어 나온 미인 같았다.

그의 손이 무작정 앞으로 뻗어져 나갔다.

'분위기가 달라졌어……?'

찰나의 변화였다. 승학이 불쑥 앞으로 다가와서 정윤은 엉겁결에 한 발짝을 옆으로 물러섰다. 그가 다시 옆으로 따라붙자 이번에도 아슬아슬한 차이로 빠져나갔다.

쫓고 피하고 잡고 도망가고. 그것이 몇 번 반복되자 승학이 조금 짓궂은 미소를 입에 걸었다.

"언제까지 도망갈 수 있을 것 같습니까?"

"도망은 무슨…… 아, 아닌데요."

"같이 있는 거, 싫지 않다면서."

"싫은 게 아니라."

"싫은 게 아니면 한 번만 잡혀 주십시오."

응? 하고 그가 내민 손을 부드럽게 흔들었다. 조금 전 커다랗다고 의식했던 바고 그 손이었다.

"이리."

망설임으로 오도 가도 못 하던 정윤은 결국 자의로 손목을 내주었다. 그녀가 제 영역에 들어오자마자 승학은 안으로 잡아당겼다.

"가만히."

부드러운 명령이었다. 그가 열이 오른뺨을 촉촉한 머릿결에 대어 잠시 식히더니 더욱 힘주어 꽉 끌어안았다.

코가 머리칼을 헤치고 목덜미 부근으로 내려앉았다. 정윤은 참지 못하고 꼼지락거리며 몸을 꼬았다.

"이러지 마시고……"

"아직 아무 짓도 안 했습니다."

“이성적으로 생각하셔야죠.”

정윤은 우회적으로 우리는 내일 거사를 앞두고 있다는 현실을 알렸다. 자기절제와 관리가 뛰어난 사람이니 그 정도 말이면 알아서 행동하겠거니, 하는 판단에.

하지만 바로 그 언급을 기점으로 승학은 그녀의 몸을 침상으로 밀고 가기 시작했다. 당황한 정윤이 다리에 힘을 주고 버텼지만 그는 이전처럼 씨름하려고 하지도 않았다. 그저 번쩍 몸을 들어 올려 거침없이 걸어갔다.

“왜, 왜.”

“내려드릴 겁니다.”

장담한 대로 그는 성큼성큼 걸어 폭신한 이불 위에 그녀를 내려놓았다. 겨우 빠져나온 생쥐처럼 정윤은 후다닥 침상 안쪽으로 도망쳤다. 그 와중에 버둥대느라 벌어진 소창의 사이로 탐스러운 허벅지가 내비쳤다.

‘이크!’

깜짝 놀라 허겁지겁 허리에 감긴 끈을 조여 맸지만 이미 다 보았다는 듯 승학은 코앞에서 싱긋 웃고 있었다. 때마침 쏟아져 들어온 달빛이 그의 매끈한 콧날을 비스듬히 만지고 내려갔다.

이런 상황에서 마주 보기엔 지나치게 잘난 얼굴이었다. 이러면 거절하지 못하는데. 정윤은 슬그머니 시선을 회피했다. 얕은 숨소리가 뺨을 스치면서 듣기 좋은 목소리가 귓가를 파고들었다.

“저를 피하시는 건.”

"그런 건 아니에요."

재빨리 부정하자 승학은 각도를 바꿔 질문해 왔다.

"그럼 왜 자꾸 멀어지십니까. 해경이를 물리치실 땐 용감하시더니."

윽, 그건.

정윤은 입을 삐끔하려다가 할 말이 없음을 자각했다.

그래, 내내 이런 상황과 분위기를 의도하긴 했지. 하지만 뭐랄까 너무 대책 없이 호흡이 거칠어져서 안 될 것 같다. 대답이 두서없이 나갔다.

"그거는, 아니 그렇기는 한데, 막상 닥쳐보니까 내가 잘할 수 있나, 그런 우려가 들고…… 서툴면 너무 없어 보일 거고, 지금 머리랑 얼굴도 좀 이상한 것 같고…… 공자님, 공자님?"

나오는 대로 이야기하던 입술이 중간에서 그쳤다. 다른 전경을 전부 가리고 시야를 가득 채운 승학의 이목구비에 정윤은 나누고 있던 대화를 그만 잊었다. 빨려 들어갈 것 같은 눈은 언제나처럼 다정한 빛이라 보기만 해도 홀리게 된다. 누구 것인지 모를 들숨과 날숨 소리만 들렸다.

조심스러운 손길이 귀밑머리를 살며시 쓸어 넘겼다.

"이렇게 살라 해도 평생 살 수 있을 것 같습니다."

"……."

"하는 것 없이, 이렇게 소저만 보고 있으라 해도."

가슴속에서 아지랑이가 피어나는 것처럼 간지러웠다. 들리는 음성은 차분한데 뺨에는 열꽃이 핀다. 속이 울렁거려서 정윤은 옆으로 찔끔 엉덩이를 끌었다. 조금이라도 정신이 있을 때 달아나려고 했다.

"도망치지 말래도."

하지만 허리를 잡혀 단숨에 침상 끝까지 딸려 나왔다. 크고 단단한 몸과 바짝 닿는 순간 그녀가 허둥대며 외쳤다.

"오, 오늘은 안 될 것 같은데!"

"무엇을 말입니까?"

"그게."

"그럼 다른 날은 되고?"

되묻는 말 속에 웃음기가 짙게 배어 들어가 있었다. 그녀의 몸이 부끄러움으로 말려 들어가자 승학은 옭아맸던 허리를 놓고 편히 등을 눕혀 주었다.

"싫다 하시면 미시는 대로 밀려나겠습니다."

정중한 말씨에 의젓한 태도였다. 양팔로 바닥을 짚어 가두고 있는 듯한 이 자세만 뺀다면.

"재촉하지 않을 겁니다. 저는 어차피 영원히 소저의 곁에 머무를 거니까요."

참을성 있고 진지한 말이기도 했다. 그것 역시, 자극적인 얼굴과 열망이 깃든 눈빛만 뺀다면 말이다.

"다만 기회는 있을 때 놓치고 싶지 않아서."

애써 잘 여며 놓은 옷자락이 다시 스르륵 벌어졌다. 올망졸망한 코에 자신의 콧날을 비비며 그가 은근하게 웃었다.

쪽. 입술이 짧게 맞닿았다 떨어졌다.

"부족한 사내다 보니 그렇습니다."

정윤은 귀가 타오를 듯이 뜨거워지는 것을 느꼈다. 어떻게 대해야 하는 걸까, 이런 구애에는.

분명 돌진하는 힘에 들이받힐 것 같은데 등 뒤로는 안전하게 보호받고 있다. 허락과 비슷한 한 마디만 속삭여 줘도 달려들겠지만 거절의 작은 신호만 보내도 그는 저 멀리 나가떨어질 것이다.

코끝과 코끝, 입술 사이만을 벌려두고 있는 한 치의 간격. 정윤은 그 아슬아슬한 거리 너머로 이성을 침범하려는 승학의 얼굴을 바라보았다. 달아오른 그의 뺨이 힘겨워 보였다. 확신할 순 없지만 속눈썹까지 떨리는 것 같기도 했다.

불쑥 장난기가 생긴 정윤은 유혹하듯 그곳에 손끝을 댔다. 그러자 즉시 각진 턱에 잔뜩 힘이 들어가는 것이 느껴졌다.

쿵쾅쿵쾅.

가슴이 크게 뛴다. 아마도 이건 자신의 심장 소리. 너무 또렷한데 그에게도 들렸을까. 부끄러운 생각이 흘러가며 흐느적거리던 손끝도 따라 내려갔다. 가느다란 손가락으로 심장 부근을 두드리자 그가 그녀의 행동을 가로막듯 손가락 전체를 꽉 움켜잡았다.

"너무 커서."

"……."

"다 들릴 것 같은데."

마치 제 속을 들여다본 듯한 말이었다. 하지만 아니다. 제 심장 소리가 크니 들춰 보지 말아 달라는 뜻이겠지. 혼자만 그런 게 아니라는 생각에 배시시 웃음이 새어 나왔다.

"지금 대답도 없이 웃어 주는 건 너무 안일한 생각입니다."

"공자가 귀엽다는 뜻이었어요."

"그것도 좋은 생각은 아닌데."

승학이 한 손에 하나씩 그녀의 손목을 잡고 바닥에 강하게 눌러 붙이며 말했다. 하지만 이미 그의 심장 소리를 들어서인지 조금도 위협적이지 않다. 어차피 자신과 똑같이 떨고 있는 남자인걸.

위에서부터 눌려 옴짝달싹 못 하는 채로 정윤은 그를 조종했다.

"기회는."

작은 속삭임으로.

"있을 때 잡아야죠."

간단한 몇 마디로.

그리고 몸 전체에 압박감이 밀려왔다. 덮치듯이 깔렸지만 무거운 대신 호흡이 벅찬 행위들이 쏟아져 들어왔다.

소리를 내려던 입술 새로 날카로운 혀끝이 파고 들어오고 자유롭게 헤집어 휘젓는다. 입을 맞출 때마다 뜨거운 숨결이 달콤하게 살갗을 지폈다.

내가 아닌 느낌. 신경이 끊기고 정신이 몽롱해지는 시간. 바닥에 한 꺼풀씩 옷이 떨어질 때마다 정윤은 흐느끼는 목소리로 이불 속에 얼굴을 파묻었다.

* * *

황실 사냥터라 일컬어지는 이 일대는 본래 산양의 서식지로 이곳이 처음 세상에 이름을 알리기 시작한 것은 건국의 시조로부터였다.

근방 어딘가에 그의 생가가 있다는 풍문과 함께 지형이 험준한 이곳에서 그가 문무를 겸비하게 되었다는 식의 싱거운 설화가 내려왔다.

황실은 의미를 기린답시고 이곳을 본인들의 사유지로 보존해왔지만 글쎄, 정윤은 그런 옛이야기에 냉소적인 기분이 되었다.

'그런 순수한 의도치곤 너무…….'

실세로 들어와 보니 더욱 그런 불손한 마음이 든달까. 먼 과거에는 산양이 살았다지만 지금은 동물의 씨가 마른 상태다. 그런 형편에 산세는 예나 다를 바 없이 가파르고 험준하니 이 의심은 꽤나 합리적이었다.

'최소 비밀 기지였거나 아니면 사병 훈련소지. 그렇지 않고서는 지형이 이렇게까지 요새 같을 수는 없는 거지.'

초대 황제라는 인물도 결국은 역성혁명으로 나라를 세운 사람이었으니까. 어딘가에 은밀한 계획을 숨겨놓을 장소가 필요했을 것이다.

바로 지금의 그녀처럼.

부우우-

멀리서 대회의 후반부를 알리는 뿔 소리가 귓전을 울렸다.

정윤은 소리가 나는 곳으로 멀찍이 시선을 돌렸다.

탄신일의 두 번째 날. 대회는 황제의 축사로 무사히 개막식을 치렀다. 홍군과 청군으로 색을 구분해 입은 탓에 높은 곳에서 보면 울긋불긋한 얼룩들이 뛰어다니는 것처럼 보였다. 그들보다 훨씬 더 높은 지세에 자리 잡고 선 정윤의 녹색 옷자락이 유유히 바람에 흩날렸다. 대회에 참가하지 않는 관리자의 옷 색깔이었다.

'유시 일점.'

뿔 소리로부터 정확한 시간을 확인할 수 있었다.

시간상으로도 마무리 단계다. 사전에 모의한 대로 이번에는 그녀가 움직일 차례였다. 오시를 첫 시작으로 각각 네 군데로 퍼져 있는 동료들이 이미 돌아가면서 행동을 개시했을 테니까.

그녀가 바위에서 풀썩 뛰어 내려오며 정찰꾼들에게 하명했다.

"곧 대회의 막바지이니 각자 정해준 위치로 돌아가 정리할 준비를 해라. 이 위쪽으로는 내가 올라가겠다."

수상한 짓의 기본은 일단 목격자를 제거하는 것이다. 그녀는 꼬리를 자르기 위해 목격자가 될 만한 이들부터 분산시켰다.

병사들이 삼삼오오 모였다가 흩어지는 것을 확인한 뒤, 재빨리 절벽을 타고 새끼줄로 출입을 막아놓은 지역으로 들어간다.

"십(十)자 표시가……."

품속에서 있던 지도를 꺼내 눈앞의 지물들과 비교했다. 사전에 답사했던 곳이라 쉽게 눈에 익었다. 표시된 장소에서 화살과 석궁을 찾아 무장한 그녀는 곧장 허리를 숙이고 달려 사각지대에 몸을 숨겼다.

'누가 오려나.'

아래로는 비탈길. 위로는 무성한 수풀이 자리하고 있다. 정윤은 보이지 않을 구석에 자리 잡고 엎드려 먹잇감이 오기를 차분히 기다렸다. 바람을 스치는 고요한 나뭇잎 소리에 새삼 혼자라는 현실이 실감 났다.

"오랜만이네, 혼자인 거."

괜스레 피시시 웃음이 새어 나왔다.

망망대해에 서서 표류하는 기분…… 까지는 아니지만 간이 쫄깃해지는 긴장감 정도는 충분히 될 것 같았다. 살짝 겁도 나고 답지 않게 소심해진다.

"썩 좋진 않네."

전에는 뭘 하든 간에 혼자인 게 편하더니 이제는 같이 있지 않은 게 이상해졌다. 인간이란 게 참 간사하기도 하지. 언제부터 누군가와 함께 하는 일이 당연한 일상이 됐을까.

언제부터인지는 주위에 늘 사람이 있었다. 그들은 잠시도 그녀를 혼자 놔두지 않았고, 끊임없이 말을 걸었고 지치지 않는 관심을 퍼부었다. 그리고 결국은 이렇게 보고 싶게 만들었다.

……특히 그중에 한 사람. 자신을 안아 주지 못해서 안달 난 남자.

'어젯밤에는 으악, 아니야. 정신 차리자.'

불현듯 머릿속을 점령해오는 지난밤의 잔상에 정윤은 고개를 후두둑 털어냈다. 열이 달아오르려는 것 같아서 정신 좀 차리라고 주변의 나뭇가지를 꺾어다 머리카락 사이로 푹푹 꽂아 넣었다.

그때였다. 다그닥거리는 말발굽 소리가 근거리에서 울렸다. 정윤은 민첩하게 상체를 낮추며 모습을 감췄다.

반짝거리는 까만 눈동자에 붉은 점이 맺혔다. 온다. 누굴까. 제발 취군회의 명단에 있는 자이기를 바랐다.

"좋아. 때맞춰 잘 와줬네."

얼굴을 보아하니 직학사 양반. 운 좋게도 목표물 중 하나였다.

게다가 혼자인 채로 허둥거리는 저 움직임이라니. 짐작건대 먼저 잠복했던 셋에게서 공격을 받은 듯한 분위기였다. 그래서 아무도 믿지 못하거나 정신없이 도망치기 바쁜 와중이겠지. 어느 쪽이든 바보 같은 선택이었다.

'다들 잘하고 있어. 내가 마무리하면 완벽하게 끝나.'

놈을 맞추고 가면 시간도 적당할 것이다. 연발을 위해 그녀는 석궁의 전갑 안에 네 개의 화살을 한꺼번에 집어넣었다.

세심한 조준을 위해 눈매가 가늘게 여며졌다가 튕기는 손가락과 함께 곧 전방을 뚫을 듯이 주시했다.

첫 번째 촉은 직학사의 정수리 바로 위를 스치고 지나갔다. 고삐를 쥐고 있던 자가 경기를 일으키며 머리를 감쌌다. 그리고 쉬지 않고 두 번째 화살이 뒤따랐다. 이번에는 그의 왼발 앞이었다.

"웬 놈이냐!"

발목을 스친 화살에 직학사는 놀라서 말머리의 방향을 급하게 회

전했다. 정윤은 잠시 간격을 두고 그것을 지켜보다가 그가 달리는 방향보다 한발 앞서서 석궁의 시위를 당겼다. 쇠 촉이 퍽 소리를 내며 땅바닥에 거칠게 박혔다.

"맞추는 것보다 안 맞추는 게 더 어렵네."

사용한 건 총 세 대의 화살. 개중 상대의 몸을 관통한 건 한 방도 없었다. 맞추는 척하며 겁만 주려 했기 때문이었다.

좀 더 압박감을 줘 볼까. 그녀가 석궁을 다시 눈가에 맞췄을 때였다. 근거리에서 또 다른 말발굽 소리가 요란하게 고막을 자극했다.

'어디서 오는 거지?'

어떻게 할까. 잠복을 풀까 말까. 모습은 보이지 않고 소리만 들리니 섣부른 행동을 할 수가 없었다. 짧은 고민 끝에 그녀는 무기를 도로 구덩이 속에 던져두고 남아 있는 화살 하나만을 챙겨 비탈길을 엉덩이로 미끄러져 내려왔다. 다시 빽빽한 나무속으로 발을 내디뎠다. 방금 들었던 소음의 정체를 확인하고 싶었다.

왼편에서 바스락거리는 자극에 고개가 잽싸게 돌아갔다.

"아, 깜짝이야."

꼬리를 바짝 세운 채 경계하고 있는 삵이 보였다.

'이 녀석이었던 건가? 아닐 텐데…….'

해칠 의사가 없다는 표시로 한 발자국을 물러서던 정윤은 문득 뒤편에서부터 피부를 스치는 싸한 바람에 그 자리에서 멈춰 섰다.

허리를 감싼 세조대와 병장기가 부딪힐 때 나는 특유의 쇳소리가 들린다. 더불어 땅을 구르는 말발굽의 간격은 비탈길 위에서 들었던 것과 비슷했다.

"이런 곳에서 농땡이를 부리는 것은 아니겠지."

거칠 것 없이 먼저 말을 걸어온 것은 저쪽이었다.

정윤은 서서히 반대편으로 돌아섰다. 그다지 보고 싶지 않은 누군가, 상장군이 다가오고 있었다.

"일은 제대로 하고 있는 게냐. 어째서 혼자지?"

그가 말 위에서 내리며 주변을 둘러보았다. 정윤에게 할당된 정찰병들을 찾는 듯했다.

"폐회까지 반 시진이라, 마무리를 하라고 각자의 위치로 보냈습니다."

"특별한 점은?"

"없습니다."

정윤은 턱을 약간 아래로 내리고 딱 잘라 대답했다. 실무는 이쪽이 맡았지만 책임자는 저쪽이라, 하문을 한다면 보고를 해야 할 필요성은 있었다. 상장군이 가까이에 와서 멈춰 서도 그녀의 자세는 흐트러지지 않았다.

"수상한 무리는 없었나?"

수상한? 물으면서 자꾸만 사방을 관찰하는 듯한 동작이 느껴졌다. 정윤은 고개를 내린 시선 아래에서 조금 찢어져 있는 그의 옷끝을 발견했다.

무언가가 뚫고 지나가면서 스친 흔적이다.

한쪽 입가가 비스듬히 올라갔다.

'이쪽도 화살 받이가 되다 오셨군.'

하긴 이 자도 취군회가 아니던가. 그녀의 동료 중 누군가가 좀 고약하게 겁을 준 모양인데 그래서 이렇게 예민하게 구나 싶었다. 티 내지 않지만 공격받은 것이다.

"그런 무리는 없었습니다."

이번에도 칼같이 재단해 말하자 벼르고 있는 듯한 장군의 눈알이 들이밀어졌다.

"혹여 엉뚱한 짓을 꾸미고 있거나 아니면 그러한 자를 숨겨 주고 있거든, 이 자리에서 고하는 것이 좋을 게다. 당장 사지가 절단 나고 싶지 않다면 말이다."

세상에, 이건 좀 의외였다. 둔한 것 같더라니. 정윤은 잠깐 놀란 척을 했다. 상장군은 그녀의 간결한 태도를 의심하고 있었다.

"무슨 의미이신지 이해가 가질 않습니다. 저는 녹색 옷을 입은 관리인. 노력하지 않아도 튀는 위치인데 무슨 수로 유별난 행동을 하겠습니까."

발뺌을 하면서 동시에 내분에 대해 넌지시 언급했다. 네가 공격을 받았다면 그건 내부의 적의 소행일 거라고. 누군가 굳이 분탕질을 쳤다면 너와 같은 색의 옷을 입으려 하지 않겠느냐는 지적이었다. 그도 비슷하게는 생각하고 있던 눈치라 반박하지는 않았다. 대신 다른 것을 꼬투리 잡았다.

"건방진 계집. 너는 상관에게 어찌 대해야 하는지 배우지 못했더냐?"

손찌검이라도 하려는지 그가 팔을 번쩍 치켜들었다. 정윤은 위로 올라가는 그의 어깨를 보았고, 확인한 순간 망설이지 않고 곧바로 움직였다. 그녀가 장군의 허리에 꽂혀 있던 칼을 스르릉 뽑더니 그의 어깨 쪽을 거침없이 그어 내렸다.

"크아앙!"

피가 후두둑 어깨를 적시며 쏟아져 내렸다. 푸른색의 철릭이 짐승의 피로 검게 물드는 것을 보며 그녀가 검을 도로 검집에 꽂아 넣었다.

"장군의 어깨를 물어뜯으려 했나 봅니다."

발아래에는 목이 베인 삵이 배를 뒤집어 깐 채 날카로운 송곳니를 드러내고 있었다. 살벌한 광경인데 정윤은 대수롭지 않게 말했다.

"아무리 그래도 사람에게 먼저 달려들지는 않는데 제 짝을 누군가에게 사냥이라도 당한 모양이군요."

복수라도 하러 왔을까요? 꾸밈처럼 곁들인 그녀의 말소리는 간지러우면서도 어딘가 스산했다. 별안간에 벌어진 짐승의 습격에 상장군은 굳어 있었다.

"오죽하면 이런 미물이 사람에게까지 달려들었는지. 어찌 되었든 조심하십시오, 장군. 숲에 제 짝을 사냥당한 짐승이 한둘이 아닐 겁니다."

상냥한 말투의 정윤이 발끝으로 죽은 삵의 시체를 상장군의 쪽으로 밀었다.

"아직 수확이 없으신 모양인데 이것이라도 가져가시지요. 저야

건수를 올려도 의미가 없어서."

시종일관 친절한 것 같으면서도 교묘하게 존중은 결여되어 있다. 장군의 구겨진 면상에도 그녀는 털끝만 한 미안함 하나 보이지 않았다. 할 일이 많다는 핑계로 허리를 바짝 숙이고 돌아섰다.

쐐애액!

그러나 이미 피를 본 자는 일별을 그리 순순히 동의해 주지 않는다.

등 뒤에서 날붙이가 바람을 갈랐다고 깨달은 순간 정윤은 좌로 몸을 던져 흙투성이 바닥을 크게 굴렀다. 좀 전까지 그녀가 서 있었던 자리에는 짧은 단도가 대신 자리했다.

"몸놀림이 제법이로구나."

"사람을 공격하다니 이게 무슨 경우입니까."

"네 말대로. 내가 이제껏 한 건도 사냥하지 못했으니. 뭐라도 잡아가야 할 것 아니냐."

허리춤에서 칼을 빼 들며 상장군은 불길한 웃음을 내비쳤다. 그가 무람없이 짓쳐오는 걸음에 삵의 시체가 한쪽으로 쓸려갔다.

"천지도 모르고 눈을 똑바로 치켜뜨는 게 네 아비와 똑같구나. 흐, 그때도 꼴 보기 싫었지. 몽상가 같은 녀석들이 떼로 몰려다니며……. 그 외팔이 새끼, 그때 같이 죽여 버렸어야 했는데."

머릿속으로 도주로를 계산하던 정윤은 장군의 중얼거림에 순간적으로 이성이 나갈 뻔했다.

그저 한 발짝. 한 보. 좀 더 괜찮은 세상을 향해 그저 그 한 보를 내디디려 했던 것뿐인데. 그게 저렇게까지 모욕받을 짓인가.

그런 아버지를 네놈들이 사지로 몰았으면서. 치졸한 욕심으로 여럿의 희망을 산산조각 냈으면서.

'……안돼, 지금은 참아야 해.'

튀어 나가려는 본심이 밖으로 새어 나가지 않게 하기 위해 안간힘을 다했다. 흥분하지 말자고 그녀가 자신을 다스리고 또 다스리는 동안 상장군은 완전히 검집에서 칼을 분리해 냈다.

"사냥은 자고로 여흥이지. 심기에 거슬리는 동물을 잡아 기분이 풀린다면 괜찮은 소득이고. 때마침 사냥터에, 지금 이곳엔 너와 나 둘뿐 아니냐?"

머리 위로 칼과 화살이 날아다니는 곳. 실수로 누구 하나 부상을 당하거나 목숨을 잃는다 해도 안타깝지만 이해하게 될 것이다. 증인도 없어서 밝혀낼 진실조차 없다면 더더욱.

'변변한 무기가 없는데.'

수중에 흉기가 될 만한 거라곤 아까 쓰고 남은 화살 한 대뿐이었다. 정윤은 조심스럽게 뒷걸음질 치며 후퇴할 수 있는 경로를 모색했다. 상대가 자신을 어찌할지 모르니 일단은 생존이 우선이었다.

"보잘것없지만 아깝게 놓친 네 아비 대신, 오늘 그 자식이라도 목숨을 취해야겠다."

유리한 상황이라곤 하나 없었지만 그나마 불행 중 다행이라고 해야 할까. 자신을 죽이겠다니. 상대는 이쪽을 완전히 무시하고 있었다.

그녀가 아무것도 하지 못할 거라고.

'순진하긴.'

내가 얼마나 악질적인지도 모르고.

내가 얼마나 지독하고 소름 끼치는 악인인지도 모르고.

입가에 비웃음이 스쳤다.

"장군, 보기보다 양심적이셔서 놀랐습니다. 과거에 살인을 도모했었다는 그런 자백, 하지 않으실 줄 알았는데요."

"안다 해도 네가 어쩔 테냐?"

"알게 되면 어찌 되느냐……. 알게 되면 저는 이렇게 화가 나지요. 분노에 휩싸입니다. 그리고 어떠한 일이든 치고야 말겠지요. 사람은 분노가 있으면 파멸이 난다 해도 반드시 그 끝을 보고자 하니까요. 보기보다 양심적이셔서 알려 드리는 겁니다."

내가 지금 너에게 무언가를 예고했다는 것을.

"건방진 계집. 제 아비랑 눈빛이 똑같구나. 나는 몽상가와는 말을 섞지 않아. 주제도 모르는 것들이 날뛰는 세상이 제대로 된 세상인가?"

"그런 얘기는 무시합니다. 정의도 없고 논리도 없고. 누군가가 열심히 뭔가를 해 보겠다는데 그걸 욕하는 건 본인이 창피하실 일이지요."

"네 그 주둥이부터 찢어 주마!"

초장부터 이긴 것처럼 히죽대더니 뇌관을 건드리는 말 몇 마디에 상장군은 노도처럼 열기를 퍼트렸다.

검이 직선으로 뻗쳐오는 것을 확인하고 정윤은 선 자리에서 움직이지 않고 끝까지 버텼다.

뾰족한 칼끝이 삽시간에 거리를 좁혀와 한 뼘, 마침내 한 치 앞에서 번쩍였을 때 그녀는 전처럼 몸을 틀어 공격을 회피했다.

다시 바닥을 짚고 일어난 손에는 어느새 제법 튼튼해 보이는 막대기가 들려 있었다. 신출한 동작이었다.

"고작 그런 것으로 내게 대항해 보겠다는 게냐?"

글쎄, 그냥 있다가 개죽음당하는 것보다는 현명하지 않을까. 그녀가 대답하지 않고 방어 자세를 갖추자 칼날이 매섭게 밀려들었다. 이번에는 제대로 정면에서 맞부딪혔고 잠시 힘겨루기를 하며 대치하다가 점점 그녀의 상체 쪽으로 위협적인 검이 쏠렸다.

상대는 무인, 그리고 남자. 어차피 완력으로는 승산이 없다. 알면서도 애쓰는 시늉을 하던 정윤은 어느 순간에 막대기를 비스듬히 쳐내곤 뒤로 날렵하게 뛰었다. 힘에서 달리는 대신 월등히 높은 민첩성으로 거리는 단숨에 훅 늘어났다.

"자, 다시."

머리를 쓸어 넘긴 그녀가 검지를 세워 코앞에서 까딱까딱해 보였다. 어디 한 번 와보라는 도발이었다.

"죽여 버리겠다!"

분노에 휩싸인 상장군은 또 곧장 칼을 치켜들고 쫓아왔다. 그러면 다시 정점처럼 한 곳에서 버티다가 마지막 순간에 몸을 피해 그의 공격을 무효한 것으로 흘려버린다. 여러 번의 합이 오가는 동안 꾸준히 같은 유형의 반복이 연속됐다.

"쥐새끼처럼 언제까지 도망만 다닐 것이냐! 정면승부를 해라!"

무거운 검에다가 전력으로 달려드는 힘, 거기다가 달리고 추격하는 데 소모한 체력까지. 시간이 지날수록 상장군은 숨을 헉헉대며 짐승처럼 발악했다.

그러나 정윤은 그에 대한 어떠한 답도 하지 않았다. 그녀는 호흡 한 번, 동작 하나에 이르기까지 세심한 주의를 기울이며 체력을 아끼고 있었다. 쓸데없는 힘을 낭비하지 않는 것이 이 판의 필승전략이었다.

그러면서도 의미가 명백한 눈빛을 되돌려 주기는 했다.

'내가 이걸 언제까지 할 거냐면, 네가 지쳐서 실수할 때까지 할 거다.'

휘두르는 칼의 반경을 보니 기세가 처음보다 많이 죽어 있었다. 이대로라면 얼마 못 가 구멍이 생길 것이다. 호기롭게 결투를 받아들이는 듯 말했지만 처음부터 그녀의 진짜 목표는 도주에 있었다.

정윤은 그가 타고 온 말을 노렸다. 아주 먼 곳에 있지는 않으니 한 번만 시간을 벌 수 있으면 될 것 같았다.

위협을 무릅쓰고 그녀가 장군의 흐트러진 감정 상태를 이용했다.

"벌써 지치셨습니까? 하긴 그렇게 대책 없이 휘두르는데 지치지 않으면 사람이 아니지요. 힘만 좋으면 장군이 될 수 있다니, 이리 보니 출세도 그리 어려운 일은 아니군요."

"감히!"

이미 분노가 머리꼭지까지 다다른 사람이었다. 눈에 뵈는 게 없어진 그는 앞뒤 가리지 않고 당장이라도 그녀를 찔러 죽이기 위해 달려들었다.

'또 헛손질. 두 번, 세 번.'

정윤은 검의 궤적이 극도로 감정적인 방식으로 흐른다는 것을 깨달았다. 그 증거로 전보다 공격을 피하기가 쉬워졌고 그럴수록 상대의 빈틈은 점점 더 크게 눈에 띄었다.

'지금이야.'

벌려 둔 거리를 눈짐작으로 계산한 그녀가 손에 든 막대기로 발 앞의 땅에 큰 반원을 그렸다.

치이익!

흙먼지가 뿌옇게 피어오르면서 시야가 흐려지고 돌격하던 움직임이 도중에 콜록대며 주춤했다. 정윤은 그 순간을 놓치지 않고 혼신의 힘을 다해 그의 허벅지를 발로 걷어찼다.

"으아악!"

먼지가 핀 반경 속에서 상장군의 다리가 완전히 꺾인 것이 보였다. 정윤은 그 사이에 있는 힘껏 앞으로 뛰었다.

폐가 터질 지경까지 속도를 높여 달려가선, 나무에 매여져 있던 고삐를 풀어냈다. 도움닫기조차 없이 곧장 말 등으로 튀어 올라간 그녀는 타자마자 말의 허리를 찼다.

"죽여 버리겠다!"

출발신호를 받은 말이 막 발을 구르려던 때였다.

별안간 동물이 길고 높은 비명을 뽑아내더니 앞다리를 치켜들었다. 동시에 말의 엉덩이 쪽에서 피가 솟구쳤다. 그곳에 상장군이 던진 칼이 꽂혀 있었다.

'안 돼! 균형이!'

안장이 심하게 요동쳤다. 여기서 낙마하거나 말의 무게에 깔아 눌리면 큰 부상을 당한다. 정윤은 어떻게든 추락하지 않기 위해 고삐를 쥔 손에 힘을 주었다. 그사이 절뚝대며 걸어온 상장군이 우악스러운 손으로 그녀의 발목을 움켜잡았다.

"넌 절대 도망가지 못한다! 내게 겁 없이 덤빈 대가가 무엇인지 보여 주마!"

야차처럼 울부짖은 그가 말에 꽂혀 있는 칼을 뽑아내 되는대로 휘두르기 시작했다. 이러다간 그의 칼에 찔려 죽거나, 아니면 그보다 더 먼저 무너질 말의 무게에 깔려 죽을 것 같았다.

떼어내야 한다. 정윤은 제 발목뼈를 부서트릴 기세로 잡고 있는 그를 어떻게든 밀쳐내려 버둥거렸다.

"놔! 이러다 같이 죽는다고!"

흔들림이 커질 때마다 상처를 입은 짐승도 덩달아 휘청거렸다. 그 반동에 상장군이 순간적으로 밀쳐졌을 때 정윤은 있는 힘껏 그를 떨어트리며 아무것도 없는 빈 허공으로 몸을 날렸다.

그리고 서걱, 금속이 종아리를 베고 지나가는 것과 버티고 버티던 짐승의 허리가 끝내 아래로 무너지는 것이 동시에 느껴졌다.

"으아아악!"

끔찍한 신음이 하늘을 찔렀다.

어떻게든 탈출했다. 전신에서 내지르는 타박상과 피가 흐르는 종아리에도 정윤은 바닥에 몸이 닿자마자 본능적으로 상장군으로부터 멀어지려 했다. 그러나 고막을 찌르는 소름 돋는 고통 소리에 얼마 못 가서 얼어붙었다.

"컥…… 커흑!"

말이 전복되었다.

그 아래에는 사람이 깔렸고 비스듬히 박힌 칼이 그자의 옆구리 어딘가를 관통했다. 자신이 휘두른 칼에 자기가 찔린 거다.

"너! 커헉!"

그런 상태로도 그는 손을 허우적거리며 분통함을 터트렸다. 구해 달라기보다는 여전히 증오스럽다는 얼굴이었다.

깔려 있는 주제에도 끝까지 발악하는 상장군의 몰골에 달아나려 했던 정윤의 마음속에 번뜩 무서운 욕망이 머리를 치켜들었다.

지금…… 죽일까?

치명상을 입었으니 더 빠른 죽음에 이르게 할 수 있을 것이다. 쓰지 못하고 남겨놓은 화살 한 대가 제 수중에 있었다. 방금 전의 싸움에서는 도움이 되지 않았지만 지금은 당장에라도 훌륭한 살인 도구가 되어 줄 것이다.

한꺼번에 많은 생각이 지나갔다. 사사로운 감정, 들솟는 복수심, 대업을 위해 필요한 인내와 당장 눈앞에 닥친 위협.

왜? 뭘 망설여? 그래, 해도 돼. 나는 그럴 자격이 있어. 그는 살인자고, 그는 내 부모를 고통 속으로 처넣었고. 그리고 또, 그리고 또…….

정윤은 덜덜 떨리는 손으로 화살을 움켜쥐었다. 꽂기만 하면. 어차피 다 죽어 가니까, 그냥 어딘가 찔러 넣기만 하면. 갈망이 점철되어 손목이 욱신거렸다.

뾰족한 화살촉이 부들거리며 전진한다.

질끈 눈이 감겼다. 눈 한 번 질끈 감고 그냥 저질러 버리려 했다. 그러나 찰나에 머릿속을 스쳐 지나가는 승학의 얼굴에 정윤은 경기를 일으키며 멈춰 섰다.

……저지르고 나면. 죽이고 나면.

그다음 그에게 무슨 말이든 해야 할 것이다. 이것을 설명해야 한다.

'어쩔 수…… 없었다고?'

하지만 정말 어쩔 수 없었나?

앞으로 난 그에게 어떤 사람으로 보이게 되는 거지?

무서워.

스스로 지워버렸던 시야가 단 한 마디의 경고에 번쩍 뜨였다.

그러자 바로 목전까지 다가와 있는 것은 피가 흥건하게 묻어 있는 시뻘건 손. 당장이라도 쓰러질 것처럼 숨을 껄떡대는 상장군이 그녀의 목을 조르기 위해 손을 뻗고 있었다.

"으헉……!"

화살이 맹렬하게 날아갔다. 목을 조르려던 손은 어깨에 박힌 화살로 인해 떨어져 나간다. 맞고 쓰러지는 둔탁한 파열음이 일었고 정윤은 얼은 붙은 것처럼 몸이 굳었다.

하나 남은 화살을 여전히 손에 쥔 채로.

"죽었…… 어……?"

상장군이 죽었다. 여기서 사람이 죽었다. 그걸 확인시키듯 싸한 바람이 불어 닥치며 숲에 차디찬 적막이 내려왔다.

내가 아니야. 그럼 누가?

정윤은 차마 숨이 끊어진 자의 처참함을 보지 못하고 주저앉은 채로 고개를 숙였다. 일어나야 하는데, 이걸 수습해야 하는데, 바보같이 힘이 빠진 몸은 꿈쩍도 하지 않는다.

이를 악물며 겨우 쓰러지는 것만은 견디고 있던 그때, 커다란 손바닥이 뒤에서부터 눈가를 덮어왔다. 이어서 등 뒤로 따뜻한 가슴팍이 어깨를 감싸 안았고 귓가에 끊어질 듯한 숨소리가 끼얹어졌다.

"걱정돼서……."

쏟아진 건 안도의 한숨과 끝마쳐지지 못한 말소리.

목구멍 막히면서 눈알이 뜨겁게 타오른다. 나 대신 '이 일'을 저지른 누군가. 그 사람이 누군지 알 것 같아서 가슴이 미어졌다.

"약속한 시각이 지나도 오지 않아서……. 찾아다녔는데…… 온 숲을 뒤지며 찾아다녔는데……."

어깨를 어루만지며 경황도 없이, 두서도 없이 쏟아내는 말들이었다. 그런데도 이해할 수 있었고 그래서 자꾸만 눈물이 흘렀다.

정윤은 제 눈가를 덮은 승학의 손바닥을 끌어내리려 했다. 그러나 그는 더 강경하게 그녀의 시야를 까맣게 덧칠했다.

당연히도 못 보게 하려는 거였다. 눈을 뜨면 피 토한 시체를 보게 될 테니까. 그러면 괴로울 테니까. 승학은 그 상태 그대로 그녀의 몸을 안고 일어섰다.

눈가에 손바닥이 걷힌 대신 따뜻한 입술이 지그시 내려와 눌렀다.

"죽은…… 거예요?"

"이제 안전합니다."

"저 때문에. 저 때문에……"

울먹거리며 하염없이 흘려내는 눈물을 승학은 다시금 입술로 훔쳐냈다. 그가 헝클어진 머리칼을 코끝으로 헤치며 이마 위로 읊조렸다.

"아니요, 이건 제가 한 겁니다. 활을 쏠 때 고민하지 않았습니다. 다른 대안도 생각해 보지 않았습니다. 그저 저자를 당장 죽이고 싶었습니다."

승학은 조금의 망설임도 없이 그렇게 이야기했다. 내가 했으니 이건 내 탓이라고. 다른 방법이 있었더라도 자신은 그렇게 했을 거라고. 정윤은 자신을 안고 있는 그에게서 어떠한 흔들림도 느낄 수 없었다.

* * *

동굴에 은신하고 있던 해경과 모연은 뛰어오는 사람 발소리에 사색이 되어 일어났다. 드디어 승학이 동굴로 돌아왔다. 정윤을 찾아보겠다며 홀로 나선 지 정확히 반 시진이 지난 후였다.

얼마나 서둘러서 왔는지 그는 연신 거친 숨을 내몰아 쉬고 있었다. 그가 힘없이 늘어진 정윤을 모포에 내려놓으며 메인 목을 눌러 짜냈다.

"당장 붕대와 지혈제부터."

종아리에 응급처치로 압박해 놓은 천이 보였다. 몇 겹씩 둘러 강하게 묶었음에도 피가 비치는 게 선연할 정도. 기겁한 모연이 봇짐 통째로 구급약을 들고 왔다.

"이게 대체 무슨 일이에요?"

철릭을 걷고 묶어 두었던 것을 풀어내자 칼이 베고 간 상처 주변으로 빨갛게 부어오른 선들이 드러났다. 해경은 단번에 그것이 손자국이라는 것을 알아차리고 눈이 뒤집혔다.

"누가 이런 거야!"

"어서 약부터!"

승학은 백지장처럼 창백한 얼굴로 명령했다.

차가운 액체가 환부로 스며들 때 정윤은 입에 뭉쳐진 천을 물고 조금이라도 새어나갈 신음을 고통스럽게 삼켰다.

"누가 이런 거냐고! 들키기라도 한 거야?"

"두 사람은 당장 중앙막사로 돌아갈 준비를 해라."

"내가 먼저 물었잖아! 누가 그랬냐고! 어떻게 된 건지 우리한테도……!"

"상장군이 죽었다."

"뭐?"

"내가 죽였다."

숨기는 것 하나 없는 또렷한 자백이었다. 사정을 몰랐던 두 사람은 제 귀를 의심했다. 승학은 차갑고 냉정한 표정으로 붕대를 감고 있었다.

"형, 미쳤어? 무슨 생각으로……!"

"그래야만 했으니까. 죽이지 않고는 버틸 수가 없었으니까. 내가 도저히 그놈을 살려 보낼 수가 없었으니까."

고개를 든 그의 표정은 깊은 낮은 그의 목소리와 똑같았다. 살인을 시인하는 얼굴이었고 그 속에 동요나 죄책감 따위는 없다.

정윤이 물고 있던 것을 뱉어내며 쉰 소리로 답했다.

"나…… 때문이야. 상장군이 먼저 죽이려고…… 들어서. 우리 일이 발각되지 않았지만……. 미안해."

애초에 이 계획의 목적은 취군회 사이의 내분이었다. 그들 서로가 서로에게 공격받은 것처럼 느끼게 하기 위해 일부러 그들만을 골라 습격했고, 그렇게 분란을 일으켜 사이를 금 가게 하려던 것이었다.

다시 말해 겁을 주려던 것이었지 그 누구도 죽일 계획은 없었다. 그런데 진짜로 사람을 죽이게 된 것이다. 모두가 할 말을 잃은 가운데에 승학만이 서늘한 분위기로 다음 행동을 지시했다.

"서남쪽 비탈길에 상장군의 시체가 있다. 수습해야 한다. 나는 소저의 곁을 떠날 수 없으니 너희가 시체를 수습해 먼저 중앙막사로 출발해라. 그냥 버려두면 일이 더 커질 거다."

"가서 어떻게 하라고? 사고사로 위장하기도 힘들 텐데!"

사고사? 당연히 그럴 수 없다. 부검만 해도 금방 들통 날 일. 승학은 천천히 고개를 가로저었다.

"최종 사인은 어깨의 자상. 사실대로 타살로 보고해라. 화살이 날아가는 것까지 목격했다고 진술해야 한다."

"하, 하지만 교랑님! 그건 너무 위험해요! 사람의 짓이라고 하면 범인을 색출하려고 할 텐데……! 혹시 자기도 공격받은 적이 있다고 취군회 중에 누군가 나서기라도 하면 저희가 뒤처리하고 말을 맞출 시간이 부족합니다!"

모연이 반대하고 나섰다. 꼴 보기 싫은 작자였지만 상장군은 취군회의 핵심 일원이었다. 주요 인사를 잃은 그들이 어떤 식으로 나올지 모르는데 그리 심한 자극을 주는 것이 과연 옳은가에 대한 의문이었다.

그러나 승학은 차게 끊었다. 일이 이렇게 틀어진 이상 그는 본래의 것보다 더 강력한 여파를 몰아 쓰기로 마음먹은 상태였다.

"그러니 바람을 잘 잡아야지."

"예?"

"용의자가 그들 내부에 있는 것으로 확실히 분위기를 몰고 가라. 은밀히 십 년 전의 일을 들먹거리는 것도 나쁘지 않겠지. 범인이 제 주위에 있다고 판단되면 그들은 결코 이 사건을 표면 위로 들추려 하지 않을 것이다."

"……."

"또한 그렇게 되면 자신이 공격받았다는 사실 역시 서로에게 발설하려 하지 않겠지. 누가 적인지 알 수 없는데 그런 멍청한 짓 따위 할 리 없어."

위험하긴 해도 시도해 볼 만한 내용이었다. 어차피 매복해서 그들을 공격했던 것도 그들이 서로를 의심케 하기 위해 꾸며 놓은 공작이었으니까. 상장군을 죽인 것으로 경로를 이탈하긴 했지만 잘만 이용하면 분란을 더 크게 키울 수 있는 묘수이기도 했다.

"그들은 다 같이 목숨을 위협받았다. 정신이 없는 지금 제대로 그 혼란을 굳혀야 해. 생각해 보고 의심을 할 여지를 주어선 안 된다. 설령 그들이 후에 무언가가 이상했음을 깨닫게 된다 해도 그땐 이미 돌이킬 수 없는 지점까지 가 있어야만 한다. 그러려면 지금 마무리를 잘해 놔야만 한다."

임기응변이었지만 명령하는 승학의 태도에는 빈틈이 없었다. 평소에는 단정하고 이성적이어도 따스함이 서려 있었는데 지금은 그저 오싹함만이 느껴졌다.

으윽, 정윤이 입술을 깨물며 몸을 움직였다. 모두가 걱정스러운 표정으로 달려들자 약하게 손사래를 치며 혼자 힘으로 일어나 앉는다. 그녀가 식은땀이 맺힌 이마를 닦으며 말했다.

"저도…… 같이 가요."

"소저!"

"그 몸으로?"

"무리예요!"

그러나 정윤의 의사는 완강했다.

"목격자도 우리뿐, 진술자도 우리뿐이에요. 그런 위험한 패를 쓸 거라면 우리 중 누구 하나라도 빠져선 안 돼요. 반드시 모두가 얼굴을 비춰야만 합니다. 역으로 지목을 받게 되면 그땐 손 쓸 수가 없어요. 이 안에서 더 이상은 돌발 상황이 나와선 안 됩니다. 저도 갈게요. 저도 가야 해요."

"절대 안 됩니다."

"공자님."

"제발……."

냉랭했던 기운이 순식간에 사라지고 승학은 애틋하게 꿇어앉아 빌었다. 아까는 그렇게나 얼음장 같더니 그녀가 간다 하니 울며 애걸할 것 같은 표정이 되었다.

정윤은 그의 뺨에 살포시 손을 올렸다. 언제나처럼 따뜻한 체온이었다.

"이게 더 옳은 판단이라는 걸 잘 아시잖아요."

"소저."

"진통제를 주세요."

"……."

"주세요."

승학은 더 이상 만류하지 못하고 제 뺨을 쓰다듬는 그녀의 손을 움켜잡았다. 차갑게 식은 손이 작게 떨리고 있었다.

* * *

성급한 채찍질 소리가 골짜기를 메우고 지나갔다. 잔뜩 움츠린 채로 말의 엉덩이를 재촉하는 인물은 직학사.

그는 미친 사람처럼 출구만을 보고 내달리고 있었다.

사냥으로 잡은 흰 토끼는 바닥으로 내던진 지 오래. 지금 그따위 사냥감이나 챙기고 있을 때가 아니었다. 그는 이 정체 모를 숲에서 벌써 두 번이나 목숨을 위협당했다.

'한가하게 사냥이나 하고 있을 수 없다! 언제 죽을지도 모르는데!'

서둘러 피하지 않았다면 고슴도치가 되어 불구가 됐거나 쥐도 새도 모르게 저세상 사람이 됐을 것이다. 누군가가 분명히 자신의 목숨을 노리고 있었다.

대체 누굴까?

범인의 정체를 갈피 잡기가 어려웠다. 정황상 의심 가는 용의자를 짚자니 숲에 있는 대다수가 손에 칼과 활을 쥐고 있었다.

'일단 이 사냥부터 중지시켜야 한다!'

중앙막사를 알리는 깃발이 가깝게 보이자, 그가 다시 한번 강하게 채찍을 내리쳤다. 언제 어디서 또 화살이 날아올지 모르니까. 더 큰 일이 생기기 전에 당장 이 사냥을 중지시켜야 한다는 생각만이 가득했다. 속력을 높여 접근하자 막사 주변으로 사람들이 원형으로 둘러서서 웅성거리는 것이 보였다.

뭐지? 심상찮은 낌새를 느낀 직학사는 급히 말에서 뛰어 내리며 인파를 제치고 끼어들어 갔다.

"세상에나, 끔찍하기도 하지."

"누가 이런 거랍니까?"

"모르지요. 피습이라지 않습니까."

수군대며 떠드는 말소리가 현실처럼 와닿지가 않았다. 직학사는 저도 모르게 후들거리는 다리를 부여잡고 마침내 소란의 중심으로 다가섰다.

막사 앞에는 짚으로 덮인 나무 수레가 멈춰 서 있었다. 빠져나온 팔을 보건대 필시 변사체. 그것을 지키듯 서 있는 네 사람은 녹색 옷을 입은 대회의 관리자들이었다. 주변으로 삼엄한 경계를 친 병사들도 보였다.

직학사가 경련하는 눈가로 그것을 바라보자 그의 도착을 기민하게 알아챈 해경이 침울한 기색으로 공표했다.

"상장군께서 피습을 당하셨습니다."

"누, 누가?"

"상장군께서요."

듣자마자 균열이 뿌리처럼 번져 나갔다. 개중 몇몇의 얼굴은 다른 이들보다 더 심각하게 핏기가 가셨다. 직학사 말고도 도첨의, 평장사, 문하평리. 모두 같은 괴한에게서 같은 기습을 받은 자들이었다. 그들의 낯빛이 하얗게 식었다는 것을 해경은 놓치지 않았다.

"비탈길로 굴러떨어진 것을 보고 구하려 했지만 이미 부상이 위중하신 상태였습니다."

어떻게든 숨을 붙여두려 갖은 노력을 다 해봤지만 오는 길에 명을 달리했다고, 해경은 괴로운 어조에 거짓을 담아 좌중에 전했다.

"어떻게 이런 일이……."

믿을 수 없어서 직접 짚을 들어보았던 직학사는 경악을 하며 바닥으로 주저앉았다. 사후처치를 한다고 했음에도 시체에는 피살의 흔적이 고스란히 남아 있었다. 배를 뚫고 지나간 구멍. 그리고 아직 뽑아내지 못한 어깨의 화살.

'화살!'

불같은 섬광이 뇌리를 쪼았다. 사인에 대해 뭐라고 더 설명하는 해경의 팔을 직학사가 무섭게 아래로 잡아끌며 빠르고 낮게 물었다.

"자, 자네가 보았다고 했나?"

"예, 장군께서 쓰러져 계신 것을 대략 유시 반경쯤에."

"아니! 아니 그것 말고!"

핵심을 못 짚었다는 듯 해경은 어리둥절하게 반문했다가 금세 아, 하고 눈치챈 척을 했다. 마른 입술을 축이며 귀를 갖다 대는 직학사의 측면으로 그가 몸을 비슷하게 낮춰 숙였다.

"예, 그것 말고도 보았습니다."

"그래! 대체 누가 죽였……!"

"어디선가 화살이 날아왔습니다. 소리로 가늠하건대 대략 세 대 정도."

누가 죽였냐니. 너무 성급하게 달려드네. 해경은 솟구치는 가소로움을 삼켰다.

"괴한의 얼굴은 보지 못했습니다. 교묘한 위치에 숨어서 공격한 것 같던데. 저희가 쫓았을 때는 이미 그 자리에 없었습니다. 대감, 이건 실수가 아닙니다. 분명 정확히 장군을 노리고 쏜 화살이었습니다."

당연하지! 당연하다! 누군지 몰라도 칼과 활이 난무하는 이 장소를 이용한 것이다. 직학사는 눈이 벌겋게 달아올랐다.

소란스러운 좌중을 정돈하던 승학이 그들의 대화를 듣곤 간결하게 첨가했다.

"적어도 장군께선 누가 자신을 공격했는지 봤겠지요."

"이미 죽은 사람더러 진술이라도 하라는 건가?! 도움이 되는 소리를 해야지!"

꽤나 무섭긴 한가 보다. 직학사는 절제도 없이 윽박질렀다. 해경은 다시 한번 밀려오는 조소를 삼키곤 인생 최대의 진지함을 가장했다.

"그래도 뭔가를 보지 않았다면 그런 말을 남기셨을 거라곤 생각되지 않으니까요."

"……말을 남겼다고?"

"예, 숨을 헐떡이시면서……. 형님, 뭐라고 하셨었죠?"

"놈이 그날의 비밀을 아는 자를 모두 죽이려 한다."

"……!"

"아, 맞습니다. 저거였습니다. 근데 그게 무슨 의미인지는 알 수가 없으니까요. 대감의 말씀대로 장군이 깨어나셔서 진술이라도 해 주시지 않는 한에는…….”

“자네들!”

직학사가 떠들던 해경의 말을 거칠게 가로챘다.

“이, 일단 함구하게.”

“예? 하지만.”

“함구하래도! 내가 알아서 할 테니 자네들은 나서지 마!”

단호한 호통에 네 명의 시선이 동시에 쏠린다. 우리더러 발설하지 말라고? 하지만 이미 그에게 해준 말을 다른 이들에게도 똑같이 골고루 나눠 전했다.

본인이 제일 늦게 도착했다는 걸 모르나 보네. 다들 코웃음 쳤지만 중차대한 사건 앞에 긴장한 척 뻣뻣한 턱을 끄덕였다.

“폐하께서 오십니다!”

곧이어 황제의 행차 소리가 사방으로 울려 퍼졌다. 발을 맞춰 뛰는 금의위와 멀리서부터 번쩍이는 황금빛 갑주가 부각되어 보였다. 주위는 순식간에 일사불란 해졌다.

그러나 경사스러운 날에 떡하니 등장한 게 살인 사건이라, 잔치의 주인공을 맞이하는 사람들의 표정은 밝지 못했다. 잡은 사냥감을 자랑스럽게 과시하고 오던 황제가 갸우뚱한 표정으로 말에서 뛰어내렸다.

“아직 시간이 더 남은 줄로 아는데, 왜들 그리 모여 있는가?”

“폐하!”

초조한 마음으로 황제가 오기만을 기다리고 있던 직학사가 가장 먼저 나서서 무릎을 꿇었다. 불안했던 마음은 상장군의 시체를 본 이후부터 거의 공포 수준이 되어 있었다.

"아, 직학사. 공은 무엇을 잡았소? 짐이 운수가 좋았던 모양인지 저 커다란 수사슴을 잡았지 뭐요."

암울한 분위기와 어울리지 않게 황제의 용안은 싱글벙글했다.

"폐하, 아, 아뢰옵기 송구하오나 이만 대회를 중지시켜 주시옵소서!"

"허 참, 이제 한참 흥이 나려고 하는데 그게 무슨 소리요?"

직학사는 대답 대신 뒤쪽의 수레로 눈길을 보냈다. 자연스럽게 따라 쳐다보던 황제가 그것을 손가락으로 가리켰다.

"막사 앞에 있는 저것은 뭐요?"

"폐하."

"어서 저게 무엇인지나 말해 보시오."

그것이, 그것이…… 하며 모두가 답하기를 주저했다. 황제는 말없이 수레 앞을 지키고 있는 젊은 관리들을 흘끗 보곤 다시 직학사를 추궁했다.

"말해 보라니까."

"그러니까 그것이 무엇이냐면."

"짐이 직접 들춰 보아야 하겠소?"

"아니옵니다!"

"허면 답하시오."

한참을 망설인 끝에 퍼렇게 변한 입술이 움직였다.

"……상장군이옵니다."

"누구?"

"상장군이 피살당했사옵니다."

황제의 눈이 번뜩였다.

"짐승의 짓인가?"

"사람의 짓이옵니다."

"사람, 누구."

"정체불명의 괴한으로 추정하고 있사옵니다."

"괴한."

황제는 충격을 받은 것처럼 단어만 따라 읽었다. 충분히 놀란 얼굴이었다. 연기하는 것도 아니고 과장하는 것도 아니었다. 전혀 사전에 공지된 계획이 아니었으니 이 중에 그가 제일 놀라 버렸다.

"상장군을 죽여, 허, 이것 참, 놈들이 어떻게 그런 대담한 짓을."

그래도 감정 정리가 빠른 것은 적어도 범인이 누구인지 알고 있기 때문이다. 그가 그 범인들에게로 턱짓을 하며 지시했다.

"관리자들은 이런 사달이 날 때까지 무엇을 한 게냐! 추후 반드시 너희들에게 문책을 내릴 터! 현장을 빈틈없이 조사하도록 해라! 누가 한 짓인지 알아내란 말이다!"

수사권에 대한 말이 언급되자 직학사가 급하게 머리를 들어 올렸다. 칼과 화살이 날아다니는 곳에서 작정하고 매복한 이들을 어찌 미리 솎아낼 수 있었겠습니까, 젊은이들의 잘못만은 아닙니다. 그가 비호하는 척 열심히 떠들다가 마지막에야 속사정을 드러냈다.

"그러니 이번 뒤처리는 소신에게 맡겨 주십시오. 소신이 책임지고 마무리하겠사옵니다."

"허어. 아니, 이보시오, 직학사 대감! 흉흉한 일이라 이건 이 사람이 조사하려 했습니다!"

"나도 돕겠소이다."

망측한 일이 벌어진 와중에 웬 해괴한 광경이 아닐 수 없었다. 간청하는 직학사 뒤로 또 다른 이들이 자청하여 이 일을 떠맡겠다고 합세했다. 전부 습격을 받은 취군회의 일원이라는 공통점이 있었다. 그 점을 자기들끼리도 눈치챈 듯 서로를 쳐다보는 눈 속에 날 선 이채가 서렸다.

옳거니, 이제야 알겠구나. 이들 중 누구인가. 나를 죽여 그날의 일을 덮으려는 자가! 같은 편을 의심하는 살벌한 기운이 무성했다.

"흐음, 이건 기대하지 않았던 광경인데."

황제는 수염을 쓰다듬으며 입을 가린다. 가려진 손등 뒤로 잔인한 미소가 활짝 폈다. 아이들이 일을 지나치게 과격한 방법으로 몰고 갔다고 생각했는데 결과적으로 나쁘지 않은 그림이 될 것 같았다.

"그럼 그렇게들 하시오. 공들이 다 같이 힘을 합쳐 준다면 짐이야 한결 안심되지."

그들의 솔선수범 정신을 과하게 칭찬해 가며 황제는 시체의 곁을 동정심 없이 지나쳤다. 내내 서 있었던 젊은 신하들에게도 눈길조차 주지 않았다. 그저 냉정히 한마디 했을 뿐이었다.

"치워라, 얼른."

황명에 드르륵대며 바퀴가 움직였다. 네 명이 한 귀퉁이씩 손잡이를 잡고 수레를 밀고 간다.

정윤은 힘을 줄 때마다 욱신거리는 통증을 참기 위해 어금니가 부서질 정도로 깨물었다.

* * *

'피곤하면 눈 감아도 됩니다. 자고 일어나면 좋지 않은 일은 다 끝나 있을 테니.'

잠결에 어렴풋이 들었던 승학의 목소리였다.

그가 시키는 대로 눈을 감고 몸을 맡기면 상처의 쓰라림 같은 건 느껴지지 않았다. 부드러우면서도 단단한 품, 규칙적인 흔들림, 아늑한 체온. 그것들을 느끼는 것만으로도 정신은 단숨에 꿈속으로 빠져들어 갔다.

"으윽."

뒤척이며 돌아누운 뺨에 이불이 긁혔다. 몸이 틀어지면서 종아리 부근을 부딪친 듯 반쯤 뜨였던 정윤의 눈매가 사정없이 찡그려졌다.

"언제……."

어느새 여기까지 옮겨다 놓은 걸까. 체력을 극한까지 소모하고 승학이 끄는 말에 같이 올라탔던 것에서 기억은 끊겨 있었다.

돌아오는 길에 기절한 것 같은데. 정윤은 붕대가 감긴 한쪽 다리를 조심스럽게 침상 아래로 내렸다.

고요한 방 안, 탁상 앞에 엎드려서 잠들어 있는 모연이 보였다.

이곳저곳에 병간호를 한 흔적이 남아 있고 여러 사람의 물건과 옷가지가 널브러져 있다. 아무래도 밤새 돌아가면서 자신을 지켜봐 준 것 같았다. 정윤은 미안한 마음이 들어 덮고 있던 이불을 조심스레 끌어 내려섰다.

무엇을 쓰다 잠들었는지 엎어져 있는 모연의 양 볼에는 피곤함보다는 홍조가 가득했다. 고개를 빼고 잠시 내용물을 들여다보던 정윤의 얼굴이 서서히 일그러졌다.

"어? 이거……."

급기야 힘겹게 끌고 온 이불을 내버리고 얼굴 밑에 깔려 있던 책을 빼앗아 든다. 몇 줄 안 되는 문장이었지만 풍기는 감각이 자신이 알던 것과 닮아 있어서였다. 아니, 닮은 정도가 아니라 그냥 똑같았다.

"이거 그거 아니야? 비화야담."

한때 그녀의 여가 시간의 대부분을 채워 주었던 바로 그 서적이었다. 하루가 멀다 하고 세책점을 드나들게 만들었던 문제의 그 책. 관원이 된 이후로는 정신없는 나날들을 보내느라 잠시 잊고 있었는데…….

아, 참 재밌었지. 절절하고 설레고 긴장감 있고. 그런 책이었다.

아우님도 보나 보네. 웃음이 났다.

"그러고 보니까 나도 8권부터 못 봤는데. 이야기가 많이 진행됐네. 이거 몇 권이야?"

흥미 어린 눈길이 다시 찬찬히 첫 줄부터 글자를 매만졌다. 도중에 보지 못해 흐름이 껑충 뛰긴 했지만 내용을 못 따라갈 정도는 아니다. 그렇게 선 채로 한 장, 두 장 쉬지 않고 종이가 넘어갔다. 얼마나 집중하고 있는지 정독하는 눈빛이 반짝일 정도. 그녀가 다음 장면을 갈구하며 중간부터 다시 종이를 넘겼을 때였다.

"응? 응? 왜 끊겼지?"

그런데 다음이 없었다. 몇 줄 적히다가 만 것이 끝. 혹시나 해서 연속해서 몇 장을 건너뛰어 넘겨봐도 읽기를 중단한 뒷부분부터 책은 하얀 백지였다.

……설마 이거.

붙들려 있던 정윤의 동공이 흔들린다. 그제야 도로롱 코를 골고 있는 모연의 손아귀 속의 가느다란 세필이 눈에 들어왔다. 덩달아 손가락에 덕지덕지 번져 있는 먹물의 흔적마저도. 잽싸게 책의 겉면을 확인하자 아니나 다를까 제목 칸이 휑하니 빈 상태였다.

'쓰다만 미공개 원고. 심지어 미발간.'

내가 지금 뭘 보고 있는 거지? 엄청난 걸 목격해 버린 것 같은데. 정윤은 손에 든 책을 허리 뒤로 숨기고 슬금슬금 뒷걸음질 쳤다.

'말도 안 돼. 아우님 네가 설마, 그…… 그…….'

아니다. 생각해 보면 의심할 만한 정황은 충분히 있었던 것 같다. 모연은 언제나 늘 영문 모를 '부업'이라는 걸 해내느라 바쁘지 않았던가. 매달 말일이 가까워져 오면 마치 꼭 마감이 닥친 절체절명의 위기에 놓인 집필가 마냥 눈 밑에 시꺼먼 기색이 내려와서 골골댔다.

- 아우님은 매일 뭘 그렇게 열심히 써요?

- 아아, 부업이죠, 부업!

- 무슨 부업을 본업보다 열심히 해요?

- 헤헤, 기다리는 사람들이 많아서요!

세상에, 미쳤지, 미쳤어. 어떻게 내가 이걸 눈치채지 못했을 수 있지. 물러나던 걸음이 침상에 탁 걸려 엉덩이로 걸터앉는다. 정윤은 빈 백지와 해맑은 모연의 얼굴을 번갈아 보며 믿을 수 없다는 중얼거림을 흘렸다.

"네가 협모락……."

"협! 흐어! 아니, 아닙니닷!"

그리고 확인사살이라도 하듯, 세상모르고 자고 있던 모연은 그 작은 웅얼거림에 소스라치게 놀라서 반응했다.

잠에 절은 상태로 본인이 뭐라고 말했는지도 모르는 저 몽롱한 얼굴. 이건 무의식적인 방어인가.

정윤은 그런 모연을 대꾸 없이 가만히 앉아서 기다렸다. 본인이 뭐라고 외쳤는지는 자각하지 못하는 것 같고, 차츰 정신이 들겠지 싶어서.

예상대로 서서히 잠결에서 벗어난 모연은 눈을 비비며 두리번거리다가 이내 크게 반색을 하며 정윤에게로 달려왔다.

"언제 깨신 거예요! 몸은 좀 어떠세요? 다리는? 열은? 통증은? 상처는? 밤새 신열이 올라서 얼마나 걱정했었는데요! 어떻게 되시는 줄 알고 가슴이 철렁해서!"

체온이 정상적으로 돌아왔는지를 살피며 모연은 정윤의 이마에 손등을 짚고 몸 여기저기를 주물러 주었다. 요란스럽긴 했지만 꼼꼼히 챙겨 주는 탓에 아마 보통 때라면 정윤도 눈물이 핑 돌았을 것이다. 하지만 지금은 마냥 그렇지 못한 이유가 있었다. 고마움보다 앞선 충격이 더 컸다.

"괜찮으신 거 맞죠?"

"그런 것 같긴 한데. 아니, 잘 모르겠어요. 이걸 보고 난 후부터 지금 숨이 막 가빠지는데."

정윤이 훌쩍 떨어트리는 시선에 모연은 헉 소리를 내며 뒤로 나자빠져 버렸다. 그곳엔 자신이 손보다 만 미완성 작업물이 있었고 그것을 바라보는 수심 깊은 눈동자가 있었다.

"그, 그게 뭔데요…?"

애써 모르는 척. 하지만 다 알고 있다는 눈.

정윤이 먼저 일어나 거리를 좁혀 왔다. 최후를 직감한 사람처럼 모연은 슬금슬금 물러서며 사정했다.

"제, 제 말 좀 들어 보실래요? 제가 사실 작정하고 그러려던 게 아니고, 알고 보면 여기에 가슴 아픈 사연이 숨어 있는데……."

몸이 점점 벽 쪽으로 밀려갈 때마다 말하는 속도가 더 빨라졌다.

"염치없지만 저의 사회적인 지위와 신분을 한 번만 고려해 주시면 안 될까요!"

물러설 곳이 점점 줄어들고 있었다. 등과 벽이 급속도로 가까워지자 막판에 가서는 다급하게 외쳤다.

"저, 저, 저도 알아요! 안다고요! 관리로서 이런 일은 하면 안 된다는 거! 잘못인 줄은 알고 있는데!"

쿵. 등이 벽에 완전히 닿았다. 말없이 내려다보는 추궁의 눈빛에 그녀는 겁먹은 새끼짐승처럼 쭈그러들었다.

"효국을 들썩이는 당대 최고의 패관 작가."

"그런 감투는 제가 만든 게 아니고!"

"읽는 것만으로도 눈물을 흘리게 만든다는 소문의 글쟁이."

"어? 아, 제 글이 인기가 많긴 한데 그런 칭찬까지 도나요? 헤헷."

위기감을 망각하고 모연은 아이처럼 좋아했다. 그런 그녀를 여전히 벽에 몰아붙인 채 정윤은 딱딱하게 굳은 얼굴로 말을 쏟아냈다.

"얼굴 없는 작가 협모락."

"쉿! 쉬잇! 누가 들으면 어쩌려고요!"

기겁해서 팔을 붕붕 흔드는 모연의 어깨에 정윤의 강직한 손이 올라왔다. 창졸간에 공기가 확 졸아들어 숨통을 조였다. 꿀꺽. 침을 삼킨 모연은 움츠러든 채로 긴장했다.

"이런 건 왜…… 놓고, 우선 놓고……."

그러나 그런 애처로운 요구는 막 타오른 정윤의 관심만을 더 자극적으로 불태울 뿐이다. 버둥대는 어깨를 꽉 압박해서 잡은 그녀가 눈을 별처럼 빛냈다.

"아우님."

애정이 함빡 담긴 부름이 나왔다.

"이거 결말이 어떻게 돼요?"

* * *

"다음 권의 핵심은 이거예요. 물."

"오."

"물을 끼얹어서 두 주인공 사이의 오해와 갈등을 허물어 버리는 거죠."

"어쩜, 아우님, 너무 기특한 생각이에요."

"일단은 남자 주인공이 물질을 하다가 옷이 젖어버리는 상황부터 만들 생각이에요. 그때 자연스럽게 비치는 어떤 근육, 물에 젖어서 반짝이는 살갗, 탈의하는 장면을 숨어서 보는 시점으로 잡아서……"

"왜요?"

"왜긴요! 남자가 옷을 갈아입는데 여자 주인공을 밖에 세워 두려고 그러죠!"

"여자를 보초 세워요?"

"네! 그래야 더 긴장감이 쫄깃하니까요!"

모연이 말해 주는 족족 상상의 나래를 펼쳐가던 정윤은 소리

없이 입을 가렸다. 물, 근육, 탈의. 거기에 보일 듯 말 듯 한 아슬아슬한 구도라니. 정말 대박이다. 거기에 더해 언젠가 보았던 승학의 탄탄한 상반신이 불현듯 떠오르자 절로 꺄 하는 소리가 튀어나왔다.

"어떻게 그런 장면을 쓸 생각을 했어요? 형식부터가 기발해!"

"핫. 그렇게 칭찬해 주시니까 부끄럽네요. 제가 비록 떳떳하게 본명으로 나설 순 없는 처지지만 창작에 대한 열정과 모험 정신만큼은 누구에게도 뒤지지 않습니다. 순수한 혼을 갈아 넣어 예술을 완성해 내죠."

대가는 글솜씨답게 각오 또한 비상했다. 정윤은 흠모의 눈빛이 되었다가 또 조급증이 일어 그녀를 재촉했다.

"그래서 결말이 어떻게 된다고요?"

"비밀이라니까 그러네요."

"그래서 협모락이 누구라고요?"

"……차라리 칼을 들고 협박을 하지 그러세요."

"어머, 지금은 칼이 없어요."

열혈독자의 광기 어린 집착이다. 모연은 찔끔 뒤로 물러섰다가 뭔가 안 좋은 생각이 떠올랐는지 눈매가 흐려졌다.

"그렇게 협박하지 않으셔도 결말은 금방 알게 되실 거예요. 이번 권에서 완결 낼 생각이니까요."

"아니, 왜요? 평생 써요, 평생!"

"그러기에는 원래 이게 누군가를 위해서 쓰기 시작한 글이라서요. 어쩌다 보니 얼떨결에 등단을 하긴 했는데."

"그런 계기가 뭐가 중요해! 지금 하는 일의 가치와 의미가 더 중요하죠!"

"갑자기 굉장히 희망찬 사람이 되셨네요?"

정윤은 딴청을 피웠다. 모연이 갑자기 어깨를 축 늘어뜨렸다.

"이렇게 많은 사람들이 좋아해 주는데 정작 보라는 사람들은 보지도 않고. 그래서 기운이 빠져요. 그리고 사실 이거 실화를 뼈대 삼아서 붙인 이야기거든요. 이 이후부터는 저도 소상하게 알지 못해요. 그래서 이쯤에서 마무리하는 게 제일……"

"실화라고요?"

예상치 못한 고백에 정윤은 득달같이 꼬리를 잡았다. 눈으로 묻는 목소리가 딱 이랬다. 너 언제 이런 치명적인 사랑을 해봤던 거니? 하는.

모연은 한숨을 쉬며 부정했다.

"아니요, 제 실화가 아니라. 그런 게 아니고."

근데 이런 것까지 시시콜콜 털어놓아도 될까? 모연은 입을 뗐다가 자신 없이 다물었다. 부모님 이야기라고 말을 꺼내려니 새삼 그것이 제 치부라는 사실을 자각했다. 사람들이 이미 저더러 반푼이라고 놀리고 있었지만 그래도 직접 밝히려니 입안이 까끌까끌한 기분이 들었다.

'혹시 나…… 나, 나도 사실은 내 부모를 부끄러워하고 있었던 건……'

쓸데없이 자책이 덮치려던 때였다.

불쑥 정윤이 코앞까지 얼굴을 들이밀었다.

"그래서 이 치명적인 사랑의 주인공이 대체 누군데요?"

"아, 그러니까요, 그게……."

뜸 들이며 대답하지 못하자, 그걸 빠져나가려 한다고 생각했는지 그녀가 전에 애용하던 협박을 다시 써먹었다.

"협모락은 누구?"

심지어 이번엔 목소리까지 컸다. 비실대던 모연의 눈가에 퍼뜩 기운이 차며 곧바로 대답이 튀어나왔다.

"저희 부모님 연애사요!"

아아? 정윤은 듣고도 놀란 눈치였다. 더 자세한 설명을 원하는 요구에 모연은 애매모호한 말을 찔끔찔끔 던졌다.

"이걸로 마, 마음을 돌려놔 보려고 했던 건데."

"……."

"사실 저 때문에 두 분이 헤어지셔서."

"……."

"신분 차가 있었거든요. 되게 좀, 많이."

이리 붙이고 저리 붙여도 배경지식 없이는 도저히 이해하기가 어려운 속사정이었다. 정윤은 가만히 경청하다가 딱 한 마디를 덧붙였다.

"협모락이 누구라고요?"

효과는 굉장했다.

"전 언제든 언니의 궁금증에 설명할 준비가 되어있죠. 어디서부터 얘기할까요?"

"처음부터 지금까지."

산뜻한 눈웃음과 함께 간결한 명령이 떨어졌다.

모연은 손가락을 꼼지락대며 마른 입술을 축였다. 한 번도 누군가에게 털어놔 본 적이 없는 이야기였다. 이유 없이 겁이 났지만 오히려 변명거리가 생겨 다행이라고 여겼다.

지금 제대로 말하지 않으면 내가 누군지 다 소문내실 테니까. 그래, 그래서 등 떠밀려서 어쩔 수 없이 말하는 거라고.

"전 어렸을 때…… 기루에서 컸어요."

그렇게 두려웠던 이야기의 첫 타래가 풀려 나갔다.

젊은 시절 모연의 아버지는 그냥 평범한 사내였었다. 그저 그런 보통의 귀족가에서 태어난 그저 그런 보통의 장남. 학업도 그저 그랬고 무예도 그저 그랬다.

겨우 자랑할 만한 것이 있다면 남들보다 글재주가 조금 있다는 것 정도뿐이었는데, 문장력이 있다고 과거에 더 잘 붙는 것도 아니었으므로 그 역시도 남들에겐 그저 그런 능력으로 치부되었다.

"그렇게 평생을 평범하게 사셨는데 어느 날 저희 어머니를 만나게 된 거예요. 당시에 어머닌 갓 기루에 들어온 어린 기생이었고 별로 아버지한텐 관심이 없으셨대요."

평범한 남자의 열병은 그렇게 짝사랑으로 첫발을 뗐다. 도도하고 차가운 동기(童妓)의 마음을 얻기 위해 그는 유일하고도 알량

했던 글재주를 아낌없이 꺼내 썼다. 밤을 새워 연서를 쓰고, 시를 짓고, 한 사람만을 위한 소설까지 지어다 바쳤다.

"전부 어머니를 꼬시기 위한 작업이었는데 그러다가 얼떨결에 이름을 날려 버리신 거죠, 뭐. 저희 아버지도 한때 유명한 패관 작가였는데요."

"세상에, 전혀 몰랐어요."

"저도 어렸을 땐 몰랐어요. 여기는 다들 복면 쓰잖아요."

어쨌든 그 평범했던 남자의 피나는 노력은 마침내 통했고 두 남녀는 행복함 속에 혼인을 치렀다. 비록 아무도 축복하지 않았던 외로운 혼례였을지라도 세상 최고로 아름다운 부부였다.

"아버진 가문의 망신이라고 그길로 쫓겨났고, 갈 곳이 없어서 기루에 신방을 차릴 수밖에 없었어요. 덕분에 전 어렸을 때부터 예쁜 언니들을 많이 보고 자랄 수 있었죠."

음, 그래. 그래서 그렇게 아우님이 미남미녀들을 밝혔군요. 일찍부터 심미안이 발달해서. 정윤이 어떻게 결론 내리는지도 모르고 모연은 한 번 뚫린 속을 계속해서 풀어 나갔다.

"그래서 글은 두 분한테 굉장한 추억이에요."

"그렇겠네요."

"절대 잊을 수도 없고, 놓을 수도 없는 거죠. 그래서 저도 글을 써 보려고 한 거고요. 처음엔 그냥 두 분한테만 보여 드리려고 했는데 한사코 싫다 하시니까 별수 있어요? 아버지가 썼던 수법 그대로 세책방에 풀었죠. 그러면 눈에 띌까 했거든요. 유명해지면 보게 되실 것 같아서.”

결국엔 부모의 눈길 한 번 얻고자 시작한 일이라는 소리였다. 이런 방식으로라도 다가가고 싶어서.

정윤은 애잔히 접히려는 마음을 애써 펴냈다. 마냥 실없이 웃고 다녀서 설마 이런 사연이 있는 줄은 짐작도 못 했다. 출생에 결함이 있다는 걸 들었을 때에도, 대부분이 그러하듯 그 아비가 실수로 벌인 계집질 탓에 태어난 핏줄인 줄 알았지. 그녀가 미안함에 고개를 숙였다.

“함부로 물어봐서 미안해요.”

화를 내도 좋을 텐데 모연은 또 웃었다.

“괜찮아요. 저도 다 얘기하고 나니까 속이 편한데요. 몰래 숨어서 하는 것도 쉽지 않더라고요.”

다만 늘 보던 기분 좋은 웃음은 아니었다. 기운도 없고 힘도 없었다.

“그리고 어차피 이제는 다 그만둘 거니까. 뜻대로 잘 안 됐어요. 부모님도 생각이 있으셔서 절 본가로 보내신 걸 텐데……. 자기들 잊고 잘 살라고 하셨으니까 그 말 듣고 얌전히 살면 그만인 거죠.”

처음 가족과 헤어졌을 땐, 같이 있지 않아도 우린 늘 함께하는 것이라던 부모의 거짓말을 믿었더랬다. 지나치게 어리고 순진한 게 잘못이었다. 일찍부터 그것이 잘못된 거라는 걸 알았더라면 헤어질 일도 없었을 텐데.

커서 더는 순진하지 않게 되었을 때, 그 말이 다 거짓말이었다는 걸 알게 되었을 땐 너무 늦어 버린 뒤였다. 이미 가족은 깨졌고 그녀는 그 사실을 받아들이는 데에 긴 시간을 허무하게 쏟아 버렸다.

습관처럼 입가를 끌어 올리며 말했다.

"완결 내려는 것도 겸사겸사예요. 이제까지 쓴 부분들은 다 제가 본가로 들어오기 전에 들었던 일화거든요. 이후의 얘기는 당사자인 부모님만 아시는 거죠."

듣지도 못한 부분을 어설프게 고증을 살려 창작하느니 이만 여기서 끝내는 것이 좋아 보였다. 어차피 목적 달성에도 실패했으니까.

"저기."

이번 호가 마지막 집필이 될 거라는 이야기에 내내 가만히 있던 정윤이 넌지시 말했다.

"일단 완결 짓지 말아 봐요."

"그거 어긋난 독자의 욕심이에요."

"나만 좋자고 그러는 거 아니에요. 그런 식의 절벽 결말 말고 뭔가 더 원만한 마무리가 있을 거예요. 장담하는데 그대로 끝내면 아우님은 황성의 모든 애독자한테 욕먹을걸요? 애착이란 게 얼마나 무서운 건데."

애정과 집착은 한끝 차이라고 정윤은 호언장담했다. 그러면서도 사심을 담아 계속해서 연재할 것을 강요했고, 모연이 부담스럽지 않도록 나름의 전개 방향도 제시하며 조언을 아끼지 않았다.

"그렇게 하면 내용이 너무 노골적인 흐름으로 가는데요."

"왜요, 솔직한 게 좋잖아요."

우중충한 분위기를 거쳐 두 여인이 때아닌 창작 의지에 열을 올리고 있을 무렵이었다. 문지방이 밀리며 사람이 나타났다.

김이 나는 죽 한 그릇을 들고 들어온 승학은 방 안의 이상한 기류에 들어서려던 발을 멈췄다.

조용할 줄 알았는데, 아니 조용하긴 했는데 어딘가가 요상했다.

흥분으로 벌겋게 달아오른 뺨, 허겁지겁 감추는 손, 알 수 없이 후끈거리는 열기 같은 것들이.

침상 바로 밑에 쪼그려 앉아서 속닥거리던 정윤은 승학을 발견한 즉시 문제의 서책을 원주인의 가슴팍으로 쑤셔 넣었다. 난 모르는 일이고, 내 거 아니고, 전혀 상관없는 물건이라는 듯이 몹시도 빠른 배신이었다. 그러고는 도로 침상 위로 기어 올라가 누웠다. 으으, 하고 조금 아픈 신음까지 곁들이며.

승학은 그 소리에 모든 의혹을 다 잊어 버렸는지 곧장 그쪽으로 발길을 이었다. 그에게 그녀 아닌 것은 모두 눈 곁이었다.

"눈 떴으면 절 부르지 않고."

걱정 가득한 손길이 공처럼 말린 이불 귀퉁이를 걷어내며 붕대로 동여맨 상처를 살폈다. 회복력이 좋은 건지 거의 미미한 통증만이 남아 있었지만 정윤은 정황을 고려해 조금 더 아픈 시늉을 하다 일어났다.

"아니에요. 훨씬 괜찮아진 것 같아요."

"다행히 혈색은 돌아온 것 같습니다."

승학이 손등으로 그녀의 볼을 쓸며 걱정했다. 어젯밤 품에 안고 오는 내내 피부가 창백해서 마음을 졸였다. 새벽에도 열이 올라 가장 오랫동안 곁을 지키며 물수건을 올린 것도 그였다.

그의 손이 닿을 때마다 정윤은 맥박이 뛰는 것을 감추지 못했다. 만져 주는 게 처음도 아닌데 그가 너무 다정한 탓이었다.

“저기, 실은 언니 뺨이 저렇게 빨갛게 된 건요…….”

내팽개쳐진 것에 대한 복수심인지 장난인지 지켜보던 모연이 불쑥 머리를 들이밀었다. 키득키득하는 입 모양을 보건대 필시 장난이었다.

“저랑 아주 진한 토론을…….”

“몸도 성치 않은 사람을 붙잡고 괴롭힌 게냐.”

그러나 문장이 완성되기도 전에 삭막한 된서리를 맞았다. 별안간의 꾸지람에 모연은 억울하다며 가슴을 쳤다.

“괴롭히다뇨. 이 안에 든 게 뭐게요? 언니도 잘 알걸요?”

뒤로 돌아갔던 그의 시선이 다시 정윤에게로 돌아왔다. 무엇인지 아느냐는 온화한 표정. 정윤은 떨떠름하게 굳다가 금세 방긋 웃었다.

“음, 그게. 아! 아우님이 짓궂은 취미 생활을 보여 주셔서.”

“와, 짓궂대!”

“그랬습니까?”

누구는 항변하고 누구는 변명했지만 승학의 믿음은 편파적이었다. 그가 죽 한 수저를 떠 정윤의 입안으로 넣어 주며 의구심 없이 끄덕였다.

그녀가 주는 대로 잘 받아먹자 참 착하다며 칭찬까지 했다.

"언니도 참, 아까까지만 해도 솔직한 게 좋다고 하시더니."

그 믿음이 얼마나 대단했냐면 모연이 이와 같은 혼잣말을 중얼거렸을 때도 개의치 않았고,

"응, 그래요. 결말을 어떻게 해야 할지 아직 못 정했는데 오늘 일을 참고해서 마무리하겠습니다. 두 분, 일화 제공 감사요."

그보다 더 수상한 낌새가 풀풀 나는 얘기를 떠벌렸을 때에도 오직 정윤만을 바라보고 있었다.

막내가 보란 듯이 문지방을 흔들고 나갔다.

"모연이는 아직 어려서. 조금 아이 같은 면이 있습니다. 너무 기분 상해하지는 마십시오."

"그럼요, 전 다 이해해요."

이해하고말고. 누명을 씄는데도 저 정도의 퇴장이면 아주 성숙한 아이인 거다. 정윤은 양심도 없이 동조했다.

먹이는 대로 오물오물 예쁘게 씹는 그녀를 보며 승학이 옅게 미소 지었다.

"깨어나면 제가 제일 먼저 보고 싶었는데."

미풍처럼 새 나온 속마음에 정윤은 반사적으로 머리를 들었다. 순간 깨질 듯이 흔들리는 미소가 스쳐 지나갔다. 금세 평소와 다름없는 따스함으로 돌아왔지만 잠시 엿봤던 그의 얼굴은 그렇게 말하고 있었다.

하마터면 당신을 잃어버릴까 봐 두려웠다고.

정윤은 그제야 의식적으로 미뤄 놓았던 일들을 되새김질했다. 만 하루 전의 일들이 빠른 그림처럼 넘어갔다.

습격, 부상, 피, 칼. 격했던 승학의 숨소리와 그의 정직한 손바닥에 물들었던 붉은 혈액.

떠올리는 동안 그녀의 표정이 차갑게 식자 승학이 연하게 어깨를 쓸며 어루만졌다. 바닥으로 떨어지는 눈을 그가 부드럽게 끌어올려 시선을 얽었다.

"괜찮습니다. 어제 일은 다 끝났습니다. 무서운 건 이제 아무것도 없습니다."

잠결에 들었던 다독임과 같은 음성이었다. 나쁜 일은 다 끝났다고, 괜찮다고.

역시 그 목소리는 당신이었구나. 정윤은 물기가 번지려는 눈 안에 힘을 주며 버텼다.

"어쩌자고 그자와 홀로 맞서려 하셨습니까. 도망치지. 나 있는 곳으로 도망쳐 오지."

"그러려고, 했는데……."

정윤은 말을 토막 내며 승학이 애써 끌어올려 준 머리를 도로 떨궜다. 제대로 고개를 들지 못하는 것은 자신이 없기 때문이었다. 당시에는 안전을 도모해 도망치겠다고 상장군과 칼을 부딪쳤지만 실은 무리를 해서라도 빠져나갈 기회는 충분히 있었는지도 모른다. 분명히 내면에 싸우고 싶은 욕망이 있었다.

도망치지 않고, 물러서지 않고 당장에 원수를 죽여 없애고 싶은 욕망이 제 안에 그득하게 자리하고 있었다.

'그래, 난…… 그놈을 죽이고 싶었어.'

이런 진심을 그가 알까. 이리도 겉과 속이 다른 여자를.

승학이 턱을 감싸 숙여지는 그녀의 이마에 제 것을 겹쳤다.

"책망하는 것이 아닙니다. 섭섭한 것도 아니고. 소저의 마음을 무겁게 하려는 것은 더더욱 아닙니다."

콧등이 비벼지고 입술 끝에 서투른 숨결이 닿아 식었던 체온은 금세 따뜻해졌다. 그가 서두르다시피 속삭였다.

"이기적인 바람은…… 예, 있습니다. 소저가 위험한 곳에 나가지 않았으면 좋겠습니다. 복수 같은 것도 다 그만두고 이 방에만 머무르며 저만 사랑해 주기를 원합니다."

이게 본심이었다. 지금 빌고 싶은 소원이 뭐냐고 물으면 당장에 이뤄달라고 할 본심. 하지만 동시에 그녀의 선택을 가로막을 자격이 자신에게 없다는 것 또한 그는 잘 알고 있었다.

욕심대로 휘두르려고 그리도 애정을 갈구한 게 아니었으니까. 그가 입술 위에 조심스럽게 다가서며 두드렸다.

"그저 제 몫으로 돌릴 수 있는 여지를 조금만 남겨 주십시오. 아주 조금이라도 좋으니……."

그건 어떻게든 정윤의 죄책감을 덜어 주려는 말이었다. 감싸고 끌어안아 대신 방패막이가 되듯이. 자신이 저지른 일에 그녀의 마음이 상하지 않기를 바라는. 정윤은 끝내 눈물을 보였다.

"죄송해요."

좀 더 그럴듯한 말을 돌려주고 싶었는데 겨우 뱉을 수 있는 건 그런 형편없는 소리뿐이었다. 숨죽여 흐느끼자 그가 그것마저 입술로 덮어 버렸다.

가슴을 설레게 하던 숨결이 입안으로 들어오면서 정윤은 목이 뒤로 젖혀졌다. 금세 혀가 엉겨 취할 것처럼 쓸려 가는데도 거칠다는 느낌은 없었다. 그에게라면 얼마든지 앗겨도 좋았다.

한참을 안고 있다가 숨이 가빠져 그의 가슴을 잡았다. 그제야 승학은 깨물었던 입술을 떼어놓더니 아쉬운 듯 도톰하게 부은 입술을 조금 더 할짝거렸다.

그가 준비해 놓은 비단 보자기를 앞으로 끌어왔다.

"이게 뭐예요?"

매듭으로 묶은 몇 겹의 비단이 풀어지자 모습을 드러낸 건 여인의 우아한 예복이었다. 은은한 진주 빛깔에 은색 실로 꼼꼼하게 수놓아 물들인 것이 수일의 공을 들여 지은 옷이란 게 티가 났다.

그가 환한 미소로 답했다.

"나례에 이걸 입고 가면 예쁠 것 같아서."

그러면서 그녀의 종아리, 상처를 동여맨 붕대 위에 그것과 비슷한 색의 비단을 덧씌워 아기자기한 모양으로 묶어 주었다.

작은 그늘조차도 만들어 주지 않는 사람. 불안한 틈조차도 없다. 정윤은 살짝 얼었다 풀어지며 쑥스러움을 타듯 소매 끝을 말아 쥐었다.

'사실은 조금 질투하고 있었는데.'

온 귀족가의 여식들이 궁으로 몰려드는 날이었다. 누구에게라도 잘 보이기 위해 얼마나 꾸미고들 올까. 그 속에서 혼자 수수하게 서 있어야 한다는 사실이 서운하지 않을 리 없었다. 더 솔직히는 꾸미지 못하는 것은 상관없었지만 그런 여인들이 그의 앞에 잔뜩 나서게 될 일을 내심 조금은 질투했다.

'티 하나도 안 냈는데.'

어떻게 이렇게 잘 헤아리는 거지. 애정이 깊으면 가능한 일일까? 정윤은 수줍게 볼우물을 패며 선물 받은 옷가지를 가슴에 꼭 끌어안았다.

"나례까지 시간이 얼마나 남았어요?"

"지금부터 준비해도 늦지 않습니다."

그가 머리칼을 쓸어 주며 상체를 숙이자 은은한 묵향이 가까이에서 풍겼다. 정윤은 기분이 좋아 스르륵 눈을 감았다가 멀어지는 향기에 반짝 눈꺼풀을 들어 올렸다. 그가 일어나 자리를 비켜 주려 하고 있었다.

"그럼 채비하시면 됩니다. 저는 그동안 나가 있……."

"가지 마세요."

"……예?"

"나가지 마세요."

떠나려는 그의 손목을 충동적으로 붙잡아 버렸다. 옷을 갈아입어야 하는데 나가지 말라니. 승학의 당황스러움이 얼굴까지 번진다. 정윤은 허둥지둥 사족을 붙였다.

“저 지금…… 몸이 안 좋으니까.”

“아…….”

순진하게도 그는 그걸 또 믿어 주는 것 같았다. 그런 거 아닌데. 다 꿍꿍이가 있어서 그런 건데. 정윤은 과하게 다리를 절뚝이는 꾀병을 부리며 칸막이로 둘러쳐진 구석으로 옷을 들고 걸어갔다.

그러면서도 밖에 승학을 세워두는 것을 잊지 않았다.

“망보셔야 해요.”

착한 남자는 시킨 대로 얌전히 끄덕였다. 안으로 들어오자마자 정윤은 입을 가리고 작게 웃었다.

옷을 갈아입는데 연인을 그 너머에 세워 둔다. 아까 모연이 다음 권에 쓸 내용이라며 떠들었던 바로 그 주제, 그 구도였다. 듣자마자 한번 해 보고 싶었는데 이렇게 빨리 기회가 올 줄은 몰랐다.

히, 정윤은 샐쭉하게 웃으며 과감하게 옷고름을 당겼다.

그리하여 이어지는 것은 탈의의 시간.

비단이 스칠 때 나는 특유의 사락거리는 음률과 한 꺼풀, 두 꺼풀씩 풀썩대며 떨어지는 야릇한 소음이 청각을 간질인다.

선 채로 꼼짝없이 고문을 당하게 된 승학은 칸막이의 상부에 하얀 적삼이 걸쳐지는 것을 보고 주먹을 꽉 쥐었다. 보이지 않고 소리만 들리니 자극이 몇 배는 더 강해진 느낌이었다.

얼굴을 붉힌 채로 괴로워하던 그는 결국 고육지책으로 스스로 손바닥을 들어 양 귀를 막았다. 그러고도 짧지 않은 시간이 지났다.

"공자님?"

살랑거리는 목소리가 그를 흔들어 깨웠다. 승학은 반가움에 머리를 들었다가 저도 모르게 숨부터 삼켰다.

그녀가 만일 작정하고 유혹한다면 버틸 수 있을까? 곱게 접힌 눈과 살짝 올라간 입술이 그를 기다리고 있었다.

승학은 홀려 버린 듯한 얼굴로 손을 내밀었다.

"이리 가까이."

치마 단이 출렁이며 한 발짝을 움직였다.

"조금 더."

그러자 정윤이 입을 가리고 웃으며 한 걸음을 더 나아갔다.

"더 가까이, 더."

성마르게 조르던 승학은 그녀가 잠시 머뭇대자 그 잠깐을 참지 못하고 큰 걸음으로 다가와서 왈칵 끌어안았다. 머리칼에 얼굴을 묻고 침잠하자 가슴까지 일렁거리는 기분이 들었다.

"가지 말까요?"

"왜요?"

"그냥, 갑자기 가고 싶지가 않아졌습니다."

이렇게 내보내려니 애가 탔다. 옆에 지키고 서 있어야 하는데 상황은 여의치 못하고, 꼼짝없이 눈독 들이는 놈들에게 나눠 보여줘야 하겠지. 그게 못 견디게 거슬렸다. 유치한 심술이었다.

"그래도 할 일이 있는데 가야죠."

"빨리 모든 일이 다 끝났으면 좋겠습니다."

그는 시간이 더디게 흐르는 것을 투정 부렸다. 언제나 여유로웠던 것을 감안하면 새삼스러운 조급함이었다.

"옷이 덥겠는걸."

"별로요."

"정말?"

"조금……."

궁에서 행하는 의식이니 예법을 따지느라 겹겹이 둘러 입은 것이 많았다. 답답해도 당연한 것인데 승학이 자꾸만 앞섶을 잡고 어루만져서 정윤은 사근사근 고개를 끄덕이며 어리광을 부리게 됐다.

"엄동설한도 아니고 너무 두텁게 입었습니다. 조금은 벗어도 될 텐데."

승학이 뽀얀 볼에 짧게 입을 맞추며 속삭였다. 무슨 의도인지 마주 닿는 시선에 웃음기가 많아, 정윤은 무섭지 않은 눈으로 째려보며 꼬집었다.

"엉큼한 생각은 하지 마세요."

"역시 곤란하겠습니까?"

"시간이……."

말끝을 줄이며 달싹이는 입술을 승학은 연한 눈으로 응시했다. 꼬집는 것조차도 보드랍다고 생각했다. 그녀의 말대로 시간이 많지 않았다.

서둘러 가야 하긴 하겠지. 하지만 그는 욕구를 밖으로 내모는 대신 자연스레 탐스러운 입술로 찾아 들어갔다.

"빨리 가야한다면서……"

말은 끝맺어지지 못했다. 그 전에 그가 허기진 입술로 보채기 시작했고 더 깊게, 더 농밀하게 구석으로 밀어붙였다.

벽과 품 사이에 갇혀 정윤은 그의 옷깃을 꼭 말아 쥐었다.

10. 스무아흐레 전

일경 삼점. 인정(人定)을 알리는 대종이 울렸다. 푸른 기와 아래로 대궐 문들은 모조리 닫히고, 기다렸다는 듯이 연종포가 잇달아 하늘 위로 쏘아 올려졌다.

팟!

대궐의 모든 등이 일시에 켜지는 소리였다.

황제의 탄신일 행사, 그 마지막 밤. 나례를 위한 제의가 시작되었다. 장중한 선율이 깔리고 곧이어 단상 위로 올라온 것은 황제였다. 대례 때 착용하는 면류관에 옥을 달아 늘어뜨려 그의 걸음마다 찰랑한 옥음이 울렸다. 평소에는 허술한 분위기가 있었는데

구장복을 갖춰 입은 오늘의 그는 가히 대륙의 황룡다운 지엄함이 엿보였다. 그의 옆엔 황후와 황태자 그리고 황녀도 함께였다.

자리에 앉은 황제가 아래를 굽어보자 조복을 입은 신하들이 서둘러 저마다 챙겨 온 꾸러미를 들고 길게 늘어섰다.

승상의 자리가 공석이라 엉켜 버린 위계 탓에 서로 자기가 먼저 올라가려는 실랑이가 작게 있었다.

"홍복을 누리소서, 폐하."

여러 사람에게 밀려 중간 즈음에나 올라올 수 있었던 직학사는 인사를 올리며 제 여식을 황태자의 편으로 밀어내려 애썼다. 탄신을 감축 드리고, 그리고 또…… 시간을 벌기 위한 인사치레가 길어졌다. 아래에서 자식을 데려온 이들의 불만이 터져 나오자 황제가 귀찮다는 시늉을 하며 끊어 버렸다.

"그만하고 내려가 보시오. 공의 인사만 받다 날이 샐 수는 없잖소. 선물은 고맙고 이건 짐의 답례이니 받아 가시구려. 아무 전각에나 매달아도 좋지만 눈에 띄게 하지는 마시오. 덜렁거려서 정신 사나우니."

황제가 바구니에 가득 담긴 부채 중 하나를 집어 흔들었다. 나례를 맞아 임금이 신하에게 둥근 부채를 하사하는 것은 오랜 전통. 부채를 받은 이는 그곳에 축시를 지어 대궐 각 전의 기둥에 매달아 붙일 수 있었다.

"자, 어서."

재차 손목이 흔들렸다. 어서 이거나 받아 가고 꺼지라는 듯이.

벽사적인 행위라 특별한 성심이 담길 리는 만무했지만 아무리 그렇다 해도 너무 성의가 없었다.

더 미적거릴 명분이 없어진 직학사는 마지못해 내쫓겨 내려왔다. 유력한 경쟁자였던 상장군이 죽었겠다 제 딸이 황태자비로서 가능성이 있다고 여겼는데 이건 별로 뒤끝이 좋지 않았다.

꿍얼거리던 그가 마지막 칸에 다다랐을 때였다. 그가 내려오자마자 내관의 안내를 받아 곧이어 다른 이가 출발했다.

순간 직학사의 눈동자가 튀어나올 듯이 커졌다.

거슬러 올라가는 이의 걸음은 한 팔에 지팡이를 짚고 있어 다른 이들보다 월등히 느리다. 그러나 자세에 경외가 부족하고 정면을 응시하는 눈빛은 서슴이 없었다. 그의 뒤로 어린 딸아이가 쫄래쫄래 따라붙고 있었다.

'아니! 저 아이를 정말 데리고 왔단 말인가!'

태부 안융경이 왔다. 그 딸을 데리고.

신경이 곤두선 건 직학사 뿐만이 아니었다. 느른하게 풀어져 있던 황제 역시 태부의 머리꼭지를 본 순간부터 바늘 하나 들어갈 구멍 없이 자세를 꼿꼿하게 펼쳐 세웠다.

"드디어 나라의 큰 어른이 입궐하는 것을 보게 되는군. 어렵게 다시 보게 되었소, 태부."

"탄신을 경하 드리옵니다."

띄워 주는 말에도 태부는 그저 예의로써만 황제를 대했다. 그 형식적인 언동에서 그가 '태부'라는 본인의 직함을 얼마나 싫어하는지가 여실히 느껴져 황제는 통쾌하게 웃었다.

한때는 이 자도 저 숱한 백관 중의 하나였던 시절이 있었다. 선황이 통치를 하던 십몇 년 전에는. 그러나 선황은 이 자의 딸을 배우자로 맞아들이자마자 기다렸다는 듯이 그를 태부로 대접했다.

명분은 황제의 장인이라는 지위를 존중하겠다는 이유. 하지만 그것이 실은 그를 조정에서 밀어내고자 하는 정치적인 의도였다는 것을 모르는 자가 없었다. 태부란 그저 허울 좋은 명예직일 뿐, 정치에는 관여할 수 없었으니.

'흐, 그런데 어쩌나. 나도 은퇴시켜 줄 마음은 없단 말이지.'

그리고 선황이 죽은 후 오늘날까지도 그는 여전히 그 자리에 붙박여 있었다.

"선물인가 본데 보여 주시구려."

황제가 선뜻 팔을 내밀었다. 기기묘묘하게 웃고 있는 임금의 용안이 섬뜩할 법도 한데 태부는 흐트러짐이 없이 하례했다.

"신이 노구가 되어 자주 찾아뵙지 못한 것이 늘 송구했지요. 해서 감히 그 적적함을 대신해 드리고자 약소하게나마 진기한 것을 준비해 왔나이다."

태부가 눈짓을 하자 뒤에 총총거리며 서 있던 여자아이가 내관에게 들고 온 것을 전달했다. 철장으로 만들어진 새장으로, 안에 든 것은 빛깔 고운 앵무새였다.

"무조(毋鳥)로군."

"예, 곁에 두고 보시면 심심치 않을 것이옵니다. 사람의 말도 제법 알아듣고, 미흡하나 곡조도 탈 줄 알지요. 보고 있기만 해도 정이 들 것입니다."

황제는 보일 듯 말듯 잔다랗게 인상을 찌푸렸다. 그가 기억하는 바로 앵무새는 자안황후가 생전에 귀하게 아끼며 기르던 새였다.

죽은 제 딸이 좋아했던 것을 황제에게 진상하다니 참으로 간큰 늙은이로다. 그만큼 스스로가 무고하다는 항변일까? 아니면 해볼 테면 해보라는 도발일까? 황제의 시선이 태부의 뒤로 비스듬히 비껴가 맺혔다.

"헌데 저 아이는 누구요, 설마 태부의 딸은 아닐 테고."

"아니요, 소신의 작은 여식이 맞사옵니다. 이리 나와 인사 올리거라."

열넷, 열다섯 정도 됐을까. 앳된 티가 듬뿍 묻어나는 아이가 눈치를 보며 나섰다. 양 갈래로 머리를 묶어서 어린 얼굴이 더욱 어려 보였다.

"효국의 지존을 뵙사옵니다. 선화라고 하옵니다. 만수무강하시옵소서, 폐하."

대강 예법은 갖추고 있지만 전체적으로 하는 행동이 어색했다. 정확히는 어색한 것이 아니라 어리숙한 느낌이었다. 마치 이런 자리에 선 경험이 별로 없는 것처럼.

황제의 눈이 날카롭게 선화에게 꽂혔다. 특히 그녀의 이목구비를 뜯어낼 듯이 훑었다.

'닮지 않았군.'

태부와도 자안황후와도.

하지만 딸이라고 했다. 금방 들통날 거짓말을 할 리 없을 테니 이건 그가 잘못 알고 있거나 아니면 자신이 잘못 알고 있는 것이었다.

"태부에게 자식은 자안황후 한 분뿐이셨던 걸로 알았는데. 짐이 잘못 알고 있었소?"

"예, 폐하. 잘못 알고 계시옵니다. 소신에게 딸은 둘이옵니다."

정정하며 받아치는 목소리가 어느 때보다도 뾰족하게 섰다.

"다만 여기 있는 선화는 잔병치레가 많아 어릴 적부터 외가로 보내 길렀지요. 하여 세인들이 잘 모르는 것이옵니다. 신의 큰딸이 간택을 받아 궁으로 들어간 후 작은 아이가 본가에 와 살았사옵니다."

"언제부터?"

"햇수로는 십 년이 되지요."

황제는 어금니를 지그시 물었다. 잘도 속이는데 그럴 리가 있나. 둘은 전혀 닮지 않았다. 단순히 외양만으로 판단하는 것이 아니다. 태부가 집착했던 그의 딸은 오로지 연화, 자안황후 뿐이었다.

"그렇소? 큰딸은 연화, 작은딸은 선화. 그 이름이 참 의미가 있구려. 내 가끔 형님께서 하시는 소릴 들었는데 말이지."

자안황후의 이름은 연꽃을 뜻하는 연화였다. 하지만 선황은 자신의 아내를 연화가 아닌 선화라고 불렀다. 수줍어하는 모습이 연꽃이 아니라 마냥 메꽃을 보는 것 같다면서.

'그런데 여기에 선화가 따로 있었다? 말도 안 되는 소리지.'

자리에서 벌떡 일어난 황제가 손수 부채를 들고 선화에게 다가 갔다. 더 자세히, 더 정확히 들여다본 후 그가 친절한 목소리로 말을 걸었다.

“그대의 자매와는 짐이 깊은 인연이 있었지. 그리 안타깝게 가게 되어 가슴 아프게 생각한다네.”

“그리 말씀해 주시니 황공하옵니다.”

“혹시 비화림에 가 본 적이 있는가?”

“예? 아, 아니요! 소녀가 어찌. 듣기만 하였을 뿐 가 보지는 못하였사옵니다.”

“그래? 허면 곧 보게 될 걸세.”

비화림이 언급된 순간 태부의 수염이 미세하게 꿈틀거렸다.

갑자기 그곳을 왜? 무겁고 짙은 눈초리가 쏟아지는 것을 훤히 느끼면서도 황제는 느긋한 대화를 멈추지 않았다.

“비화림에 가면 들판을 메우고 있는 꽃이 하나 있네. 짐이 보기엔 그저 그런 들꽃인데 내 형님께선 그걸 몹시 귀하게 여기셨지. 수줍게 피는 것이 아내를 닮았다나? 항상 아끼며 심어두신 꽃인데 무엇인지 궁금하지 않은가?”

“소녀가 여쭈어도 되옵니까?”

그럼, 되고말고. 사심 없는 말간 질문에 황제가 빙글거리며 대답했다.

“메꽃이라네.”

시선은 태부에게 말은 선화에게 간다. 백발의 노인이 눈을 살천

스레 번뜩이는 것을 보았다.

“메꽃이요? 와, 꼭 소녀의 이름과 같사옵니다!”

‘아니, 네 이름이 아니라 자안황후의 이름이지.’

진실을 모르는 아이의 함박웃음 앞에 황제는 정답고도 지긋한 덕담을 건넸다. 이제 태부는 입 끝마저 파르르 떨고 있었다.

“그래. 그대의 이름이 선화이니 보면 정겨울 테야. 지금쯤이면 활짝 개화했을 테고. 이 밤의 끝자락에 비화림에서 근사한 가면희가 준비되어 있으니 와서 구경하고 가도록 하게. 짐이 심혈을 기울여 마련했으니.”

그러면서도 나긋한 손길로 부채를 쥐여 주는 것 또한 잊지 않았다.

“이 단선은 짐이 즐겨 찾는 절의 도력 높은 노승이 만든 물건이지. 선물할 수 있어서 기쁘군. 나례이니 이곳에 짐을 위한 축시를 쓰시게. 자네에게는 특별히 비화림의 전각에 매다는 것까지도 윤허하도록 하지.”

하지만 말 속에 살을 발라 뼈를 들어냈으니 상냥하지만은 않았다.

“그대의 아비와 함께.”

행렬은 그 뒤로도 계속되었다.

* * *

비화림의 연못 주위로 온 일대가 소음으로 작렬했다. 황제가 친히 준비했다는 가면희 때문이었다. 나례에 참석한 모든 내관직 관리가 한 곳에 모인 듯, 늘 쓸쓸하기만 했던 정원이 발 디딜 틈도 없이 인파로 가득 찼다.

대관절 무슨 공연인 건지. 시작을 기다리고 있는 좌중 속에는 기대감과 불안감이 동시에 팽배했다.

어떤 내용인 건지, 언제 끝나는지, 왜 하는지 뭐 하나 확실한 것이 없었다. 뭐라고 소문이 나기는 했지만 그게 사실이라고도 했고 아니라고도 했다.

'하필이면 이곳에서.'

최대한 늦게 도착한 태부는 구경거리를 기다리는 사람들을 둘러보며 사나운 표정을 숨기지 않았다.

어떻게 다들 아무렇지도 않게 웃을 수가 있을까.

그에게 이곳은 사랑스러운 딸 연화를 잃은 장소였다. 그런 곳에서 유희라니, 구경거리라니!

'비화림, 연화정.'

발음하는 것만으로도 묻어 두었던 악몽이 솟구쳤다.

칼바람에 목을 매단 연화의 다리가 이리저리 흔들렸던 그 새벽녘……. 입에서 거친 날숨이 토해졌다.

'내 탓이 아니다! 연화가 죽은 것은 혜제 그놈 때문이야!'

고통스러운 심경을 대변해 지팡이로 땅을 짓누르며 나아갔다. 혜제의 동생이 제게 뭔가를 보여 주려는 심산인 모양인데 물러설 이유도 없었다. 그가 연화정 가까이로 발을 끌었다. 다투는 말소리가 크게 들려왔다.

"다른 곳으로 가시지요. 여긴 제가 먼저 왔습니다!"

"같이 나눠 앉으면 되잖습니까!"

"그럴 자리가 어디 있단 말입니까!"

"조금 양보하시면 될 터인데 억지를 부리십니다!"

"억지는 대감이 부리시는 거지요!"

자리 하나를 두고 두 사람이 대치하고 있었다. 왜인지 알 것 같았다. 그 자리를 차지해야만 황태자의 눈에 잘 띄는 곳에 자기 딸을 앉힐 수 있다. 그들의 눈엔 흔해 빠진 그 나무 의자가 차기 황태자비 자리로 보이는 것이었다.

한심하긴. 혀를 찬 태부는 그들을 지나쳐 아는 얼굴들이 있는 곳으로 이동했다.

'어째선가. 다들 모여 앉아 있을 줄 알았더니.'

오랜 시간 조정에 발을 끊은 그에게 아는 연줄이라고는 이제 취군회의 원년 구성원들뿐이었다. 그런데 무슨 일인지, 당연히 붙어 앉아 있을 줄 알았던 그들은 전부 동떨어진 채로 띄엄띄엄 떨어져 앉아 있었다.

별수 없이 그가 가장 가까운 곳에 있는 자의 옆을 골랐다.

"오랜만이오, 직학사. 잠시 실례해도 되겠소이까."

즉시 직학사의 얼굴에 경계심이 가득 피어올랐다. 단순히 꺼리기만 하는 태도가 아니라 옆에 앉는 것 자체가 싫은 기색이었다.

왜인지 알았지만 태부는 미소로 기다렸다.

"그, 그러시지요."

마지못한 허락이었는데, 아무것도 모르고 손뼉을 치며 기뻐한 것은 선화였다. 난생처음 들어와 보는 궁궐에다가 이렇게나 많은 사람들이 있고 공연도 본다고 했다. 바깥출입이 자유롭지 못했던 아이는 정말로 신이 났다. 그녀가 방긋 웃으며 인사를 올렸다.

"처음 뵙겠사옵니다. 소녀 선화라고 하옵니다, 대감."

"크흠!"

직학사는 헛기침을 하며 고개를 돌려버렸다. 받아 주지도 않고 쳐다보지도 않는다. 고의적인 무시였다.

자기 딸이 면전에서 망신을 당했는데도 태부는 개의치 않고 다른 것을 질문했다.

"무슨 일이 있었소이까?"

"아, 아니요. 없었습니다."

"허허, 대감. 이 사람이 무엇을 여쭙는 줄 알고 그리 단언하시오."

"큼! 그야 정말 아무 일도 없었으니 하는 말이지요."

없긴, 상장군이 살해당했다. 황제의 탄신일이 우선이라 사고사로 마무리한 후, 재조사를 한다곤 했지만 아마 섣불리 손댈 이는 없을 것이다. 직학사는 복잡한 속사정을 숨겼다.

'취군회 간 무슨 일이 있긴 있었군.'

태부는 더 묻지 않았지만 그 미묘한 거리감을 알아차렸다. 시간이 지나면 그들의 사이가 벌어질 거란 생각을 하긴 했었지만 왜인지가 궁금했다. 십 년 전 역천에 함께 가담한 것, 그것으로 그들은 같이 살고 같이 죽는 관계가 되지 않았던가. 그런데 갑자기 그 관계가 흔들린다? 이제 와서 왜?

신경이 첨예하게 일어섰다. 왜일까, 몰두하는 그를 직학사가 언짢은 기색으로 불렀다.

“대감.”

“말씀하시오.”

“크흠, 아무리 그래도 그렇지 폐하께서 부르신다고 날름……큼, 데려오면 어쩌시자는 겁니까.”

중간에 말이 생략되었다. 하지만 그가 겨냥한 것이 선화라는 것을 눈치껏 알아차렸다.

“상관없지 않소이까.”

“상관이 없다니요! 황상께서 아시기라도 하면…….”

“그럴 일은 없습니다. 아이의 존재를 아는 자는 우리를 빼면 모두 저세상 사람이 되지 않았습니까.”

“그래도.”

“왜, 걱정되십니까?”

백발노인의 한쪽 입꼬리가 찢어지게 위로 올라갔다. 잔털이 곤두설 만큼 잔인하고 소름 끼치는 미소였다. 말소리가 낮고 무겁게 깔렸다.

“십 년 사이에 담력이 콩알만 해지셨습니다 그려.”

“입, 입조심 하십시오! 우리는 그때도 대감이 시킨 대로 한 것밖에는……”

“늙은이는 조언을 했을 뿐이외다. 함께 도모한 것은 아니잖소?”

"이!"

태부가 여유로운 미소를 남기고 몸을 앞으로 곧추세웠다. 우연인지 아닌지 저편에 있는 황제와 눈이 마주쳤다.

오랜 지기라도 본 것처럼 황제가 싱긋 웃으며 눈인사를 건넸다. 그 역시 웃으며 화답했지만 입만 웃었을 뿐 눈은 웃지 않았다.

흥청망청 놀기 좋아하는 저 황제가 무슨 생각을 하는가. 마음에 들지 않는다. 지금 자신이 있는 곳이 비화림이라는 것도, 황제가 앉아 있는 곳이 연화정이라는 것도, 그가 황제라는 것도 모든 것이 마음에 들지 않았다.

그저 2황자에 불과했던 놈.

그가 권좌를 이어받아 저 자리에 앉게 된 것은 미처 대비하지 못한 실책이었다. 머리가 멍청한 종친 중의 하나를 고르려고 했는데 그보다 앞서 놈이 황태제로 책봉되어 있었다. 자신이 손쓰려했던 것보다 혜제가 한 발 더 빨랐다.

그 생각을 하니 또 속이 뒤틀렸다. 언제나 마음에 들지 않았던 자신의 사위. 제 동생에게 뒤를 맡김으로써 죽어서도 발목을 잡은 끔찍한 자.

"헌데, 저자들은 누구요."

황제에게 박혀 있던 태부의 시선이 무대 아래쪽으로 향했다. 별것 아니라는 투의 대꾸가 돌아왔다.

"거, 왜 골칫덩어리 관청 있잖습니까. 그 영훤서의 관료들이지요."

"영훤서의? 그자들이 어찌 저곳에 있을 수 있소."

"잡무를 처리할 인력은 필요하니까요."

잡무. 한마디로 경각심조차도 주지 못하는 세력이라는 뜻이었다. 태부는 기물을 들고 이리저리 쏘다니며 준비를 돕는 네 명의 관리들을 하나하나 세심하게 눈에 담았다.

아는 얼굴도 있었고 낯선 얼굴도 있었다.

"승상의 아들이 저리 한직으로 밀려났을 줄이야."

"예나 승상이지 지금도 승상입니까? 제 아비는 어디 가서 죽었는지도 모르는데."

그 승상의 아들에게로 누군가가 가까이 다가가는 모습이 보였다. 더 가느다랗고 더 여리여리한 몸태에서 그 인물이 여인이라는 것을 알았지만, 태부는 다른 이유로 표정이 일그러졌다.

그자의 얼굴을 보았기 때문이었다.

아는 얼굴이었다. 그렇게나 찾아 헤맸었던 괘씸한 얼굴이었다.

"저 녀석은 그날 도망쳤던……!"

"뭐요?"

"저 여인은 누구요!"

삽시간에 하얗게 센 호통에 기가 죽어 직학사는 서둘러 대답했다.

"해, 해가의 계집이오만……."

"해가?"

"오성 해진영의 여식이오."

뭐라고? 반문이 창을 찢고 나가듯 터지려 했다. 무슨 말이든 내뱉으려던 순간 숨을 데 없이 밝았던 불이 한 번에 꺼져 버렸다.

곧이어 기름 심지를 심은 작은 등들이 공중에 부유하고, 깜깜해졌던 시야는 다시 희미하게 움터온다. 청중들의 환호보다 땅을 흔드는 북소리가 더 컸다. 가면을 쓰고 붉은 고습을 입은 광대가 나팔을 불자 커다란 징 소리와 함께 무대의 막이 올랐다.

용 탈을 쓴 자가 바위에 올라 소리쳤다.

"순천자존 역천자망!"

호통치는 목소리가 커다란 고함이 되어 비화림 전체를 떨게 했다.

제 1막. 하늘을 따르는 자는 살고, 하늘을 거스르는 자는 죽는다.

이 가면극의 1막은 언제나 이와 같은 노여움으로 시작되었다.

흐릿한 어둠 속에서 태부의 노안이 무쇠처럼 빛났다.

'신수림전!'

* * *

갖가지 동물 탈을 쓴 광대들이 뛰어 올라왔다. 늑대, 승냥이, 독수리, 토끼, 쥐, 고양이……. 먹이사슬이 높은 곳에서부터 낮은 곳에 이르기까지 온갖 동물들이 중심에 있는 용의 주위로 몰려들었다.

무대 뒤에서 숨죽여 지켜보는 눈들이 자기들끼리 모여 속닥거렸다.

"분위기 어떤 것 같아?"

"아직까지 큰 동요는 없는 것 같은데요. 마지막까지 가 봐야 알 것 같아요."

"근데 이렇게 막 들쑤셔도 되는 걸까요?"

"위험해도 변수는 필요하니 어쩔 수 없습니다."

승학이 좌중 속을 쳐다보며 말했다.

늘 보던 것과는 다른 것을 보기 위해 만들어진 무대였다. 저 막이 내려가면 이제까지 유지되어왔던 모든 연기들이 종료될 것이다. 하는 일 없이 순진하게만 굴던 황제 노릇도, 아무것도 모르는 척 존재감 없이 엎드려 있던 신하 노릇도.

황후가 죽은 비화림에서, 황제가 죽는 신수림전을 보게 된다면 저자들이 어떤 표정을 지을지 궁금했다.

승학은 각본이나 다를 바 없는 서책을 손안에서 펼쳤다.

주군께서 직접 넘겨주었던 그것, 신수림전. 내용만으로는 대단할 것이 없었다. 숲의 지도자였던 용이 승냥이 떼에게 암살당해, 그로부터 노한 하늘의 저주를 받아 숲이 멸망한다는 그저 그런 우화 중의 하나일 뿐이다.

다만 이 시점에서 꺼림칙한 점이 있다면 그 용의 비참함이 혜제의 죽음과 닮았다는 것? 그리고 또…….

'가장 중요한 결말이 바뀌었다는 것.'

유연하게 넘어가던 종이가 빳빳한 종이 앞에서 멈춰섰다. 허름한 책 속에 끼워 넣어진 새 종이. 숲의 멸망이 나오는 5막 뒤에 새롭게 각색된 마지막 장이 있었다.

무대 위에서는 한창 승냥이의 이빨에 물어뜯긴 용의 시체가 낭자하게 전시되는 중이었다. 곧 흐르는 강가에 저 시체가 내던져지고 강물이 용혈로 가득 차오르는 광경을 보게 될 것이다. 그리고 숲이 멸망하는 것으로 극이 끝날 것이라 대게 예상하겠지만 오늘 밤만은 그렇지 않았다.

오늘의 끝은 5막 아닌 6막. 숲의 멸망이 아닌 백마의 구원.

황제가 내린 또 다른 결말이 멸망 뒤의 구원으로 남아 있었다.

* * *

폐허 위로 백마가 올라왔다. 황금색 눈이 달린 백마는 한쪽에는 창을 끼고 다른 쪽에는 방패를 달았다.

백마는 모든 것을 소생시켰다. 목이 꺾인 짐승을 일으키고, 꺼져 버린 불꽃을 되살리며, 숲속에 영기를 불어 넣었다. 죽어 버린 용을 되살리기 위해.

원본에는 없는 내용이었으나 그것으로 멸망해가던 숲은 구원을 받았다.

"신수림전에 원래 백마가 나오던가?"

"글쎄, 나도 처음 듣는 얘기인걸."

"용이 죽고 멸망하는 걸로 끝인데 결말이 바뀌었네."

어리둥절해하는 사람들 속에서 태부는 싸늘한 눈빛을 숨겨 넣었다. 황제가 진실에 가까운 뭔가를 알고 있다. 그러지 않고서야 이렇게 버젓이 암시할 수는 없는 거다.

대체 어떻게 알고 있는 것인가.

'어림짐작은 해도 진상을 알기는 힘들었을 텐데…… 혹시 이들

중에 배신자가 있는 것인가.'

공교롭게도 십 년 전 역천에 동참했던 자들의 전부가 이곳에 있었다. 가능성으로 본다면 그들 중 누군가가 배신해 황제에게 내막을 털어놓았을 가능성이 가장 높았다.

'대체 누가. 왜…….'

아니지, 잠깐만. 태부는 순간 뒷덜미라도 잡힌 사람처럼 그대로 사고를 돌려세웠다. 시선을 분산해 주변인들을 뒤져보려 했는데 문득 저만 그러고 있는 게 아니라는 사실을 깨달아 버렸기 때문이었다.

약속이라도 한 듯 같은 행동을 하던 자들과 눈이 마주쳐 버렸다. 하나같이 훑어보고 의심하고 적대시하는 눈빛들이었다.

'모두 똑같이 생각하고 있구나!'

불시에 뜨거운 기운이 뒤통수를 강타했다. 모두가 똑같이 서로를 의심하고 있었다. 어느 놈이 내 등에 칼을 꽂았는지 다 같이 적이 되어 버린 것이다.

'이런.'

속았다. 그 한 문장이 스쳐 지나간 순간이었다. 바위 위에 오른 백마가 힘껏 앞발을 치켜들었다. 그 아래에는 용을 죽이고 하늘을 거스른 이리떼의 시체가 그득하게 쌓여 있었다.

"하하. 백마. 백마라……."

늠름하게 흰 털을 날리는 백마를 보며 태부는 실성한 사람처럼 웃어젖혔다.

용을 죽이니 백마가 나타났다. 이건 마치 태양을 쏘아 떨어뜨리니 또 다른 태양이 뜨는 것과 같은 구도가 아닌가. 이렇게까지 도전적인 이야기를 보여줄 줄이야. 태부는 황제가 있을 방향을 향해 즐거운 웃음을 그치지 않았다.

새파랗게 질린 직학사가 억눌린 목소리로 나무랐다.

"대감은 지금 웃음이 나오십니까!"

"웃지 않으면 어쩌겠소이까. 황상께서 이리도 기발한 분이신 것을. 그동안 우리가 너무 과소평가 해 드렸어요."

"웬 헛소리요!"

"어찌 그리 아둔하시오. 백마가 무엇입니까. 그건 곧 황상이 아니시오. 폐하의 휘가 율(驈)이었지요?"

어찌나 노골적인지 황제의 이름은 흰 말을 뜻하는 외자, 율이었다.

이 정도면 제발 알아 달라고 드러누운 꼴이나 마찬가지. 그도 아니면 선전포고였다.

내가 너희들이 한 일을 알고 있으며, 그것을 잊지 않았고, 그러므로 명명백백히 들춰내 복수하고야 말겠다는.

해석을 해 주자 직학사는 졸도할 지경에 이르렀다.

그에 반해 태부는 느긋하게 맞은편을 응시했다. 황제를 주시하던 그가 좁게 보던 시야를 좌우로 넓혔다. 뒤로 시립한 이들이 같은 원안에 잡혀 왔다.

'그래, 그런 게로군.'

떨어트려 놓고 볼 땐 들어오지 않았던 것이 같이 늘어놓고 보니 제자리로 맞춰졌다.

'혜제의 아우, 승상의 아들, 오성의 딸.'

다시금 비웃음이 스쳤다. 사람만 달라졌을 뿐 과거와 똑같은 조합이 아닌가. 십 년 전 자신이 죽이고자 했던 그들이 그대로 살아나 복원된 것만 같았다.

'아직도 끝나지 않았다는 게지.'

징그러울 정도로 질기다. 이젠 정말 지겹고 신물이 날 지경이었다. 선명하게 불타던 태부의 눈동자가 승냥이의 그것처럼 불길하게 번뜩거렸다.

* * *

어스름한 어둠이 비화림에 내려왔다. 관객들이 다 빠져나가고 간혹 왔다 갔다 하는 자들은 무대를 정리하는 소수의 인원뿐이었다.

승학은 마무리를 뒤로 미룬 채 정원의 작은 출입구 쪽으로 걷고 있었다. 주먹 안에서 구겨진 간찰 속에 여인의 필체가 살짝 엿보였다.

《댁에 기거하는 아가씨에 관한 일입니다. 오지 않으셔도 상관없지만 그만한 사이라면 아셔야 할 얘기인 것 같아서요.》

편지의 내용이 떠올라 승학은 저도 모르게 턱을 빼근하게 뒤로 당겼다.

마지못해 움직이면서도 영양가 있는 이야기를 들을 거라고는 기대하지 않았다. 다만 자신이 거절해 버리면 이 허튼 수작질의 방향이 곧장 정윤에게로 향할 것이기에, 그것을 염려한 대처였다. 영리하게도 이게 바로 발신인이 편지에서 굳이 정윤의 이름을 들먹거린 이유였다.

“오셨군요. 역시 궁금하셨던 건가요. 공자를 불러낼 수 있는 이리 쉽고 편한 길이 있었는데…… 저도 참 그동안 바보 같았군요.”

어두운 주변 어딘가에서 신예가 모습을 드러냈다.

그녀가 걸을 때마다 소매를 장식한 금박 무늬가 빛을 반사하며 너울거렸다. 붉은색 예복에 화려한 색감의 장신구만을 골라 누구라도 그녀를 주목하지 않고는 지나칠 수 없을 정도였다.

‘상중일 터인데.’

그녀의 아버지는 죽었다, 그의 손에.

시신이 도착한 지 만 하루쯤이나 지났을까. 아직 봉분에 묻히지 못하고 관에 눕혀져 있을 텐데, 그 자식은 장례를 준비하는 대신 잔칫상에 나와 있었다.

승학은 말없이 화려함의 극치를 달리는 신예를 얼굴을 응시하다가 사죄를 표하듯 눈꺼풀을 아래로 내렸다.

“어찌 그러십니까?”

“아닙니다. 그저 상중이신 줄로 알아.”

“아아, 예. 맞습니다. 그랬지요. 안타깝게도 제 부친께서 사냥터에서 변을 당하셨답니다."

유감을 전하는 신예의 태도는 꼭 남의 이야기를 하는 사람 같았다.

"이렇게 나오셔도 괜찮으신 겁니까."

이럴 때일수록 자중해야 하는 것 아닌가? 어디서나 들을 법한 시시한 잔소리에 신예가 이를 내보이며 웃었다.

"그럼요, 괜찮고말고요. 가문이 위기에 처했으니…… 이럴 때일수록 더욱 나와서 무언가를 도모해야지요. 아버지도 그걸 바라실 겁니다. 그런 분이셨거든요."

"모시는 자도 없이 혼자이십니까?"

늘 뒤에 붙어 다니던 감시꾼, 유모를 지칭하는 말이었다. 모시는 자? 바로 알아듣지 못했던 신예는 잠시 후에야 이해하고 끄덕였다.

"유모는 사정이 있어서요."

사정이, 있었지.

유모가 함께 하지 못한 데에는 정말로 큰 사정이 있었다. 예까지 오는 데에 수발을 들고 치장을 돕게 한 뒤, 자신이 직접 수고의 대가로 '약'을 먹였으니까.

아비의 사람이었으니 마지막까지도 그를 따라가게 해 주는 것이 옳다고 여기고 저지른 일이었다. 또한 그동안 아비를 위해 봉사하느라 애썼으니 적당한 처결을 내렸다고도 생각했다.

신예가 환한 미소로 다가서자, 승학은 곧장 물러섰다.

"공자님."

"이만 하실 말씀을 들었으면 합니다. 서찰에 쓰신 내용을 고려해

저 역시 혼자 왔으니."

신예는 만남의 핑계로 정윤을 그 덫 위에 얹어 두었다. 알면서도 걸려들어 준 건 만에 하나의 경우를 대비해서였다. 승학이 그것을 간접적으로 언급하자 신예가 코끝을 찡그리며 간드러진 웃음보를 터트렸다.

"그분과 동행하셔도 괜찮았는데요. 제가 언제 꼭 혼자만 오시라 했나요?"

보이는 건 오만한 자신감과 삐뚤어진 심술. 혹은 화풀이.

승학은 생각에 잠겼다. 그녀가 쥔 패가 속임수가 아닌 진짜라 한들 이것을 들어야 하는 건지, 보이지 않는 위험을 감수하고도 과연 들을 만한 가치가 있는 것인지.

'아니, 없지.'

결정은 단호하고 빨랐다.

"크게 중요한 이야기는 아닌 것 같군요."

"왜 그렇게 생각하시죠?"

"죄송하지만 미루고 온 일이 많아 여기서 돌아가야겠습니다. 어두운 길 조심히 살펴 가십시오."

까닥거리는 묵례를 하고 주저 없이 돌아서 버렸다.

자신이 우위에 있다고 여겼던 신예는 당장에 그를 앞질러 와 가로막았다.

"왜 갑자기 마음이 변하셨죠? 제게서 들을 말이 겁나서 도망치시는 건가요?"

"비켜 주십시오."

"어째서 제게 이리도 박하신지 모르겠군요! 공자께 흉이 될 이야기가 아니에요! 오히려 공자를 걱정하여 드리려는 얘기란 말입니다!"

도우려 한다는 당당한 외침에 승학은 온기가 가신 눈빛으로 신예를 내려다보았다.

"물러나 주십시오, 소저."

짤막하게 끊기는 음성도 차가웠다.

"왜요? 제가 무슨 말을 하든 두렵지 않다면 굳이 도망갈 필요도 없지 않나요?"

"도망가는 것이 아닙니다. 길을 잘못 들었으니 올바른 방향으로 다시 돌아가려는 것이지요."

"제가 틀린 이야기라도 할까 봐요?"

"정윤 낭자에 관한 이야기라 하셨잖습니까. 낭자의 일이라면 낭자에게 직접 듣는 것이 가장 정확하다고 판단했을 뿐입니다. 다른 사람의 입을 통해 들을 이유가 없습니다."

"그 사람에게 직접?"

"예."

망설임 없는 대답에 신예가 눈가를 씰룩거렸다. 흐, 하는 비웃음도 섞였다.

"글쎄요, 그걸 공자께 말할 수 있을까요? 과연?"

순식간에 다시 자신만만해진 태도였다. 절대로 그럴 리 없다는 확신에다가 은근히 정윤을 비난하는 듯한 만용까지.

불쾌해진 승학의 발이 잠시 제자리에 묶이자 그때를 노린 듯 신예가 색실로 묶인 봉투부터 찔렀다.

"무엇입니까."

"보시다시피 제 사주단자입니다. 신랑 편에서 먼저 보내는 것이 예법이나 제가 불운하게도 부모를 모두 여읜 처지가 되었잖습니까. 다소 격식에 어긋나는 점, 이해해 주세요."

숨을 참으며 승학은 꿈틀거리는 화를 내리눌렀다. 설마 지금 청혼을 넣고 자신의 허혼 의사를 기다리는 건가. 아비가 갑작스레 그리되어서인지 정말 제정신이 아닌 듯했다.

"안 받은 것으로 하겠습니다."

"이 역시도 거절이십니까?"

"그렇습니다."

승학이 사납게 거절 의사를 밝히자 생글거리던 입매가 싸하게 굳는다. 놀란 것 같지는 않았고 무언가 극단적인 폭발을 앞둔 사람처럼 부글거리는 얼굴이었다.

"그러면 누구를 내자로 들이시려고요? 아, 그 해가의 장녀? 어리석으시게도. 보이는 것을 그대로 믿고 사십니까. 올봄에 스물이 넘는 귀족가가 풍비박산 났다는 얘기를 들어는 보셨는지요?"

이전에는 병적이라도 매혹에 가까웠다면 지금은 파멸에 더 가까운 목소리였다. 얻기보단 부수겠다는 것이다. 승학이 대답 없이 또 한발을 물러서자 신예가 즉시 따라붙었다.

"유명한 일이었으니 들어보셨을 것입니다. 하지만 이 얘기는 잘 모르실 테지요. 그 여식들이 모두 노비가 되어 팔려 갔다는 것을요!"

"아니요, 압니다."

의외의 대답에 기세가 멈칫한 것도 잠시였다. 그가 알고 있다는 사실에 더 희열감을 느꼈는지 비밀을 발고하는 목소리가 광기로 치달았다.

"그렇다면 이것도 아십니까? 그들을 그리 만든 것이 바로 해소저의 짓이었다는 것을!"

"없는 말을 지어내지……"

"그 깊은 믿음, 참으로 안타깝지만 이미 확인해 본 이야기입니다. 그곳에서 살아 나온 산증인도 있고요."

말도 안 되는 모함이다. 반박은 다시 한 치의 망설임도 없이 나오려 했다. 신예가 재빨리 가로챘다.

"그 증인이 말하길 자신이 공자님과 면식이 있는 사이라 하던데요? 급사중이었던 송 대감의 외동딸이라 하던데. 모르십니까."

"……."

"송시현이라고."

아는 이름이다.

아는 이름이 나와 승학은 입을 다물었다. 모른 척하려 해도 그럴 수가 없는 인물이었다. 그날 그가 노예시장에 갔었던 것도 그녀를 찾아 달라는 부탁 때문이었으니까.

확고했던 그의 분위기가 주춤하자 신예는 놓치지 않고 달려들었다.

"송 소저가 분명히 제게 다 고백했습니다. 가문을 박살 낸 범인이 그 여자가 확실하다고요! 얼마나 끔찍한 짓을 했는지 말을 해도 믿지 못하실 겁니다. 사람을 한꺼번에 광에 가두고 서로를 물어뜯도록 하였는데……!"

"그만하십시오."

살벌한 지저귐에도 승학의 목소리에는 고저가 없었다. 동요는 커녕 그 어떠한 감정의 파편조차 훔쳐볼 수 없는. 신예는 그것에 더 약이 올랐다.

"두 사람이 봉루에서 만났다 들었습니다. 그게 과연 우연이었을까요? 그날!"

"그만."

아니다. 무엇도 서려 있지 않았던 얼굴은 봉루를 들은 후부터 귀신처럼 일그러졌다. 등줄기가 오싹할 법도 했지만 신예는 이미 고삐를 잃은 상태였다.

"정인의 일이라서 제대로 보지 못하시는 게 아닐까요? 정말 그분의 잔인한 면을 본 적이 없으십니까?"

승학은 몰아붙이는 그 목소리를 내쳐내려 했지만, 순간 거짓말처럼 피 칠갑이었던 상장군의 몰골이 머릿속을 강타했다. 말에 깔려 있던 그와 그를 겨누고 있었던……

'아니다, 그건.'

동요할 뻔했다. 그건 아니다. 그것은 아니었다. 그것과는 상관없다. 부지불식간에 침투하려 했던 무언가를 그는 매섭게 몰아냈다.

하지만 강한 힘으로 밀어내는 그의 팔을 신예는 끝까지 붙잡고 매달렸다. 아비가 죽고 날개가 부서져 버린 그녀는 벌써 한참 전에 이성적인 사고를 버렸다. 금지옥엽의 외동딸에서 한순간에 천애 고아로. 제 처지가 억울해서라도 누군가 분풀이할 대상이 필요했다. 승학과 이루어지겠다는 생각조차도 없었다. 그저 두 사람을 깨트리고 싶은 갈망뿐이었다.

"그런 여인과 연을 맺어서는 안 되십니다! 제가 허투루 하는 말일까요! 증거도 있는걸요! 온봄달 스무아흐레에!"

그녀는 승학을 악착같이 부여잡아 찢어진 간지를 억지로 그의 손아귀에 안겼다.

북문을 지키는 문지기의 일지에서 베껴 써내 온 왜국의 글자였다. 읽는 방법을 몰라 써먹지 못했던 것. 하지만 그 이름의 발음을 어찌 알아내긴 했다. 별 용도는 없었지만 어차피 진짜 진실이 궁금한 것도 아니니 상관없다. 그저 그 여인을 모함하는데 이용할 수 있으면 그만이었다.

"테이린."

신예가 보란 듯이 발음했다.

"테이린이라 쓰여 있죠. 그날 여노비들을 데리고 북문을 빠져나간 사람!"

"……!"

그러나 승학의 절제는 그 순간 바닥까지 무너진다.

별생각 없는 폭로. 하지만 내면에서 훼손되지 않았던 무언가는 그것에 돌팔매질을 당해 쩍 금이 가 버렸다.

또다시 아는 이름이었다. 심지어 그는 그 이름을 가진 장본인을 직접 찾아간 적도 있었다. 나루터 앞의 여관, 비홍각에서. 또한 그때 그는 이미 알고 있었다.

그 테이린은 왜인이 아닌 효국의 상인이라는 것을.

왜냐하면-

"틀림없이 그 여인일 겁니다! 송 소저가 그랬습니다!"

테이린[庭輪]은 효국의 사어로.

"그게 그 여자의 가명이라고요!"

정윤, 이었으니까.

망가진 사람처럼 얼어붙은 그를 보고 신예는 기쁨에 젖었다. 거짓을 이용했는데도 효과가 있는 것 같았다. 그 틈을 더 벌려 이번에야말로 둘을 끊어 놓겠다는 욕심이 가득 차올랐다.

"참으로 잔인한 여인이 아닙니까? 인두겁을 두르고 어찌 그런 짓을…… 꺄악!"

하지만 목이 동강 나듯 모함은 완성되지 못하고 끊겼다. 손목이 끊어질 것 같은 고통에 신예는 해야 할 말을 더 하지 못했다. 피가 통하지 않을 만큼 조여 잡혀서 손등이 하얗게 변해 있었다.

승학은 자신의 소매 춤에 매달려 있던 그녀의 손목을 잡아 그대로 허공에 던졌다.

윽, 하는 가련한 신음에도 동정 없이 날카로웠다.

"잔인하다라."

씹어 뱉듯이 던지는 어투다. 비웃는 것도 같다. 이따위 암영 따위 아무것도 아니라는 듯이. 신예가 드리운 암영을 그는 거침없이 내그었다.

파문이 일렁거리는 눈동자가 그녀의 코앞까지 들이닥쳤다.

"잔인한 것으로 치자면 그대의 아비 만한 최후가 없을 텐데. 그것이 정말 사고사라고 생각합니까?"

존대는 있어도 내포된 뜻이 소름 끼쳤다. 짓눌려 옴짝달싹도 못 하는 신예에게 섬뜩한 음성은 계속해서 퍼부어졌다. 도망갈 수도 없었다.

"장군의 눈이 감기는 순간을 보았습니다. 숨이 끊어지는 소리도 들었고 체온이 식은 피부도 만져 보았지요."

"……!"

"하지만 그다지 죄책감은 느끼고 있지 않습니다. 그가 죽은 순간은 세상에서 제일 완벽한 순간이었으니까요."

그를 죽여야만 그녀를 구할 수 있었다. 그보다 더 완벽한 공식이 또 있었을까. 그래서 승학은 그를 죽였다. 놀라울 정도로 살인에 거리낌이 없었다. 하늘이 도왔다고도 생각했다. 그를 죽일 수 있어서 천만다행이었다.

음산한 밀어가 주저앉은 신예에게로 좁혀져 들어갔다.

"거, 거짓말. 그럼 아버지를 죽인……."

“저야말로 잔인한 인간이 아닙니까? 다른 것과는 비교가 되지 않을 텐데.”

신예는 입술을 부들부들 떨었다. 그가 하는 말이 사실인지 아닌지 알 수가 없었다. 아니, 이건 다 자신에게 겁을 주기 위한 허풍일 거라고 생각했다.

하지만 완벽한 귀공자가 내보이는 것, 그것은 명백한 살기다. 두려움에 압도된 몸뚱이가 움직임을 거부했다.

‘아, 안 돼…… 이럴 수는 없어! 이렇게 아무것도 얻지 못하고 내쫓길 수는 없다고!’

예의와 존중으로 무장한 공자라 설마하니 이런 방식으로 대응할 줄은 몰랐다. 얼마나 지독하고도 빠른 수습이면 허언이라는 것을 확신하는데도 턱이 다 벌벌 떨릴까.

정말…… 꼭 진짜인 것 같아서. 잔인한 건 정말 그인 것 같았다.

신예는 공포로 굽혀지려는 목을 억지로 추켜올렸다. 눈동자는 차마 승학을 똑바로 마주 보지 못하고 목적 없이 맴돌았다. 그러다가 어딘가에 덜커덕 걸린 것처럼 멈춰 섰다.

“아하…… 하하하.”

밤하늘 아래에 우리 말고도 서 있는 사람을 또 발견했다. 이런 즐거운 장난일 데가 있나. 갈 곳을 잃었던 독기는 그곳으로 말머리를 돌렸다. 이번에는 승학의 냉기에도 굽히지 않았다.

“공자님, 글쎄요. 뒤에 계신 소저도 그리 생각할까요?”

비수처럼 세운 손가락이 승학의 어깨를 밟고 넘어가 뒤에 서 있던 정윤을 찌르고 들어갔다.

"……!"

승학은 곧장 뒤를 돌아 손을 뻗으려 했지만 스치듯이 놓쳤다. 정윤은 몇 보를 뒷걸음질 치다 스며드는 먹선처럼 어둠 속으로 사라진다. 마치 도망치듯이, 달아나듯이.

이 대화를 들었을까? 어디서부터 어디까지? 잡아야 한다. 지체 없이 출발하려는 승학의 귓가에 내내 거슬렸던 목소리가 비로소 만족스럽게 키득거렸다.

"하하하, 당신들은 끝났어요. 공자님, 당신께서 어떻대도 여자는 절대 그렇게 생각하지 않을 겁니다. 뭐가 진실이었든 정인에게 과거를 들킨 것만으로도 수치스러워서 다시는 돌아오지 않을 거라고요."

조롱이고 저주였다. 네가 애써 그녀를 잡더라도 결국 손아귀에서 빠져나갈 것이라고.

튕겨 나가려던 승학은 그 말에 혹독해진 눈길을 다시 아래로 깔았다. 그게 너무 살벌해서 신예는 제가 듣게 될 것들이 욕설이나 비난일 거라고 생각했다. 아니면 자신이 했던 것처럼 똑같이 화풀이를 하거나, 혹은 부질없는 부정을 늘어놓는 식일 거라고.

어디 한번 해보라지. 오기로 버티는 그녀의 눈앞에 잔혹하고 압도적인 음성이 내려왔다.

"테이린이라는 이름."

"……?"

"함구해라."

"……!"

"또 한 번 밸게 되면 네 혀가 잘릴 테니."

그러나 남겨진 말은 그것이 전부였다. 말이 아닌 경고. 그것을 끝으로 그는 어둠 속으로 빠르게 삼켜졌다.

우두커니 버려진 신예는 뒤늦게 덮친 충격에 선 채로 전율했다.

"아, 알고……있었어? 그럼 그게 정말…… 사실이야?"

테이린이 그 여자가 맞았던 거야? 저 사람은 그걸 다 알고 있었던 거야? 다 알고도 이제까지……!

하늘과 땅이 뒤바뀌면 이러할까. 정신이 바닥으로 곤두박질쳤다.

* * *

걷는 이의 불안함이 실려 달마저 기운 하늘이었다.

앞선 여인의 옷자락은 쉼 없이 하늘거리고 조붓한 어깨는 가냘프게 흔들린다. 걸친 장포가 하얀 진주 빛깔이라 뒷모습이 꼭 옥으로 빚은 인형 같았다.

하지만 그래서 곱고 그래서 생기가 느껴지지 않는다. 소리 내어 불러도 듣지 못할 것처럼 이 세상의 사람처럼 느껴지지 않았다.

여인의 뒤로 훤칠한 인영이 뒤따랐다. 간격은 점차 좁아지고 있었지만 사내는 닿을 듯 말 듯 하면서도 막상 다가서지는 못했다.

'들린다.'

희미한 달빛에 의지하는 길이라 눈보다는 귀가 더 밝았다. 정윤은 눈을 감았다. 그러자 소리가 더 또렷하게 들렸다. 조용히 제 뒤를 밟는 발소리였다.

'내게 묻고 싶은 것이 많겠지.'

오늘만큼은 그를 따라가지 말았어야 했다.

어디론가 가는 그를 자연스럽게 쫓아온 건 그저 습관, 반가움, 보고픔.

그래도 되돌아갈 기회가 있었는데 처음 그 순간에 돌아서지 않았던 건 만날 일이 없을 것 같았던 사람을 보았기 때문, 그다음 두 번째에도 돌아서지 않았던 건 들키지 말았어야 할 제 부끄러움을 들었기 때문이었다.

바보같이.

돌아설 수 있었던 기회를 모조리 놓치고 그 길로 내달아 뛰었다. 습관처럼 찾아갔던 그의 곁을 그 순간만큼은 벗어나고 싶었다.

- 두 사람이 봉루에서 만났다 들었습니다. 그게 과연 우연이었을까요?

- 정인의 일이라서 제대로 보지 못하시는 게 아닐까요? 정말 그분의 잔인한 면을 본 적이 없으십니까?

- 테이린! 틀림없이 그 여인입니다!

- 뒤에 계신 소저도 그리 생각할까요?

듣고 있는 내내 고문이었다. 함부로 엎질렀던 과거의 삶이 채찍처럼 등을 휘감아 내려쳤다.

어쩌면 언젠가는 이런 일이 있을 거라고 무의식중에는 알고 있었는지도 모를 일이다. 그래서 그동안 그렇게 행복했던 걸지도. 정점까지 기어 올라가 절벽에서 고꾸라지려고.

'한 걸음만.'

이번 한 걸음만 걷고 멈춰 설 것이다. 앞은 절벽이었다. 걸어도 소용없다. 언젠가 이 길은 끝나게 되어 있었다.

그러니 그 전에 그를 보아야지.

이번이 마지막 걸음이었다. 마지막, 마지막, 마지막. 정윤은 같은 말을 수천, 수만 번 되뇌었다. 그 마지막 걸음이 벌써 스무 보를 넘어가고 있었다.

'괜찮아.'

위태로운 자신을 다독였다. 그렇게라도 해야 두 다리를 통제할 수 있어서. 그녀는 허우적대는 자신을 절박하게 위로했다.

천천히, 아주 천천히 걸음이 늦어지자 머리 위로 긴 그림자가 덮쳐 왔다. 제 발치까지 길게 깔려오는 그것을 내려다보다가 한참이나 돼서야 두 발을 땅에 붙이고 완전히 멈춰 섰다.

멈추면, 나를 지나칠까? 잠시 그런 슬픈 생각을 했다.

만약 그가 지금 자신을 무시하고 그냥 지나친다면.

제 과거를 들추며 혀를 차고, 머리를 내젓고, 한껏 찌푸린 인상으로 그렇게 나를 버리고 간다면.

……정윤은 그대로 밀릴 것을 각오했다.

매달리지 않고, 붙잡지 않고.

발소리가 사그라들고 한동안 머물렀던 정적은 그것을 위한 기다림이었다. 버려지길 기다리고 있었던 시간.

하지만 바람과 달리 승학은 멈춘 걸음에도 불구하고 선불리 그녀를 앞지르지 않았다. 그렇다고 뒤처지지도 않았다.

딱 한 뼘, 손 뻗으면 닿는 거리에서 그는 기다리고 있었다. 그녀가 돌아봐 주기를.

'이런 순간에까지.'

그 배려가 묶였던 발을 움직이게 한다. 그 애정이 그와의 거리를 벌리게 했다. 정윤은 그의 바람대로 느릿하게 뒤를 돌았다.

달빛을 진 승학의 어깨가 커다란 동공에 맺혔다.

어떻게 해야…….

아직 아무 말도 못 했는데, 그저 한번 바라만 봤을 뿐인데 어째서 눈물부터 나려는 건지. 정윤은 작은 입술을 사려 물며 울음을 참았다.

"하문하세요. 묻고 싶으신 것이 많으실 테지요. 거짓 없이 고하겠습니다."

그의 배려는 어른스럽고 품위 있었지만 그녀가 줄 수 있는 배려는 고작 이런 것뿐이다. 당신이 잘 몰랐던 여자가 사실은 얼마나 뻔뻔하고 염치없었는지에 대해 알려 주는 것.

독한 말투에 내리뜬 눈매가 흔들리더니 상처받은 목소리가 흘러나왔다.

"물을 것은 없습니다."

"무엇이라도 좋아요. 숨기지 않을게요. 낱낱이 캐물으셔도."

"아무것도 없습니다."

"그럼…… 자백하라고 명령이라도 하시든가요."

기어이 까맣게 타버린 그의 가슴을 긁고야 말았다.

바보같이. 왜 아직도 나를 그렇게 대해요? 다 듣고 와서도 내가 어떤 사람인지 모르는 거야?

그럴 처지도 안 되면서 정윤은 자신을 힐난하지 않는 그를 나무랐다.

어서 원망해, 나를 비난하고 화내라고. 밖으로 꺼내지 않았을 뿐 그건 주먹으로 그의 가슴을 내려치는 것과 다를 바 없었다.

그럼에도 승학은 끝끝내 입을 벌리지 않았다. 그는 끝까지 적막을 지켰다. 결국 정윤의 눈가에 눈물이 맺혔다.

"그럼 부탁이라도 해 주세요……. 다 말하라고……."

섶을 지고 스스로 불길로 들어가려는데 가지 못하게 붙잡고 있는 것은 그였다.

부탁할 것. 그 말을 애틋하게 되뇌던 그가 아래로 떨어져 있던 손을 조심스럽게 내밀며 청했다.

"손…… 잡아 주셨으면 합니다."

손. 겨우 손. 고작 손을. 이 자격 없는 손을.

대체 당신은 왜 이다지도……. 흐느끼느라 입을 뗄 수 없었던 정윤은 가까스로 그의 손에 제 것을 겹쳐 올렸다.

그의 발끝도 좇을 수 없다는 걸 알면서도 그가 바라면 거절할 수 없었다.

“그리고요?”

그녀가 괴롭게 신음했다.

“그리고. 그리고…… 집에 갑시다.”

순간 울음이 목구멍 밖으로 터질 뻔했다.

애틋한 눈, 꽉 조이지 못하는 손가락, 흔들리는 목소리, 거절을 두려워하는 떨림. 그의 사소함 하나하나가 마음 끝까지 들어와 속이 미어지고 끊어질 것 같다.

같이 집으로. 겨우 그런 걸 부탁이라고. 그런 게 뭐라고.

정윤은 숙이고 있던 얼굴을 들었다. 속눈썹 끝에 매달려 있던 눈물이 톡 굴러떨어져 얽힌 손등을 적셨다.

안다. 알 수 있었다. 그냥 마음으로도 알았다. 자신의 바닥까지 보고 와서도 그의 진심은 조금도 어그러지지 않았다는 것을.

나조차 죄의 무게를 감당하지 못하고 사방으로 흔들리는데 어떻게 당신은 그렇게 한결같을 수가.

그래서 이 앞이 절벽이었다. 변하지 않는 사람. 바르고 정직한 남자. 그녀가 더 가는 것을 포기한 이유였다. 숨기고 속이다 여기까지 왔으니 이 이상은 도망가지 않기로 했다.

“왜 물어보지 않으세요? 왜 자꾸 모른 척해요?”

“……소저.”

“듣고 오신 얘기는 전부 사실인데.”

“말하지 않아도 됩니다. 저는.”

"제가 고의로 그들의 집에 빚을 얹어 주었어요. 갚지 못할 걸 알면서도 백 전이 천 전이 되고 천 전이 만 전이 될 때까지."

물기를 떨어트리고 꺾인 눈썹 아래, 슬픔에 잠긴 눈동자가 승학을 향했다. 삭막한 바람이 가시고 공기가 메말라 산산조각 나는 느낌. 자백을 결심한 그녀를 승학은 막을 수 없었다.

"갚지 못하기에 그 딸들을 모조리 노비로 끌고 와 팔았지요."

"그건 계약이었으니 응당……"

"아니요, 손익을 따진 장사치의 행동이 아니었습니다. 원한이 담긴 인간의 행동이었지요. 일부러 그리 했습니다. 미워서요. 밉고 증오스러워서. 그들이 고통받았으면 해서."

복수를 위한 계략이었다고도 해명하지 않았다. 오해하면 오해하도록, 정이 떨어지면 다 떨어져 나가도록.

말은 숨도 쉬지 않고 나아갔다. 한 번 멈추면 다시는 입을 열 용기가 나지 않을 테니, 지금 다 말해야 했다. 그래야 그도 미안함 없이 자신을 외면할 수 있는 용기를 얻을 터였다.

"아무도 기억하지 않는 옛날 일 때문이었는데……. 그냥 털고 잊어버려도 됐을 거예요. 노력하면 그럴 수도 있었을 거예요. 그런 사람도 있으니까. 그런 사람들이 더 많으니까. 그런데 전 그러지 못했어요. 끔찍하다는 걸 알면서도 그게 옳다고 생각했어요. 내가 잘하고 있다고. 잘한 일이라고요."

약하게 얽혀 있던 손을 밀어냈다. 손끝으로, 손마디로 겨우 채워졌던 온기는 온데간데없이 사라졌다.

"비정하고, 무자비하고, 극악무도했지요."

그때는 그랬었다.

그렇게 하면 어떤 식으로든 제 미래가 부서지거나 망가질 거란 걸 알았지만 거기서 더 나아질 거라는 미련도 없었으니까. 그래서 알면서도 그냥 그렇게 흘러가도록 내버려 두었다.

만일 그로부터 멀지 않은 내일에 이 사람과 만나게 될 거라는 걸 알았더라면 아마도 그러지 않았겠지.

뒤늦은 후회를 삼키는 스스로가 가증스러워 정윤은 진저리를 쳤다. 이런 꼴로는 그의 곁에 설 수가 없었다. 몇 번을 뒤돌아보아도 자신은 이미 어그러진 사람이었다. 자신 때문에 언젠가는 이 사람도 그렇게 될지 몰랐다. 아니, 이미 그렇게 되었다. 어제의 살인도 그녀만 아니었다면 일어나지 않았을 일이다. 더 이상 그를 자신이 만든 지옥에 연루시키고 싶지 않았다.

"그게 끝인 것도 아닙니다. 더한 것도 있습니다. 저를 찾아온 송 소저를 궁에서 내쫓았고……."

그러니 늦게 전에 그를 보낸다. 정윤은 서글픈 연심을 그러모아 그쪽을 택했다. 그가 마음에 담았던 것은 고운 미소가 어울렸던 나무 밑의 여인이었지, 원수를 구렁텅이로 내모는 잔인한 여자가 아니라는 사실을 알려야 했다.

"그것이 진짜 저입니다. 실망하셨다는 것 알아요. 이제까지 감쪽같이 속여 왔으니 배신감도 드시겠지요. 제가 밉고 싫으실 거예요."

흐느끼지 않고 또박또박 발음하려 애쓰는데도 발음이 뭉개졌다.

그만큼 가슴에는 멍이 든다. 그래도 이게 최선이었다.

"그러니 이제 저를 밀어내세요."

최후를 기다리듯 정윤은 모든 것을 내놓은 사람처럼 보였다. 어떤 가혹한 처결이 내려와도 다 수긍하고 받아들일 것처럼.

실체가 벗겨지는 동안 내내 묵묵부답이었던 승학은 한참 만에야 비틀거리며 다가왔다. 그의 맑은 눈동자에 격랑이 일고 있었다.

멀지 않은 거리가 좁혀지는 동안 정윤은 제 마음속에서 가루가 되어 무너지는 돌무더기를 상상했다. 곧이어 쏟아져 나올 숱한 책망들을, 그것에 상처받아 허물어지게 될 지난 추억들을. 그녀는 피하지 않고 정면으로 떠안을 각오를 했다.

마침내 비틀거리던 움직임이 코앞에서 멈춰 섰다.

뻗다가, 멈추고, 닿으려다가, 닿지 못한다. 애써 다시 다가오려는 것이 보였지만 그도 지척에서 나아가지 못했다.

왜……. 정윤은 소리 없이 물었다. 그래도. 깨질 것 같은 목소리가 애달프게 울렸다.

"그래도…… 집에 갑시다. 같이."

변하지 않은 한 마디가 되돌아왔다.

"……대체 왜."

정말로, 당신은 왜 이렇게. 닥쳐올 파도에 숨죽여 움츠리고 있던 가슴은 그대로 이지러졌다. 고여 있던 눈물이 기어코 장벽을 넘어섰다.

"지금까지 뭘 들으신 거예요. 제가, 전부 다, 제가 했다고 했잖아요."

바보, 정말 바보야. 이제 울며 원망하는 것은 도리어 정윤이었다. 승학은 그런 그녀를 아프게 쳐다보았다.

"예, 압니다. 들었습니다, 소저가 하는 말들…… 전부 다."

"그런데도."

"그래도."

"……."

"그래도 같이 돌아가 주십시오. ……제발."

몇 번을 훼손해도 흔들리지 않는 단단함, 그 속에 사무치는 간절함이 있었다.

제발, 그렇게 매달려야 할 사람은 당신이 아니라 나인데. 정윤은 눈물로 범벅이 된 얼굴을 두 손을 감싸 숨겼다.

"아니요."

"소저."

"저는…… 못 가요. 이제 같이 못 가겠어요. 그러니 두고 가세요."

당신의 자비는 받아 마땅한 이에게 베풀고 부디 그늘 없고 밝은 사람을 곁에 두기를. 당신에게는 그런 사람이 어울릴 것이다. 그가 그런 이와 행복하기를 바랐다. 정윤은 얼마 없는 제 행운을 밑바닥까지 퍼내어 그에게 실었다.

이것이라도.

"헤어지는 건 어렵지 않아요. 지금 뒤돌아서 각자 다른 방향으로 걸어가면 됩니다. 그렇게 하면…… 끝나요. 그렇게 하면 돼요. 할 수 있잖아요."

당신은 저쪽, 세상 안으로. 나는 이쪽, 절벽 끝으로.

이곳으로 오지 말라고 정윤은 그를 반대편으로 밀었다. 그러나 승학은 밀리지 않은 채 버티고 서서 떨어지는 손을 으스러질 듯이 잡았다.

"난 못 할 것 같은데."

숨소리가 전과 달리 격렬했다. 화가 난 음성이었다.

"등만 보고 있어도 그립던데."

"아시잖아요. ……시간이 지나면 괜찮아질 거예요. 당장은 제가 생각나도 지나 보면 별 것 아닌 사람이 될 거예요."

"소저를 스쳐 가는 바람 대하듯 하라는 겁니까."

"공자님."

"한철 지나가는 바람이 이렇게 애틋할 리가."

가파르게 목소리를 세우더니 결국 그의 입가에 떠오른 것은 서글픈 미소였다.

가슴이 미어질 것 같아 정윤은 눈을 질끈 감아 외면했다.

"잔혹한 이를 곁에 두시면 안 됩니다."

"내가 그렇게 못 하면."

"지은 죄가 많아 무슨 화를 입으실지 모른단 말입니다! 그러니까……"

"오기 전에 약속했잖습니까. 조금만 내 몫으로 돌리게 해 달라고."

완강하게 밀어붙이는 이야기에 정윤은 가슴이 철렁 내려앉았다.

나례에 오기 전, 그의 품에 안겨서, 아름다운 옷을 입고…… 다정했던 속삭임이 생생하게 떠올랐다.

- 그저 제 몫으로 돌릴 수 있는 여지를 조금만 남겨 주십시오. 아주 조금이라도 좋으니.

"그걸……"

그게 어떤 건 줄 알고. 그게 무슨 의미인 줄 알고. 얼마나 큰 짐인 줄 알고 나눠 지겠다는 건가.

그건 죄다. 그가 나눠 달라는 것은 바로 자신의 죄였다. 함부로 저지르고 쌓아 두었던 죄들. 그는 그것들을 같이 짊어지겠다고 하고 있었다.

왜, 왜 나 때문에 흠 없이 깨끗했던 당신이. 왜 나 때문에 스스로를 망가트리려고……!

울컥 치미는 극렬함에 숨 쉬는 것조차도 힘들었다. 눈가는 짓무르고 목은 타들어 갔다. 안간힘을 다하듯, 정윤은 악문 입술 사이로 겨우 소리 내 부정했다.

"그런 약속은, 없었어요."

"있었습니다."

"제가 그러겠다고 대답하지 않았잖아요!"

"그럼 지금 하면 됩니다. 그러겠다고, 한 마디만."

정윤이 힘겹게 내뱉는 것에 반해 승학은 극단에 치달을수록 차갑고 혹독하게 변했다. 더 견고해졌고 더 굳건해졌다.

안 돼, 그건 안 돼요. 그녀가 기어이 싫다는 소릴 입에 올리려

하자 순식간에 애끓는 숨결이 입술 위를 덮쳐들었다.

흐트러진 호흡을 집어삼키고, 억눌린 울음을 혀로 감싸 안으며 승학은 거절을 말하려던 입술을 제 것으로 닫아 잠갔다. 달아날 곳이 없이 없을 때까지 끈질기게. 줄 것도 받을 것도 이것밖에 없다는 것처럼. 고개가 아플 만큼 꺾였다. 가까스로 사이가 벌어졌을 때 신음과 함께 쇳소리가 섞여 나왔다.

서로의 살결이 쓸리는 간격에서 정윤은 흐느껴 물었다.

"그게 무슨 뜻인지 몰라요? 그건……"

"압니다. 무슨 뜻인지."

차게 끊기며 맹목적인 입술이 다시 그 언저리를 맴돌았다.

"제 마음대로 하겠다는 뜻입니다. 제 마음대로 소저의 일에 끼어들어선 제 마음대로 소저를 괴롭히는 일입니다. 떠나고 싶다는 당신을 억지로 붙잡아 제 마음대로 구속하려는 겁니다. 그러니 미안해하지 마십시오. 이렇게까지 지독하게 구는 사내를 미워하십시오. 그럼에도 조금이라도 저를 가엽게 여기실 수 있다면…… 제가 선택한 이 마음을 그냥 이대로 내버려 두시면 됩니다."

그녀는 다 제 탓이라며 자책했지만 아니, 이것은 그의 선택이었다.

이렇게까지 지옥으로 내달리는 것도, 그 지옥의 지옥 끝까지 함께 떨어지는 것도, 그 지옥에 처박혀서도 결코 후회하지 않는 것도.

그러니 그냥 이대로 그녀를 사랑하도록 놔두었으면 했다. 안타까워할 것 없었다.

"제가 살려고 그러는 겁니다."

연한 입술 위에서 단호한 목소리가 비벼서 으깨졌다. 잠시 상처 입힌다 해도, 자신은 이렇게라도 해야겠다는 듯이 더 가파르게 변한 목소리가 울렸다.

"테이린."

"……!"

"알고 있었다면 어쩌실 겁니까."

정윤은 한순간에 두 다리가 후들거리는 것을 느꼈다. 그의 입으로는 절대 듣지 못하리라, 들어서는 안 된다 생각했던 최후의 보루가 무너져 고막을 찢어발기고 있었다.

"알았다 해도 그대를 가지려 나는 무슨 수라도 쓰려 했을 텐데."

삽시간에 달빛보다 더 창백해지는 낯빛에 승학은 쓰디쓴 고통을 감내했다. 한 자, 한 자 내뱉는 것 자체가 고문이었다. 자신이 깨트린 파편이 그녀를 찌를 것이란 걸 알고 있었다. 찌르고 나면 숨 막혀하다 결국 무너질 거란 것도.

끊어질 것처럼 가느다란 음성이 비명처럼 울렸다.

"어떻……게."

"비홍각에서부터."

저항감, 의지, 그것들이 일시에 전의를 상실했다. 이젠 작은 소리조차도 나오지 않는다. 정윤은 끈이 끊어진 인형처럼 무릎부터 꺾여 쓰러졌다. 그녀를 꺾은 것은 절망이었다.

그 몸을 받아 안은 승학은 미칠 것 같았다.

상처 입혀 쓰러트려서라도 그녀가 달아나는 대신 제게 기대기를 바랐지만, 바스러질 것 같은 어깨를 안은 순간 흉통은 한계치를 뛰어넘었다. 그는 뜯겨져 나가려는 심장을 품속의 작은 몸을 끌어안는 것으로 힘겹게 욱여넣었다.

이렇게라도 당신을 잃지 않으려는 졸렬한 남자를 이해해 줄 수 있을까. 용서받을 수 있을까.

"용서하십시오."

그가 꿇어앉아 죄스럽게 읊조렸다. 힘이 빠진 몸은 저항하지 못하고 끌려왔다.

두 사람은 엉킨 채로 어두운 땅에 주저앉았다. 사방이 시꺼먼 어둠에 휩싸인 그곳은 축축하고 음습하기까지 했다.

인간은 사랑에 눈이 멀면 여기까지도 내려올 수 있다는 것을, 모조리 내던지고 자진하여 곤두박질칠 수 있음을. 그는 그 순간 사랑이 가진 지독함이 무엇인지를 깨달았다.

* * *

풀 향기가 코끝을 스쳤다. 희미하게 고막을 두드리는 것은 밤새의 울음소리, 창호지를 바른 창가에서 나는 실바람, 문을 밀고 가는 삐걱거림뿐이었다.

달이 구름에 걸쳐진 정야(丁夜). 승학은 정윤을 안은 채로 문턱을 넘었다. 그토록 애원했던 귀가였다.

넓은 침상에 내려놓으니 가느다란 그녀의 몸은 한 줌이었다. 혼자 놔두면 또 전처럼 쓰러져 버릴까 봐 제게 등을 기댈 수 있도록 뒤에 앉아 지지해 주었다.

정윤은 주저앉았던 이후로 완전히 넋이 나가 있었다.

정말 그랬구나. 그대가 맞았구나. 승학은 그것으로 짐작에만 머물러 있었던 그녀의 정체를 확인받았다. 그간 안간힘을 다해 알아보지 않으려, 눈치채지 않으려 외면해 왔던 문제였다. 우연들이 겹쳐도 그건 그녀가 아닐 거라고 믿으려 했었다.

- 제가 밉고 싫으실 거예요.

문득 구슬펐던 목소리가 가슴을 스쳤다. 꼭 오늘 하루만 견뎌내다 아스라이 사라질 듯했던. 승학은 다시금 불안해졌다.

눈물로 진기를 빼낸 그녀는 손가락 하나도 까닥하지 못할 것처럼 보였지만, 그녀가 칭칭 두른 하얀 비단 자락은 선녀의 날개옷처럼 불길하게 늘어트려져 있었으니까.

이 모습 그대로 하늘로 올라가 버리면. 그런 말도 안 되는 불안감이 머릿속을 점령했다. 놓치면 다시는 잡지 못할 것 같았다.

조급해진 그의 손길이 허리를 동여맨 끈을 찾아 매듭 위에서 움직였다. 툭, 하며 묶여 있던 천이 풀어졌다. 그다음, 또 그다음 이어지는 매듭까지 전부 찾아내 그는 불길한 날개옷을 모조리 끌러 냈다.

무거운 천을 잡고 있던 힘이 차차 사라지자 예복은 허물처럼 바닥으로 스러졌다. 승학은 손가락에 감기는 머리칼을 매만지며 정성스레 꽂아 넣었을 떨잠도 빼고, 촘촘히 당겨 묶고 있던 실비단도 찾아 전부 풀어 내렸다. 긴 머리칼이 한꺼번에 굽이치며 아래로 흘러내렸다.

이제 남은 것이라곤 하얀 피부가 내비치는 속적삼뿐. 승학은 가느다란 허리와 어깨를 감싸 안으며 그녀를 제 안에 완전히 가둬 버렸다.

"아프게 해서 죄송합니다."

붉게 터진 입술을 어루만지며 그는 상처 입은 정윤을 달랬다. 열 오른 뺨에 손등을 갖다 대고, 맥 빠진 몸을 보듬으며 그가 거듭해서 사과했다.

"도저히 소저를 놓을 수가 없어서 그랬습니다. 떠난다 했을 때 가슴이 아파서……."

목구멍이 아렸는지 뒷말에 힘이 빠졌다.

"원하지 않으시면 계속 이대로라도 괜찮습니다. 더 다가가지 않을 테니 머물러만 주십시오."

집에 오자 했는데 와 주었으니까 그는 그것으로 다 되었다고 생각했다. 그것이면 되었다. 그것이면 그래도 살아갈 수는 있었다.

내내 잠겨 있던 정윤은 매달리듯 속삭이는 음성에 쓰린 눈가를 움찔거렸다.

사과를 구해야 할 것은 저인데. 그가 제게 빌고 있었다. 다시 주르륵 눈물이 흘렀다. 옥죄듯이 안겼는데도 갑갑하지 않았다. 따뜻하게 어루만지는 체향 탓에 곤두서 있던 것들이 전부 다 녹아 버릴 것만 같았다.

올려다보는 커다란 눈망울이 마침내 승학에게로 향했다. 차마 엄두를 내지 못해 달싹이기만 하는 입술을 그는 끈질기게 참고 기다려 주었다.

나, 나를.

"나를…… 버리지 않을 거예요?"

승학은 그 말에 한순간에 울 것 같은 얼굴이 되었다. 눈가가 허물어지고, 미간이 무너지고, 상심이 내려앉는 것을 보았다. 심장이 꽉 조여 잡힌 사람처럼 고통으로 허덕여 정윤은 성급히 그의 목에 팔을 휘둘러 감싸 안았다.

아아, 미안해요. 울지 마. 내가 잘못했어요. 당신을 울리려던 게 아니었어요. 말소리는 울음에 더 가까웠지만 승학은 알아들은 것인지 등과 허리를 감싸 마주 안아 주었다.

그 순간 그녀는 그와의 처음부터 지금까지를 되새기지 않을 수 없었다.

나무 아래에서 빗물을 막아 주었던 등과, 추락하던 제 몸을 건지기 위해 난관에서 뛰어내렸던 어깨, 그리고 자신을 대신해 망설임 없이 활을 쏘던 팔, 전부 알고도 집에 가자 부탁하던 손까지도.

그는 항상 자신을 보살피고 있었고 그때에도, 지금도 변하지 않았다. 그런 사람이 괜찮다고 했다. 이해한다고, 상관없다고, 같이 가자고. 나는 절대로 너를 포기하지 않는다고.

지금도 이렇게…… 손만 내밀면.

"제가 밉지 않으세요?"

"조금도."

그는 같은 자리에 있었다.

그녀가 사랑하는 과분한 남자. 발끝도 좇을 수 없는 게 당연한데 정윤의 입술은 굳게 닫혀 이별을 고하지 않으려 했다. 끊임없이 유혹이 일었다.

공자님, 저는 이제 어쩌면 좋아요? 당신이 너무 좋은데. 잊어달라는 말도 못 하겠는데.

눈으로만 떠올랐던 말에 대답을 하듯 승학은 더 강하게 허리를 안아왔다. 소저, 부르는 목소리에 강한 힘이 실려 있었다.

"없었던 일로 해도 됩니다."

"……!"

"그렇게 해도 됩니다. 그대는 말한 적이 없고, 나는 듣지 못한 걸로."

마지막 싹조차도 잘라 내려는 완강함이었다. 그가 바르작거리는 어깨를 안아 제게로 고정한 뒤 똑바로 말했다.

"소저는 아무 말도 하지 않은 겁니다."

암시라도 하듯이, 그렇게 믿게 하려는 것처럼.

"모른다고 말해 보십시오."

"어떻게……"

"제가 하는 말만 따라 하시면 됩니다. 나는 모른다고. 할 수 있습니다."

못 할 것 같다. 어떻게 그렇게 할 수 있을까. 정윤은 물거품으로 흐려지는 시야를 손등으로 비비며 닦아냈다. 도저히 입이 떨어지지 않는데 승학은 그녀가 입을 열 때까지 단호하게 버텼다.

“한 글자씩, 천천히.”

어서.

그가 끈질기게 어르고 달래며 재촉했다.

나는, 나는. 어린아이가 처음 말을 배우는 것처럼 정윤은 간신히 그의 입 모양을 따라 입을 뗐다. 길지 않은 거짓말은 몇 번이나 완성의 문턱 앞까지 갔다가 실패하고 주저앉기를 반복했다.

“나는…… 몰…… 라요.”

“그렇지, 잘했습니다.”

그래서 그들의 비겁함이 가장 그럴듯하게 완성되었을 때 승학은 감정에 복받쳐 품 안에 있는 그녀의 목덜미로 얼굴을 파묻었다.

그가 몇 번이나 중얼거렸다. 그거면 됐다고, 이제 다 됐다고, 자신이 이렇게 외면하도록 시켰고 그녀는 시킨 대로 한 것뿐이니 이제 이건 온전히 본인의 몫이 되었다고.

잘했다고 다독이는 손길이 따뜻해 정윤은 터지는 서러움을 참을 수가 없었다.

아니, 아니야. 아니에요. 부정하며 머리를 흔들자 눈물이 흩뿌려졌다. 그렇게 소홀히 무마할 수 있는 일이 아니었다. 거짓을 또 거짓으로 덮고 그를 누리려던 것이 아니었다.

거절하며 떨쳐냈다가 다시금 매달려 눈물을 쏟는다. 또 밀어내며 고개를 숙였다가 용서를 빌듯이 안겼다. 달밤, 그녀의 손끝에서 나아가는 모든 것들이 모순 덩어리였다.

“이런 나를 정말 사랑해요? 이런데도 날 버리지 않을 거예요? 그럼 안아줘요. 흐윽, 아니, 아니야. 안지 말아요. 보지 마세요. 끔찍할 텐데. 흉측할 텐데.”

울음과 함께 고개가 좌우로, 위아래로 규칙 없이 흔들렸다. 그럴 때마다 승학의 심정은 하늘에서 땅을 넘나들었다. 힘없이 꺾인 턱을 두 손으로 받치고 그가 가냘픈 몸을 제게로 붙였다.

“저는 얼마든지.”

사소한 고리라고 해도 좋았다. 그것이 비록 시시각각 달라지는 그녀의 얕은 마음일지라도, 한갓 진심조차 없는 충동이라 할지라도 그는 전부 기꺼웠다.

‘곁에 묶어 놓을 수만 있다면.’

뺨을 감싸 쥔 그대로 그가 살을 깨물고 들어왔다. 깊게 베어 먹듯이 콧날이 끝까지 스치고, 뜨겁게 맴도는 호흡을 받아 삼켜낸다. 허물어지면 늦추지 않고 그만큼을 더 파고 들어왔다.

탐하는 입맞춤이 깊어질수록 살 쓸리는 소리만이 남고 그들을 괴롭히던 소음들은 모조리 가라앉았다.

애써 외면하던 말들, 끊이지 않았던 흐느낌, 창문을 위협하던 거센 바람들이 가라앉는다.

간신히 입술이 떨어지고 승학은 가슴을 들썩이는 정윤의 머리를 강하게 끌어안으며 쓰다듬었다.

천천히 숨 쉬고, 내게 기대서, 그래, 잘했습니다. 다정한 음성이 흐릿한 의식 속을 띄엄띄엄 헤쳤다.

곧 쓰러지듯 몸이 겹쳐졌다.

바닥에 붙은 허리 밑으로 단단한 두 팔을 밀어 넣자 여인의 몸은 위로 휘어져 올라가 보드라운 입술부터 움푹 파인 쇄골까지 확연히 도드라져 보인다. 얇은 천이 구겨질 때마다 연약한 살이 쓸려 도실(桃實)처럼 달아올랐다.

그만 이 고통스러웠던 긴 여정을 끝내주려는 것처럼 승학은 정윤을 제 밑으로 보호하듯이 가둬 버렸다.

"제가 원하는 것은 변함없습니다. 조금만 제 몫으로 미뤄 주십시오. 저는 죄를 지어도…… 좋습니다. 다 알고도 같이 가자 한 건 저였고 지금 우리는 여기에 있습니다. 눈을 떴을 땐, 여전히 이곳일 겁니다."

함께한 대가로 더럽혀진대도 상관없었다.

밤이 지나고, 동이 트고, 아침이 왔을 때 미로를 빠져나온 그녀가 돌아와야 할 곳은 바로 여기, 이 집일 것이다.

승학은 그런 그녀의 잠자리를 지켰다.

눈을 뜬 그녀가 자신과 같을 것을 보게 될 때까지.

11. 스무이틀 전

황금빛의 팔륜 마차가 고적한 절의 산문 앞에 멈춰 섰다.

“여기서부턴 걸어서 올라가겠다.”

“폐하, 어찌 가마로 갈아타지 않으시고.”

“불자라면 걸어서 올라가는 길, 황제라고 논외로 둬서야 되겠느냐. 걱정 마라. 계단도 못 올라갈 정도로 약해빠지진 않았으니.”

마차에서 내린 황제는 족히 수백 개는 넘어 보이는 계단을 하나씩 눌러 밟으며 오르막을 거슬러 올라갔다. 가마를 타도 될 텐데 존경하는 고승이 계신 곳이라며 그가 올 때마다 부리는 고집이었다.

정상에 올라 피안교에 다다르니 주지승이 합장하며 황제를 맞이했다.

"어서 오십시오, 폐하."

"잘 있었소?"

"출가한 이는 언제나 무탈하지요."

"다행이구려, 짐도 괜찮소. 아직 옥체를 걱정할 나이는 아니지."

황제의 능청에 주지승이 눈가를 내리며 웃더니 그의 뒤편을 살며시 살폈다.

"오늘도 폐하를 따르는 배행 인원은 끝을 모르는군요."

"그러게 말이오. 황제란 것이 이리도 귀찮은 자리라오. 무엇하나 내 마음대로 할 수 있는 것이 없지. 똥간까지 따라오는 자들이라니까."

지엄한 입에서 나오는 황망한 어휘였지만 으레 겪는 일인 듯 주지승은 예사로이 받아들였다. 그와 함께 걸어가며 황제가 지난 일에 대한 답례를 표했다.

"보내준 부채는 요긴하게 잘 썼소. 신하들에게 베풀어 덕도 사고 면도 세우고, 또 재미도 보았지. 대사(大士)가 만들었다 하니 다들 줄을 서서 받아 가더군."

"허허, 그것이 어찌 노승의 공이겠사옵니까. 솜씨 좋은 보살님들의 손을 거쳐 정성스레 만든 것들이지요. 치하는 다른 곳에 해 주십시오."

"아, 시주를 말하는 거라면 당연히 가볍지 않게 할 것이오.

탄신일이라고 얼마나 진귀한 것들이 많이 들어왔는데."

너스레를 떨고 농담을 주고받는 동안 석가탑을 앞에 둔 대웅전이 위용을 드러냈다. 댓돌 위에 신을 벗고 올라서며 황제가 제 어깨를 툭툭 쳤다.

"어깨가 뻐근한 것이 불공드리기 전에 죽비(竹篦)라도 맞아야겠는걸."

"허허, 오자마자 매부터 맞으시겠습니까."

"수행이란 것이 뭐 그런 것 아니겠소. 고행을 사서 하는 것이지."

"그리 원하시오면 노승이 죽비를 때릴 보살님을 하나 보내드리지요."

"호, 어디 계신 대덕(大德)인가?"

"먼 선사에서 오신 분이옵니다. 죽비를 지도하는 실력이 일품이시지요. 성정이 푸르러 폐하라 하셔도 손속에 차별을 두지 않을 겁니다."

황제는 몸에 걸치고 있던 화려한 비단옷을 벗고 소복 차림으로 방석에 꿇어앉았다. 어디 한번 맞아볼 테니 데려와 보라는 자세였다.

호출을 받은 어린 동자가 뛰어가자, 주지승은 돌아서서 대웅전의 출입구를 닫을 준비를 했다.

"잠시 불가의 가르침이 있겠습니다. 일각 후에 다시 뵙지요."

예의 바르고 인자한 말투였지만 관계없는 인물들을 내쫓으려는 언사였다. 불같이 반발하는 호위 환관들의 맹공에도 노승은 어진 미소를 잃지 않았다.

"허허, 소승 또한 나갈 것입니다. 죽비를 드신 보살님 한 분만 드실 것이온데 성격이 그리 곱살하지는 않으시니 허락 없이 법당에 발을 들이셨다간 필경 매를 맞으실 것입니다."

황당한 궁인들이 어떻게 해야 하는지 황제를 쳐다봤지만 그는 관심 없다는 듯 이미 눈을 감고 합장을 하고 있었다.

우왕좌왕 갈피를 못 잡는 사이 쿵 하고 문살이 맞물리며 안과 밖이 격리되었다.

법당 안에는 누군가를 기다리는 황제만이 홀로 남겨졌다. 그 상태로 얼마쯤의 시간이 흘렀다. 잠시 후 서쪽 문이 반쯤 열리더니 허름한 승복을 걸친 승려가 들어왔다. 약속대로 손에 죽비를 들고 있었다.

무엄하게도 승려는 황제를 위한 작은 예도 갖추지 않았다. 들어서자마자 그의 뒤에 서서 왼 어깨에 죽비부터 내리쳤다.

탁!

"으으! 아파, 아프구먼. 살살하게 살살!"

자신 있어 하더니 둔탁한 소리가 나자마자 황제는 엄살을 피웠다.

"원하는 결과는 얻으셨습니까."

타악. 또 사정없이 매질이 떨어졌다.

"아, 아프다니까! 사람이 인정머리가 없긴! 뭐, 두고 봐야 알겠지만 아직까진 별다른 움직임이 없네. 고요해."

폭풍우가 몰아쳤던 나례, 그 이후의 상황을 이르는 말이었다.

"흐음, 당장이라도 모여 일을 벌일 줄 알았는데 조용하다니

흥미롭군요."

"짐이 뭐랬나. 무는 개는 짖지 않는다니까? 더 커다란 한 방을 준비하려는 거겠지. 태부가 나타나고 수선했던 취군회는 다시 안정을 되찾았네. 그것이 공포 때문이건 안도 때문이건."

조직이 위기를 맞았으니 작은 움직임이라도 보일 법했는데, 어찌나 몸을 사리는지 적군은 쥐 죽은 듯이 고요했다. 사전에 모의하진 못했을 테고 누군가의 단속이 있었으리라 짐작됐다.

"그러게 말입니다. 당장에라도 폐하를 갈기갈기 찢어 놓겠다고 달려들어야 하는 게 맞는데……. 어색해서 적응이 안 되는군요."

"꼭 그렇게 살벌하게 말을 해야 하나?"

"아니면 다른 방법을 쓰려고 하는 걸까요? 가령 쥐도 새도 모르게 거꾸로 매단다거나요."

"그런 잔인한 상상 좀 작작 하라고! 진짜 당하는 건 짐이니까!"

"먼저 벌집을 들쑤신 것도 폐하가 아니십니까. 조금만 더 기다려 보시래도 기어코 밀어붙이시더니. 덕분에 이쪽도 시간을 맞추느라 꽤나 고생을 했습니다."

"흥, 십 년이면 많이 참았지, 여기서 더 얼마나 기다…… 아으읏!"

느닷없이 반대편 어깨로 죽비가 떨어졌다. 둔탁한 파찰음에 밀려 황제의 항변은 별 효력 없이 묻혔다.

으으, 그가 맞은 부위를 문질렀다.

"들쑤시긴. 이게 다 지략 아닌가, 지략. 호랑이가 사람을 잡아먹겠다고 마을로 돌진할 수야 있겠나? 그러다 먹기도 전에 몰이를 당해서 죽고 말지.”

“그래서 마을로 쳐들어가는 대신 굴로 끌어들이시겠다 그 말씀이십니까.”

“눈이 있으면 지금 내 굴에 누가 들어왔나 보란 말일세.”

“취군회와 또…… 태부, 그자가 들어와 있군요.”

그럼, 그럼. 거보라고. 인정을 받는 듯한 분위기에 황제가 엣헴 하고 무게 있는 헛기침을 했다.

“짐이 펼친 게 바로 고도의 정치 기술이라 이 말일세.”

“패싸움이지 딱히 정치는 아닙니다만.”

“한 번도 곱게 넘어가는 적이 없구만.”

“바른말은 본래 쓴 법입니다.”

“지긋지긋하게 안 변하는 작자 같으니라고. 무어, 어찌 되었든 불을 질러 놨으니 아무리 몸을 사려도 언젠가는 기어 나오겠지. 얌전한 척해도 오래는 못 갈 거야. 걔들도 나처럼 못 참는다니까? 십 년이나 참은 짐이 진짜 대단한 거지. 아, 누가 나처럼 할 수 있느냐고.”

자화자찬에 역시나 맞장구는 없었다. 대꾸 없이 딱딱한 죽비가 또 경쾌한 소음을 냈다.

어깨에 통증이 떨어질 때마다 황제는 오만가지의 인상을 찌푸렸다. 그럼에도 승려는 흐트러짐 없이 같은 강도로 계속해서 죽비를 움직였다. 눈앞에 앉아 있는 이가 이 나라의 지존이라는 사실은 그에게는 하등 중요하지 않아 보였다.

"융통성 없이 갑갑한 게 그 아비에 그 아들이란 말이 맞긴 하나 보구먼. 감히 황제의 어깨를 이런 식으로 매질하나?"

"제 아들 녀석이 폐하께 심려를 끼치진 않습니까?"

법당에 들어선 이후 처음으로 인간미가 느껴지는 승려의 목소리였다. 흥, 황제가 눈을 흘겼다.

"자네 못지않게 변하는 걸 모르는 놈이야. 보고만 있어도 지루해서 하품이 나올 것 같아."

과장된 말솜씨에 승려가 소리 죽은 웃음을 터트렸다. 그마저도 밖으로 새어나갈까 재빨리 거둬들이긴 했지만 입가에 미소가 만연했다.

"황성에 내려왔었다더니 아들 얼굴도 한 번 안 보고 돌아갔나? 자네도 참 사람이 박해. 자기 새끼 보고플 법도 한데 말이지."

"들려오는 이야기는 빠짐없이 챙기고 있습니다. 아비 없이도 의젓하게 자라준 녀석입니다. 그러니 조금 더 떨어져 있어도 괜찮을 겁니다. 지금의 그리움은 훗날의 해후를 위해 잠시 접어두지요."

십 년을 먼발치에서만 보아 왔던 아들인데 어찌 보고 싶지 않겠는가.

진연의 마지막 날, 그도 대문 앞까지는 갔었다. 그러나 차마 들어가지를 못했다. 틈새를 통해 간간이 새 나오는 음성들이 어쩐지 화목한 듯하여 그것으로 소소히 위안을 삼았다.

"곧 만나게 될 걸세. 내가 그러라고 시킨 건 아니지만 어째 좀 미안해지는구먼."

"긴 시간을 숨어 살다 보니 혜안이 뜨일 때가 있습니다."

"나 원, 진짜 불가에 귀의한 것도 아니면서 웬 땡중 흉내인가? 집어치우게."

탁! 심술궂은 소리를 잠재우려는 듯 매 맞은 어깨가 더 강한 세기로 흔들렸다.

"아야!"

"폐하."

"왜!"

"끝이 보입니다."

중의 시선이 저 멀리 금불상으로 향했다.

"말씀드렸듯이 이쪽은 모든 준비가 끝났습니다."

"그래, 수고했네. 허면 이제 날을 맞추는 게 관건인가. 마땅한 수가 생각나지 않는군그래."

"굴로 꼬여내는 유인책, 잘 쓰시던데요. 이번에도 장날은 우리 쪽에서 정하고 그날에 놈들을 불러들이시지요."

황제가 몸을 틀어 방도를 물으려 하자 중이 더 세게 어깨를 때렸다.

따악!

"수행 중입니다. 뒤돌지 마십시오."

"쓸데없이 융통성 없긴!"

"소문을 냈으면 합니다."

"어디에. 궁 안에 퍼트리면 좋겠나?"

"아니요, 그건 폐하께 너무 쉬운 일이지요. 손쓰기 쉬운 만큼 단속도 간단하고요. 그보다는 관리가 더 어렵게 궁 밖으로 뿌렸으면 합니다. 민가 깊숙이까지 퍼질 수 있도록."

"그런 거에 넘어올까?"

"소문 속에 '그분'을 넣으면 됩니다. 태부에겐 결코 그냥 지나칠 수 없는 자극일 겁니다. 이제 그만 이 악연을 끝내야 합니다."

황제가 어깨 위로 떨어지려는 죽비를 한 손으로 막아선 채 뒤를 돌아보았다. 대웅전에 들어선 이후 처음으로 두 사람이 얼굴을 마주했다.

"이보게, 승상."

긴긴 세월을 떠돌이 중으로 숨어 산 이, 그러나 과거에는 왕의 곁에서 그를 보좌하고 조정의 문무백관을 호령했었던 자다. 자리를 떠나면 호방한 기운이 퇴색될 줄 알았으나 그의 눈동자는 십 년이 지나도 여전히 형형했다.

"나더러 조급하다고 잔소리하더니 실은 자네도 몸이 달아서 못 살았던 거지? 얼른 쓸어버리고 싶어서 못 참겠지?"

"아닙니다."

"아니긴. 안달 난 거 다 보여!"

"제 처지가 비록 지금은 백수이나 저 아직 안 잘렸습니다. 일국의 승상을 어찌 보시고."

그가 잡혔던 죽비를 빼내 재빨리 다른 곳을 때렸다.

황제는 더 맞기 싫어서 멀찌감치 도망갔다. 그가 짜증을 내며 벗어 두었던 의복을 후다닥 갖춰 입었다.

"따가워 죽겠네!"

"사전 작업을 해 두시면 곧 하산할 준비를 하겠습니다."

사전 작업, 밑간 치기. 황제는 골몰했다. 아니, 아주 잠깐 골몰하는 척을 했다.

"헛소문을 민가까지 퍼트리는 방법. 뭐가 있을까나. 음, 암만 생각해봐도 전혀 모르겠구먼. 역시 이렇게 아무것도 모를 때는 녀석들을 부려 먹는 게 제일이지."

"제 아들에게 일을 너무 많이 시키지 마시지요."

"돈을 주는데?"

"쥐꼬리만큼 주시잖습니까."

"허, 그뿐인가? 내가 돈만 줬나? 색싯감도 구해다 줬어! 짐은 이승학의 평생의 은인이야. 그러니 마음껏 부려먹어도 괜찮아."

"더 세게 때릴 것을……."

허리띠를 졸라매며 황제는 얄밉게도 웃었다.

"이미 늦었네. 그래도 너무 걱정은 말아. 녀석들은 어차피 혼자가 아니고 넷씩이나 되거든. 넷이서 일하면 혼자인 짐보다 훨 낫지, 뭘."

대체 아이들을 어찌 굴려 먹고 있는지. 승상은 한숨을 쉬었다. 문밖의 도둑고양이들이 뭔가를 눈치챌까 서두르는 황제에게 그가 문득 질문했다.

"어째서 아이들에게 아무것도 알려 주지 않으십니까?"

"응? 무얼."

"이 거대한 싸움의 전말에 대해서요."

최전방에서 첨병이나 다름없이 쓰이고 있지만, 아이들은 자신들이 휩쓸린 물살이 정확히 어떤 것인지 모르고 있었다. 이걸 누가 시작한 건지, 어떻게 짜인 계획인지, 어떤 이들이 동참하고 있는지, 앞으로 어떻게 진행할 건지에 대해서도.

그렇게 아무것도 모르는데도 용케 황제의 말을 잘 따르고 해내주는 게 기특할 지경이었다.

승상은 이제 그만 아이들에게 내막을 알려 줘도 되지 않을까 하는 눈치였다. 적어도 자신들이 어떤 파도에 몸을 맡긴 건지 정도는 알아야 될 것 같았으니까. 하지만 황제가 단호히 거절했다.

"어, 그건 안 돼."

"어째서입니까."

"불안하니까. 짐은 불안이 많거든. 이게 잘못될까 봐."

"……."

"승상도 짐에 대해 알만큼은 알잖나? 짐은 그리 신중하지 않아. 오히려 산만한 편이지. 젊었을 때부터 그랬는데 아는데도 안 고쳐지더라고. 그래서 늘 불안해하지. 나 자신을 믿을 수가 없으니까."

제 입으로 말하기 좀 그렇지만 황제는 본인이 그다지 능력이 있는 사람이라고 생각하지 않았다. 탯줄 운이 좋아 표시 나지 않을 뿐이었지 큰 인물과는 한참 거리가 멀었다.

"솔직히 황제 노릇도 적성에 안 맞고 힘들어. 근데 인간이 죽으란 법은 없다고 이 글러 먹은 성격도 이 모양 이 꼴로 오래 살다 보니까 나름의 장점이 있더란 말일세."

실력이 부족하니 그 불안함을 메우려 더 많은 노력을 하게 되었다. 한 번 보고 갈 것을 두세 번을 검토하게 되었고, 남들은 두드리지 않을 돌다리를 그는 걸음마다 확인하고 또 확인했다. 불안해서 철두철미해지고, 불안해서 그는 완벽해져 갔다.

그렇게 평생을 불안함을 몰아내는데 몰두한 삶이었다.

"자네는 태부가 왜 완전한 승리를 거두는 데 실패해, 우리에게 반격의 여지를 남겼는지 아나? 그자는 매우 뛰어나. 볼 때마다 놀라울 정도로. 스스로도 그것을 잘 알아 짐과 같은 불안함이 없고."

"예, 그리고 그 출중함으로 대부분의 일들을 성공해 냈지요."

"그래, 그랬지. 하지만 인간이 불안해하지 않는다는 건 위험한 거야. 위기의 순간에도 자기 자신한테 확신을 가져 버리니까."

그래서 태부는 그분의 변절을 의심하지 못했고, 자신이 황제가 될 것을 내다보지 못했다. 그것이 그의 패인이었다.

"그래서 봐, 결국 망했잖아? 우리한테 뒤통수나 처맞고 말이야. 짐은 말일세, 그와는 달라. 짐은 타고난 능력이 없어서 아무도 믿지를 못해. 불안해서 뭘 믿을 수가 있어야 말이지."

"그도 특별히 망한 건 아닙니다만."

"한 번만이라도 그냥 수긍해 주면 안 되나?"

"물론 앞으로 폭삭 망할 예정이긴 하지요."

황제가 박장대소했다. 더 지체할 수 없어 그가 슬슬 자리를 털고 일어섰다.

"그러니까 오해하지 말라고. 짐은 보기보다 그 아이들을 매우 아껴. 비밀을 공유하지 않아도 말일세."

멀리해서 가르쳐 주지 않은 게 아니었다. 그는 자신의 수족 누구에게도 빙산의 전부를 속 시원히 알려 주지 않았다. 또한 앞으로도 그럴 예정이 없었다.

죽비를 든 승상은 두 손을 가지런히 모으고 떠나는 그에게 깍듯한 격식을 갖춘 절을 올린다. 황제는 스스로를 신중하지 않다 했지만 그는 차고 넘치게 신중해졌다. 꼼꼼하지 않다고도 했지만 이제 그는 누구보다도 꼼꼼한 군주가 되었다.

"예, 그리 하십시오, 폐하. 신은 믿고 따르겠습니다."

"에헤이, 믿지 말라니까."

마지막의 황제는 타고난 성격과도 같은 낙천적인 태도로 되돌아왔다. 또 보자고, 손을 흔들던 그가 낄낄대며 덧댔다.

"녀석들은 지금쯤 뭐 하나 궁금하지? 오늘은, 어…… 그래, 아마 신문고에 갔을걸. 걔들이 평소에는 얼마나 할 일이 없다고. 얼마나 한가하면 내관직 관리가 그런 허드렛일이나 하고 있겠어?"

그것도 다 자기가 그렇게 만들었으면서 아주 우스워 죽겠는 모양이었다. 덩달아 따라 웃었던 승상은 황제가 떠나자 언제 그랬냐는 듯 금세 다시 누추한 중의 모습으로 법당에서 사라졌다.

* * *

대로에 관복을 입은 네 사람이 쪼르르 일렬로 서서 걷고 있었다. 뭉텅이로 모여서 가는 것도 아니고 일행인 듯 아닌 듯 애매한 간격으로 걷고 있어서 서로를 미행하는 것처럼 보였다.

가장 앞장서서 걷고 있던 정윤은 뒤를 의식하지 않으려고 더 큰 보폭으로 움직였다. 뒷사람들과 떨어지려는 의도였는데 그 즉시 후다닥 여럿의 걸음이 따라붙었다.

휴, 한숨이 나왔다.

신문고를 방문하는 외근 차 나선 길이었다. 원래 제 차례인 데다가 가서 사람들이 써 놓은 민원서류만 가져오면 되는 일이라 후딱 다녀오려고 했는데, 승학이 먼저 말없이 미행을 시작했다.

요 며칠 그는 자주 이런 식이었다. 나례의 밤이 있던 후부터 뭔가가 불안한지 그녀가 눈에 보이지 않으면 열 일을 제쳐두고 쫓아오곤 했다.

가뜩이나 서로 눈치를 보느라 사이가 서먹해진 터라, 그녀가 조금이라도 피하는 기색을 보이면 어찌나 상심이 고인 얼굴을 하는지 정윤은 이러지도 저러지도 못한 채 매일같이 그를 매달고 다니고 있었다.

그리고 나머지 둘.

승학이 눈치를 봐서 쫓아온다면 저 둘은 눈치가 없어서 따라오는 자들이었다. 형이 가면 나도 간다라든지, 마감을 끝낸 자는 자유를 즐긴다라든지. 괴상한 변명들을 빽빽 해대며 나들이에 동참했다.

그런다고 혼자 하는 일이 사분의 일로 줄어드는 것도 아닌데.

정윤은 대책 없는 미행꾼들을 무시하고 빠르게 걸어 신문고가 설치된 관아의 대문을 열었다.

어? 원래 이렇게 사람이 많던가?

들어서자마자 길목이 막혔다. 이 업무는 처음이라 정보가 없던 정윤은 입구부터 만원을 이루는 생소한 장소를 훑어보았다. 얼마나 각계각층의 사람들이 다 모여 있는지 등에 지게를 진 사람부터 비녀를 꽂은 여염집 아낙까지 모양도 가지각색이었다.

"뭐야, 이건?"

어느새 추격해온 해경이 어깨너머에서 보고 뜨악했다. 예사가 아닌 듯 그가 밀치고 들어간 길로 모두가 서두르며 뛰어 왔다.

관원이 넷씩이나 사이를 비집고 들어오자 사람들의 이목이 일시에 집중되었다.

"궁에서 나온 나리들이시다!"

누군가의 외침을 신호로 여러 명이 동시에 달려들어 아우성쳤다. 이야기를 좀 들어 달라는 건데, 들리는 얘기보다 여기저기서 옷을 당겨 대는 통에 중심을 잡는 게 더 어려웠다.

"우리한테 이러지 말고 가서 서류를 쓰란 말이야!"

해경이 불같이 성을 냈지만 아무도 아랑곳하지 않았다. 오히려 더한 관심을 끌었다. 네 사람은 순식간에 원 안에 켜켜이 둘러싸였다. 올 때마다 종종 벌어지는 일이기는 했으나 오늘은 보통 때보다 그 정도가 월등히 심했다. 이대로는 안 되겠다고 판단했는지 승학이 서둘러 사람들을 달랬다.

"한 분씩 천천히 말씀해 주셔야 들을 수 있습니다."

"이 사연을 꼭 좀 폐하께 전해 주세요!"

그것에 힘입어 가장 앞줄에 있던 사내가 그를 붙잡고 하소연을 늘어놓았다. 그가 절뚝거리는 자신의 한쪽 발을 가리켰다.

"전 저기 아래 동리 담배 가게에서 책을 읽는 전기수입니다! 그 제 가게 앞에서 책을 읽어 주다가 결말이 마음에 안 든다고 난동 피우는 사람들한테 밀려서 다리를 다쳤습니다! 이런 억울할 때가 있습니까? 아니, 결말이 그따위인 게 작가 잘못이지, 제 잘못이냔 말입니까?!"

누가 직업이 전기수 아니랄까 봐 한탄을 하는데도 구구절절 추임새가 들어가 있어서 사연이 더 극적으로 들렸다. 억울하다고 외치는 그의 사정을 다독이며 정윤은 생각 없이 되물었다.

"저런, 그래도 부상이 그만하셔서 다행입니다. 큰일이 날 뻔했습니다. 대체 그 책이 무엇인가요?"

그러자 마치 그것만을 기다리고 있었다는 듯 우레와 같은 대답이 수십 명에게서 쏟아져 나왔다.

"뭐긴 뭐겠습니까! 비화야담이죠!"

"그걸 쓴 작가를 당장에 잡아들여야 합니다! 아니면 가둬 놓고 다시 쓰게 하든가요!"

"마지막을 뭐 그리 끝냈대요?! 사실은 다 꿈이었다니! 지가 구운몽이야 뭐야!"

……뭐라고? 정윤은 순간 제 귀를 의심했다. 결말을 어떻게

끝냈다고? 꿈이라고? 그녀가 불 도깨비 같은 눈으로 모연이 있는 쪽을 바라보았다.

모연은 성난 민심의 한 가운데서 목 졸려 죽을 사람처럼 오들오들 떨고 있었다.

"작가인 협모락을 공개 수배 해 줘요! 붓이랑 종이만 주고 군만두만 먹이면서 독방에 가둬 버려!"

고, 고, 공개 수배? 살벌한 요청이 쇄도할 때마다 모연은 경기를 일으키며 소스라치고 흠칫 떨었다.

그런 것에 무지한 해경만이 짜증 난다는 목소리로 되물었다.

"아니, 그래서 뭐야, 다들? 그 비화야담인가 뭐시긴가 하는 그거 결말을 인정할 수 없어서 모인 거야, 아니면 그것 때문에 피해를 당해서 모인 협모락 타도 세력인 거야?"

"전자요!"

"당연히 전자요! 다시 쓰라고 해요! 내 감정, 내 몰입! 다 물어내라고!"

"전 진짜 결말은 그거 말고 따로 있다고 웬 사기꾼한테 속아서 돈까지 뜯겼단 말입니다!"

"그거 빌려주던 세책점 몇 군데는 야반도주했다던데!"

한 번 둑이 터지자 사람들은 서로서로 말을 채가며 목청을 높였다. 기구한 사연이야 저마다 달랐지만 확실히 원흉은 하나였다. 비화야담의 최종호가 신간으로 나온 지 고작 며칠 만에 벌어진 대참사였다.

"이딴 걸 폐하께 어떻게 보고 올려?"

"우선은 침착하게 글로 기록하도록 해야겠다."

그나마 해경과 승학이 민심을 잠재우고 상황을 정리해 줄 수 있어서 천만다행이었다. 그와 반대로 얼이 나가 있는 두 여자는 음지에서 시작한 글귀가 얼마나 커다란 파급력을 가졌는지 현장에서 화끈하게 체험했다.

무엇보다 모연의 몰골이 말이 아니다. 지금이야 공개 수배지만 누가 아는가, 그것이 공개처형으로 진화할지.

"……그래서 그게 다 꿈이었다고요?"

귓가에 닿는 섬뜩한 속삭임에 모연이 꺅 하고 비명을 질렀다. 싸늘한 눈초리를 한 정윤이 뒤를 지키고 서 있었다.

"어, 언니."

"내가 그렇게나 뜯어말렸는데. 기어이 이만한 사회문제를 일으키다니."

"살려 주세요……."

동상에 걸린 것처럼 바르르 떠는 것이 가여운 생쥐 꼴이 따로 없었다. 으휴, 그러기에 뭐랬나. 성급한 결말은 반드시 화를 부른다 했건만. 정윤은 혀를 차면서도 안쓰러운 글쟁이 한 마리를 제 뒤로 감춰 군중들의 시야로부터 숨겨 주었다.

"후우, 이제 어떻게 할 거예요."

"모, 모, 모르겠어요. 무서워요. 으허엉……."

모연은 자신의 격조 높은 문체와 박력 넘치는 묘사가 이런 사단을 만들었다면서 아직도 정신을 못 차린 얘기를 주절거렸다. 그러면서도 등 뒤에서 한 발자국도 나오려고 하지 않는데 정윤은 어이가 없어서 웃어 버렸다.

사건의 발원지는 겁을 먹어 숨은 반면, 현장 정리를 하는 해경은 열이 머리끝까지 뻗쳤다. 사람들은 끝을 모르고 달려들었고 이해하지 못할 괴이쩍은 하소연들을 퍼부어 댔다.

"그 협모락이라는 녀석이 대체 누구야?! 아, 공개 수배 해! 한다, 해! 잡히면 손모가지를 비틀어서 다시는 붓을 못 잡게 만들어 주겠어!"

결국 참다못한 분노가 폭발했다. 그 무시무시한 엄포에 모연은 황급히 제 손목을 후다닥 옷 속으로 숨겼다.

* * *

연락이 뜸하던 심복과 얼굴을 맞대고 있기에는 꽤 늦은 저녁이었다. 장소도 좋지 않았고, 시기도 별로였다. 팔짱을 낀 정윤은 김이 풀풀 날리는 찻잔을 들지 않고 그대로 식혔다.

"이런 곳에 머물러 계셨군요. 본가보다 훨씬 소박한데요? 원래 아가씨 방은 완전 으리으리하고 번쩍번쩍한데."

그러나 창희는 그런 까칠한 마음 따위 전혀 모르는지 신기한 것처럼 방 안을 두리번거리며 어쩌니 저쩌니 평을 해댔다. 밖에서 만나도 될 걸 굳이 급하게 전해야 할 얘기라며 그녀가 머무르는 승학의 집까지 찾아온 그였다.

"무슨 일인데 여기까지 와?"

방문 목적이 집 구경이었다면 목을 칠 기세로 묻는다. 이크, 창희는 잽싸게 돌려 보던 눈을 거둬들였다.

"심부름차 왔죠. 근데 아가씨, 혹시 이 집 공자님이랑 사이가 안 좋아지셨어요?"

"……아니."

"그래요? 이상하다? 두 분 좀 데면데면해지신 것 같았는데?"

지난번과 같은 깨 볶음이 왜 없냐고 창희는 흰소리를 했다. 농으로 던지는 얘기 같았지만 그것조차도 아픈 손가락이라 정윤은 냉랭하게 쏘아붙였다.

"네가 보면 뭘 알아?"

"뭘 알긴요. 그런 건 대충 봐도 보이는 거죠. 저번에 야시장에서 봤을 때는 막 서로 붙어 있지 못해서 안달이셨잖아요? 오백 보 밖에서도 알아봤습니다. 두 분이서 죽고 못 사시는 거."

"내가 언제……."

기억을 들추다가 정윤은 말을 잇지 못했다. 그보다 먼저 끼어든 단상 때문이었다.

왜 이제껏 그걸 생각하지 못했을까. 승학이 만약 비홍각에서 창희를 보았다면 그날 야시장에서도 보았을 수 있었다는 것을. 그러고 보니 그는 오늘 자신을 찾아온 창희를 보고도 아무런 말을 하지 않았다. 알아서 눈치채고 알아서 피해 주었다.

뒷맛이 씁쓸하게 올라왔다.

"아가씨! 아가씨?"

"어, 어."

"빨리 말씀드리고 가려고 하는데 왜 자꾸 넋 놓고 그러세요. 제 말 못 들으셨죠."

"뭐라고 그랬는데?"

"어르신이 보내서 온 거라고요."

"아버지가?"

"예, 뭔가 심상치 않다고 하셔서. 제가 보기에도 이상해서 알려 드려야 할 것 같고."

창희는 바짝 다가서며 입에 대지도 않은 찻상을 치우는 대신 빈 곳에 지도를 펼쳐 놓았다. 효국의 주변 바다가 그려져 있는 지도 위에는 여러 개의 곡선들이 복잡하게 그어져 있었다. 타국과 교역하는 상단의 해항로를 표시한 자국이었다.

창희는 효국과 동쪽 바다를 사이에 둔 왜율국을 손가락으로 콕콕 찔렀다.

"여기 항구 아시죠? 저희 상선이 왜율국에서도 집중적으로 드나드는 지역인데, 문제가 생겨서 돌아오는 배가 전부 결항됐습니다. 원래대로면 이레 전에 출항해서 황도로 돌아왔어야 하는데 말이죠."

"전부 결항? 말도 안 돼."

"일단 효국행 배들은 싹 다 발이 묶였습니다. 그쪽에서 재허가를 내줄 때까지 대략 달포 이상이라고 답변을 보내 왔는데 더 걸릴 수 있다는 얘기도 있어서."

"대체 그쪽에 나간 행수는 뭘 하고 있는 거야."

"아뇨, 이건 상단의 문제가 아닙니다. 그런 거였음 제가 아가씨를 찾아오지도 않았죠. 저희는 실수한 게 없습니다. 왜율국 조정에서 출항을 막고 있는 건데…… 병부에서 직접 나와서 단속한다는 게 심상치가 않아서요."

한껏 심각한 목소리였지만 정윤은 황당함이 더 앞서서 바로 맞장구치지 못했다. 끽해야 그 지역 성주와 마찰이 인 정도일 거라고 생각했다. 그런데 중앙 조정에서 직접 관여한 거라고?

"그럼 엄청 큰 사건 아니야?"

"예, 그렇죠."

"이유는?"

"밀항한 배가 있었답니다."

"밀항이 한두 건도 아니고 갑자기 이러는 게 말이 안 되잖아."

"그쪽 주장으로는 그 밀항선이 효국으로 떠난 게 확실하답니다."

"그래서 범인을 잡기 위해 일단 효국행 상선들을 다 묶어 두겠다?"

"그렇죠."

정윤은 침음을 삼키며 파랗게 눈을 빛냈다.

제아무리 철통 감시를 한다고 해도, 몰래 밤바다를 빠져나가는 배까지 일일이 통제를 한다는 건 불가능하기에 지금껏 다른 나라에서도 밀항선은 알음알음 존재해 왔었다. 잡으면 좋지만 놓치면 어쩔 수 없는 것, 딱 그런 계륵 같은 문제로.

즉, 그걸 추적하겠다고 관련 없는 배들의 출항까지 막거나 감시하는 삼엄한 조치까지는 잘 내리지 않는다는 소리다.

그런데 갑자기 돌변해서 그걸 쥐 잡듯이 찾아내려 한다? 차갑게 읊조린 목소리가 흘러나왔다.

"그저 그런 밀항이 아니라는 뜻인데."

창희가 무겁게 턱을 끄덕였다.

"예, 어르신도 그렇게 보시더라고요. 밀항한 배가 뭔가 중요한 물건을 싣고 나간 것 같다 하셨습니다. 몰래 국외로 반출되어선 절대 안 되는 것들 같은 거요."

"나도 그렇게 생각해. 그리고 그 정도로 엄격해질 만한 가치가 있으려면 아마 왜율국 조정에서 직접 관리하는 수준의 물건일 거야. 수량 하나하나까지 세어 가면서 꼼꼼하게 지키는 물건인 거지. 그러지 않고서야 그렇게 혈안이 돼서 잡으려 할 리가 없어."

"어르신은 더 심각한 가정까지 고려하고 계신 것 같던데……뭐, 일단은 빨리 아가씨께 알리라고 하셨습니다."

"그래, 잘했어. 안 그래도 이쪽 상황도 별로라. 개미집에 불을 냈는데 개미들이 안 나오고 처박혀 있는 게 영 수상해. 연관되어 있다면 상당히 골치 아프네."

다른 무역선까지 모조리 잡아 놓을 만큼 국가적으로 중요한 물건이란 게 대체 뭘까. 길고 짙은 속눈썹이 심연처럼 내려앉았다. 속으로 몇 개의 단어들이 뇌까려졌다.

‘중요한 물건, 병부, 국가전매사업…….’

짐작 가는 바가 있었으나 아니기를 바랐다.

“동원할 수 있는 인력을 왜율국으로 전부 보낼 수 있어?”

“왜요? 범인 찾기에 동참하시게요?”

“아니? 무슨 수로. 그건 이미 늦었지. 그 배, 언제 밀항했는진 몰라도 정말 그게 효국으로 들어왔다면 이미 한참 전에 도착했을 거야.”

“후에라도.”

“멍청한 인간이 아니고서야 그런 큰일을 벌이고 또 같은 짓을 하려고 할 것 같아? 이번 한 번으로 끝이야. 단 한 번의 밀항으로 빼돌리려고 했던 양은 벌써 다 빼돌렸을 거라고.”

“그럼 왜 사람을 보내시려고요?”

“물건.”

“네.”

“그 물건이 뭔지 알아와.”

대체 도둑들이 뭘 훔쳤는지, 무엇을 훔쳐 이 나라에 들여왔는지 알아내야 한다. 부디 자신의 짐작이 틀렸기를 바랐다.

* * *

정윤은 움직이지 않고 곤히 누워 있었다. 창희가 던지고 간 이야기로 머릿속이 복잡해져서 늦게야 간신히 머리를 누인 참이었다.

후로는 선잠에 들었다 깼다를 반복하다가 웬 발소리가 방문턱을 넘은 순간, 잠기운이 단번에 가셨다.

'기척이 거의 없다.'

어둠 속에서 누군가가 다가오고 있었다. 숨소리도, 발소리도 최대한으로 절제된 움직임이었다. 실력자라는 판단하에 정윤은 검은 형체를 향해 신경을 날카롭게 집중했다.

'바로 앞이야.'

침상 주변으로 쳐 놓은 두꺼운 암막 천이 미약하게 출렁였다. 한 보 남짓일까. 오로지 감각에만 의지하여 어림잡아 수를 셌다.

'셋, 둘, 하나!'

쿵. 둔중한 무게가 침상으로 고꾸라지며 파동처럼 소리를 퍼트렸다. 다행히 제압에 성공했다. 발각될 것이라곤 예상하지 못했는지, 순식간에 멱살을 잡혀 등을 붙이게 된 검은 그림자는 어둠 속에서 적지 않게 당황한 기색이었다.

손을 뻗자 놀란 건지 회피하려고는 해도 반격은 하지 않는다.

정윤은 자신을 떨치고 일어나려는 상대와 몸싸움을 벌이다가 그의 옷고름을 통째로 뜯어 버렸다. 부욱, 하고 옷감이 찢기면서 맨살이 손에 닿았다고 생각할 때였다. 당황한 상대는 전보다 더 격렬하게 반응하며 흐트러진 옷깃을 잡고 그녀를 밀치려 했다.

'어딜!'

어림도 없다. 정윤은 재빨리 일어나 도망치려는 상대를 도로 낚아채 침대에 드러눕혔다. 상대의 큰 체격 탓에 이번에는 그녀의 몸까지 덩달아 넘어갔다.

"앗!"

두 개의 몸뚱이가 볼썽사납게 엉켜 뒹굴었다.

한 바퀴를 구르는 동안 상대는 자신의 무게중심을 잡는 대신 정윤의 머리를 감쌌고, 정윤은 제 안위를 챙기는 대신 상대를 통제하는 데 총력을 기울였다. 막다른 벽에 부딪혀 멈춘 순간 그녀가 날렵하게 몸 위를 타고 올라가 우위를 점령했다.

'대체 누가 사주한 놈이야?!'

놈의 입이 있을 곳으로 추정되는 자리에 잽싸게 손을 갖다 댔다. 반드시 정체를 벗기고야 말겠다는 심보였다.

"어?"

그런데 의외의 감촉이 손끝에 눌렸다.

어째서 복면이 없지?

정윤은 손바닥으로 황급히 주변을 더듬었다. 이건 콧날이고, 이건 입, 턱, 목덜미…… 당황해서 더듬더듬 만지고 내려간 손끝은 어느새 휑하게 벌어진 가슴의 맨살에서 멈췄다. 그녀가 거칠게 고름을 뜯어낸 흔적이었다.

억압된 채로 그대로 깔려 있던 그림자는 그제야 정신을 수습했는지 뒤늦게 그녀의 손목을 가로막았다.

"만지는 건 이제 그만하는 게 좋을 것 같습니다."

"고, 공자님?"

"당하고 있으려니 기분이 조금……."

정윤은 소리 없는 비명을 삼키며 즉시 베개 옆의 등잔을 밝혀 들이밀었다. 믿을 수 없다, 혹은 그럴 리 없다는 실낱같은 희망으로. 하지만 빛 아래에 환하게 드러난 것은 탄탄하게 벗겨진 승학의 적나라한 몸매였다.

그냥 탈의도 아닌 찢겨져 나간 탈의에, 거친 제압에 저항하느라 긁히거나 붙잡힌 손자국이 넓은 어깨에 불그스름하게 찍혔다. 그가 숨을 들이쉬고 내쉴 때마다 상체에 알맞게 자리한 근육들이 도드라져 보였다.

"저, 전 아무, 아무것도 못 봤습니다."

빨개진 얼굴로 정윤은 도리질을 치며 그의 너덜너덜한 옷깃을 여며 주었다. 하지만 묶을 수 있는 고름이 없어서 그의 가슴과 복근은 다시 훤하게 노출되었다.

"보았냐고 물어보지는 않았는데."

"그러니까 안 봤대도요?"

"부끄러우실 필요는……."

"안 봤다니까요?!"

"그러기에는 소저 뺨에 열이 펄펄…… 윽, 숨 막힙니다."

승학은 피가 쏠린 정윤의 뺨을 쓸다가 베개에 얼굴을 얻어맞았다.

"그러게 누가 이런 새벽에 몰래 들어오시랍니까!"

"하지만 소리내기엔 너무 곤히 자고 있는걸."

"자객인 줄 알았잖아요!"

꼼짝없이 암살자를 상대해야만 하는 줄 알았다.

안도감과 민망함이 한꺼번에 몰려와 정윤은 그의 목을 조르는 시늉을 하며 들썩였다.

"소저, 잠시만. 잠깐……."

싱글벙글해 보였던 승학이 돌연 그녀의 움직임을 다급하게 자제시켰다. 정윤은 단번에 걱정스러운 얼굴이 되었다.

"제가 너무 세게 때렸습니까?"

"그런 게 아니라."

승학은 다문 입술로 또 불쑥 치미는 욕망을 억제했다. 제 몸을 타고 앉은 그녀가 이리저리 움직일 때마다 허리 아래를 자극하는 아찔함에 머리가 띵할 지경이었다. 애써 참으며 반응하지 않으려고 하는데 마찰이 일 때마다 몸이 단단히 긴장해 버리는 건 불가항력이었다.

그리고 지금은 턱 끝에 매달려서 간질이는 숨결 때문에 미칠 것 같다. 욕망을 깎아 다스린다는 각오로 승학은 힘을 꽉 준 턱을 느릿하게 움직였다.

"그만 놔주시는 게 좋을 것 같습니다."

고개를 갸우뚱하던 정윤은 거세게 흔들리는 승학의 동공에 현재의 상황을 찬찬히 검토해 보기 시작했다.

시간, 늦었고. 대화, 적절치 않았으며. 자세, 매우……

'으악!'

굵직굵직한 것. 그의 허리. 허벅지 사이를 파고 들어가 있는 그 거대한 이물질이 그제야 인식되었다. 어째서 이 강렬한 느낌을 깨닫지 못했을까. 전과는 비교도 안 될 정도로 얼굴이 뜨겁게 달아올랐다.

"죄송해요!"

횃불 덩어리가 된 그녀가 허둥대며 내려오려 할 때였다. 승학이 그녀의 팔을 아래로 쑥 잡아당겼다. 그 덕에 정윤은 그의 몸 전체를 깔고 눕게 되었다.

"움직이지만 않으면 되지 않을까 해서."

고난도이긴 한데 떨어지면 그건 또 그것대로 섭섭할 듯하여 스스로 자처하는 고육지책이었다.

정윤은 수습 불가 상태인 그의 옷을 연신 안으로 주워 모으며 그의 가슴에 턱을 붙이고 우물쭈물한 목소리로 대꾸했다.

"아무래도 안 될 것 같은데요……."

"움직이지만 않으면 됩니다. 그대로 가만히 계십시오."

등을 쓸며 어르는 목소리가 너무 달콤했다. 시키는 대로 얌전히 숨죽이며 정윤은 위협적이지 않은 볼멘소리를 냈다.

"그러기에 왜 몰래 들어오셔선. 설마 공자께서 이러실 거라고는 상상도 안 해봤단 말이에요."

그 말에는 조금 움찔하는 것 같았다. 대답 없이 작은 몸만을 감싸 안고 있던 그가 잠시 후에야 속삭임을 퍼트렸다.

"댁에서 사람이 왔다 간 것 같은데, 혹시 안 좋은 소식이라도 있었던 겁니까?"

창희가 다녀간 뒤로 정윤의 얼굴에 수심이 인 것을 알고 하는 말이었다.

"아, 별 건 아니에요. 그냥 집안일 때문에요."

정윤은 대충 뭉뚱그려서 얼버무렸다. 썩 개운한 얘길 전달받은 것도 아닌 데다 아직 뭔가를 논하기엔 이렇다 할 만큼 확실한 게 없었다. 승학은 정말 별일이 아니냐고 두어 번 더 캐묻곤 이내 평온히 고개를 끄덕였다.

"그렇군요."

하지만 평소와 다를 바 없는 음성에도 정윤은 긴장해 버렸다.

어째서지. 등을 옥죈 팔이 갑자기 강해진 기분이었다. 겉으로 보이는 변화는 물론 없었다. 승학은 여전히 같은 표정이었고 다른 말은 하지 않았다.

"그걸 물어보시려고 오신 거예요? 이 시간에?"

표정과 행동이 다른 연유. 설명해 주지 않으니 직접 물을 수밖에. 정윤은 조심스레 말끝을 올렸다.

"그야 당연히……"

자신 있게 첫 음을 내던 승학은 중간에 돌부리에 걸린 사람처럼 말문이 막혔다. 의아한 시선이 덧붙자 그가 서둘러 끊어진 뒷부분을 마무리했다.

"그 때문에 온 것입니다."

아, 그렇구나. 좀 전의 승학이 그랬던 것처럼 같은 대답, 같은 반응을 보여 줄 차례였다.

"……!"

하지만 말하기도 전에 돌연 자세가 뒤집어졌다.

정윤의 시야는 삽시간에 위아래가 바뀌었다. 본능적으로 발버둥 쳤지만 이미 승학에 의해 아래에 깔려 갇힌 채였다.

가라앉은 눈, 스치듯 맺히는 쓴 미소. 그것을 발견했다고 생각했을 때 그가 쏟아져 내리듯 그녀의 머리칼에 자신을 파묻었다. 머리칼을 헤치고 자책이 담긴 한숨이 빠져나왔다.

"아닙니다. 거짓말했습니다."

"공자."

"불안해서 왔습니다."

"……."

"날 두고 간 줄 알고. 집으로 돌아간다고 할까 봐. 이미 가 버렸을까 봐. 그래서 이곳에 없을까 봐 무서워서."

머리로는 아니란 걸 알았다. 그러지는 않겠지. 설령 아무리 자신과 같이 있는 게 힘들더라도 이 밤에 그런 야속한 방식으로는 아닐 거라고.

하지만 이미 최악의 가정을 상상해 버린 머릿속은 계속해서 같은 장면만을 반복해서 지어냈다.

집으로 돌아갈 것을 권유하는 하인의 언동과 그를 따라 미련 없이 짐을 싸는 정윤의 손길을. 공간을 채웠던 그녀의 물건들이 사라지고 어느덧 싸늘하게 식어버린 잠자리를.

폭로와 고해가 있었던 밤 이후 아직까지도 좁혀지지 못한 그녀와의 거리감 역시 그 불안감에 한 몫을 거들었다.

과장이 거기까지 다다르자 생각보다 앞서 몸이 먼저 움직이고 있었다.

자는 얼굴 한 번만, 새근거리는 숨소리 한 번만이라도 좋았다. 이 어리석은 상상을 당장 깨부수지 않으면 미쳐버릴 것 같았다.

"이리 형편없는 꼴을 보여 주게 될 것 같아 여유를 부렸는데. 저도 어쩔 수 없는 사내인가 봅니다."

아직 제게 철이 덜 든 곳이 있는 것 같다면서 승학은 아까보다 조금은 나아진 얼굴로 웃었다. 볼썽사나운 꼴이 되었지만 그래도 지금 그녀를 만지고 있으니 들쑤셨던 마음이 한결 잔잔해졌다.

"오늘 밤만 철없는 사내의 짓거리라고 이해해 주십시오. 보지 않고 참으려니 견딜 수가 없어서."

내가 왜 돌아갈 거라고……. 정윤은 서둘러 답하려다가 불시에 울컥했다. 멋쩍게 말하는 그의 얼굴이, 부담 주지 않으려는 태도가 목구멍을 아리게 한 탓이다. 한밤의 사단을 자신의 허물로 돌리는데 급급한 그 때문에 눈 밑이 뜨거워졌다.

죄를 지은 것도, 잘못을 한 것도 저였다. 눈치를 봐야 하는 것도, 떠날까 불안에 떨며 잠을 설치고 전전긍긍해야 하는 것도 전부 제 몫이다.

그런데 이 사람이 그러고 있었다. 나를 잃을까 봐. 이 눈부시고 아름다운 사람이. 한없이 곧고 올바르던 남자가.

그를 나약하게 만든 건 죄 많은 자신이었다.

"왜 그런 생각을……."

"그냥, 우리 사이에 거리가 있는 것 같아서."

다정한 손길이 뜨거워진 눈가를 쓸어왔다. 정윤은 잠시 그 손끝에 얼굴을 기댔다.

"제가 어떻게."

감히 당신을 떠날 수 있을까요.

그의 가슴에 기대 겨우 숨을 쉬어 버텨 냈었던 그 밤. 정윤은 스스로 지은 이 지옥을 안고 가기로 마음먹었다.

후회와 괴로움이 쌓이고 해소되지 않은 자책이 평생을 손톱 밑의 가시처럼 괴롭히더라도, 그의 뒤에서 제 초라함을 보고 사는 게 스스로를 말려 죽이는 형벌이 될 거라고.

그런데 지금, 나약해진 그 앞에 서니 모든 것이 다 허망해지는 기분이 들었다. 얼마나 어리석고 바보 같은 생각이었는지 절절함이 가슴을 쳤다. 고통받고 있는 것은 다름 아닌 그였다. 나를 찌른다고 생각했는데 상처받고 불안에 떨고 있는 그가 보였다.

미안해요, 미안해요. 정윤은 우는 것처럼 속삭이며 보듬어 안듯 승학의 널찍한 가슴팍을 끌어안았다. 얇은 천이 구겨지며 두 사람 사이에 벌어져 있던 공간이 틈 없이 사그라들었다.

내게 애원하지 말아요. 그러지 않아도 돼요. 사실…… 가느다란 팔로 매달려 그녀가 자그마한 입을 벙긋거렸다.

"그거 아세요? 실은 제가 더 먼저 좋아했던 거."

당신이 나를 좋아해 주기도 전에, 나는 그것보다 더 먼저였는데.

"지금은 아닙니까?"

“지금도 그래요. 저는 여전히 그래요.”

낯간지러운 이야기에도 기뻐하지 못하고 불안과 안심을 반복하는 그가 가슴 아프다. 정윤은 목이 메어 큰 숨을 들이켰다. 그를 이렇게 만든 것은 저였다.

“좋은데, 너무 좋아하는데……. 저는 잘 모르겠어서. 제가 그래도 되는 건지……. 제가 떠나지 않고 남으면 공자의 앞길을 빼앗아 가는 거잖아요. 제가 없었다면 오점도 남지 않을 당신의 앞길을……. 그걸 송두리째 망쳐 놓으면서까지.”

제가 그걸 뺏을 수 있을까요? 저는 자신이 없었어요. 스스로 묻고 답하면서 그녀는 바스러질 것처럼 웃었다.

“그런데 이런 저 때문에 상처받으시는 걸 보면 마음이 너무 아파요.”

내가 내지 못한 용기 때문에, 고작 그 망설임 때문에. 이 사람은 바로 지척까지 다가와서 나를 기다려 주고 있는데. 자기 자신을 망가뜨리면서까지 나를……. 눈시울을 적시며 자책하는 말에 승학은 자기가 더 아픈 표정으로 허리를 감싸 안았다.

“저를 믿으세요? 제가 공자께 그걸 빼앗을 수 있을 거라고?”

자신에 대한 믿음이라고는 조금도 없는 연약한 목소리였다.

“틀림없이.”

승학은 더없이 확고했다.

“소저는 잘 해낼 겁니다.”

물기가 고인 눈가에 환한 미소가 퍼졌다. 할 수 있다고. 빼앗아

갈 수 있다고. 당신은 나를 부수고 나를 끌어 내려서……. 들리는 다정한 목소리에 정윤은 행복에 겨운 눈을 감았다. 이 세상에서 사랑에 가장 근접한 고백이 존재한다면 바로 지금 자신이 듣고 있는 이것일 거라고 생각했다.

너는 틀림없는 잘 해낼 거라는 말.

쉼 없이 욕심을 부추기는 목소리에 그녀는 그의 상체에 매달려 있던 팔을 풀어 그의 머리를 쓰다듬었다. 재우려는 것처럼 손길이 부드럽게 머리를 쓸어내렸다.

"네……. 그럴게요. 제가…… 빼앗아 가 볼게요. 그러니 그만 무서워 말고 푹 주무세요."

위력 없는 자장가였다. 자신보다 월등히 체격 큰 사내를 안고 있어 다독이는 것마저도 서툰. 그러나 승학은 눈을 감고 복종했다.

그녀가 바라면 무엇이든 그대로 이루어질 것이라는 걸 그는 증명해내고 싶었다.

* * *

"폐하께서 많이 편찮으신가요?"

"그게."

내관이 머뭇거리며 말끝을 흐렸다. 정윤은 작성해 온 신문고의 수계를 들고 황제의 집무실 밖에서 기다리는 중이었다.

본래라면 조정회의에 꼽사리로 참관했다가 돌아온 제 차례에 수계를 낭독하는 것으로 보고가 끝났을 일인데, 황제가 아파서 그 회의 자체가 연기되어 버렸다. 황제의 수결 없이는 마무리 지을 수 없는 일이라 그녀는 직접 그의 집무실까지 배달을 왔다.

"뵙기 힘들다면 이것만 전해 드려도 괜찮은데."

사실 그녀도 그다지 황제를 만나고픈 마음은 없다. 내관은 반색을 했다.

"아, 예. 그럼 그럴까요? 폐하께서 깊이 오수(午睡)에 드셔서."

"알겠습니다. 그러면 나중에 다시……."

대강 그렇게 끝내고 떠나려던 참이었다.

"으어억!"

별안간 괴상한 울음소리가 모두의 고막을 강타했다. 자리를 뜨려던 정윤은 발목이 잡혔다. 대굴대굴 구른 눈알만이 내관의 면상을 향했다.

"저기요, 전혀 안 주무시는데요?"

무언가 치부를 보였다고 생각했는지 내관은 입을 빼금대다가 후다닥 안으로 뛰어 들어갔다. 썰렁한 복도에 덩그러니 버려지고 정윤은 눈만 돌려 뒤를 쳐다보았다. 거추장스럽게도 뒤꽁무니에 모연이 달랑달랑 매달려 있었다.

아직까지도 있잖아? 핀잔이 튀어나왔다.

"왜 여기까지 따라오고 그래요?"

"언니, 전 그냥……."

"제가 알아서 탈 없이, 순화해서 잘 썼다고 했잖아요."

"그래도 불안해서……."

"굳세던 신념은 다 어디로 갔어요?"

"몰라요. 먹고 똥 쌌어요……."

찔리는 게 하도 많아서 차마 정윤을 혼자 보내지 못하고 따라온 모연이었다. 그녀가 조마조마한 표정으로 발을 동동 굴렀다.

"이게 걸리면 전 정말 끝장이에요. 잘리는 건 둘째 치고 평생 오명을 쓰고 살아야 한다고요! 그러면 부모님을 어떻게 봐요? 평생 저 하나 귀족 만들겠다고 희생하셨는데……."

잉잉앵앵 웅얼웅얼. 툭 치면 울릴 수도 있겠다. 그것보단 지금 본인의 목숨이 경각일 텐데. 협모락을 잡겠다고 온 황성 사람들이 눈에 불을 켜고 있는 시국인데 말이다. 정윤은 기도 안 차서 듣는 둥 마는 둥 했다.

"아무튼 같이 들어가요, 네? 폐하께서 수상한 질문하시면 제가 발 빠르게 처리해야 하니까요! 본, 본 적이 있다고 하시면 일단은 없다! 없다고 하고!"

"제발 정신 좀 차려요."

그 사이 안으로 들어갔던 내관이 총총걸음으로 빠져나왔다. 아까는 만날 수 없다고 하더니 그는 두 사람을 곧장 안쪽으로 안내했다.

"두 분 모두 들어오시랍니다."

내관을 따라 들어간 길은 황송하게도 집무실이 아닌 황제의 사적인 침실로 통하는 길이었다.

침대에 걸터앉아 부스스해진 머리를 빗질하던 황제가 하품을 쩍 하는 것으로 그들을 친절히 맞이했다.

저거, 아픈 거 맞아? 허리를 극진하게 숙여 예를 갖추면서도 정윤은 불손한 의심을 품었다.

"가까이 오라."

황제는 건성으로 손짓하며 두 사람을 불러들였다. 병색을 드러내듯 잔뜩 쉰 목소리였다.

"거기 앉거라."

"이 바닥에 말이옵니까?"

"그래. 크흑! 짐이 목이 안 좋아. 몸도 피곤하고. 멀리 가지 못한다."

명령대로 발치에 꿇어앉으며 빠르게 안색을 살폈다. 거뭇거뭇한 그늘이 광대까지 내려와 있고, 식사를 제대로 하지 못했는지 볼은 홀쭉했다. 나이에 비해 탱탱했던 피부도 썩은 당근처럼 푸석푸석하기 그지없었다.

황제는 자신이 가리킨 곳에 나란히 자리한 정윤과 모연을 확인하곤 도로 벌러덩 누워 버렸다.

아니, 이게 무슨. 눈으로 쏘아 봤지만 그는 골골대기만 했다.

"아이고, 삭신이 쑤시는구나."

정윤은 그의 푸념을 듣고도 무시했다. 그가 아픈 것보다 제 할 일이 더 급했다.

"소신이 오늘 폐하를 알현코자 한 것은 이미 알고 계시겠지만 신문고의 일을 보고 드리려 함이옵니다.”

“어허, 무례하구나! 환자를 봤으면 어디가 아픈지부터 물어봐야지!”

“……옥체가 미령하시옵니까.”

“잠을 못 잤다.”

“아, 예.”

“왜 못 잤냐고 물어봐야지!”

아니, 내가 대체 왜 당신한테……. 하지만 주변에 눈치를 주는 인간들이 너무 많다. 정윤은 주문받은 그대로를 읊는 창의적이지 못한 물음을 올렸다.

“왜 못 주셨습니까?”

“고민이 많아. 요 며칠 내내 똑같은 악몽만 꾼다.”

“그러시군요, 다름이 아니라 오늘 제 볼일은.”

“고민이 궁금할 텐데?”

“아니요, 저는.”

“틀림없이 궁금할 텐데.”

“……몹시 궁금하군요.”

자꾸 궁금해하라고 압박을 줘서 어쩔 수 없이 궁금한 척을 했다. 그러자 마치 그 말만 기다리기라도 했던 것처럼 황제는 눈을 반짝이며 일어났다.

“너희들도 그 소문을 들었느냐?”

“어떤 소문을 말씀하시는지요.”

"궁 밖에서 떠도는 해괴망측한 소문 말이다!"

궁 밖에서 떠도는 해괴망측한 소문? 혹시 협모락을 공개 수배하라는 원성을 말하는 건가? 모연은 크게 딸꾹질을 하며 격렬하게 머리를 내저었다.

"아니요, 폐하! 그것은 결단코 사실이 아니옵니다!"

"아니긴 뭐가 아니냐! 짐이 똑똑히 들었는데!"

"소신 억울합니다! 모함입니다!"

"모함이라니! 허면 짐이 엉터리 소리를 한단 말이냐!"

"아무리 그러셔도 전 아닙니다! 소신은 죄가 없습니다! 소신 올해로 고작 약관이옵니다! 공부 말고는 할 줄 아는 것도 없사옵니다! 엉엉!"

"누가 너더러 죄를 지었다더냐?"

"예……?"

"무슨 헛소리를 주절거리는 게야!"

글쎄, 지금 헛소리를 조잘대는 건 비단 모연뿐만이 아닌 것 같은데 말이다. 정윤은 서로 다른 주제로 각기 열을 올리며 꽥꽥 대응하던 당사자들을 흐린 눈으로 쳐다보았다.

그녀가 한숨을 쉬었다.

"어떤 소문을 말씀하시는지 정확히 일러 주시지요. 금시엔 특별한 이야기를 들은 바가 없습니다."

시중에 떠도는 소문 중 제일 유명한 것을 꼽으라면 단연 비화야담의 거지 같은 결말에 대해서다. 그러니 따지고 보면 모연의 넘겨짚음은 틀리지 않았다. 하지만 행동하는 꼬락서니를 보니 황제의 고민은 그곳에 있는 것 같지 않았다.

"정녕 아무것도 듣질 못했다고?"

"정말 모르겠습니다."

움푹 들어간 눈을 떨며 황제가 몸을 낮췄다. 단순히 주위의 궁인들을 경계하는 태도는 아니었고, 무서운 이야기라도 하는 듯 겁을 먹은 것처럼 보였다.

"짐이 얼마 전 불공을 드리러 산행을 나갔다가 아주 끔찍한 소문을 접했다."

"어떤?"

"자안황후의 원혼이 저승을 가지 못하고 구천을 떠돌아다닌다는구나!"

"예?"

그야말로 황당한 얘기였다. 정윤은 눈을 껌뻑껌뻑하다가 고려의 여지도 없이 바로 고개를 좌로 그었다.

"말도 안 되는 이야기입니다."

그런 소문은 듣지도 보지도 못했다. 설사 진짜로 떠돌고 있다 한들 허무맹랑한 주장에 불과하지 않은가. 단숨에 부정당하자 황제는 성을 내며 답답해했다. 그가 주위에 서 있던 궁녀들을 다그치기 시작했다.

"나만 들은 것이 아니니라! 그래, 너! 네가 한번 말해 보아라! 그런 소문을 들은 적이 있느냐, 없느냐!"

불시에 지목당한 궁녀는 급하게 허둥대며 머리를 조아렸다.

"드, 드, 들었사옵니다. 똑똑히 들었사옵니다."

전혀 들어본 바가 없다. 그러나 황제가 대쪽같이 믿고 있는 이야기에 아니라고 직언할 수 있는 간 큰 궁녀는 애석하게도 존재할 수가 없는 법이다.

"보아라, 저 아이도 들었다 하질 않느냐! 그걸 듣고 온 후부터 짐은 통 잠을 이루지 못한다. 밤마다 얼마나 심한 악몽을 꾸는 줄 아느냐!"

황제의 용안이 눈에 띄게 수척해진 것은 매일 밤 극심한 악몽에 시달려 잠을 설치기 때문이었다. 피골이 상접한 그의 몰골을 보며 모연과 정윤은 서로의 얼굴을 쳐다보았다. 혹시 아는 바가 있냐는 뜻이었다.

"눈만 감으면 곡소리가 들리고, 웬 허연 귀신이 나타나 구슬피 운다! 분명 자안황후인 것이 틀림없어! 어찌 짐의 꿈속에 나타난단 말이냐! 참으로 불경스럽도다!"

"폐하, 소문은 소문일 뿐이옵니다. 지나치게 마음 쓰지 마십시오."

"너희는 아무것도 모른다! 짐이 얼마나 고통스러운지!"

황제가 몸서리를 치며 어린 짐승 같은 울음소리를 냈다. 새삼스러운 광경이 아닌지 시립하고 있던 내관이 한걸음에 달려와 그의 이마에 흐르는 식은땀을 닦아 냈다.

아니, 저 정도로 심각한 악몽에 시달리고 있다고? 급작스럽게 발병한 황제의 불면증 앞에 정윤도, 모연도 난색을 표했다. 정말 그의 말대로 자안황후의 원혼이 어딘가에서 떠돌아다니고 있는 것은 아닌지 의심해 봐야 할 정도였다.

한참 괴성을 지르다 겨우 안정을 취한 황제는 침상에 누워 정윤에게 손짓한다. 흔들리는 손목이 버들가지처럼 가련했다.

"이리로 오라. 황제의 업무이니 수계는 받아야겠지. 이리 가까이 와서 전해다오. 짐이 힘이 없구나."

왠지 코끝이 찡한 장면이었다. 정윤은 공손한 몸가짐으로 그의 머리맡까지 다가갔다.

"여기 있사옵니다, 폐하. 속히 쾌차하시고…… 어어!"

순식간의 일이었다. 두루마리를 바친 팔목이 불시에 힘 있게 당겨지더니 황제의 베갯머리 쪽으로 상체가 휘청하고 쏠렸다.

황제는 정윤의 팔목에 의지하여 콜록콜록 거친 기침을 토해 내다가 잠시 후에야 놓아 주었다.

"잘 받았으니. 콜록! 그만 나가 보거라."

당기던 힘과는 판이하게 다른 유약함이었다. 내관이 달려들어 그런 쇠약한 황제의 옥체를 살피고 있을 사이, 모연과 정윤은 조용히 불려 들어갔던 길을 빠져나왔다.

"오잉? 왜 그러세요?"

멍한 얼굴로 앞만 보고 걷는 정윤을 모연이 불러 세웠다. 그녀가 내뿜는 분위기가 묘하게 이상해서였다.

정윤은 가만히 제 소매에 코를 묻고 킁킁대더니 상황에 전혀 어울리지 않는 말을 했다.

"우리 점심으로 산적 먹었죠?"

"네, 그런데요?"

"저한테서 고기 냄새 나요?"

"음, 조금요?"

좀 전까지만 해도 안쓰러움으로 칠갑 되어 있던 정윤의 낯에서 단숨에 걱정이 가셨다.

"하."

대신 판이한 감정이 들어와 찼다. 어이없음 그 자체였다.

* * *

다 같이 이마가 찡그려졌다 펴지기를 반복했다. 승학이 재차 확인하듯 물었다.

"정말 폐하께서 그리 말씀하셨단 말입니까?"

"예, 틀림없이 이렇게요. 넌 고기 먹었지? 좋겠다. 짐은 배고파 죽겠는데."

정윤은 이미 몇 번이나 반복했던 말투를 다시 동료들의 앞에서 생생하게 재현해 보였다. 황제가 귓가에 기침을 퍼부으며 들이댔던 헛소리였다.

"발음이 엉성하긴 했는데 귀가 바로 붙어 있어서 확실하게 알아들었어요."

하지만 알아들었다고 해서 이해를 했다는 의미는 아니다. 오히려 당최 뭔 소린지를 모르겠다. 악몽에 시달려서 입맛도 없고, 통 식사도 못 하고 있다는 사람이 사실은 고기가 먹고 싶다고? 배가 고파 죽을 지경이라고?

대체 또 왜 이러는 건지. 모두 진의를 몰라 침묵하고 있는데 해경이 부루퉁하게 의혹을 제기했다.

"이걸 이렇게까지 우리가 심각하게 고민해야 해? 그냥 꾀병 아냐?"

"말이 되는 얘길."

"뭐가 말이 안 돼. 복잡하게 꼬아서 생각하는 게 더 이상한 거 아냐. 자 봐, 정리를 해 보면 얘가 폐하를 만나러 갔는데 웬 얼뜨기가 하나 앉아 있었고……."

"얼뜨기는 좀 심하다."

"그 얼뜨기가 어디서 이상한 소문을 듣고 와서는 악몽도 꾸고 밥도 못 먹고 있더란 말이지. 근데 마지막에는 또 고기 먹고 싶다, 배가 고프다고 했다며?"

"응, 그랬지."

"젠장, 그럼 먹고 싶으면 먹으면 될 거 아냐? 우리 보고 떠먹여 달라는 거 아니면 이거 완전 꾀병이지! 야, 확실해. 내가 잘 써먹는 거야."

"폐하께서 뭐가 아쉬워서 그런 꾀병을 부려? 네 말대로 먹고 싶으면 먹으면 될 텐데. 능력 되는데."

"하, 너 꾀병 한 번도 안 부려 봤지? 사람이 심심해서 꾀병

피우는 거 아니다. 다 이유가 있다고. 능력이 돼도 못 하는 게 있으니까 그러시겠지. 예를 들면…… 어, 그래. 그 소문 같은 거 그런 건 못 없애잖아? 죽은 원혼이 진짜 떠돌아다니면 아무리 폐하라도 귀신을 때려잡을 수 있어?"

"그런 소문은 없어. 그런 원혼도 없고."

"뭐, 그럼 있으면 좋으시겠나 보지."

의자 등받이에 벌러덩 기대 누우며 해경은 심드렁하게 주절거렸다. 깊이 있고 심층적으로 따지고 들어가는 게 잘못됐다는 거였다.

전쟁 같은 삶이 어쩌고저쩌고 논하는 그의 반대편에서 승학이 또렷해진 눈동자를 빛냈다.

"그러니까 네 생각은 폐하께서 그 소문이 실제로 있었으면, 하고 바라신다는 거냐."

"하지만 그게 목적이라면 소문이 먼저 나고 그다음에 악몽을 꾸셔야 앞뒤가 맞는 거 아닐까요?"

"그러게요. 모처럼 그럴싸한 가정이긴 한데 사건에는 순서란 게 있으니까요."

"나 참."

셋이서 뭔 소릴 하나 했더니. 그 말이었어? 멈췄던 다리를 다시 건들대며 해경이 또 간단하게 끼어들었다.

"그게 먼전지 이게 먼전지 알 게 뭐야? 원래 소문이란 건 그런 거 아냐? 정확한 게 하나도 없는 거."

그러고는 의자에 기댄 걸로도 모자라 속 편하게 두 다리를 책상에 턱 걸치고 누워 버렸다.

"오오."

본인은 노린 것 같지 않았지만 의외의 현답이었다.

황제가 주장하는 것은 죽은 자안황후가 원귀가 되어 구천을 떠돌고 있다는 이야기. 그걸 후에 '소문'으로 접하게 될 사람들이 그 유언비어의 시발점이 어디인지 무슨 수로 알 것인가. 말마따나 소문이란 건 앞뒤 같은 방향성 없이 사방에서 오고 가는 것인데 말이다.

기특한 어린아이를 보는 것처럼 세 사람의 눈빛이 확 달라졌다.

"해경아."

"세상에, 성장했잖아."

"당신 누구세요? 어서 우리 멍청한 사형을 돌려 내놔요!"

"뭐야? 아, 왜들 이래!"

갑자기 쏟아지는 칭찬에 해경은 질색했다.

"그럼 꾀병의 원인은 확실하네요. 우리 보고 그 소문 그대로 내라는 거겠죠?"

"예, 아마도. 폐하께서 시달린다는 악몽의 내용이 골자일 겁니다. 물론 악몽을 꾸신다는 것도 거짓일 테지만요."

본인이 지어낸 허구의 이야기를 진짜 있는 소문처럼 만들어 달라는 주문이었다. 수수께끼에 대한 파악은 끝났다. 그럼 이제 어떻게 실행할 것이냐, 인데…….

정윤은 이용할 수 있는 수단을 차근차근 점검해 보았다.

'상단의 인력을 동원할까?'

빠르고 효과적이긴 할 터다. 하지만 이내 아니라는 생각이 들었다. 너무 많은 인원을 데려와 써야 하는 데다 자신과는 직접적인 연관성까지 있어 역추적이 될까 봐 부담스러웠다.

'그러면 이렇게 넷만의 힘으로 투서나 벽보를 돌리면?'

나쁘지는 않은데…… 마음이 슬쩍 기울어졌다가 금세 바로 섰다. 아니다. 이것도 안 될 것 같았다. 위험성은 줄지만 빠른 속도를 장담하기가 힘들었다.

그녀가 골머리를 앓으며 책상 바닥에 철퍼덕 뺨을 붙이고 엎드렸다. 뭔가 적당한 방법이 없을까. 복면 뒤에 숨어서 정체도 감출 수 있고, 동시에 효과도 보장된.

혹시 다른 좋은 생각들은 없는지 그녀가 눈동자를 돌리며 한 사람씩 번갈아 보았다. 해경은 좀 전의 껄렁한 자세에서 변함이 없었고, 승학은 손에 턱을 괴곤 고민에 빠진 것처럼 보였다. 그리고 우리의 막내는…….

'아니, 이 와중에.'

모연의 얼굴 보단 그녀의 손이 먼저 눈에 들어왔다. 무릎에 좁쌀 책을 깔고 날아다니는 붓질이 보인다. 혼자 시시덕거리는 것을 보니 공무로 바쁜 건 아닌 것 같았다. 정윤은 조용히 일어나 그녀의 뒤로 접근했다. 완결 내고 이제 글 같은 건 절대 안 쓸 거라더니, 직업병인지 그도 아니면 제 버릇 남 못 주는 건지 그녀는 막 떠오른 단편적인 단어들을 끼적이고 있었다.

바보온달남, 성장물, 수사물, 반전물.

짐작건대 해경이 보여 준 의외의 예리함에서 무릎을 탁 하고 칠 만한 소재를 얻은 듯했다. 그것참, 상상력이 좋기도 하지. 날아다니는 손목을 예리하게 노려보던 정윤은 불시에 그것을 낚아채 위로 번쩍 치켜들었다.

붓이 떨어져 또르르 바닥을 구르는 소리에 모두의 시선이 이쪽으로 쏠렸다.

지원을 자청하듯이 한 손을 들고 있는 모연을 두 남자가 이상하게 쳐다보았다. 쟤는 왜 손을 들고 있는 거지? 하고.

"이번 일은 우리 아우님이 알아서 하신답니다."

그에 대한 답을 제시한 건 정윤의 당찬 목소리였다.

아, 아니, 제가 언제? 영문을 모르는 모연의 눈이 커다랗게 변했다. 그러나 정윤의 주장은 그녀의 도리질보다 더 빨랐다.

"믿고 맡겨 달랍니다!"

"전 그런 말을 한 적이……?"

"정말 기똥찬 수가 있다는데요?"

"모연이가?"

"엥? 상꼬맹이가 웬일로."

어째서 이런 일에 자원을? 무슨 작전이길래 그래? 의아한 눈빛이 다시 한번 쏟아졌다.

아니오, 라고 사실을 정정할 수 있는 마지막 기회였다. 모연은 입을 벌려 크게 항변하려 했다. 그러나 동시에 무릎 위의 책이 움켜잡히면서 치켜들려 있는 손목에 강력한 경고성 압박감이 몰려왔다.

"구체적인 계획은 제가 한 번 들어 볼게요."

그 입 다무시게, 하는 의미가 다분한.

"자자, 바쁘니까 지금 당장 시작하죠."

나가서 얘기하자는 듯 등을 밀어내는 손바닥이 뜨겁게 느껴졌다. 어떻게든 버티려고 힘을 주던 모연은 귓가를 흐르는 섬뜩한 음성에 저절로 일어서서 밖으로 향했다.

'저랑 얘기 좀 나누시죠. 협모락 작가님.'

* * *

"여기 맞죠?"

확답을 듣기도 전에 정윤은 문고리를 두드리려 했다. 하지만 어디에 그런 민첩함을 숨겨 놨던 건지 모연이 바람처럼 날아와 그녀의 팔을 저지시켰다.

"저 아직 마음의 준비가!"

"이제까지 실컷 어색한 웃음 짓는 법 연습했잖아요."

"아닌데요! 자연스러운 웃음 짓기였는데요!"

"어라? 어색함이 목표 아니었어요?"

"자연스러운 게 목표였죠!"

"아, 너무 완벽하게 어색해서 그건 또 몰랐네."

가뜩이나 절망해하는 모연에게 정윤은 한층 더 사실적인 절망감을 선물했다.

반 시진이나 손거울을 붙잡고 있더니. 시간이 갈수록 점점 더 찌그러지는 얼굴을 보면 누구라도 그게 자연스러운 웃음 짓기 연습이라고는 생각하지 못할 거다.

차라리 옷이나 정돈하자고 그녀가 모연의 관복 허리띠를 알맞게 조여 주며 자분자분 설득했다.

"자, 다 됐네요. 갈까요?"

"정말 들어가실 생각이세요?"

"여기까지 잘 와 놓고 왜 그래요."

"그거 순 협박으로!"

"겸사겸사 아우님 일도 손 좀 보고."

"그거 진짜 억지로!"

"계십니까?"

기습 공격을 하듯 정윤이 주먹으로 쾅쾅 대문을 두드렸다. 모연은 발작을 일으키며 안절부절못했지만 그 뒤로도 계세요? 계시죠? 계신 거 다 알아요? 등등의 몇 번 더 거침없는 행보가 있었다.

덜컹. 인기척에 반응하여 대문이 사람 얼굴만큼 열렸다.

"누구시, 어? 본가의 아가씨?"

하인은 문을 두드린 정윤보다 숨어 있던 모연을 더 먼저 알아보았다. 지적받고 흠칫한 그녀가 무언의 강요에 쭈뼛대며 앞으로 나섰다.

"으응, 잘 있었지? 별일은 없고?"

"그런 건 없지만 여기를 또 찾아오시면 어떡하십니까, 아이고. 그러다 또 된서리를 맞으시려고."

"그게 그러니까, 이게 어떻게 된 거냐면……."

"주인 나리를 좀 뵙고 싶군요."

불쑥 끼어든 건 거침없이 문을 두드렸던 정윤이었다.

"안에 계시겠죠?"

"뉘, 뉘시온지?"

"궐에서 나왔습니다."

"무슨 일로 저희 나리를……."

말끝을 흐리며 곁눈질로 모연을 담는 모습이 확실히 이 집의 부녀 사이는 대단히 껄끄러운 모양이었다. 서로 얼굴조차 맘대로 보기 힘들 정도로.

정윤은 반드시 모연도 같이 들어가겠다는 걸 강조라도 하듯이 말투에 고압감을 키우고, 소리를 낮춰 위험한 분위기를 조성했다.

"사사로운 일로 찾아온 것이 아닙니다. 여기 계신 한 주서님이 이 댁의 따님이 아닙니까."

"그거야 그렇긴 한데 본가가 따로 있으시고 여기는……."

"아니요, 아니요. 여기서 해결 봐야 하는 문젭니다. 본가에서 들으면 당장에 호적에서 파겠다고 달려들 일이라, 아버님께서 거절하시면 필경 후회하실 텐데."

"헉!"

하인은 지레 겁을 먹고 후다닥 안으로 뛰어 들어갔다. 그의 뒤꽁무니를 확인한 정윤은 유유히 승리의 휘파람을 불었다.

"반응이 좋네요. 무사히 들어갈 수 있을 것 같아요."

반면 모연은 뭐 마려운 강아지처럼 좀체 진정하지를 못했다.

"아버지를 자극하는 건 좋은 작전이 아닌 것 같은데……. 역시 저희 다른 방법을 찾는 게……"

"그럼 아우님이 혼자 해결 보든가요. 사실은 그게 훨씬 더 편하고 수월하죠? 그런데 그게 안 되니까, 아우님이 혼자 해결할 능력이 안 돼서 우리가 지금 여기까지 오게 된 거잖아요."

상냥하고 자세하게 짚어 주는 허약점에 모연은 발을 구르며 억울해했다. 자신의 능력 부족, 틀린 말은 아니긴 한데 애초에 소문을 퍼트릴 수단으로 '이 방법'을 고른 건 그녀가 아니었다.

"따지고 보면 그런 거 아니잖아요!"

그래, 따지고 보면 절대 그런 게 아니지. 이 방향을 묘책으로 제시한 건 정윤이다. 그래서 여기까지 걸음하게 된 거고. 모연은 협박에 못 이겨 제 아버지가 사는 주소를 토설하고 억지로 끌려왔을 뿐이었다.

정윤은 구김 없는 미소로 받아쳤다.

"그래도 제가 지금 아우님의 목숨을 살리려고 한다는 사실에는 변함이 없죠. 일석이조라고 분명히 다 동의했던 거잖아요? 소문도 내고, 아우님 목숨도 구제하고."

"윽, 진짜!"

천연덕스럽지만 또 일리 있는 얘기라 모연은 이곳에 오기 전, 정윤이 제안했던 파격적인 계획을 다시금 떠올리지 않을 수 없었다.

- 우리 그거, 망한 결말. 손 좀 보죠. 그리고 그걸 제물로 바치세요.

이 미끼에 말려든 게 실수였다.

은밀하고 빠르게 그러면서도 확실하게 소문을 퍼트릴 수 있는 도구. 정윤은 모연이 써 낸 희대의 창작물을 그 수단으로 이용하고자 했다.

다양하고 두터운 독자층을 보유하고 있는 것은 말할 것도 없고, 충격적인 결말로 인해 현재 화제성에서도 단연 1순위일 거라며 꼬드겼다.

- 외전증보판 같은 걸 내는 거예요. 부족했던 결말을 보충하고 거기에 소문의 내용을 이야기화해서 조금만 실어 주면 돼요. 지면의 일부를 살짝 빌려주는 거라고 생각하면 편하죠. 일단 내기만 하면 책은 필사가 돼서 사방팔방으로 퍼질 거고, 전기수가 읽어주는 걸 듣기 위해 사람들은 어딘가에서 매일같이 모이겠죠. 그럼 우린 힘들이지 않고도 순식간에 소문을 키울 수 있어요.

처음 모연은 듣자마자 말도 안 된다며 난리쳤다.

즉시 언쟁이 붙었다.

- 제 글을 뭐라고 생각하시는 거예요! 그건 저의 순수한 창작의 결정체라고요! 그런 식으로 정쟁의 희생물이 되게 할 수는!

- 순수한? 어, 아닐 텐데. 그거 부모님 일화 허락 안 받고 가져다 쓴 거 아녜요?

……라고 첫 번째로 일침 당하고.

- 고쳐서 새로 내 봤자 어차피 사람들은 벌써 다 화가 나 있다고요! 다시 볼 리가 없잖아요!

- 뭔 소리예요. 잘 쓴 글 나서서 칭찬하는 것보다 망한 글 나서서 욕하는 게 더 즐거운 건데. 봐요, 아우님이 거지 같이 결말내니까 다들 죽이려고 달려들었죠? 잘 썼을 때는 그렇게까지 소리 높여서 칭찬해 주지 않았을걸? 누구든 비난에는 쉽게 동참하는 법이에요. 그러니까 사람들은 욕하기 위해서라도 꼭 볼 거예요. 아마 앞의 내용 모르는 사람도 새로 바뀐 결말은 궁금해 할걸?

……라며 두 번째로 공포감을 안겼다. 흔한 빈말과 위로조차도 없었다.

그렇게 논리에서부터 밀린 길이었다. 그리고 결정적으로 타격을 주었던 한 방은 바로 이거였다.

- 그리고 어차피 그거 그대로 놔두면 아우님은 언젠간 걸려요. 어떻게? 독자들의 수사망에. 신문고에서의 일은 시작일 뿐이에요. 독자들은 절대로 포기하지 않아요, 다 찾아낸다니까. 대중의 삐뚤어진 사랑을 너무 만만하게 생각하면 안 돼요. 당장 나부터 어쩔지 모르는데.

완전히 협박이었다. 말이야 꿩 먹고 알 먹고라고 했지만 그건 협조 안 하면 네 정체를 폭로하겠다는 소리와 진배없었다.

처음부터 동의하고 자시고 할 수도 없었던 일. 멱살 잡혀 끌려가며 모연은 제 힘으로는 역부족이라고 매달렸다.

- 저, 전 못 해요! 진짜 능력이 안 돼요! 제가 결말을 그렇게 내고 싶어서 낸 게 아니라니까요! 거기까지가 제 한계란 말이에요!

그랬다. 모연이라고 그렇게 막장으로 마무리 짓고 싶었겠나. 물론 그만 쓰고픈 마음이 없잖아 있긴 했지만 계속 연재하기엔 커다란 장애물이 있었다.

그 소설은 이미 뿌리부터가 남의 경험담을 토대로 한 글이었다. 자료 조사를 처음부터 끝까지 탄탄히 했다면 도중에 결말이 붕괴하는 사고는 없었겠지만 그녀가 얻은 이야기의 재료는 딱 절반. 부모님과 함께 살던 시절에 들었던 것들까지였다. 이후의 일이 어떻게 되었는지는 당사자 외엔 모르는 일이었다.

수정을 하고 싶어도 내 능력 부족이다. 돕고 싶어도 뾰족한 수가 없다. 그렇게 버티는 모연에게 정윤은 최후의 처방을 내렸다.

- 좋아요, 그렇단 말이죠. 그럼 그 이야기의 주인공한테 직접 가 보면 되겠네요. 진짜 고수님에게.

이것이 현재 두 사람이 이 집 앞에서 서 있게 된 연유였다. 진짜 고수인 아버지의 초가까지 왔다.

'그런데 이게 설득한다고 될까? 달리 방법도 없긴 하지만…….'

정윤은 할 수 있다고 호언장담했지만 모연은 불신으로 가득 찼다. 자신이 글 쓰는 것 자체를 싫어했던 아버지인데 그런 분에게 심지어는 가필을 해 달라는 요구라니. 소금이나 안 맞고 쫓겨나면 다행일 것 같았다.

"언니, 우리 이제라도 돌아가는 게 어때요?"

"아니요, 안 돼요. 저는 아우님을 살려야 돼요."

"악! 재 핑계 말고요!"

"아버님의 도움도 물론 필요한 일이죠. 그리고 일이 잘 풀려야 부모님과 원만하게 대화도 놔눠 보지 않겠어요? 늘 그러고 싶어 했잖아요."

"그야 당연히 그러고 싶지만……. 저도 몇 해째 애먹고 있는 분을 언니가 무슨 수로 마음 돌리게 해요? 자식인 저도 안 되는데."

"네, 그러니까 안 됐던 거죠. 자식이니까. 이런 건 따스한 정으로 접근하면 안 돼요. 진전을 원한다면 전과는 다른 냉정한 자세가 필요하죠."

정윤은 단호하면서도 뭔가 확실한 무기를 가지고 있는 것처럼 보였다.

두런대는 그들의 등 뒤로 귀를 찌르는 듯한 문소리가 들렸다. 끼이익. 대문이 음산한 소리를 내며 열리고, 이윽고 범상치 않은 분위기의 인물이 모습을 드러냈다.

"들어오시오."

다부진 입매가 인상적인 모연의 아버지였다.

* * *

칼부림 하나도 없는데 긴장감이 흘렀다. 초면부터 팽팽하게 줄다리기가 이어졌다. 그 중간에 자리 잡은 모연은 식은땀만 삐질삐질

흘렀다. 들어온 지 벌써 한 다경이나 지났는데 아무도 말을 꺼내지 않는다. 기 싸움인 줄은 알았지만 보는 사람 입장에선 입안이 바싹하게 메말라갈 지경이었다.

저리 목각처럼 빳빳하게 굴어선 어떻게 아버지의 마음을 돌리려고 하는 건지. 차마 소리는 못 내고 간절한 눈빛만을 정윤에게로 보냈다.

'제발 눈에 힘 좀 푸세요! 지금 아쉬운 건 우리 쪽인데!'

하지만 청개구리 심보인지 정윤은 그럴수록 더더욱 허리에 힘을 주고 콧대를 높였다.

그렇게 참고 참다가 먼저 침묵을 깬 건 모연의 아버지, 선호였다. 그는 안달 난 사람처럼 다리를 떠는 모연과, 도도하게 앉아 있는 정윤을 번갈아 보더니 앞에 놓인 찻잔을 두 손으로 감아쥐었다.

"차가 식었소."

"예, 식었군요."

별말 아닌 대화였다. 그러나 그 두 마디면 충분했다. 상대가 범인(凡人)이 아니라는 걸 파악하기에는.

하지만 그것이 마주 앉은 여인이 강직하기 때문인 건지, 아니면 거만하기 때문인 건지는 아직 알 수 없었다. 선호가 정윤에게서 받은 첫인상이었다.

"중요한 볼일이 있다 하지 않았소? 어째서 말이 없소?"

"아직 고민 중입니다."

"고민?"

"어떻게 때려야 할지를요."

"음?"

"그런 말 아시지요. 모난 돌이 정 맞는다. 일단 제가 그 정을 손에 들고 있기는 한데……. 으음, 그래도 웬만하면 때리지 말아야겠죠?"

돌을 때리는 정이라니. 자신을 가리켜 돌이라고 하는 것인가? 아니면 내 딸이? 선호의 입가가 씰룩거렸다. 하인이 전한 이야기도 비슷했다. 모연이가 뭔가 아주 큰 잘못을 저질렀는지 궐에서 사람이 나왔다면서.

"도통 알아듣지 못할 소리로군."

언짢음이 가득한 음성에 정윤은 그와 상반된 친절한 미소를 입가에 드리웠다. 그녀가 마른 손바닥을 쓱싹 비비더니 붙임성 좋은 음성으로 이야기했다. 바로 직전까지 무게를 잡은 사람이라고는 연상하기 힘들 정도였다.

"한 주서님께 듣기로 아버님께서 글을 아주 잘 쓰신다고 하더군요. 소재만 주면 어떤 이야깃거리라도 만들어 낼 수 있는 귀신이시라고."

선호는 대답 대신 매서운 눈총을 모연에게 보냈다. 왜 쓸데없는 소리를 했냐는 뜻이었지만 정윤은 눈치 없는 척 띄워놓았던 운을 본론으로 이었다.

"피치 못할 사정으로 비밀리에 글재주가 뛰어난 귀재를 찾고 있습니다. 어르신처럼 재야의 숨은 고수라면 더 좋고요."

“문장력이 뛰어난 자는 궐 안에 널리고 널렸소.”

“그들의 글에는 재미가 없어서요.”

덧붙인 조건에 선호는 눈꼬리를 치켜떴다. 재미. 굳이 언급한 이유가 뭔지 알 것 같았다. 패관이나 야화 같은 것을 노리고 말하는 것이다. 보통의 글쓰기였다면 재야의 인물을 운운하며 자신을 찾아올 리가 없었다.

“실은 폐하께서 요사이 말 못 할 일로 근심이 크시어 저희 신하들이 조금이나마 주군을 돕고자 하는 것입니다. 그러기 위해선 뛰어난 글솜씨를 가진 귀인이 필요하고요.”

“무슨 얘기가 하고 싶은 건지 제대로 말하시오.”

“재능을 기부해 주십사하는 것이지요.”

“내가 무엇을 어떻게 도와드릴 수 있다는 거요.”

“어렵지 않습니다. 주문받은 대로 글 하나만 써 주시면 됩니다.”

아직 선호는 부탁을 받아들일지 말지에 대한 고려조차도 안 해 본 상태였다. 하지만 정윤은 이 일은 매우 쉽고 간단하며 그러므로 그가 당연히 수락할 거라고, 이미 기정사실화된 것처럼 편히 대하고 있었다. 그녀가 가져온 짐 속에서 서책 한 권을 꺼내 내밀었다.

“……!”

“이것이 바로 저희가 주문할 그 이야기입니다.”

보자마자 선호는 부릅뜬 눈으로 동요했다. 그러나 그것까지는 이미 예상한 반발이다. 정윤은 흔들림 없이 내뱉었다.

“이 소설의 결말 이후 부분을 손 봐주셨으면 좋겠습니다. 다시

갈아엎는 것은 너무 큰 공사가 될 테니, 외전을 덧붙이는 정도면 좋겠군요. 어떤 방향으로 진행하셔도 무방하지만 제가 원하는 짤막한 일화 하나만 그 사이에 자연스레 껴 넣어 주세요. 그게 뭐냐면 아주 흔한 처녀귀신 설화 같은 건데……."

"싫소!"

"어르신."

"싫다 했소."

제대로 된 설명은 시작도 못 했는데 냅다 소박부터 맞았다. 아주 완강한 거절. 하지만 여기까지도 역시 예상한 바다. 그는 이 소설의 저자가 누구인지를 알고 있는 사람이었다.

정윤은 당황하지 않고 챙겨 온 또 다른 두루마리를 꺼내놓아 가볍게 흔들었다.

"맨입으로 부탁드리는 게 아닙니다."

"그게 뭐든 나는!"

"폐하의 친필 서한이 담긴 황지입니다."

터지려던 말문이 막히면서 두 사람의 눈동자가 동시에 커졌다. 모연은 탁자 밑에서 다급히 정윤의 발목을 찼다.

'황지요? 우리 그런 거 없잖아요!'

문서 조작에 황명 사칭. 새빨간 거짓말이었다. 그런데도 찔리는 것이 없는지 정윤은 말을 청산유수로 뽑아냈다.

"재능기부라고 해서 설마 제가 빈손으로 왔겠습니까. 듣자 하니 아내분과 안타까운 이유로 생이별을 하셨다고요. 두 분의 재결

합이야 폐하의 명 하나면 해결 안 되겠습니까.”

신분 차이로 인한 가문의 반대. 그것이 부부의 근본적인 이별 사유였다. 그걸 한 방에 무마시켜 버릴 절대자의 명령이 탁자 위에 포상으로 올라왔다.

마음이 동하는지 선호는 침을 꿀꺽 삼켰다. 정말로 황제가 나서서 중재해 준다면 가문에서도 어찌 반대할 도리가 없을 것이다. 솔직히 동하는 정도가 아니라 갈대처럼 흔들렸다. 그가 말없이 주먹만을 꽉 쥐었다 폈다.

헤어진 아내, 그리워했지. 늘 그리워했다. 보고 싶어서 밤을 새고 떨어진 것이 억울해 가슴을 쳤던 사람. 하지만 부부는 약속했다. 사랑하는 우리 딸을 지켜 주자고. 그러려면 그 아이의 인생에 우리가 누가 되어선 안 되는 거라고.

“고맙지만…… 사양하겠소. 아내와 떨어져 지내는 것은 내 가문에서 내건 조건이오. 문중에서 나와의 약속을 충실히 이행하고 있으니 이쪽에서도 깰 이유가 없소.”

그 조건이라는 게 아마도 모연을 본가의 호적에 입적시키는 대가였을 것이다. 한참을 기다려 들은 답변치고는 시시했다.

경청하던 두 사람은 똑같은 감탄사를 흘려냈다. 고개가 꺾인 모연은 ‘아, 역시……’ 라며 실망감을 숨기지 못했고, 한쪽 눈썹이 삐끗하게 올라간 정윤은 ‘음, 역시-’ 라며 적중한 결과에 고개를 끄덕였다.

“그래서 거절이십니까?”

"그렇소."

"그렇군요. 예, 뜻은 잘 알겠습니다. 그럼 안타깝지만 어쩔 수가 없군요. 한 주서님은 이대로 감옥행이 확정인가요?"

"……그게 무슨 소리요?"

"무슨 소리라니요. 제가 처음에 말씀 드렸잖습니까. 모난 돌은 정을 맞게 되어있다고요. 제 손에 든 것은 그 돌을 때리는 정. 저도 때리고 싶지 않았지만 이렇게 나오시면 말이죠, 어쩔 수 없이 저도 두들겨야 하거든요."

선호는 영문을 모르겠다는 표정으로 그녀를 쳐다보았다. 아까도 듣기야 했지만 대관절 진의를 파헤칠 수가 없었다.

난해해하는 그를 배려하듯 정윤이 싱긋 웃으며 말했다.

"아, 제가 따님의 정체를 알거든요."

그리고 밀려오는 새살거림은 죄 손발이 떨리는 이야기였다.

요즘 거리에 자자하게 퍼져 있는 사람들의 원성을 아시는지, 신문고에서는 날마다 협모락이라는 작가를 공개 수배 해 달라고 난리지요. 그런 불만이 누적되면 조정에서도 마냥 외면할 수가 없단 말입니다. 어떻게든 백성들의 요구에 답변을 내놓아야 한단 말이죠……. 선호의 안색이 백지장처럼 탈색되었다.

"그런데 그 협모락은 지금 제 곁에 있고."

무슨 제물이라도 올리듯이 상냥한 손바닥이 모연의 등을 앞으로 꾹 밀었다.

"저는 그들에게 한 주서님을 먹잇감으로 던져 줄 수밖에 없습니다.

누군가는 이 난국을 수습해야만 하니까요."

선호는 정수리가 쪼개지는 것처럼 동공이 흔들렸다. 가볍게 웃으면서 흘러나온 가정이었지만 그녀가 새살대는 협박이 무엇을 의미하는지는 정확하게 알고 있었다.

녹봉을 받는 관리가, 예법을 수호하는 귀족이 패관 작가로 낙인찍히면 바로 자신처럼 되는 것이었다. 그렇게나 귀하게 키우고 싶었던 자식이 제 꼴이 난다.

'아니다, 그럴 리가 없다. 저 자는 모연이와 같이 오지 않았던가? 동료가 아닌가? 설마하니 함께 일하는 전우를.'

그는 억지로 긍정적인 생각을 하며 침착하고자 애썼다. 그러나 시종일관 당당했던 정윤에 비해 계속 말도 없이 주눅 들어 있는 모연의 행동이 발목을 붙잡았다.

같이 왔다고 해서 그걸 다 동료라고 할 수 있을까……? 불안감이 스며든 사이, 정윤이 시기적절하게 치고 들어왔다.

"이제 제가 왜 굳이 어르신을 찾아왔는지 이해가 되시겠죠? 전 따님을 살리려고 하는 겁니다."

그 살린다는 말은 참 여러 가지로 해석이 가능했다. 정윤이야 당연히 성난 민중으로부터의 보호를 말한 것이었지만, 선호는 다르게 받아들였다. 그리고 그걸 알면서도 그녀는 정정해주지 않았다. 오히려 당근으로 제시했던 가짜 황지를 거둬들이고 더 극단적인 상황을 구체적으로 나열했다.

"국법에 미풍양속을 해하는 자는 태형으로써 벌하도록 되어있죠.

이건 풍기문란 죄입니다."

일순 짧은 정적이 스치고 이번엔 모연이 놀라 펄쩍 뛰었다. 이건 사전에 없던 겁박이었다.

"저한테 무슨 그런 죄가 있어요! 정말 왜 이러세요!"

"패관을 썼잖아요?"

"그건……."

"그것으로 세속을 어지럽혔죠. 혼란을 야기하는 글을 유포했어요. 확실한 풍기문란입니다."

"아니……."

"본명도 사용하지 않았죠?"

"그거야……."

"성명을 허위로 기재한 것, 왜였죠? 논란이 되지 않을 창작물이었다면 굳이 그럴 필요 없었잖아요."

겸업을 하며 몰래 쓰고 있는 처지에 어떻게 본명을 드러낼 수 있었을까. 거기에 죄목을 붙인다는 건 완전한 억지였지만 정윤의 기세는 거칠 것이 없었다.

"말도 안 되오! 내 딸이 풍기문란 죄라면 나 또한 벌을 받아야지! 나도 썼었던 말이오!"

내내 굳어 있던 선호가 참지 못하고 들고 일어섰다. 어떻게든 자식을 감싸려는 행동이었지만 정윤은 그걸 옳다구나, 하는 심정으로 낚아챘다.

"예, 듣고 보니 그렇군요. 이런. 죄인이 한 명 더 늘어났으니 이를 어쩐다?"

그러고는 곤장이 스무 대면 살갗이 벗겨지고, 서른 대면 살점이 뜯겨나간다며 남 이야기하듯 편하게도 읊조렸다.

"요새 형리들은 손힘도 참 좋아서."

그쯤 되니 선호는 항의의 말 자체를 잃었다. 정도가 심한 장난인지 아닌지를 구별해 보려 했지만 여유 없이 자꾸만 구석으로 몰리자 판단력도 흐트러졌다. 정윤은 그 앞에서 이게 농이 아님을 주지시키듯, 단호한 음성으로 마지막 기회를 던졌다.

"어떤 것이 진짜 따님을 위하는 길인지 재고해 보셔야 될 겁니다. 다시 생각할 시간을 드리죠."

"그쪽이 무엇을 안다고 그런 말을."

"한 주서님이 보기보다 굉장히 끈기가 있으신 분이죠. 그간 어르신과의 관계를 회복하겠다고 지겹게도 찾아온 모양이던데. 이제 잡혀가면 다시는 안 올 겁니다. 아니, 못 오겠죠. 찾아오는 따님이 성가셨다면야 이번 기회에 이대로 감옥에 보내 버리시는 것도 나쁘지 않겠지만요."

심장이 아래로 툭 떨어지는 것 같았다. 대체 왜 그렇게까지 야멸스러운 말을 하는가. 이렇게까지 해서 무엇을 얻는다고. 선호는 고통스러운 얼굴로 정윤을 쳐다보았다.

첫인상이 그러했던 것처럼 여인은 결코 호락호락하지 않았다. 제안을 하고, 대가를 제공하고, 거절하면 경고를 일삼으면서까지 요지부동인 자신을 붙잡고 피곤하게 설득하는…….

'설득?'

순간 의식이 차게 끊겼다. 감정적으로 어지러웠던 머리에 별안간 찬바람이 드는 것 같았다.

잠시만. 지금 이것이 설득이었나? 협박이…… 아니라?

그가 찡그렸던 이마를 펴고 한 꺼풀 걷어낸 시선으로 정윤의 선명한 눈동자를 응시했다. 나를 설득하려는 눈. 그렇게 인식하자 그다음에는 그것이 또 다르게 보이기 시작했다.

제발요. 제발 한 번만 용기를 내 주세요.

그렇게 울리는 듯한…… 이제 그것은 거의 부탁 같았다. 진짜 딸을 위하는 게 무엇일지 생각해 보라며, 또렷하게 말하던 목소리도 되새겨졌다.

"……이보시오."

"말씀하시죠."

"애초에 이 거래에 선택권이 있기는 하오?"

그러자 곧 가벼운 숨소리에 묻혀 아주 자그마한 웃음이 내려왔다. 소리 없이 숨결에만 겨우 묻어나는 그런 미소로.

"없죠. 하지만 선택해서 얻게 될 이득은 있습니다."

"내가 거절해도 어차피 내 딸에게 해코지할 생각 따위 없……."

"거절하면 제자리입니다."

"……!"

"여전히 여기에 혼자 계시겠죠."

"참으로 교활한 인사로군."

"슬기로운 겁니다."

공갈 협박인 것이 들통났음에도 정윤은 스스럼없이 굴었다. 물론 그의 짐작은 정확했다. 의뢰를 퇴짜 맞았다고 해서 모연을 고발할 생각은 없다. 더 정확히는 그럴 일 자체가 없었다. 이 거래가 파투날 것이라곤 아예 고려도 하고 있지 않았으니까.

그럼에도 아직까지 망설임이 남아 있는 그를 보고 있자니, 답답함이 밀려오는 건 어쩔 수 없었다. 그녀가 머뭇대는 등을 퍽 하고 밀 듯 기밀을 터트렸다.

"사실 저희가 비밀 조직 비슷한 건데요."

"헉, 언니 그걸 말하면!"

"지금 아버님 본인 때문에 내 딸이 어떻게 될까, 그걸 걱정하시는 것 같은데. 저희에겐 두둑한 윗선이 있습니다. 그래서 이 일이 성공하면 앞으로 보란 듯이 잘 나갈 예정이고요. 그러니 걱정하시는 것만큼 부모님의 그늘은 그리 크지 않습니다. 잠시 그 그늘에 머물렀을 수는 있겠죠. 하지만 지금은 아닙니다. 그걸 아셔야 할 겁니다."

"……."

"따님이 얼마나 좋은 일터에서 좋은 사람들을 만나 잘 살고 있는지 전혀 모르시는 것 같아서요."

목적은 일의 성공이라고 못 박았지만 이건 이 부녀에게도 좋은 기회라고 생각했었다. 서로 너무나 사랑하는데, 그래서 떨어져 지내야만 하는 가족이었으니까 이 일이 좋은 계기가 될 수 있겠다고.

그리고 그 생각에는 여전히 변함이 없었다. 확신도 있었고. 무엇이 진짜 딸을 위하는 것인지 재고해 보라던 얘기는 그래서였다.

홀로 침묵하던 선호는 다 식은 차를 뒤늦게야 홀짝이는 정윤을 쳐다보다가, 한참 만에야 입을 뗐다.

"황지는 거짓말이었소?"

"아, 예, 당연하지요. 그런 특혜가 뭐 그리 손쉽게 이뤄지는 줄 아십니까."

"참으로 뻔뻔하군."

뭘 또 그렇게까지 매도하나. 아주 없는 소릴 한 것도 아닌데. 정윤이 찻잔을 내려놓으며 으쓱했다.

"잘 모르셔서 그러는 건데, 한 주서님은 정말 중요한 분을 도와 일을 하고 있습니다. 곧 출세 가도를 달릴 거고요. 그때가 되도 이 황지가 거짓말이 되겠습니까. 전 충분히 실현 가능한 미래를 먼저 들려드린 것뿐입니다."

그까짓 것, 당신 딸이 충분히 해결하고도 남는다는 자의식이 만발한 소리였다. 선호는 어쩐지 너털웃음이 터졌다.

"우리 딸을 너무 과대평가하는 거 아니오?"

"따님은 그만한 평가를 받아도 됩니다."

바늘 한 귀퉁이도 들어가지 않을 단호함과 확실함이었다. 흐뭇하게 퍼지려는 미소를 꾹꾹 눌러 참으며 선호는 눈앞에 던져진 문제의 서책을 마침내 손에 집었다.

"외전이라."

읊조림과 동시에 부녀는 눈이 마주쳤다. 아버지 제발. 모연은 사기그릇을 안은 심정으로 두 손을 모았다.

"너는 어떻게 결말을 이따위로 냈냐?"

"예……. 예?"

하지만 전문가의 세계는 냉정했다. 공동 작업을 수락하자마자 그녀의 아버지는 혹독한 비평가의 시선으로 포문을 열었다.

"아버지…… 안 보신다더니! 한 권도 본 적 없다더니!"

사실은 다 보고 있었던 거 아냐.

아, 나 진짜. 모연은 뒤로 넘어갔다.

12. 여드레 전

며칠 뒤 미뤄졌던 대전회의가 재개되면서 정윤은 말로만 듣던 조회에 공식적으로 참여해 보게 되었다. 그녀의 손에는 일전에 한 번 작성해 올렸던 그 수계가 다시 들려 있었다.

과연 이걸 여기서 읽을 짬이 있을까 싶었지만 출입 자격으로 쓰기에는 적합했다. 바깥을 한바탕 뒤집어 놨으니 안쪽의 반응이 어떤가 궁금하기도 했고. 그녀가 낮은 품계를 핑계 삼아 멀고 외진 쪽에 염탐할 자리를 잡았다. 바깥 거리에는 온통 비화야담에 대해 떠드는 사람들로 뒤덮여 있었다. 본편의 실망을 깔끔히 지워 준 새 마무리에 대한 열띤 환호였다.

그리고 그 기세에 힘입어 본래 목표로 했었던 귀신 이야기도 날개 돋치듯 천 리 밖까지 날아갔다.

아침에는 세책 거리 근방에만 퍼졌던 것이 정오가 지나니 사대문 안의 사람들이 다 알았다. 소문은 두 발을 달고 성곽을 넘고 다리를 건너 어느새 강 건너에까지 파다했다.

황후의 원귀가 돌아다니는 것을 봤다는 둥, 산꼭대기에 서서 비화림을 보며 통곡을 한다는 둥 별의별 증언들이 살이 되어 달라붙고 있었다.

차차 신료들이 들어차고, 어느새 옥좌 아래로 사람들이 주욱 늘어섰다. 정윤은 열을 맞춰 자세를 정돈하다가 의외의 인물을 발견했다.

'뭐야, 태부가 왔잖아?'

승상의 빈자리와 같이 늘 공석이었던 태부의 의자에 사람이 앉아 있었다. 아마도 문제의 그 소문 때문인 듯 싶었다. 죽은 제 딸이 소문 거리로 쓰이고 있는데 전처럼 편하게 집에만 있기는 쉽지 않았을 터다. 정윤은 최대한 그의 눈에 띄지 않도록 몸을 숙였다.

조회는 평소와 다르지 않게 흘러갔다. 중요한 안건에 대한 논의가 오고 가기도 했고, 별로 시답지 않은 일에 논쟁이 붙기도 했다.

정윤에겐 모든 것이 새로웠지만, 개중에서도 가장 진기한 광경이 있다면 단연 황제의 표정이었다. 어디서 미음 한 그릇도 못 얻어먹었는지 광대뼈가 불록해서는 생기 없는 눈동자로 무릎만을 내려다보고 있었다.

정말 탁월한 연기력이다. 그녀는 탄복했다. 저렇게 진짜처럼 꾀병

부리기도 쉽지 않을 텐데. 당장에라도 쓰러질 사람처럼 황제의 상태는 매우 심각해 보였다.

"폐하, 어찌 생각하시옵니까?"

외궁의 몇 전각들을 중수하는 것이 어떻겠냐는 안건이 올라온 참이었다. 말을 올린 신료는 황제의 의견을 구했다.

"폐, 폐하?"

그러나 옥좌 위에선 아무런 답도 들려오지 않았다.

"폐하? 혹시 주무……."

황제가 존다. 그 사실이 인식되자 장내가 파도치듯 술렁거리기 시작했다. 누군가가 체통이 없다며 몰래 혀 차는 소리까지 들었다.

황급히 기어들어 온 내관이 팔을 붙잡고 깨우자, 황제는 그제야 뻐근한 몸을 펴며 눈을 떴다. 부끄러운 것도 없는지 그가 게슴츠레한 눈을 비비적거렸다.

"짐이 잠을 못 자서 그러니 이해들 하시오."

말을 하면서도 입이 찢어지게 하품을 했다.

내내 말 한마디 없이 그림처럼 앉아 있던 태부가 끼어든 것은 그때부터였다. 진심으로 걱정하는 듯 그는 말투조차 부드러웠다.

"잠을 못 주무신다니. 어찌 그러시옵니까? 한눈에 뵈기에도 옥체가 많이 상하셨사옵니다."

"왜긴 왜겠소? 못된 악귀에 시달리느라 그러지 않겠소. 아주 죽을 지경이오."

이미 자안황후에 대한 허무맹랑한 소문이 파다하게 퍼져 있는

지라 따로 주석은 필요 없었다. 그것을 못된 악귀로 칭한 것에 이를 갈 법도 한데 태부는 유연하게 대처했다.

"백성들이 모여 떠드는 근거 없는 헛소문이옵니다. 너무 마음 쓰지 마시옵소서."

"그게 헛소문이 아니니 짐이 이 꼴이 난 것이 아니겠소!"

짜증스러운 황제의 고함이 천장에 부딪쳤다.

"그 원귀의 희생양으로 짐이 제일 먼저 끌려가게 생겼소!"

그가 제 입으로 악몽에 시달리고 있다는 사실을 입증하자 떠들기 좋아하는 입들이 너도나도 수군거렸다. 폐하가 원혼에 시달리고 있는 것이 분명하다, 그래서 옥체가 상하셨구나, 불면증으로 잠도 못 주무신다 하더니…….

"너!"

불현듯 황제가 손가락으로 한 곳을 집었다. 웅성거리던 말소리가 뚝 그쳤다.

"네, 네?"

무방비한 상태에서 콕 짚어 지목당한 정윤은 재빨리 정신을 곧추세웠다. 가져온 수계를 펴며 임무에 집중하려 했지만 꼬장꼬장한 호통이 그를 가로막았다.

"짐이 잘못 알고 있지 않다면 영훤서 소속인 네가 신문고에 동향을 살피러 다녀왔을 터, 대답해 보거라! 지금 궐 밖에서 백성들이 무슨 얘기를 떠들고 있느냐!"

아니, 왜 굳이 나를……. 아니, 굳이는 아니구나. 꼭 나여야만 하는 이유가 있구나. 정윤은 이마에 매섭게 날아와 꽂히는 태부의 눈빛을 받았다. 보통은 무서워서 주춤하겠지. 하지만 그녀는 반대로 일어섰다. 원래 황제의 하문을 받을 때는 이렇게 하는 것이 예법이라는 듯이. 모두의 귀가 그녀에게로 쫑긋 섰다.

"아뢰옵기 송구하오나 폐하께서 말씀하신 그대로입니다. 승하하신 자안황후마마의 원귀가 구천을 떠돌고 있다고들 말하지요."

"또!"

"믿기 어렵지만 직접 그 귀신을 봤다고 하는 자들도 있고."

"또!"

"……또요?"

"그래! 또!"

"바위산 정상에 서서 궁이 있는 쪽을 보며 흐느낀다고……."

탕탕! 황제가 팔걸이를 거칠게 주먹으로 내리쳤다.

"다들 들으셨소! 대체 이게 무슨 망측한 일이란 말이오! 공들은 민심이 이 지경까지 들썩이고 있는데 어찌 아무 말들이 없었소! 무슨 해결책이라도 내놔야 할 게 아니요? 이대로 짐이 원혼에 잡아먹혀도 상관이 없다 이 소리요?"

그 뒤로는 눈치만 보는 상황이 이어졌다. 소문에 불과할 뿐 사실이 아니라고 여럿이 진언을 올렸지만 그때마다 황제가 그럼 내가 거짓말을 한다는 거냐며 패악을 떨어 댔으니까. 퍼트린 놈을 잡자니 주동자를 찾기엔 너무 늦었고, 그렇다고 강압적으로 통제하자니 돌아가는 민심이 그다지 좋지 못했다.

결국 나섰던 자들이 본전도 못 찾고 깨갱대며 물러나자 대전에는 얼음물이 끼얹어졌다. 누구 하나 선뜻 나서지 못하는 지점에 다다라서야 위엄 있는 음성이 선언하듯 공표했다.

"위령제를 지내야겠소. 신궁을 다시 열도록 하오."

그러자 내부는 또 한 번 커다란 격랑으로 술렁거렸다. 사방에서 기겁부터 하는 이들이 대다수였다.

"어찌! 공자의 나라에서 위령제라니요!"

그러게, 위령제라니. 신궁이라니. 정윤도 황당해서 입이 벌어졌다. 황실에서 대신녀를 모시고 하늘을 섬겼을 적엔 이 황궁 안에도 신녀들이 사는 신궁이 있었다. 정확히는 그런 적이 있었달까. 그러나 효국이 성현의 말씀을 나라의 근간으로 삼게 된 후부터, 그곳은 완전히 제 힘을 잃어 버렸다. 사특한 기운을 가까이 할 수 없다 하여 신녀들마저 모조리 섬으로 내쫓고 신궁의 문을 폐쇄해 버렸지 않은가. 신녀들은 쫓겨난 곳에서 자기들끼리 모여 살며 명맥을 유지하고 있다곤 하지만…….

"삿된 것에 홀리시면 아니 되시옵니다!"

"통촉하여 주시옵소서!"

만만치 않은 반발이었다. 상당수의 신료들이 입을 모아 통촉해 달라는 간언을 외쳤다.

"온 나라가 뒤숭숭한데 공들은 예법이 그리도 중요하오? 나라 꼴이 어떻게 되든, 백성들이 어떤 두려움에 떨든 늘 도움 되지도 않은 그 명분부터 들먹거리는구려! 그리들 잘났으면 몸 사리지 말고 이 일부터 당장 해결해 보라니까!"

황제 역시 지지 않고 눈을 부릅뜨며 일갈했다.

"짐은 반드시 이 궁에서! 위령제를 지낼 것이오! 궁의 모든 문을 열고 죽은 영혼을 달래 천도시킬 것이야! 그리하여 나라의 평온을 되찾을 수만 있다면!"

"그리 하시옵소서."

그리고 우후죽순으로 들고 일어서는 신하들 사이에서 처음으로 찬동자가 나왔다. 지팡이가 간헐적으로 바닥을 치더니, 새하얀 머리의 노인이 정면으로 걸어 나왔다. 그가 부복하며 황제의 말에 힘을 실었다.

"참으로 어려운 영단(英斷)을 내리셨사옵니다. 마땅히 그리해야 될 줄로 사료 되옵니다. 민심의 안정이 우선이지요. 허울보다는 실속을 따져야 할 때입니다."

황제에게 쏠렸던 화살은 순식간에 태부에게로 몰렸다. 모두들 그가 미쳤다며, 제정신이 아니라며 손가락질했지만 뒤쫓아 그의 편으로 돌아서는 자도 더러 있었다.

"쓸 만한 인물은 역시 태부 밖에 없구려. 과연 조정의 큰 어른이오. 짐이 안심이 되오."

얼마 지나지 않아 황명이 내려왔다. 짧고 간결한 한 줄. 위도로 절도안치 된 신녀들을 황도로 이송할 것.

아무것도 모르고 영훤서로 출근하던 이들이 위도로 떠나는 마차에 납치를 당한 건 그다음 날 새벽의 일이었다.

* * *

달이 한참 기울어진 삼경인데 사랑채 깊숙한 방에는 낯선 사람들이 가득했다. 이 안쪽은 아버지의 서재인데. 선화는 문밖에서 고개를 갸웃거렸다.

'이상하다. 손님이 왔다는 얘길 들은 적이 없는데 저 사람들은 다 누구지?'

하루 종일 집 안에 있었으니 손님이 왔다면 모를 리가 없었다. 그런데 작금 저 방 안에는 알지 못하는 손님들로 가득했다.

혹시 하인들인가 생각해 봤지만 이내 머리를 털어냈다. 이곳은 일개 수복들이 들어올 수 있는 장소가 아니었다.

'대체 누구지? 누굴 만나고 계신 걸까?'

안에서 띄엄띄엄 말소리가 흘러나왔다. 어찌나 작은 소리로 소곤대는지 선화는 호기심을 이기지 못하고 문 가까이에 다가섰다.

그녀가 창호지 틈 사이에 바짝 귀를 갖다 대려는 찰나였다. 별안간 대화가 뚝 끊겼다. 호롱불을 등진 그림자가 일렁거리더니 문이 쾅! 소리를 내며 열렸다.

"네 이년!"

선화는 놀라서 뒤로 자빠졌다. 불호령을 치며 뛰쳐나온 자는 일전에 나례에서 한 번 얼굴을 익혔던 직학사였다.

그가 이글거리는 눈으로 내려 보더니 선화의 멱살을 쥐어 잡고 들어 올렸다.

"무엇을 엿들었느냐!"

틀어잡는 힘, 윽박지르는 소리. 모든 것이 거칠기만 했다. 허공에 몸을 띄운 채 선화는 사시나무처럼 바르르 떨었다.

"소녀는 아, 아무것도……."

서슬 퍼런 기세에 당장이라도 잡아먹힐 것 같았다.

열린 문 사이로 아비의 모습과 함께 대여섯 명의 사람들이 언뜻 모습을 내비쳤다. 모두가 자신을 쳐다보고 있었다. 그러나 하나 같이 인상을 찌푸린 얼굴들이다. 마치 미처 처리하지 못한 토막 시신이라도 발견한 것처럼 께름칙하고 불쾌하다는 듯이.

왜 나를……?

저도 모르게 고인 눈물이 턱 끝으로 뚝 떨어졌다.

"그만 내 딸아이를 놓아 주시구려."

"입을 비틀어 무엇을 엿들었는지 실토해 내게 해야 합니다!"

"그 개미만 한 소리를 들었을 리가 없소이다."

아비가 나서서 잡혀 있던 옷자락을 강제적으로 빼내 주자 선화는 땅으로 푹 꺼지듯 그 자리에 주저앉았다. 안쓰러운 정도로 어깨가 경련하고 있었다.

"어서 네 침소로 돌아가거라. 너는 이 밤, 아무것도 보지 못하였다. 알겠느냐?"

다독이는 것 같아도 그건 명백한 명령이었다. 고함치거나 화내지 않았을 뿐. 왜인지 몰라도 선화는 그냥 알 수 있었다.

속절없이 고개를 흔들자 아비는 그것을 확답으로 받고 씩씩대는 직학사와 함께 미련 없이 등을 돌렸다.

문은 처음의 모습 그대로 다시 닫혔다. 차가운 마룻바닥엔 어린 소녀 혼자였다.

* * *

선화가 다녀간 뒤, 내부는 난장판이 되었다. 나름 잠자코 있었던 이들마저 일제히 나서서 태부를 힐난했다.

"잠시만 맡아 키우시겠다더니 벌써 십 년입니다! 계속 데리고 계셔서 어쩌자는 겁니까?! 알아서 처리하셨어야지요!"

"이미 내 딸이 된 아이요."

"그걸 말이라고! 천것이 아닙니까!"

"이미 내 딸이라 했소이다. 지난 세월, 선화가 없었다면 이 늙은이는 버티지 못했을 것이외다."

"크면 클수록 제 아비를 빼닮고 있는데 어딜 봐서 대감의 딸입니까?!"

사방에서 성토가 빗발쳤다.

작금 태부의 딸, 선화로 분한 아이. 아이는 본래 선화가 아니었다. 선화는 처음부터 존재하지 않았다. 그저 연화를 잊지 못해 비슷한 이름을 갖다 붙였을 뿐. 이전의 이름일랑 무엇인지 알지도 못했다.

"저 아이의 존재가 우리에게 어떤 위협인데!"

좀체 가라앉지 않지 않는 분위기 속에서도 태부는 꿋꿋하게 선화를 두둔했다.

"그렇다 해도 틀림없는 내 딸이오. 그자와 그리 약조하지 않았소."

"그깟 의원 나부랭이와의 약조 따위!"

그러나 아무리 그가 감싸고 돌아도 성난 이들의 트집은 멈출 기미가 보이지 않았다. 저세상으로 간지 십 년이나 된 놈과의 약속 따위, 뭐가 그렇게 중요하냐는 거였다. 지금이라도 당장 저년을 내치라고. 잠자코 귀담아듣고 있던 태부는 표정 없이 싸늘히 웃었다.

그들의 말이 틀린 건 아니었다. 분명히 선화는 제 딸이 아니다.

선황을 암살한 죄목으로 거열형을 받은 역적, 설 의원. 진짜 아비는 그쪽이었다. 아이의 기억 속에는 없었지만 분명 그러했다.

그렇다 해도…….

하얗게 센 속눈썹이 음산하게 치켜 올라갔다.

"허면 죽여 없애야겠소?"

질문하는 태도가 소름끼치게 친절했다. 떠들던 자들이 한꺼번에 입을 다물었다.

태부가 그린 듯한 미소로 부연했다.

"불편해도 안고 가야 할 짐이지 않소. 십 년 전, 이 자리에서 거사를 도모할 때 모두 다 같이 설 의원을 점찍기로 동의한 일이 아니오."

그러고는 기어이 더 불편한 진실을 사람들의 귀에 때려 박았다.

모두가 외면하고 거리껴하는 흉악한 이야기였다.

꺼낸 의도는 명확했다. 이 이상 왈가왈부하지 말라는 뜻. 선화를 걸고넘어지려면 십 년 전의 일까지 들먹거려야 하니까. 설 의원을 매수한 일, 황제를 시해한 일, 오성을 처형시킨 일……. 꺼내면 꺼낼수록 스스로의 추악함을 드러내는 그런 것들.

"나는 설 의원과의 약조를 지키고 싶소. 딸 가진 아비의 심정을 모르지 않으니. 그는 선화를 담보로 우리의 손을 잡은 것이외다. 잊지들 마시오."

사위가 조용해지자 그가 경고하듯이 마무리 지었다. 누군가가 큼큼 헛기침하며 서둘러 화제를 바꿨다.

"그, 그렇습니다. 지금은 부질없는 싸움을 할 때가 아니지요. 오늘 모인 건 그런 이유가 아니잖습니까?"

"흥, 그야 그렇긴 하지요. 우리 중에 간자가 있으니 그것부터 색출해 내야지요."

"간자라니! 어찌 그런 모함을 하시오!"

하지만 욕심이 많을수록 의심도 많은 법이다. 방 안은 금세 다른 주제로 시끄러워졌다. 상대를 헐뜯으며 너나없이 손가락질이 오갔다.

"허면 상장군이 어찌 그리 끔찍하게 목숨을 잃을 수 있었으며, 나례에 올라온 그 가면희는 다 무엇이란 말이오!"

"아니, 그걸 왜 내게 묻는 겁니까?!"

태부는 찡그린 얼굴로 서로 고함치는 대신들을 노려보았다.

이리들 아둔하니 황제의 손에 놀아난 것이다. 그가 소란 속에서 말없이 자리에서 일어났다. 벽에 걸려 있던 걸개그림을 걷어내고 그 뒤에 숨겨진 벽장의 문을 연다.

오늘의 모임은 이것이 본 목적이었다. 저 멍청한 이들은 무슨 생각으로 왔는지 몰라도 그는 확실히 그러했다.

중앙 탁상에 곧 육중한 울림이 내려앉았다. 벽장에서 들어내진 것은 좌우로 긴 나무함. 우왕좌왕하는 사람들 속에서 뚜껑이 밀렸다.

"이게 뭐……!"

"대감 이, 이, 이런 걸 어디서 구한 게요?"

"어쩌자고 이것을!"

내부가 순식간에 경악으로 물들었다. 그런 걸 개의치 않는 건 태부의 느슨한 말투뿐이었다.

"보시다시피 왜율국에서 들여온 화승총이외다."

"이것이 어찌 대감의 손에 있습니까!"

"이런 총 수십 자루가 지금 이 집 창고에 있소."

일개 귀족이 화기를 갖고 있다니, 절대 아니 될 소리였다. 돈을 주고 적법하게 살 수 있을 리 없으니 예상되는 경로는 뻔했다.

"밀수라도 했다는 겁니까?"

"어쩔 수 없었소. 그렇지 않고 무슨 수로 구할 수 있었겠소?"

"총을 왜!"

"왜라니. 당연히……."

느긋하게 총구를 매만지던 손이 한자리에서 멈췄다.

"재역천을 하기 위함이 아니오이까."

내부를 밝히고 있던 여러 개의 등잔에 불이 한 번에 탁 나가 버리는 것 같았다. 그만한 충격이었다. 긴 탁자의 중앙에 앉은 앉아태부는 희번덕이는 눈으로 웃었다.

"한번 했던 일, 두 번이라고 못 하겠소? 마침 거사 날도 마련되었소. 무오월 초하루, 폐하께서 위령제를 하시겠다고 나섰으니 그 날이 바로 우리가 하늘을 뒤집어엎을 순간이오."

"그럼 그걸 나서서 찬성했던 이유가!"

"궁문을 어찌 뚫고 들어가야 하나 고민이 많았는데, 폐하의 손으로 직접 열어 주시겠다니. 반대할 이유가 없지 않겠소."

황제가 위령제를 운운하며 격렬히 주장했을 때 태부는 속으로 그를 통렬히 비웃었다. 재역천을 도모하려 기회를 노리는데 한가하게 위령제라? 쌍수 들고 환영할 일이었다. 딸아이의 혼이 정말로 이승을 떠돌아다니고 있다면, 이번엔 자신을 도와주려 하는 것일지도 모른다고 여길 만큼.

"허황된 소문에 휘말려 위령제까지 지내려 하는 심신미약의 황제. 명분은 이 정도로도 충분할 것이외다."

확신에 차 있는 그와는 달리, 다른 이들은 썩 개운하게 여기는 눈치가 아니었다. 과거와 지금은 달랐다. 그때는 역천 말고는 선황의 급진적인 행보를 막을 길이 없었다. 황제를 암살해야 한다는 소리가 미친 소리가 아니라 그럴듯한 논리로 먹혔던 때였다. 그러나 지금은 황제를 죽이자고 앞장선 태부가 미친 사람처럼 보였다.

"이렇게까지 할 필요가 있습니까? 황상이 우리를 좋게 보지 않는다는 것은 알지만 협상이라는 것을……."

"저런, 발을 빼고 싶으신가 본데 너무 늦었소이다. 평화 노선을 원했다면 십 년 전 그때 아예 끼어들질 말았어야 할 것 아니오. 우리는 다 같은 공범이오."

"아무리 그래도 또 한 번 황제를 죽인다는 것은 지나친 대응입니다!"

"후환을 없애야 하니 다른 방도가 없질 않소? 처음 역천을 시도했던 그때 같이 처리했어야 했는데. 대감들이 뒤처리를 제대로 하지 못해 결국 일을 두 번 벌이게 된 꼴이 아니외까."

감정 없이 메마르게 꾸짖는 언동에 반항하던 인물은 움찔거리며 입이 붙어 버렸다.

특별한 노기가 엿보이지 않는 어조. 하지만 그만큼 이성적이고 당연하게 몰아가는 피의 축제. 언제는 너희들에게 거절권이 있었냐는 듯이, 이제 그만 알 때도 되지 않았냐는 듯한 그 자연스러움이 등골을 서늘하게 했다.

"너무 염려하지 마시오. 위령제로 궁문이 모두 열리면 지체 없이 들이닥쳐 쓸어버리면 되는 일. 제아무리 황군이라 한들, 화승총으로 무장한 사병들을 어찌 감당할 수 있겠소? 총군 하나로 다섯 이상의 장병을 해치울 수 있소."

이것은 혜제와 관련된 자라면 남김없이 백골로 만들겠다는 그의 눈먼 의지였다.

둘러앉은 이들은 불안감에 휩싸였다. 딸이 죽은 후부터 오직 선황을 증오하는 데에 생의 의미를 허비하고 있는 노인. 떨려는 입술 새로 번져가는 것은 공포였다.

그날도 꼭 이랬었다. 그 십 년 전에도.

- 나는 황상이 만들려는 그 희망으로 가득 찬 세상, 그것을 산산이 부숴야겠소.

십 년 전의 그날 밤에서부터 시간을 달려 십 년 후의 오늘 밤에 이르기까지. 열 번의 해가 돌았다.

그들은 여전히 같은 자리에 앉아 있었다.

* * *

십 년 전의 어느 날 밤이었다. 취군회의 수뇌부들이 한자리에 둘러 모였다. 얼굴이 시뻘겋게 오른 직학사가 앉자마자 열분을 토했다.

"헛바람이 든 아들 녀석 때문에 아주 미치겠습니다! 공부를 관두고 서역에 가겠다며 고집을 피웁니다! 가서 서양의 악기를 배우겠다느니 뭐니, 이게 다 그 권씨 부인이라는 소리꾼 때문이 아닙니까? 그런 노파가 예인은 무슨!"

그러자 기다렸다는 듯이 그에 대한 동조와 탄식이 바삐 이어졌다. 다들 할 말이 많았다.

"그뿐인 줄 아시오. 석여라는 계집은 대체 뭐요? 과학자? 내 생애 듣도 보도 못한 직업이요! 당최 하는 일이 뭐랍니까? 그런 근본 없는 일을 하는 자에게 서운관의 요직을 내어 주시는 이유는 또 무엇이고요!"

"폐하께서 오성이랍시고 이상한 자들을 끌어오시더니. 천지가 개벽하려는가 보오."

"암요! 그 상단주의 아들을 가까이하시는 것만 해도 보세요! 어찌 황제가 장사치와 한통속이 된단 말입니까."

때는 혜제가 오성을 앞세워 파격적인 행보를 단행한 지 막 한 해를 넘긴 시점이었다. 나라는 안팎으로 살을 찌우며 변화하고 있었다. 대다수가 그것을 번성으로 보았지만 이들 만큼은 그것을 망조라 매도했다.

당시 혜제는 농학자였던 정승용의 농기계 개발에 아낌없는 지원을 하고 있었다. 흉년 때마다 구휼미를 풀어 보조하는 데에 한계가 있다는 까닭 때문이었다. 그러나 고작 몇 가지 품종을 개량하는 데에 성공했을 뿐, 공학 지식이 없는 그만으로는 수만 명의 굶주린 배를 감당하기엔 무리가 있었다.

결과가 좋지 못하니 얼마 못 가 다들 시들해질 것이란 기대를 했다. 그러나 혜제는 포기하지 않았다. 그는 석여라는 한미한 귀족 출신의 여성을 서운관 장루(掌漏)로 제수해 정승용의 일을 전면적으로 돕도록 했다.

그 일로 인해 나라는 발칵 뒤집혔다. 오성이라곤 했으나 특별한 지위는 없었던 여인에게 황제가 친히 관모를 내린 일이었다. 과시를 보지도 않은 인물에게 내관직의 벼슬이라니. 어떻게 그런 짓을. 다른 곳도 아닌 서운관이었다. 그곳은 국자감을 졸업한 학자들이 손꼽아 가길 원하는 학문기관이었다.

당연히 조정의 중심이었던 취군회의 입지에는 금이 갔다. 궐 내로는 기존의 관료들이, 궐 밖으로는 유생들의 규탄이 그들을 향했다. 지지 기반이 무너져 내리는 소리에 그들은 자신들이 지금 당장 뭐라도 해야 한다는 것을 즉각 깨달았다. 상황이 더 악화되기 전에.

"폐하께서 이 이상 종횡무진 하도록 놔두어선 안 되겠습니다. 먼저…… 치는 것이 어떠합니까."

누군가가 먼저 꺼냈을 그 발언은 어쩌면 처음에는 단순히 충동적인 마음에서 나왔을지도 모른다. 하지만 아무리 이견을 좁히려 해도 그들은 개혁 군주와의 타협이나 그에 대한 양보 같은 것을 고려할 수가 없었다. 그러니 시간이 흐르자 충동적이었던 그 생각은 어느새 점차 현실적인 방안으로 논의되고 있었다. 입맛대로 길들이지 못한다면 처단하는 것이 옳아 보였다.

그에 가장 쉽고 은폐하기에 알맞았던 암살법, 독시에 대한 감행이 제일 먼저 시도되었다. 황제가 즐겨 찾는 야참에 독을 섞었다.

"어설픈 수작을 부리셨더이다."

그러나 실패했다. 아니, 황제의 혀끝에 닿기도 전에 거둬 들여졌다는 표현이 더 올바를 것이다. 증거물이 고스란히 남아 있는 음식을 가지고 태부가 그들을 찾아왔다.

"큰일을 하실 분들이 어찌 일을 이리 허술하게 꾸미신단 말입니까. 아무래도 이 사람이 돕지 않으면 안 될 것 같소이다만."

그렇게 역습을 맞듯 지휘권을 빼앗겼다. 절대 역천에 가담하지 않을 것이라 여겼던 황제의 장인은 역천의 중심에서 취군회를 수족처럼 조종했다.

실패했던 암살은 그의 손에 의해 다시 결행되었다. 이번에는 황제의 주변에 접근할 수 있는 모든 이들을 포섭했다. 물질로 매수하거나 그렇지 않으면 협박을 하거나 그도 안 되면 죽이는 방식이었다.

그러나 그렇게까지 했음에도 황제의 명줄을 끊기란 쉽지 않았다. 황제에게 접근할 수 있는 가장 우선적이고 최종적인 인물, 황후가 그들의 편이 아니기 때문이었다. 그녀는 온몸을 던져 황제의 목숨을 방어하고 있었다.

그런 그녀의 태도에 불같이 격노한 이는 다름 아닌 태부. 지아비를 지키려는 제 여식의 방어가 단단해질수록 그는 하루가 다르게 포악해져 갔다. 하여 그들은 결국 다른 방법을 물색했다.

허를 찌르는 식으로, 황후의 안전지대를 노리고자.

"아직 우리가 황상의 입에 들어가는 것 중 손대지 못한 것이 하나 있었지요?"

때는 황제가 산사태가 일어난 민가에 시찰을 나갔다가 낙마로 큰 부상을 입고 돌아온 날이었다.

상처가 컸으나 황후는 제 아비의 연줄이 닿아 있는 태의를 대령하는 대신 황제의 신임을 받고 있던 설 의원에게 그 환부를 보이고 치료를 하도록 명령했다. 적어도 오성이라면 믿을 수 있다고 판단했으니까. 그리고 그 순간 취군회는 이번 암살에 가장 적합한 인물이 누구인지를 깨달았다.

"설 의원이라 불리던데. 본래 이름은 설근호인가."

처음 태부가 '그 제안'을 들고 설 의원을 찾아갔을 때, 그는 전신을 떨며 얼굴에 침을 뱉었다. 당연한 일이었다. 작은 마을의 이름 없는 명의 정도로만 알려져 있던 그를 궁으로 불러들여 오성의 직위를 내려준 이가 하늘 같은 황제였으므로.

하지만 태부는 그런 치욕에 물러설 만큼 유약하지 않았다. 그는 황제처럼 만민에게 희망을 주는 방법 따위는 알지 못했지만, 한 개인의 욕망을 부추기는 법에 대해서는 익히 알고 있었다.

"자네, 오석동 바윗골에 서너 살 될 딸내미와 늙은 모친이 살지? 그 동리에 오늘 큰불이 일 텐데 필시 둘 다 살지 못하고 죽을 걸세."

"네 이놈!"

"어째서 화를 내는가. 어차피 일생을 고생하다 갈 것을. 일찍부터 화마에 잠드는 것도 나쁘지 않은 삶 아닌가."

무슨 말인지 모를 리가 없었다. 자신이 당장 손만 뻗으면 어린 아이와 노인의 목숨 같은 것은 바람 앞의 등불이란 협박이었다.

설 의원은 제가 할 수 있는 모든 발악을 해댔다. 금수만도 못한 자! 유약한 이들을 볼모로 황제의 목숨을 요구하는 자! 차마 입에 담지도 못할 상스러운 욕지거리가 날아갔다.

"네놈이 불을……!"

"그래, 내가 그리했네. 불을 지르라고 지시했지. 해서? 날 어찌

할 수 있을 텐가? 누구의 짓인지 알아도 자네는 아무것도 하지 못해. 오성이 되었다 하여 천지가 뒤집힌 것 같은가? 어리석긴. 세상은 그렇게 쉽게 변하지 않아. 황상께서 아무리 자네 같은 이들에게 힘을 실어 준들 어디 천것이 귀족인 나를 살인죄로 고발할 수 있는 세상인가?"

분노로 치를 떠는 자에게 태부는 더 보란 듯이 비웃었다.

"세상을 바꿔? 희망을 갖게 해? 정신 차리게. 자네는 상놈이야. 그런 혁명 놀이는 귀족들이나 맛 들이는 것이지. 자네, 그런 거창한 포부를 염두에 두고 오성이 되었나? 아닐 것이야. 황제가 그저 좋은 자리 준다 하니 왔겠지. 그 촌구석을 벗어나게 해 준다니 온 것 아닌가."

설 의원을 제외하면 오성의 네 사람은 그 출신 가문이 변변찮든 화려하든 어쨌든 귀족이었다. 그러니 황제의 계획에 꿈만을 들고 올 법도 했지만 설 의원은 아니었다. 설 의원은 꿈과 더불어 현실적인 편리 또한 생각해야만 했다. 황제를 따라가면 조금 더 좋은 환경과 조금 더 나은 보수를 받을 수 있다는 눈앞의 계산들을.

"하지만 나의 주군께서는!"

"참 아둔한 인사로군. 그분께서는 당연히 대의를 바라보시네. 다 가지신 분이니 자네완 달리 손에 잡히지 않는 먼 것을 좇을 수 있지. 그리해도 되는 자리이니. 하지만 자네는? 그저 그 놀이에 껴 운 좋게 구제받은 평민 출신 의원, 딱 그 정도 아닌가? 자네가 구제받았다 해서 자네의 딸도 대대손손 폐하의 선택을 받을 수 있을 성싶은가?"

태부는 그렇게 설 의원을 나약함을 붙잡고 조금씩 흔들기 시작했다. 그는 백성의 사리에 밝았다. 황제는 먼 훗날을 위해 목표를 세웠겠지만 일반인은 다르다. 그들에겐 당장 오늘의 먹고 살 일과, 지금의 내 신분이 더 중요했다.

"백성을 배불리 먹여 주는 걸 원해. 세상이 바뀌는 게 아니라. 그렇지 않은가?"

네가 원하는 것은 황제가 원하는 것과 다르다. 너와 그는 다른 사람이다. 고로 함께 갈 수 없다. 태부는 거듭하여 같은 의미를 주지시켰다.

"황상은 희망을 주겠다고 말씀하시지. 하지만 그것은 손에 만질 수 있는 것이 아니야. 그저 듣기에만 좋은 말뿐이고 꿈꾸기에만 좋은 환상이지! 무엇을 증거로 삼을 것인가? 무엇이 보장되었는가 말이야."

아니, 사실 황제가 주겠다는 희망은 그런 허황된 환상은 아니었다. 그는 진실로 꽤 보람된 미래를 바라보고 있었다. 하지만 그 뜻을 이해할 수 있는 백성이 이 나라에 있기는 할까? 민중은 그런 것에는 관심이 없다. 그들은 황제가 말하는 희망을 이해할 수 있는 존재들이 아니다.

내일의 희망을 갖기 위해서는 오늘의 희생이 필요한 법이나, 그들은 아직 그 희생을 가치 있게 받아들일 준비가 되어있지 않았다. 갈등 어린 의원의 눈을 직시하며 태부는 어리석은 황제를 향해 조소를 보냈다.

"헛물 캐지 말고 실속을 챙기시게. 나는 폐하와는 달라. 환상을 말하지 않네. 진실만을 말하지. 자네가 오성으로 살다 죽어도 자네의 딸은 결코 그렇게 살지 못할 것일세. 이게 바로 진실이지. 그러니 속히 정신 차리는 게 좋을 게야. 천한 신분으로 받은 핍박과 설움, 자식에게도 물려줄 텐가?"

"내게 무슨 말을 하고 싶은 게요!"

"간단해. 목숨을 바쳐 황제를 죽여 주시게. 그리만 해 주면 자네의 딸을 태생부터 귀한 아이로 바꿔 주지."

하마터면 까무러칠 뻔했다. 황제의 목숨과 자식의 행복을 교환하자는 거래였다. 그러나 하늘이 진노할 이야기에 설 의원은 이미 귀를 기울이고 있었다.

"노인은 불길 속에서 살아남지 못해. 금방 죽어 버리지. 생명력이 약하니까. 하지만 아이는 또 몰라. 죽지 않고, 죽은 것으로만 할 수도 있는 것 아니겠는가."

"……!"

"끝이 어찌 되냐는 자네의 선택에 달려 있지. 자식을 거기서 죽일 것인지 아니면 거기서 죽은 것으로 할 것인지."

애초에 선택권이 있기는 한 것이었을까. 거절하면 태부는 이 대화를 들은 대가로 자신의 목숨부터 제일 먼저 거두어갈 게 분명했다.

설 의원은 눈물을 흘렸다. 왜 하필 그때 아장아장 걷는 아이의 걸음마가 떠오른 것일까? 왜 하필이면 황제가 어깨에 덮어 준 따스한 겉옷보다 아이의 구멍 난 배냇저고리가 더 먼저 보였던 걸까?

먹고 사느라 자주 보지도 못했던 자식인데. 얼굴조차도 잘 기억나지 않았다. 그러나 태부는 그것을 다행이라고 평했다. 기억하면 골치만 더 아프다고 했다.

"그 나이면 부모 얼굴이야 금방 잊을 때지. 큰 화재를 겪었다 깨어나면 정신도 어지러울 테고. 이 자리에서 약조하지. 자네 딸을 내 가문에 들이겠네. 해가 바뀌면 새 옷도 사 입히고, 여느 귀족가의 여식처럼 학당도 다니게 해 줄 것이야. 그러다가 어여쁘게 자라면 또 좋은 집안으로 시집도 보낼 것이고."

"어, 어르신의…… 여식으로 말이오?"

"그래, 내 마침 딸 하나를 마음에서 잃은 참이라."

황후의 배신을 일컬음이었다. 어절마다 배어 있는 증오와 분노가 선뜩하게 느껴졌다. 속에서 쓱싹쓱싹 칼 가는 소리가 들렸다.

"귀족이 되면 자네 딸은 이런 일로 고민하지 않아도 될 걸세. 괜히 오성이 되어 노력하지 않아도 되고, 오늘처럼 내게 협박당할 일도 없어. 황제께서 살 만한 세상을 만들어 줄 때까지 기다리지 않아도 지금 당장 원하는 삶을 살 수 있지."

희망, 그까짓 거 지금 당장이라도 가질 수 있다는 소리였다. 그것으로 무엇을 하든 아무도 간섭하지 않을 것이며 황제와 같이 꿈만을 좇아 살아도 된다.

의원이 되든 예인이 되든. 아니면 아무것도 되지 않든.

"어떤가. 모두의 미래를 희생하고 자네의 내일을 보장받는 것이."

미처 처분하지 못한 갈등의 눈물이 의원을 뺨을 축축하게 적셨다. 고이는 눈물은 순수했지만 타고 흐르는 순간 때가 묻는 것은 어찌할 수 없는 것일까.

'이놈은 할 것이다.'

태부는 여유로운 미소 아래에서 확신에 가까운 결말을 내다보았다. 동시에 황제를 향해 가여운 마음을 가졌다.

이런 자에게 그 어려운 희망을 주기 위해 애쓰는 지도자라니. 이렇게 쉽게 저버릴 신의를.

거사는 그의 뜻대로 이루어졌다.

설근호가 황제를 시해했다.

* * *

동이 튼 새벽 창으로 전서구가 날아들었다.

얇은 다리에 매달려 있는 것은 바다를 건너 넘어온 소식. 창희는 손가락보다도 더 작은 원통함을 열고 그 안에서 돌돌 말린 쪽지를 꺼냈다. 긴급을 상징하는 자색의 간지였다. 급하게 써서 보낸 듯, 그 위로 여덟 글자가 휘갈겨져 있었다.

《急信大口徑火繩銃 급신대구경화승총》

"오, 이런! 이건 안 돼!"

짧은 내용을 확인한 순간 창희는 당혹감을 숨기지 못했다. 여덟 글자만으로도 대부분의 사실을 유추할 수 있었다. 왜율국에서 빠져나간 의문의 선박, 그것이 싣고 간 밀수품. 그제야 모든 의문이 풀리는 듯했다. 왜율국의 화승총은 흑색 화약과 별도의 심지를 활용해 개발된 위협적인 살상 무기였다. 사정거리가 길어 하늘을 나는 새를 쏘아 떨어트리거나 달리고 있는 기마병을 낙마시킬 수도 있었다. 가까이에서 갑옷을 관통당하면 물론 즉사였다.

기술 유출을 염려해 왜율국 조정에서 특별히 생산부터 유통까지 하나하나 관리하고 있는 물건. 그런 총을 뭉텅이로 밀수 당했으니 그만한 소란이 일어나는 것은 당연지사였다.

"그럼 지금 그 많은 화승총이 효국 어딘가에 들어와 있단 소리인가!"

대체 누가, 무슨 목적으로, 어디에 그것을 숨겼을까. 불길한 생각이 꼬리에 꼬리를 물고 이어졌다.

총을 구해 갔다면 그것을 장착할 병사 또한 가지고 있을 것이다. 은밀하게 들여온 화기와 은밀하게 짜인 군사라니. 이것은 곧 이곳에서 암담한 참극이 벌어질 수도 있다는 불길한 예고였다.

"이, 일단! 일단 아가씨께 알려야 해. 빨리 알려야 한다!"

종이를 구겨 쥔 채 창희는 황급히 자리를 정리하고 일어섰다.

부디 자신의 지나친 기우이기를 바랐다. 그가 서둘러 승학의 저택으로 뛰었다.

* * *

그 시각 정윤은 동료들과 함께 웬 정체도 모르는 마차에 납치되어 황성 밖으로 끌려 나가고 있는 중이었다.

힘찬 말발굽 질에 튄 모래가 타닥타닥 마차 바닥을 규칙적으로 두드렸다.

네 명의 젊은이들은 그 안에 갇혀서 황금색 봉서를 부욱 뜯었다.

"서문 밖에서 열어 보라, 지금 서문 밖 맞아?"

"몰라요. 맞겠죠, 뭐. 뭐라고 쓰여 있어요?"

"내일 날이 밝으면 즉시 여장을 꾸려 출발하라."

"아직 날도 다 안 밝았고, 여장도 전혀 못 꾸렸는데."

짐 가방 하나 없이 관복만 걸친 게 가진 것의 전부였다. 참담한 심정으로 서로의 꼴을 바라보는 눈빛들이 서성였다.

낮은 한숨은 내쉰 승학이 뒷부분을 마저 빼어 읽었다.

"위령제는 무오월 초하룻날에 치를 것이다. 신녀도 없이 제를 올릴 순 없으니 가서 대신녀를 안전히 모셔 오라."

"예, 그렇다는 거네요."

새로운 일거리가 배당됐다는 건 알겠다. 그런데 꼭 납치를 했어야만 했나.

대전회의에 끼어 들어갔던 그날, 위도에 다녀올 한가로운 자들을 찾던 황제의 헛소리를 가볍게 흘려듣지 말았어야 했는데. 정윤은 지끈거리는 관자놀이를 엄지로 꾹 짚었다.

하루 이틀 자리를 비우고 사라져도 아무도 사라진 줄 모르고 관심도 없으며, 그렇게 해도 업무에 전혀 공백이 생기지 않는 미미한 관아의 소속…… 이라는 것이 적임자의 요건이 될 줄은 상상도 못 했다.

"위도라면 그래도 먼 곳은 아니니."

자기 암시를 위안으로 삼을 때였다. 별안간 마차가 위로 출렁 튀어 오르더니 거칠게 정지했다. 곧이어 닫혀 있던 문이 활짝 열린다. 내리라는 거였다. 태울 때도 무례하더니 내려 줄 때도 일관성 있었다. 불쾌하다는 눈치를 팍팍 줬는데도 마부는 신경도 안 쓰더니 네 사람을 안개가 부스스하게 피어오른 나루터에 버려두고 떠났다.

"그래, 먼 곳은 아니니까."

"두 시진 정도 걸리려나?"

"오래 안 걸릴 겁니다."

"점심 먹기 전에는 도착하겠죠!"

육지에서 섬으로 건너가야 하지만 근접성은 좋은 곳이니까 금방 갈 수 있을 거야! 서서히 밝아오는 하늘을 올려다보며 네 사람은 열심히 긍정적으로 전망했다.

그리고 곧바로 후회했다.

* * *

"아니! 아무리 유폐된 섬이라고 해도 그렇지. 어떻게 근처에 조각배 하나도 없을 수 있냐고!"

"가끔 들어가고 나오는 사람은 분명 있을 텐데. 왜 이렇게 고요한 거죠? 으스스하게."

틀림없이 위도로 들어가는 초입의 나루터일 턴데, 어째 잡초만 무성하게 피어 있고 황량하기 그지없었다. 버려진 폐허처럼 인적조차 찾아볼 수 없는 데다가 주위는 황폐해서 분위기는 더없이 을씨년스러웠다.

"목적지가 코앞인데……."

소름 돋는 팔을 문지르며 해경은 정윤의 옆으로 달라붙었다. 그러곤 몰려드는 무서움을 쫓고자 등 뒤로 맨 파발의 깃발을 한 손에 들고 흔들었다. 황명을 전달한다는 붉은 기였다.

"정신 사나우니까 흔들지 마."

"이거라도 흔들어야 무섭지 않다고! 여기 꼭 물귀신이 기어 나올 것 같단 말이야!"

이런 대낮에 어디 물귀신이 있단 말인가. 겁이 더덕더덕 붙어 있는 헛소리였다. 그러나 그 헛소리에 모연은 화들짝 놀라 정윤의 등 뒤로 숨고, 승학은 슬그머니 그녀의 손을 붙잡았다.

근데 왜 죄다 나한테 들러붙어 있는 거지. 정윤은 모기 떼어내듯 세 사람을 털어냈다.

"귀신이 어디 있다고. 보이지도 않는데."

"안 보이니까 귀신이지! 보이면 그게 귀신이냐? 지금도 우리 주위에 있을지 모른다고!"

"으으응, 언니 무서워요."

"조심해서 나쁠 것은 없잖습니까."

지금 다들 그걸 말이라고. 이렇게 궁상떨 시간에 어디서 배를 구해 올 건지, 그거나 고민해보는 게 훨씬 더 생산적이겠다. 정 안되면 뗏목이라도 만들어서 들어가야 한다. 정윤은 멀리까지 시선을 돌리며 혼자 길을 찾아 나섰다.

흐르는 물살을 거슬러 시야를 넓혀 가고 있는데, 먼 상류에 있는 작은 점 하나가 망막에 맺혔다.

"잠깐만요! 저기 뭔가 있는 것 같은데요?"

뭔가가 보인다는 말에 모연은 쏜살같이 달려 그녀의 옆으로 피신했다. 정윤은 형체를 확인하기 위해 더 가늘게 눈을 여몄다. 까만 점은 서서히 크기를 키우며 접근하는 것 같더니 이내 알 만한 형상을 갖췄다. 흐릿하나 분명히 배였다.

"저거 배예요, 배! 빨리 잡아 봐요!"

모두가 나와 긴 팔을 휘저으며 수신호를 보내자 배 한 척이 교교히 흘러와 나루터로 다가왔다. 대여섯 명 정도 앉아갈 수 있는 작은 통통배였다. 사공이 뱃전의 밧줄을 말뚝에 묶자마자 해경은 한달음에 그에게로 달려갔다.

"이봐, 사공! 우릴 저 건너로 데려다줄 수 있지?"

나름 두둑한 주머니를 내밀며 건넨 뱃삯이었다. 그러나 삿갓을 깊게 눌러쓴 사공은 대답 대신 두 손을 모아 공손히 합장했다.

"나무 관세음보살."

"응? 사공이 아니라 스님이야?"

삿갓이 코 밑까지 내려와 있어 얼굴은 볼 수 없었지만 풍기는 냄새는 딱 봐도 승려였다.

배의 한 가운데서 가부좌를 틀고 앉은 중이 사람 좋은 웃음소리를 흘렸다.

"허허, 보살님들. 이 배가 필요하신가 봅니다."

두말하면 입 아프다. 섬으로 들어가야 하니 저 배는 당장에 필요한 물건이었다.

"네 분 모두 위도로 들어가시는 길입니까?"

"예, 그렇습니다."

"허허, 이것 참. 만나야 할 인연이었는지 저와 행선지가 같군요."

가는 곳이 같다는 말에 모연이 손뼉을 치며 좋아했다.

"와, 정말 잘 됐다! 그럼 저희 좀 태워 주실 수 있나요? 아, 공짜로 태워 달라는 건 아니고요! 뱃삯은 충분히 지불 할게요!"

"소승, 불가의 가르침을 받는 승려. 시출(施出)이 아닌 돈은 사사로이 받을 수 없습니다."

예를 차린 상냥한 어투에 부드러운 곡선을 그린 입가가 왠지 눈에 익은 듯한 느낌이 들었다. 누구지? 의아한 정윤이 멀뚱히 서 있는 사이에 해경은 벌써 앞서 나갔다.

"그럼 그냥 태워 준다고? 그래 주면 우리야 완전 고맙지."

"어허."

뱃전으로 한 발을 내딛으려는 그의 움직임을 중이 긴 노를 뻗어 막아섰다.

"노승의 물음에 답할 수 있는 분들만 이 배에 태워 드리겠습니다."

"앙?"

"뭐?"

"예?"

"음?"

설마 선문답이라도 하자는 것인가. 외마디의 감탄사가 비명처럼 튀어나왔다.

"정해진 답은 없습니다. 그저 보살님들의 마음을 보고 싶은 것뿐이니."

"희한한 인간이네. 우리가 왜 당신이랑 그런 걸 해야 하는데?"

"싫으면 마시고요. 허면 소승은 갈 길이 바빠서 이만."

중이 미련 없다는 듯 등을 돌리려 하자, 네 사람이 동시에 소리쳤다.

"동작 그만!"

"자, 잠깐!"

"가지 마세요!"

"하겠습니다!"

지금 이 배를 놓치면 정말 뗏목을 직접 엮어서 타고 들어가야 할지도 몰랐다. 그런 수고로움을 자청하고 싶은 사람은 아무도 없었다.

"허허, 자, 그럼 어느 분이 먼저 질문을 받으시겠습니까?"

저 배는 꼭 타야 하고 눈앞의 사공은 하는 꼴이 선인이 따로 없다. 뒤에 숨어서 경계하던 모연이 입을 내밀고 툴툴거렸다.

“정해진 답도 없다면서 뭘 근거로 판단한담요?”

“제 마음에 드시면 되지요.”

중이 한 손가락을 세워 자기 자신을 뿌듯하게 가리켰다.

“아니, 그러니까 그쪽 마음에 들 만큼 돈을 준다고! 세상에 돈 싫어하는 사람이 어디 있어!”

“저는 돈에는 관심이 없습니다.”

“돈 대신 이상한 선문답이나 하자는 게 말이 돼?!”

“허면 그리 말씀하시는 분이 먼저 질문을 받아 보심이 어떠하십니까. 말이 되는지 안 되는지는 직접 해 보시면 될 듯한데요.”

어쩐지 벌써 인물에 대한 성향 파악이 다 끝난 듯, 중은 삿갓을 깊이 눌러쓰며 쉽게 도발에 넘어갈 자부터 골랐다.

“하, 좋아! 까짓거 내가 먼저 하지! 뭐든 물어보라고!”

대책도 없으면서 해경은 용감하게 덤벼들었다.

“그럼 바로 가겠습니다. 세상은 흉흉한데 그를 구할 영웅이 없으니, 이를 어찌하면 좋겠습니까?”

“어쩌긴? 아무도 없으면 나라도 영웅이 되어야지. 누군가는 싸워야 될 거 아냐.”

고민이라곤 찰나의 머뭇거림조차 없는 대답이었다.

망했다, 저놈은 여기 두고 갈 운명이다. 세 사람이 한결같이 절레절레했다.

“참으로 믿음직스럽고 훌륭한 답이로군요.”

"앗싸!"

그러나 해경은 폴짝거리며 배 안으로 뛰어 들어갔다. 반면 밖에 있는 나머지 사람들은 어안이 벙벙해졌다.

저런 말도 안 되는 대답에 통을 준다고?

"다음은 저! 저 할래요!"

앞서간 주자에 탄력을 받았는지 모연이 다음 차례를 자청했다.

"인간은 아직도 어려운 일이 닥치면 전지전능한 무언가에 빌고자 하는 습속이 있지요. 그럴 때면 사내라 할지라도 여인과 다를 바 없이 최대한 고운 옷을 걸치고 몸을 깨끗이 닦아 자신을 아름답게 꾸며 나아가고자 합니다. 어째서입니까?"

"정답!"

"호, 이렇게 빨리?"

"얼굴이야말로 인간의 덕망이기 때문입니다. 그런 중요한 자리에 감히 부도덕한 추남을 용납할 순 없습니다."

"놀랍게도. 아주 그럴싸하게 들리는 말이로군요."

그것은 놀랍게도 그녀가 아주 그럴싸한 논리적인 변태이기 때문이다. 모연은 진심으로 열의를 다해 자신의 관점을 섞어 질의에 응답했다. 토끼 한 마리를 잡을 때도 전심전력을 다하는 호랑이처럼.

"당연히 통과겠죠?"

"여부가 있겠습니까. 건너오시지요."

점점 더 어이가 없어진다. 저 승려 혹시 파계승이 아닐까. 오고 가는 황당한 문답 속에 승학과 정윤은 둘 다 머뭇거리며 나서지를 못했다.

다음 차례를 가리키는 손이 정윤을 지목했다.

"이번엔 거기 계신 소저께서 답해 보시는 게 어떻겠습니까."

역시 착각이 아니다. 낯선 사람이지만 처음 보자마자 와닿았던 이 익숙한 잔상. 편안한 저음에 온기가 묻어나는 말투. 정윤은 미미하게 고개를 끄덕였다. 보이진 않아도 분명히 자신을 따스하게 바라보는 시선이 있었다.

그것을 증명하듯 물음은 한껏 다정한 음률에 담겨 흘러나왔다.

"사람의 마음이 엉켰습니다. 풀어낼 방도가 있겠습니까?"

엉켜버린 마음. 그것은 상처받은 마음이었다. 할퀴어지고 무너져 깊은 수렁에 빠진 이의 절망감 같은 것.

정윤은 눈을 들어 승학을 올려봤다. 그녀가 보지 않을 때에도 그녀를 보고 있었던 그는 시선이 마주치자 긴장하지 말라며 따스하게 웃어 왔다.

'상처투성이였던 내 마음을 풀어냈던 것. 그건.'

그것은 그였다. 이 사람이었다.

울분을 버리지 못해 함부로 굴렸던 삶에, 그는 그녀의 오만함을 끊어 낸 기적의 흔적이자 고통의 대가였다. 나조차 스스로를 믿을 수 없게 되었을 때, 그녀는 자신을 믿어 주는 그를 대신 믿었다.

"사람의 마음은 사람이 풀 수 있습니다."

이 답을 할 수 있게 되기까지 진창의 연속이었다. 다시는 일어설 수 없을 것 같았던 늪에서 되돌아온 자의 회고다.

정윤은 꾸밈없이 담백하게 대답했다.

잠시 후 건너에서 작은 숨 멎음과 떨림이 있었다. 이내 소저, 하고 낮은 부름이 떨어졌다. 무엇인가 끓어오르기 직전까지 갔었던 듯한 여운이 남아 있는 목소리였다.

"대통입니다. 타시지요."

그러나 정윤은 사붓이 고개를 내저으며 승학의 팔을 붙잡는다. 스님의 눈길 또한 그녀에게서 잠시 머무르다 승학에게로 고정되었다. 이제 남은 것은 마지막 질문뿐이었다.

"해가 물러나 더 가릴 빛도 없으니, 실례되지 않는다면 소승이 잠시 삿갓을 벗고 땀을 식혀도 되겠습니까?"

승학은 삿갓의 가장자리에 손끝이 걸리는 것을 보았다. 참 이상했다. 왜 아까부터 자꾸 가슴이 따끔거리는지.

스님이 점잖게 목을 울릴 때마다, 듣기 좋은 너털웃음을 터트릴 때마다, 강직한 어깨가 들썩이고 자신을 바라볼 때마다, 바늘로 찌르는 것처럼 가슴에 통증이 밀려왔다. 그게 차마 뭉클함이라고는 여기지 않고 있었는데 말할 새도 없이 삿갓이 훌쩍 벗겨졌다.

"그럼 이제 마지막 질문을 하겠습니까."

하지만 승학은 움직이지 못하는 상태가 됐다. 따끔거렸던 통증이 쓰라린 아픔이 되어 번지더니 시야가 흔들렸다.

그것을 본 스님은 덩달아 몰아치는 흉통에 목소리를 내지 못하고 숨을 참았다. 다시 만날 때는 울지 않고 밝고 건강한 모습으로 만나고 싶었는데, 애써 준비해 온 태연함은 슬픔 앞에 하릴없이 쓰러졌다.

내가 없는 동안에도 이렇게 잘 자라 주어서 고마웠다고. 찢어지는 목을 가다듬는 데에는 긴 시간이 필요했다. 마침내 그가 말문을 열었다.

"마지막 질문은 이것입니다."

나를.

"나를 알아보겠느냐?"

십 년이나 자식을 버려둔 못난 아비를 잊지 않고 있는지, 알아보겠는지.

"아버……"

차마 제대로 끝맺지도 못하는 아들을 그가 먼저 다가가서 끌어안았다.

"보고 싶었구나. 보고 싶었어."

승학은 제대로 된 답을 했다. 그 질문에만큼은 정답이 정해져 있었다.

아버지.

서로를 껴안는 것으로 부자는 길었던 이별의 시간을 주고받았다.

조용한 흐느낌. 그리움이 녹아내리는 소리였다.

* * *

"가시가 돋은 것이 있으니 조심하거라."

"아! 네!"

"수풀이 우거져 있으니 내 뒤로 걷고."

"네, 네!"

정윤은 정도를 넘어선 과잉보호에 몸 둘 바를 몰랐다. 하지만 불편하다고 자리를 피하거나 도망갈 수는 없다. 가뜩이나 다가오지 못하고 멀찍이서 떨어져 걷고 있는 승학 때문에 더 그랬다.

'저렇게나 먹먹한 얼굴을 하시고선.'

아까 부둥켜안을 때 빼곤 그는 어렵게 재회한 아버지의 곁으로 쉽게 다가오지 못하고 있었다. 그저 말없이 걸으며 따라갈 뿐. 어서 가 보라고 등을 떠밀기도 했지만 자신이 철없이 어리광을 부리면 아버지가 속상해하실지도 모른다며 그는 대견스럽게도 참고 있었다.

'나는 내 아버지가 그렇게 된 걸 참지 못해서 그렇게 모질게 굴었었는데…….'

그가 지닌 어른스러움 앞에 정윤은 어리숙하게 굴었던 지난날의 제 자신이 괜히 더 부끄러워졌다. 그녀가 머쓱함을 몰아내려 스님, 아니 실종되었던 효국의 승상에게 밝은 음성으로 다가갔다.

"그런데 위도엔 어쩐 일로 가세요? 사람의 발길이 거의 끊겼다고 들었는데."

"원래 나는 예전부터 이따금씩 위도를 찾아왔단다. 오늘은 평소와는 다른 아주 특별한 이유로 가는 것이지만 말이다."

승상은 그녀가 먼저 말을 걸어 준 것이 아주 기쁜 얼굴이었다.

"예전부터요?"

이쪽이야 황명을 받고 가는 거지만 위도는 신녀들을 유폐시킨 외딴 섬이다. 금남의 공간이 아닐까 생각했었는데 외부인의 왕래가 있었다니 의외의 이야기였다.

"허허허, 궁금하느냐?"

"참나, 되게 친절한 척하네! 두문불출 하다가 이제야 나타난 주제에!"

통행에 방해가 되는 나뭇가지를 칼로 툭툭 쳐내며 길을 만들던 해경이 딴지를 걸었다. 승학과는 어릴 적부터 형제처럼 알고 지냈다 하더니 승상일지라도 그에게는 그저 친한 아저씨로 보이는 모양이었다. 서운함이 엄청나 보였다.

"사람들이 분명히 죽었다고 했다고. 아저씨 죽었다고! 근데 어떻게 된 거야! 이렇게 피둥피둥 살아 있잖아!"

아까는 허리를 붙잡고 찔찔 짜면서 꺽꺽댔지만 이제 진정이 됐으니 할 말은 해야겠다는 거였다. 무엇보다 그간의 실종을 제대로 해명하지 않는 것에 대해 그는 불만이 아주 많았다.

"보려무나, 나는 멀쩡히 살아 있다. 잘 모르는 이들이 고약한 소문을 퍼트린 게지."

그러나 승상은 또 두루뭉술하게 넘기고 싶은 눈치였다. 눈을 사납게 올린 해경이 똑바로 말하라고 닦달했다. 옷깃을 잡은 손에 칼까지 있어서 아슬아슬했다.

"인석아, 어디 힘없는 노인을 상대로!"

"힘없기는 개뿔! 아저씨 말은 이제 믿을 수가 없어! 이렇게 순진한 얼굴로 그동안 잘도 우리를 속여 왔지!"

"대관절 무슨 소리인지……"

"뻔뻔하게 시치미를 떼?!"

해경의 다그침이 더욱 강도를 높이려는 찰나, 머리 위로 푸드덕하는 날갯짓이 펄럭거렸다.

"뭐야, 이거? 저리 가! 저리 가라고!"

"침입자! 침입자!"

커다란 앵무새가 날아와 뾰족한 부리로 해경의 머리를 콕콕 쪼아 댔다. 사람의 말을 할 줄 아는 빼어난 무조였다.

"저리 꺼져, 이 망할 조류야!"

"침입자! 침입자!"

"누가 침입자야! 난 황명을 받은 사자(使者)라고!"

"침입자!"

"아니라니까!"

사람과 앵무새 간의 웃지 못할 공방전을 보던 승상이 본인의 한쪽 팔을 쓱 앞으로 내밀었다.

"꼬꼬, 그만하세요."

날개를 퍼덕이며 해경의 머리를 끝없이 쪼던 앵무새는 그가 팔을 뻗자마자 그 위로 사뿐하게 내려앉았다.

"친구! 친구!"

"잘 있었나요? 여기 해경이도 우리의 친구랍니다."

"침입자! 침입자!"

누가 훈련 시켰는지 알록달록한 깃털의 앵무새는 매우 영리해 보였다. 침입자와 친구를 구분할 수 있을 정도로. 정윤이 눈을 반짝이며 앵무새에게 다가갔다.

"이 무조를 알고 계시는군요?"

"꼬꼬란다."

"꼬꼬요?"

자신의 이름이 나오자 신이 난 듯 앵무새가 바삐 재잘거렸다. 윤기 나는 깃털을 부드럽게 쓸며 승상은 설명했다.

"예민한 아이라 먼 밖에서도 사람의 기척을 느끼지. 녀석이 우리가 오는 것을 알고 나와 본 모양이다."

깔끔하게 다듬어진 깃털과 사람을 알아보고 달려드는 영리함이 눈에 띄었다. 누가 이 외딴섬에서 앵무새를 기르고 있는 걸까. 호기심이 들어 목을 길게 뻗어 앞을 쳐다보았지만 무성하게 돋아난 풀 때문에 아무것도 보이지 않았다.

"저기 근데요, 대체 얼마나 더 가야 하는 거예요? 가는 길 아시는 거 맞죠?"

막내 아니랄까 봐 모연은 제일 먼저 나서서 투정을 부리기 시작했다. 오는 길이 험난해 덤불에 비단옷도 긁히고 신도 망가졌다.

"이 길이 확실하단다. 꼬꼬가 날아온 걸 보고도 모르겠느냐. 거의 다 왔느니."

"거의 다 왔다는 말만 몇 번째인지 아세요? 흐잉, 다리 아파 죽겠단 말이에요."

"진짜로 다 왔다니까."

그 후로도 다 왔다는 소리를 다섯 번을 더 듣고 나서야 험준했던 넝쿨 숲을 겨우 빠져나올 수 있었다. 와, 이제 다 끝났다. 숲이 끝났을 때 모연은 환호하며 우다다 뛰어나갔다.

"끄악!"

그리고 바로 앞에서 기다리고 있던 진흙 못에 고꾸라질 뻔했다.

"서, 설마 이걸 건넌다고?"

얕은 못이긴 해도 도저히 길이라고는 생각되지 않는 경로였다. 일단 들어가면 종아리 밑으로는 깔끔함을 포기해야 했으니까.

"여기 말고는 우회로도 없다."

바지를 훌훌 걷어 올리며 승상이 말했다.

"무슨 신녀들이 이런 곳에 사나요? 저희를 놀리시는 거 아니고요?"

"신녀들은 마을에 산다. 다만 그 마을까지 가는 길이 조금 복잡할 뿐이지. 그렇지요, 꼬꼬?"

앵무새를 어깨 위에 올리고 승상은 먼저 진흙 속으로 휘적휘적 헤쳐 나갔다. 에라 모르겠다며 해경이 그다음으로 이어 풀쩍 뛰어 들어갔다.

"아저씨, 도대체 지난 십 년간 폐하랑 뭘 짜고 친 거야? 지금 이 섬 무진장 수상하거든?!"

"여기를 넘어가면 외진 곳에 동굴이 하나 숨어있다. 그 동굴만 지나면 신녀들이 사는 마을로 들어갈 수 있지. 다들 꾀부리지 말고 얌전히 따라오거라."

대꾸도 안 해주고 무조건 직진이니, 어쩔 수 없이 모두 꾸역꾸역 진흙탕 속을 빠져나와 비탈길을 타고 올랐다. 그의 장담대로 나무 사이에 가려진 동굴의 입구가 모습을 드러냈다.

"이건 무슨 신종 감옥이야?"

그쯤 되니 이제 뭐가 나와도 그다지 놀라지 않게 되었다. 굳이 감상을 말하자면 질린다 정도? 어떻게 이런 식으로 사람을 유폐시켜 놓을 수 있는지. 가둬 놓았다기보다는 꽁꽁 숨겨 놓았다는 것에 더 근접한 형태였다.

동굴은 겉보기와는 달리 깊지 않아 백 보를 채우기도 전에 다 같이 빛을 보게 되었다.

"와."

하지만 그것이 아주 긴 통로처럼 느껴졌던 것은 지나오기 전과 지나온 후의 세상이 전혀 다른 세계처럼 느껴졌기 때문이다.

"이게 뭐야! 끝내준다!"

"이거 유폐된 섬 맞아요? 어떻게 여기에 이런 게 있을 수 있어요?"

보고 있으면서도 믿기지 않았다. 동굴을 지나는 잠깐 사이에 조물주가 장난이라도 쳤나 싶을 만큼. 언덕 아래 골짜기에는 잘 정돈된 촌락이 자리 잡고 있었다. 옹기종기 모여 있는 개수는 얼마 되지 않았지만 격조 있게 올라간 기와들은 결코 이곳이 유배지가 아님을 만연히 드러내고 있었다.

마치 아주 작은 황제의 행궁처럼.

"폐하와 내가 지난 십 년간 무엇을 숨겼냐고 했었지? 우리가 숨겼던 건 바로 여기. 이곳을 내내 지켜 온 것이지."

말소리를 타고 골짜기에서 쌩 하는 바람이 불어 올라왔다. 산뜻하고 청아한 공기였다.

* * *

"글쎄, 이 살벌한 포위 좀 풀라니까! 우린 진짜 황제 폐하의 명을 전달하러 온 사람들이라고!"

황제의 전령을 뜻하는 깃발까지 보이며 해경이 구구절절 설명했지만 창을 겨눈 군사들은 요지부동이다. 말을 듣기는커녕 오히려 더 빽빽하게 전열을 가다듬으며 바짝 위협을 가했다.

언덕을 내려와 마을로 접어들려는 순간 일행은 순식간에 무장한 병사들에게 둘러싸였다. 목적을 밝힐 틈도 없이 잔뜩 살기를 뿌리며 좁혀 오는데 등에서 식은땀이 날 지경이었다.

'예사로운 느낌이 아닌듯한데.'

승학은 둥글게 시선을 굴리며 적진을 파헤쳤다. 한눈에도 알아볼 수 있는 것은 절제된 동작과 정확한 포위진, 그리고 딱 맞추어진 갑옷과 무기였다. 어디선 온 건지는 몰라도 잘 훈련된 정예병이 틀림없었다.

"아버지, 이들은 혹시……."

"쉿, 기다려라."

그의 말을 뚝 자른 승상이 번잡하게 주위를 두리번거렸다.

"이 사람이 올 때가 됐는데……. 나이를 먹었다고 동작이 느려진 건지, 원."

날붙이가 코앞에서 번쩍이는데도 긴장감이라곤 없는 대담한 핀잔이었다.

얼마 지나지 않아 열을 맞춘 행진이 땅을 일정한 간격으로 두드렸다. 포위망이 양옆으로 쫙 벌어진다. 기골이 장대한 사내가 이쪽으로 쿵쿵대며 달음박질쳐왔다.

"승상! 이게 얼마 만입니까!"

"반가우니 뭐니 하며 끌어안지 말고 군사들이나 물려 주시게. 손님들이 당황하지 않았는가."

당황한 정도가 아니다. 이러다가 일신상의 해코지라도 당할까 겁이 많은 모연은 정윤의 어깨에 등딱지처럼 붙어 있었다.

"이 자들입니까? 그 조합이라는 것이?"

사내는 신기한 것을 보듯 젊은 관원들을 구경하더니 꽤 친숙한 이야기를 중얼거렸다.

"뭐라더라? 갑갑한 놈 하나, 단순한 놈 하나, 음침한 놈이 하나, 그리고 교활한 놈이 하나. 이렇게 도합 네 명이라 했던가요?"

"그렇다네."

"흠, 제가 보기엔 얼굴만 반질반질한 젊은이들로밖엔 안 보이는데 그런 재주들이 있다니. 역시 사람은 겉만 보고 판단하면 안 되나 보군요."

"군사들이나 물리라니까."

"아차, 그렇지요."

작은 손짓 한 방에 살벌했던 병기들이 우르르 밀려 나가 자취를 감췄다. 주변이 좀 한산해지고 나서야 승상은 큼지막한 덩치의 사내를 소개했다.

"모두 인사 올리거라. 전대 황실의 금의위장이시다."

"에?"

"누구요?"

"전대 황실?"

"금의위장?"

무의식적인 반문 후 네 사람이 동시에 머릿속으로 계산에 들어갔다. 가만있어 보자. 그러니까 지금의 전대면 선황 시절이네? 혜제 폐하를 호위했던 금의위장일 테고? 근데…… 그 사람이 여기와 있다고?

"그 사람 안 죽었어?! 죽었다던데!"

"해경아, 너는 어째서 사람을 다 죽은 것으로 취급하느냐. 나도 죽은 사람으로 쳐 버리더니."

"아니, 그게 아니라! 진짜 여기 뭐 하는 데야?"

모두가 묻고 싶은 말이었다. 황도에서 가장 가까운 섬에, 요새 같은 미로를 지나오니 다짜고짜 포위를 당하고, 거기서 겨우 풀려났더니 대뜸 나타난 인물은 선황의 금의위장.

"뭐 하는 곳이긴. 보이는 그대로 수상한 곳일세."

무심히 대꾸해 준 건 금의위장이었다. 심각한 건 나중에 알아서들 해소하고 갈 길이나 가자며 그가 모두를 이끌고 앞장섰다.

마을의 내부는 멀리서 본 것보다 더 굉장했다. 반듯하게 다듬어진 돌길을 따라 절도 있게 배열된 가옥들은 마치 황성의 부촌 거리를 걷고 있는 듯한 기분이 들게 했다.

여전히 정윤의 등 뒤에 붙어 있던 모연이 안경을 바짝 당겨 올리며 소곤거렸다.

"언니! 신녀가 없어요, 신녀가 없어!"

"쉿, 어딘가 있겠죠."

"아녜요! 정말 코빼기도 안 보인다고요!"

"신녀가 어디 거리를 활보하고 다니겠는가. 신녀들이라면 대신녀의 거처에서 대신녀님을 모시고 있다네."

귀가 밝은 건지 둘의 대화를 엿들은 금의위장이 고개를 돌려 쳐다보며 껄껄댔다. 모연은 경기를 일으키며 호다닥 뒤로 도망갔지만 나머지는 호기심이 솟았다.

"있긴 있다는 겁니까?"

"그럼 있기야 있지. 구색은 갖춰야 하니 말일세."

"어디에 있습니까?"

"지금 그 신녀들을 보러 가는 중일세."

호방한 웃음을 배경 삼아 발이 푸른 기와의 문턱을 넘어갔다.

중유당(中有堂).

승학은 머리 꼭대기를 지나치는 대문의 현판을 놓치지 않았다.

* * *

어마어마한 대저택이다,

라고 생각했던 건물의 첫인상은 두어 번의 회랑을 거쳐 가는 사이에 말끔히 사라져 버렸다.

웬걸. 내부는 결코 화려하거나 웅장하지 않았다. 복잡하고 어려웠다. 엄청난 미로와 미로의 복합체 같았다.

얼마나 그 인상이 강렬했냐면 그냥 지나쳐 가는 벽장도 평범해 보이지 않았다. 짐작건대, 위급 시 대피할 수 있는 비밀통로나 숨겨진 장소가 한두 곳이 아닐 것이다.

오던 길을 암기해 보려 애썼지만 아쉽게도 그 전에 길잡이의 발길이 특정 지점에서 그쳤다.

"들어 가 보게나. 대신녀께서 기다리고 계실 테니."

짙은 침향이 배어 나오는 나무 문살이었다. 입구에서부터 정신이 맑아지는 착각이 들었다.

"우리가 온다고 미리 일러두신 겁니까?"

"그러지 않아도 대신녀님은 모든 것을 아신다네."

"쳇, 나는 신 같은 거 안 믿는데."

"신은 믿지 않아도 신녀님의 말은 믿어야 할 걸세."

그렇게 떠밀리듯이 안으로 들어섰다. 옻칠이 수없이 칠해진 바닥에서는 반질거리는 광이 났다.

깊숙한 곳으로 침투해 갈수록 점점 더 진해져 가는 침향을 맡을 수 있었다.

“대신녀님.”

처소의 주인을 부르는 승상의 목소리가 어느 때보다도 공손했다.

“폐하께서 전령을 보내셨습니다.”

대발에 매달려 있던 작은 방울들이 흔들리며 그 너머의 공간이 잠깐 드러났다. 먼저 보인 것은 침향목의 연기가 올라오는 화로였지만 이내 비쳤던 모든 풍경들이 화사한 옥빛으로 뒤덮였다.

“어서 오세요, 여러분. 먼 길 오느라 수고가 많으셨습니다.”

하얀 옥빛의 신복을 입은 여성이 들췄던 발 사이로 온전히 제 모습을 빼내었다. 놀라울 만큼 온후하고 기품 어린 자태에 모두의 눈길이 멎어 버렸다.

“제가 위도의 대신녀입니다.”

* * *

다 같이 일시적으로 굳은 마당에 그나마 빠르게 본분을 되찾은 것은 해경이었다. 머리를 푸르르 털어낸 그가 용감하게 파발 통을 꺼내며 앞으로 나섰다.

“황제폐하의 칙서를 가지고 왔으니 바닥에 무릎을 꿇고 예를 갖추라!”

당연한 말이었다. 하지만 또 다들 얼이 빠져 버렸다. 왜냐하면 지금 이 상황에서 그건 너무나도 어울리지 않는 명령 같았으니까.

누군가의 앞에서 무릎을 꿇은 대신녀의 모습이란 도무지 상상이 가질 않아서였다. 그러니 쩌렁쩌렁한 고함이 지나가고 찾아온 것은 전과 같은 정적이었다. 천장 높이로 날아오른 앵무새가 뱅글뱅글 해경의 머리 위를 떠돌았다.

"침입자! 침입자!"

뭐, 침입자? 불끈한 해경이 놈을 잡겠다고 손을 뻗었지만 새는 잡히지 않고 빠져나가 대신녀의 품으로 쏘옥 들어갔다.

그제야 가느다란 웃음이 퍼졌다. 재미있다는 듯 소매로 입을 가리고 웃은 대신녀가 그에게 살며시 머리를 숙였다.

"꼬꼬의 결례를 용서하세요. 제가 버릇없이 기른 탓입니다."

"이잇…… 됐으니 얼른 무릎이나 꿇으시오. 빨리 짐 싸서 출발해야 되니까! 우리가 아주 바쁜 사람이라고!"

팔짱을 끼고 두 다리를 벌리고 선 해경은 평소와 다름없었다. 누가 오더라도 항상 저런 식이었듯이. 나는 내 본분에 충실하면 된다는 듯이.

하지만 어째서일까. 원칙대로 행동하는 그를 보는 것이 어딘지 모르게 불편했다. 왠지 저러면 안 될 것 같은데…….

"아얏!"

그런 생각이 들기 무섭게 승상이 손바닥으로 해경의 등판을 후려쳤다.

"이놈이! 무릎을 꿇어야 될 건 너다!"

"아, 내가 왜!"

"당장 대신녀님께 예를 갖추거라!"

"웃기시네! 한낱 신녀 따위에게 내가 그럴까 보냐?!"

출신 고하를 막론하고라도 신녀들은 황궁에서 쫓겨나 대대로 유배된 처지였다. 귀족인 그가 공대를 해야 할 이유는 눈곱만큼도 없었다.

"이놈이 그래도!"

"아닙니다, 승상. 그분의 말이 옳습니다. 저는 이제 신녀 안연화일 뿐. 과거의 허물은 벗어야 되지 않겠습니까."

순간 정윤은 온몸에 오소소 소름이 돋아났다. 뭔가 형용할 수 없는 예감이 척추를 활강하는 느낌이었다.

'설마 연화정의 그 안연화는 아니겠지.'

거기까지 갔다가 그녀는 급하게 도리질을 쳤다. 아니다, 우연일 것이다. 그녀는 죽었다. 죽어서 장례까지 치르지 않았나. 세상에 이름 같은 이가 어디 한둘이라고. 논리적으로 전혀 말이 되질 않았다.

"자, 무릎을 꿇었습니다. 어서 칙서를 내려 주시지요."

하얀 비단이 방사형으로 퍼지며 내려앉았다. 예법에 따라 꿇렸으나 막상 그리하고 있는 신녀를 보니 본인도 썩 개운치는 않은지, 해경은 뒤통수를 벅벅 문지르며 글을 읽었다.

"위도에 있는 모든 신녀들의 절도안치를 풀어 주노라. 대신녀는 종사를 받들어 신궁으로 복귀할 것을 명한다. 민심이 흉흉하고 궁이 정갈하지 못하여 하늘의 힘을 빌리고자 하니 속히 돌아와 불제(祓除)의 의표가 되어라."

"성은이 망극하옵니다. 분부 받잡겠사옵니다."

이마를 땅에 대고 절을 올린 신녀는 일어설 때도 두 손으로 공손히 칙서를 받들었다.

"자, 그럼 빨리빨리 짐 챙겨서 떠날 준비를……."

"차라도 한잔 하시겠습니까?"

"아니, 사람 말을 어디로. 당장 짐 챙겨야 한다니까."

"짐은 이미 챙겨 놓았습니다. 떠날 준비는 오래전에 끝나있었지요."

"옛?"

"그러니 잠시 담소를 나눌 시간은 있을 겁니다. 모두 거기 서 계시지 말고 이쪽으로 와서 앉으세요."

부드러운 강제랄까. 거부할 수 없는 강요에 쭈뼛대면서도 하나 둘 그녀가 안내하는 자리에 앉게 되었다. 즉석으로 마련된 자리가 아님을 증명하듯 간단한 다과상이 벌써 차려져 있었다.

대신녀가 온화한 미소로 차를 따르며 승상에게 친근하게 물었다.

"이분들이 바로 그 환상의 조합들이지요?"

"그렇습니다."

아니, 정말 궁금한데 도대체 저 얘기를 다들 어디서 주워들은 거지? 금의위장도 그렇고, 대신녀도 그렇고 섬에 갇혀 있는 이들이라기엔 황궁의 소식에 너무 귀가 밝았다.

신녀가 생글거리는 얼굴로 말했다.

"여러분께서 저를 주인공으로 하여 내 주신 소문은 잘 들었답니다. 생각보다 아주 즐거웠어요."

"소문이요?"

"소문이라니?"

"자안황후의 귀신이 구천을 떠돌아다닌다는 그럴싸한 이야기…… 여기 계신 분들께서 퍼뜨려주신 것이 아닌가요? 저는 그렇게 들었는데."

어디서 돌무더기가 와르르 뒤통수로 쏟아 내리는 심정, 알까. 하늘과 땅이 뒤바뀌는 것처럼 네 사람의 얼굴이 말도 못 하게 창백해지기 시작했다. 그런 와중에도 칭찬은 계속됐다.

"참으로 귀재들이십니다. 밖에서 들려오는 얘기라곤 온통 저에 대한 말뿐이라 모처럼 만에 반가웠습니다."

설마, 꿈이겠지. 누가 시키기도 않았는데 해경은 냅다 제 허벅지 살을 꽉 꼬집었다. 그래도 귀에 닿는 음성은 여전히 생생했다.

"죽은 이가 되어 세인들에게 잊혔던지라, 오랜만에 접하게 된 저의 시호도 감회가 새로웠고……."

절대로 일어날 수 없다고 생각했던 일이 눈앞에서 벌어지고 있다. 해경은 차마 비명도 지르고 못 하고 신녀가 있는 쪽으로 눈알을 굴렸다.

"서, 설마…… 진짜로…… 자안황후…마마……?"

"호호호, 이젠 아니라니까요."

쿵! 그가 그대로 기절하여 뒤로 넘어갔다. 다음 차례를 예고하듯 모연이 그가 내지 못한 심약한 비명을 간헐적으로 터트렸다.

"그럼 귀, 귀, 귀신?!"

"어머나, 정말 재미있는 분들이시네. 아직은 귀신이 아니랍니다. 아직은 사람이에요."

"귀, 귀신이야! 귀신……!"

쿵!

아니라고 말했지만 제 풀에 놀란 모연은 정신을 잃고 그만 쓰러져 버렸다.

"허어! 저런 모자란 놈들이! 마마, 송구하옵니다."

승상이 대신 머리를 싸매 쥐었다.

"아닙니다. 처음에는 당연한 반응이지요. 외려 담담하게 계신 이 두 분이 저는 더 의외로군요. 담력들이 크신 건가요?"

승학과 정윤을 보고 하는 말이었다.

물론 정윤도 기함한 건 마찬가지였다. 가까스로 침착함을 유지하고 있는 것뿐이다. 심장이 무섭게 두근거려 그녀는 저도 모르게 옆에 있는 승학의 팔에 의지했다.

곧바로 차분한 음성이 떨어졌다.

"짐작했습니다."

뭐라고요? 그녀가 깜짝 놀라 옆을 돌아보았다.

그녀뿐만이 아니었다. 승상도, 황후도 다 같이 놀란 눈치였다.

"앵무새가 날아왔을 때……."

순간 여러 가지 생각이 스쳤는지 승학은 말을 뗐다가 도로 흐렸다.

이 땅에서는 구할 수 없는 진귀한 새. 황제의 탄신일에 새장 속에 갇힌 앵무새를 바치며 태부는 그렇게 말했었다. 자신의 딸에게도 살아생전 여러 마리의 앵무를 선물했었다고.

그 일화를 잊지 못했던 탓인지 숲에서 별안간 등장한 새를 보았을 때 이미 의심은 시작되었다.

혹시 이곳에 자안황후가 있는 것은 아닐까, 적어도 그와 관련된 사람이 있지는 않을까.

그 의심을 또 한 번 굳힌 것은 제식 훈련이 된 병사들에게 포위를 당했을 때였다. 그들에게선 궁궐의 호위군과 같은 잔상이 짙게 남아 있었고, 그 증거로 전 금의위장이라는 인물이 나타나 일행을 중유당으로 이끌었다.

그리고 그 중유당.

전각의 입구에 걸려 있었던 굵고 짙은 세 글자. 그것마저 보게 되었을 때 승학은 마침내 이곳이 죽은 황후의 거처라는 것을 완벽히 확신할 수 있었다.

생각을 정돈한 그가 짧고 간결하게 답했다.

"중유당의 여주인이라 하셨으니까요."

중유(中有). 사람이 죽고 다음 생을 받을 때까지의 기간이다. 세속에서는 망자가 숨을 거둔 이후의 49일이라 편히 부르지만 본래 불교에서는 그것을 중유라 일컬었다. 죽었지만 아직 다음 생을 받지 못하고 떠돌고 있는 여인. 그런 곳의 주인이 되는 자.

승학은 지그시 두 눈을 내리감고 있는 황후를 바라보았다. 가는 속눈썹이 미세하게 떨리고 있었다.

"중유……. 예, 그렇습니다."

입술의 움직임이 힘겨워 보일 정도로 느리고 더뎠다.

한때 이 땅에서 가장 높고 밝게 빛나는 자리에 앉아 있었던 여인. 그러나 지금은 품었던 태양을 잃고 중천을 헤매고 있는 영혼이었다.

"바로 보셨습니다. 죽지도 못하고 살지도 못한 이, 제가 자안황후입니다."

시들어 꺾이는 꽃처럼 그녀가 앞섬을 다잡아 아래로 깊이 고개를 숙였다. 미안함, 죄스러움, 속죄가 담겨 있었다.

"여기 계신 분들께는 그저 죄스러운 마음뿐입니다. 저 때문에 하지 않아도 될 고생을 하셨으니 차마 얼굴을 들 면목도 없습니다."

"마마."

"모든 비극은 저로부터 시작하였습니다. 어쭙잖은 저의 연심이 제 낭군을 살해하고 나라를 도탄에 빠트렸으니 제가 원흉이요, 죄인입니다."

반짝이는 물방울들이 무릎으로 뚝뚝 떨어져 내렸다.

"넋이 되어 떠돈다는 비련의 황후의 이야기. 들어 주시겠습니까?"

아름답고 구슬픈 눈이 지워져 버린 옛이야기를 천천히 흘려냈다.

* * *

꽃비가 내리던 을해년 잎새달. 효국의 열아홉 번째 황후가 간택

되었다.

주인공은 유구한 역사를 자랑하는 명문가, 만산 안가(家)의 고명딸 연화. 대를 이어 삼공(三公)을 지내기로 유명했던 집안이라 하나같이 될 만한 여인이 되었다고들 떠들썩했다.

그러나 정작 그 행운의 인물은 궐로 들어가는 마차 안에서도 눈물을 찍어 내기에만 바빴다. 세상에서 가장 높은 여인이 되는 거라 많은 이들이 속삭여 줬지만 그녀에게는 그저 부모와의 생이별일 뿐이었다. 평생을 알지도 못하는 황제의 비(妃)가 되어 궐에 갇혀 살아야 한다니. 그녀는 다정하고 화목했던 부모님의 곁에 더 좋았다.

그러나 거부하지 못하고 마차에 올랐던 것은 뜻깊은 대의도, 자리에 대한 욕심도 아닌 오롯이 아비를 위했던 마음. 그 무엇보다도 그녀를 아꼈던 아버지를 위한 마음 때문이었다.

- 연화야, 너는 이 아비를 위해 황후가 되는 것이다. 가라, 가서 황제의 가장 옆에 서거라. 그의 옆에서 이 아비의 눈과 귀가 되어다오. 나의 첩자는 바로 너다.

떠나는 그녀를 안아 주며 그녀의 아비는 그렇게 말했었다.

너는 안가(家)의 사람이고 나의 사람이라고. 그것을 잊지 말아야 한다며. 그녀는 기꺼이 약속했다.

- 네, 아버지를 위해서라면요. 제가 그를 사랑하게 될 일은 결단코 없을 거예요.

하여 부부의 관계는 그렇게 처음부터 그녀의 일방적인 기만으로 시작되었다. 명실공히 황제와 황후였지만 그들은 절대 가까워질 수 없을 것처럼 보였다.

과히 그 적대감에 어긋나지 않게 황제는 국혼이 끝나자마자 그녀의 아버지를 조정의 중심부로부터 내쫓아 버렸다. 장인을 태부로서 대접하겠다는 명목이었지만 그것은 권력에서 손을 떼게 하려는 의도적인 추방이었다.

그녀는 이럴 경우를 대비해 자신을 황후로 보낸 부모의 선견지명에 감탄하면서도 남편 되는 자의 졸렬함에는 눈을 흘겼다.

- 나는 가현이오. 황후에게만은 그저 보통의 사내가 되고 싶은데. 현이라 불러 달라 하면 과욕이겠소?

해서 그와 마주칠 때마다, 그가 따스한 말을 건넬 때마다, 냉랭하게 굴며 외면하고 무시했다. 어차피 가식일 게 뻔한데 관심을 쏟는 일조차도 아깝다고 생각했었다.

그렇게 한 번, 두 번…… 제게 다가오려는 그를 성엣장 같은 마음으로 밀어내길 수차례.

언제부터인지 그도 그녀에 대한 발길을 서서히 접게 되었다.

- 두려워하지 마시오, 짐은 황후를 억지로 취하지 않을 것이오. 그대가 짐을 싫어하는 것을 잘 알고 있소. 그 이유 또한 알고. 가까이 가는 것이 불편하다면 이 이상 다가가지 않겠소. 황후를 존중할 것이오.

말하기로는 그녀가 자신을 불편해하는 것 같으니 그 의사를 존중하겠다고 했지만, 여인은 그것을 배려가 아닌 변명이라고 치부했다.

'흥, 그럴 수밖에. 자기도 내가 싫겠지.'

입안의 혀처럼 굴어도 모자랄 판에 소박이나 놓는 부인을 세상의 어느 사내가 진심으로 기다리겠나 싶었다. 그래도 그녀는 괜찮았다. 어차피 아쉬울 게 없었으니까. 오히려 더 편하고 좋다고 생각했었다.

그렇게 먼발치에 떨어진 채로 부부의 관계에는 또다시 몇 달이 흘렀다. 궁인들이 허울뿐인 황후라며 뒤에서 수군거리기 시작했지만 그즈음의 그녀는 첩자로서의 본분에 몹시 충실하고 있었다. 황제의 일거수일투족에 집중하는 것이 하루의 일과였다.

그는 정말 이상한 사람이었다. 늘 무언가 열중해 있었고 매일같이 다양한 사람들과 만나 대화하고 토론하기를 즐겼다. 여느 황제 같지가 않았다. 그래서 이해할 수가 없었다, 자신의 지아비라는 사람을.

하지만 지켜보고 있으면 그의 눈을 자주 반짝이는 순간을 목격할 수 있었다. 그럴 때면 또 어쩔 수 없이 궁금증이 생겼다.

대체 저 사람은 하루 종일 뭘 하는 걸까? 무엇에 그리도 열정적으로 몰두하는 걸까? 무슨 일이기에 저렇게도 반짝이는 순간이 많은 거지?

그리고 거기에서 또 조금 시간이 흐르자 급기야 억울해지는 날마저 생기기 시작했다.

'왜 나만 저 사람한테 이런 관심을 가져야 하는 거야?'

가까이 오지 말라고 벽을 쳐 두고 뒤돌아선, 몰래 감시하는 입장이었으니 당연한 일이었건만 우습게도 혼자만 쳐다보는 시선이 그렇게나 억울할 수가 없었다.

'저쪽은 날 쳐다보지도 않는데 왜 나만 이래야 해?'

하루하루 불만이 쌓이고 심성도 삐뚤어졌다.

어떻게 남편이라는 사람이 아내의 얼굴을 보러 오지도, 같이 식사 한번 하자는 말도 꺼내지 않는 건지.

내가 안융경의 딸이라서? 우리 아버지를 견제하느라?

'……하긴, 원래 날 별로 좋아하지도 않았잖아.'

정말 못됐다. 정말 못됐어.

어느 틈엔가 그가 점점 미워지기 시작했다. 처음에도 밉기는 했는데 그 미움에 심술이 들어간 순간부터 달라진 변화였을 것이다.

그래서 그의 앞에 알짱거리기 시작했다. 그를 괴롭히고 싶었다. 날 보기 싫어하는 것 같으니 괜히 앞에 나타나서 성가시게 굴고, 하는 일에 끼어들어 훼방 놓으려고. 아버지의 충견 노릇을 하기에도 모자람이 없다고 생각했었다.

그렇게 그의 집무실에, 그의 서재에, 그의 연구실에, 하나씩 자리를 얻어 가듯 그녀는 차츰 그의 영역에 드나들게 되었다.

못마땅해할 줄 알았던 남자는 오히려 기쁘게 맞아주었고 그녀가 그의 모든 것을 만지고 간섭하는 것을 허락해 주었다.

이따금 아주 신기한 것을 발견하고 저도 모르게 질문세례를 퍼붓게 될 때도 있었다. 그럴 때면 그는 제 곁에 그녀를 앉혀 두고 열심히 설명하다가, 머리를 싸매는 아내를 보며 웃음보를 터트리기도 했다. 고민하는 모습이 귀엽다면서. 그러면 그녀는 언제나 새빨개진 얼굴로 그를 노려보거나 크게 화를 냈지만 질문하는 것을 멈추지는 않았다.

몰랐던 이야기들, 해 보지 못했던 생각, 별나고 독특한 사람들, 꿈으로만 꾸던 세상. 그의 곁에는 그런 것들이 실재했었으니까.

어느새 그녀는 진심으로 '그'라는 사람에 대해 궁금해하는 여자가 되어 있었다.

무엇을 하는지, 어떤 사람인지, 뭘 좋아하는지, 어떤 것을 아끼는지, 지금 무엇을 하고 있을지, 나를 생각하는지.

나를…… 좋아하는지.

- 현.

하루하루 그를 부르고 찾는 일이 잦아졌다. 그 하루에서 하루가 보태질 때마다 그의 곁에 머무르는 시간도 늘어났다.

현, 하나뿐인 나의 하늘. 모든 것을 품어 안는 넓디넓은 사람.

스스로도 감당 못 할 연심이 들어차고 있는데 버겁다는 생각조차도 하지 못했다. 그의 손을 잡고, 그의 목소리를 들으면 그녀는 다른 사람이 되어 버렸다.

- 연화, 내 꿈이 무엇인지 들어보지 않겠소?

- 기꺼이요.

- 말도 안 되는 상상일지도 모르는데?

- 그렇대도 저는 믿어요.

- 그대에게는 들려주고 싶은 것들이 정말 많아. 얼마나 많은지

알면 나를 원망할 거요.

- 절대로요, 현. 매일 제 곁에 와서 들려주세요. 다른 곳으로 가지 마시고 제 가까이에서…….

누군가는 허황된 환상에 뜬구름으로만 가득한 헛소리라 비난했을지도 모르는지만 그녀는 그가 속삭여 주는 얘기들을 전부 믿었다. 자고 일어나면 그것들이 다 실현되어있을 거라고, 나의 그이가 하루도 쉼 없이 그곳으로 달려가고 있었으니까.

'진짜 황후가 되고 싶어.'

그리하여 그녀에겐 전에 없던 포부와 야망이 생겼다. 어느덧 그녀는 진짜 황후를 꿈꾸게 되었다. 아버지의 꼭두각시가 아닌, 안가(家)의 여식이 아닌, 한 나라의 위엄 있는 국모로.

그를 사랑했으니까, 그가 사랑하는 이 나라도 덩달아 사랑하게 되었다. 그가 그랬듯이 그녀 또한 무언가를 위해 애쓰고 터득하는 시간이 늘어갔다.

반대로 아비를 피하는 일이 잦아졌지만 한번 흘러넘치기 시작한 마음은 이미 수천 번이나 돌이킬 수 없는 강을 건넌 뒤였다.

그런 그녀에게 태기(胎氣)가 찾아온 것은 연화라는 이름이 흐릿해졌을 무렵이었다.

- 황후를 위해 작은 정자를 지었소. 예쁜 풍경을 보면 예쁜 아이가 나온다기에 연꽃도 띄우고 이름도 연화정이라 붙였지. 마음에 드오?

- 네, 너무요. 너무 마음에 들어요.

현은 비화림의 한가운데에 그녀를 위한 팔각 정자를 지어 주었다. 이 정원을 거닐게 될 그녀가 배 속의 아이와 함께 앉아 쉬어갈 공간이 있었으면 한다면서. 앞에는 맑은 수련 연못이 있고 주위로는 메꽃이 천지인 풍경이었다.

- 그런데 웬 메꽃이어요?

- 내가 손수 심었소. 수줍게 피는 모습이 꼭 황후를 보는 것 같아서. 황후는 언제나 수줍어하질 않소?

그가 메꽃이라 불러 주니 눈에 차는 것은 풍염한 연꽃보다 소박한 메꽃이었다.

메꽃. 그래, 메꽃.

- 그럴게요. 저는 이제 당신께 메꽃이 될게요.

그 순간 그녀는 제 안의 연화가 완전히 죽었음을, 스스로 현을 선택하고 아비를 배신했다는 것을 인정할 수밖에 없었다.

- 연화.

- 현……. 선화, 선화라고 불러 주세요.

연화는 연꽃, 선화는 메꽃.

그녀는 미련 없이 메꽃이 되길 택했다.

- 전 선화예요. 당신께 저는 선화예요. 이제 연화란 이름은 부르지 마세요. 그 이름은…… 정말 싫어요.

다른 이유는 없었다. 처음부터 연화는 온통 거짓 덩어리였으니까. 연화는 그를 기만하기 위해 왕관을 쓴 여자였으니까.

그래서 선화가 되고 싶었다. 메꽃으로 다시 피어나 언제나 그의 손길이 닿는 곳에, 티 없고 흠 없는 온전한 이가 되어.

그녀가 두 팔로 현의 목을 묶듯이 덮었다.

- 항상 저와 우리 아이의 곁에 있겠다고 약조해주세요. 언제나 함께 하겠다고.

- 물론.

끄덕여 주는 한 마디에도 가슴이 이렇게나 벅찬 사람이 세상에 또 있을 수 있을까.

그러나 행복해하는 그녀에게 그가 남긴 것은 알 수 없는 당부였다.

- 선화, 만약에 말이오. 아주 만약에 내게 무슨 일이 생긴다면. 그래서 황후를 지켜 주지 못하게 되거든…….

- 그런 말은 하지 마세요.

- 만약의 일이오.

- 그래도…….

- 만에 하나라도 그런 일이 생기거든 나의 아우 율이를 찾아가시오. 그 아이라면 나를 대신하여 끝까지 황후를 지켜 줄 것이오.

당시의 그는 만약이라며 조건을 달았었지만 돌이켜 보면 그때부터, 아니 그보다 훨씬 이전부터 그는 '그녀의 배신'을 인식하고 있었던 것 같았다. 정작 당사자인 그녀가 외면해 왔었던 둘의 불행을 그는 대비하고 있었던 것이다. 그녀에게 배신당한 아비가 무슨 일을 저지를지도 모른다는 것.

여인이 얕은 낮잠에도 악몽을 꾸게 된 건 그때부터였다.

아비에겐 그녀가 전부였으니 그런 아버지라면, 그녀를 빼앗긴 아버지라면 어떠한 복수라도 서슴지 않을 게 분명했다.

누구에게도 털어놓지 못한 채 그녀는 직접 나서서 황제의 수라를 준비하고, 손수 바늘을 잡아 옷을 지었다.

어떤 방식으로 그의 목숨이 위협받을지 모르니 작은 변화에도 두려움이 생겨 잠을 설치는 일은 습관이 되어갔다. 문득 그에게 가져갈 음식에서 시퍼렇게 변한 은수저를 볼 때면 속이 천 길 낭떠러지로 굴러떨어졌다.

하루하루가 살얼음판. 그럼에도 그의 곁에만 있을 수 있다면 견딜 수 있다고 생각했다. 반드시 그를 지켜 그의 아내로 살고자 했기에.

안개가 짙었던 그 밤이 오기 전까지의 일이었다.

- 황후마마.

그날은 달빛마저 괴기스러웠다. 여느 때와 마찬가지로 불 꺼진 방 안에 누워, 늦게까지 일하고 있을 낭군을 기다리는 여인에게 익숙한 그림자가 찾아왔다.

- 까악!

- 마마, 어찌 그리 놀라십니까. 아비입니다. 마마의 부모입니다.

- 아버지…….

- 마마, 섭섭합니다. 어째서 이 아비를 피하십니까?

살갗이 통째로 발리는 듯한 기운에 그녀는 온몸을 떨었다.

- 제가 그토록 황제에게 마음을 주지 말라 당부했건만.

- 저는 폐하를…….

- 연화야.

연화. 불리는 순간 목이 졸려 죽을 것 같은 심정이었다. 그녀는 내내 저것을 두려워했었다. 아비의 입에서 나올 이름, 연화를.

- 어찌 네가 나를 배신해. 어찌하여 네가 내 가슴에 비수를 꽂을 수 있단 말이냐. 아니…… 아니지. 이건 네 탓이 아니로구나. 내 딸이 그럴 리 없지. 이것은 황제 때문이다. 그가 너를 꾀어낸 것이야!

아비가 제게 집착하던 것, 알고는 있었으나 대수롭지 않아 했었다. 부정(父情)의 모양은 사람마다 다른 것이니 어느 아비의 사랑과도 다를 바 없다, 그리 여겼었는데 그 순간 그녀에게 덮쳐든 부정은 목을 옥죄오는 쇠사슬이었다.

- 연화야, 지금이라도 늦지 않았다. 이 아비와 함께 황궁을 나가자꾸나. 내가 어리석었어. 너를 이런 곳에 들여보내다니. 네가 나를 외면하니 이 아비는 살아도 사는 것이 아니었다.

싫어…… 싫어……!

소리를 질렀는데 아무도 달려오지 않았다. 칠흑 같은 방 안에는 핏발 선 아비의 눈동자만이 그녀를 노려보고 있었다.

그녀가 계속해서 완강히 버티자 그 아비는 곧 이성을 잃고 무섭게 돌변했다. 소름 끼치는 결심이 선 것처럼 떨어트리는 작은 말소리에도 귓등이 베일 것 같았다.

- 네가 그리도 애틋해하는 황제의 목숨이 지금 경각이니라. 이 아비는 대역죄인이 되어 사지가 절단돼도 두려울 것이 하나 없다. 내 평생에 기른 딸을 잃었는데 그깟 것이 대수일 성싶으냐?

광기. 아니 미치광이. 그건 진짜 미친 사람의 눈이었다. 그녀는 본능적으로 무릎을 꿇고 빌었다. 바짓가랑이에 매달려 살려달라고 외쳤다.

- 안 돼요. 아버지 안 돼요. 제발……!

- 허면 택해야지. 황제를 살리고 이 아비를 따라나설 것인지, 아니면 이곳에 남아서 그가 죽는 꼴을 볼 것인지.

아비는 그녀가 현을 버리고 자신을 따라나선다면 그의 목숨 정도는 건드리지 않겠다며 쉽게 새살거렸다. 자신이 어떤 음모를 어떻게 계획해 왔는지까지 뿌듯하게 자랑하면서.

여인은 분노와 무력감 앞에 내장이 뒤틀렸지만 그녀가 당장에 할 수 있는 일은 없었다. 그래서 그저 빌고 또 빌었다. 찬 바닥으로 내려와 몸을 숙이고, 머리를 땅에 박아 손이 문드러지도록 애원했다.

그만 살릴 수 있다면. 나의 현을 구할 수만 있다면.

- 그 사람을 살려 주세요. 살려 주시면…… 따라가겠습니다. 갈 테니 부디…….

- 그래, 그래야지. 그래야 내 딸이지!

지금 당장 나가자고 아버지는 역하게 몰아붙였다. 발목을 접질리며 끌려나가려던 때, 열린 창으로 강한 바람이 들이닥쳤다. 주렴이 흐트러졌고 창졸간에 자그마한 꽃병이 왈칵 물을 쏟으며 고꾸라졌다. 소중히 담아 놓은 메꽃 두 송이가 깨진 사기 조각에 깔려 죽었다.

그 순간 느꼈던 절망감을 감히 말로 표현할 수 있을까?

심장이 쪼개지면서 그녀는 벼락이라도 맞은 사람처럼 깨달아 버렸다. 살인귀와 같은 아비의 눈 속에서, 이미 생을 잃은 메꽃에서, 나의 그 사람은 이미 무너져 버렸다는 것을.

'아아…… 현…… 현.'

하늘이 무너져 내린 만큼 억만 겁의 분노가 그 위로 치솟았다. 이가 갈리고 턱이 떨려서 한 마디를 내뱉는 일에도 입속에서 붉은 피가 터졌다.

- ……예. 따라, 나서겠습니다. 일각 뒤 연화정에서…… 기다리고 있겠습니다.

잠시 말미를 달라 하고 돌아서선, 그녀는 미친 듯이 정원을 헤치고 달렸다. 입에는 독초를 씹어 물고 손에는 긴 무명천을 든 채.

소복 차림에 신도 없이 맨발이었지만 밟히는 돌에 살이 파이는 것조차도 느끼지 못했다.

'만에 하나, 내게 무슨 일이 생기거든 나의 아우 율이를 찾아가시오.'

아비에게서 벗어나는 것, 그것은 죽어 시체가 되어서나 가능했다. 그러니 가율 황자에게 가기 위해선 그녀는 목숨을 걸어야만 했다. 살아남아서 반드시 되갚아 주리라 다짐했다.

부우욱!

숨이 넘어가기 전에 바닥으로 떨어지기 위해 군데군데 천을 찢어 서까래에 동여맸다. 난간을 밟고 올라가는 내내 밤바람이 그녀의 행동을 말리듯이 비틀거리게 만들었지만 그녀는 일말의 망설임도 없이 밧줄에 제 목을 매달았다.

- 네가 죽어서라도 그를 따라가겠다는 말이냐!

축 늘어진 몸뚱이 앞에서 아비는 처절하게 절규했다. 뜨지 못하는 그녀의 눈 속에서도 그와 같은 피눈물이 흘러내렸다.

아아, 미안해요. 미안…… 미안해.

'내가 당신을 사랑하지 않았더라면.'

* * *

처마 밑으로 빗방울이 퐁퐁 맺혀 떨어졌다. 추적하게 내리는 여름비 너머로 안개 속의 작은 행궁이 더욱 고즈넉하게 느껴졌다.

이부자리에 반듯하게 누워 있는 대신녀는 마치 숨을 거둔 것처럼 얼굴색이 창백하고 생기가 없어 보였다.

고통으로 삭였던 나날을 드디어 고해했다는 안도감 때문이었을까. 나라를 망친 죗값을 달게 받겠다는 속죄를 끝으로 그녀는 기력이 쇠하듯 허물어졌다. 연약해진 몸을 정신이 버티지 못하는 것 같았다. 덕분에 미처 다 풀어지지 못한 사연들은 승상이 대신 이어 마무리 지었다.

"천이 찢겨 있었기에 숨이 완전히 넘어가기 전에 바닥으로 떨어지셨다. 그래도 독초를 씹어 삼키고 망자처럼 누워 계셨던 게다. 당시 황자이셨던 지금의 폐하께서 도착하실 때까지."

저리 누워 있는 모습을 보니 삼켰던 것이 어떤 독초일지 대략 어림짐작이 됐다. 해독해 주기 전까진 전신이 얼음골이었을 터, 겉보기엔 시체와 다를 바 없었을 것이다. 비록 그 후유증이 남아 그녀의 몸을 저토록 쇠약하게 만들고 배 속의 아이마저 잃게 했을지라도.

"이곳까지 어떻게 들키지 않고 들어오셨단 말입니까."

묻고 싶은 것이 많았다.

승상은 말없이 생각에 잠기더니 공간 안쪽에 있었던 진주 발을 걷으며 들어오라고 손짓했다. 맨 처음 황후가 이들을 맞이하러 나왔었던 그 방향이었다.

안의 내부는 또 하나의 독립적인 방이라고 해도 좋을 만큼 폭이 넓고 깊었다. 한쪽 벽에는 섬 전체가 조망되는 커다란 창이 나 있고, 다른 구석에는 벽서가에 미처 들어가지 못한 서책 더미가 수북이 쌓여 있었다. 그 외에도 갖가지 기물들이 자리하고 있었지만, 무엇보다 압도적으로 시선을 당겼던 건 중앙에 놓인 황장목의 커다란 관이었다.

"저것은……"

"그래, 재궁(梓宮)이다."

황제나 황후의 시신을 담는 귀한 목관이 그곳에 놓여 있었다. 사람만 빼돌렸던 게 아니라 재궁을 통째로 들어냈던 것인가? 발길이 선뜻 그 앞으로 움직여지질 않았다.

"미, 미, 미친 거 아니야? 땅속에 묻혀 있어야 할 게 왜 여기에 있는데!"

"그런 게 아니다."

관 끝을 쥔 승상의 손이 미약하게 경련했다. 그가 덮개를 밀자 휑한 빈속이 들여다보였다.

"능침을 파낸 게 아니다. 애초에 재궁은 두 개였으니까."

"두 개였다니요?"

"재궁은 하나만 만들도록 되어 있지 않습니까."

"그렇지. 시신이 관에 잘 들어맞는다면 말이다."

그렇다면 몸의 크기가 맞지 않아 관을 다시 제작했었다는 소리였다. 개중 하나에 진짜 황후가 담겨 이곳에 숨어들어 왔고.

모두의 얼굴에 어떻게? 라는 의문이 차올랐다.

"너희들이 말한 대로다. 본디 재궁이란 것은 하나만이 존재해야 하지."

시체가 되었다 해도 황제와 황후의 육신이요, 재궁은 그것을 담는 그릇이다. 그런 만큼 중요하게 다뤄져 즉위 초년부터 일찌감치 만들어 준비해 둔다. 귀한 소나무를 찾아다가 해마다 옻칠을 먹이며 황제와 황후가 죽기 직전까지 관리하고 모셔 두는 게 법도였다.

"하지만 그 유일한 하나라는 것은 어쩔 수 없이 젊은 시절의 건장했던 체격에 맞춰 재단할 수밖에 없다. 보통 때라면 전혀 문제가 되지 않을 얘기지. 하지만 복중에 아기를 품은 채로 급사하신다면 어떨 것 같으냐."

"……!"

"본래 준비되어 있던 재궁에 옥체가 알맞게 들어맞지 않았다. 독초로 인해 더욱 부어 있기도 했고. 그 재궁에 마마의 시신을 안치시키려면 염을 포기해야만 했지."

염도 없이 시체만 관 속에 덜렁. 심하게 비교해서 하찮은 노비의 장례도 그렇게는 치르지 않았다.

"그러니 다시 만들 수밖에 없었다."

덕분에 황후의 재궁은 두 개가 되었다. 개중 폐기되어야 했을 본래의 재궁에 그녀는 스스로 들어가 누웠다. 염을 해도 되지 않는, 살아 있는 사람이었으니까 가능했다.

"그리고 아버지께서 이 관을 여기까지 옮기신 거군요."

승학은 이후의 일을 추측할 수 있었다. 관 안에 숨겼으면 그것을 운반할 사람도 있어야 했을 것이다. 그 엄청난 내막을 다 알고도 토씨 하나 누설하지 않을 믿음직한 인물이.

구슬퍼진 눈의 승상이 아들의 어깨를 짚었다.

"미안하구나. 그때는 사정을 다 설명하고 떠날 수가 없었다. 돌아오는 데에 이리 긴 시간이 걸릴 거라고도 생각하지 못했었지."

승상의 실종도 결국 여기까지 거슬러 올라와 엮어져 있던 일이었다. 늦게 접한 과거에 모두는 막막함을 감추지 못했다. 살아 있는 원귀라 퍼트렸던 소문은 지어낸 이야기가 아닌 진짜 사실이었다.

"오래전에 유폐되어 아무도 거들떠보지 않는 섬, 버려진 자들이 내쫓겨난 곳. 위도는 그런 곳이었다. 그랬기에 마마께서 은신하기에 더할 나위 없이 적합했지."

황성에서 가깝다는 것이 흠이긴 했지만 대신 그녀의 유일한 우군인 현 황제의 비호를 받을 수 있는 도피처이기도 했다. 그래서 위도를 기지로 삼아 재기를 노렸다. 그녀를 도울 물자와 인원들도 시간의 흐름에 따라 조금씩 옮겨졌다.

잠시 말이 끊기고 승상의 시선이 창밖으로 넘어갔다. 쏟아지는 빗속에서 사람들이 바쁘게 수레 위로 짐을 실어 나르고 있었다. 무엇을 그리도 많이 챙겼는지 일렬로 늘어선 수레가 짐을 산처럼 쌓아 문밖까지 이어져 있었다.

"조심해서 실어라. 귀중한 것이니. 어이, 거기! 그걸 그렇게 막 쌓아 올리면 어떡해!"

이리저리 뛰어다니며 인부들을 단속하는 금의위장의 목소리가 또렷하게 들려왔다.

차곡차곡 올라가는 짐을 보며 잠겼던 승상의 입이 다시금 열렸다.

"이곳에 숨어 마마께서는 그간 많은 일들을 해 오셨다. 언젠가는 다시 시작될 싸움을 준비하며, 선황 폐하의 흔적을 찾아 모아 그분의 유지(遺志)를 잇고자 했지. 그렇게 긴 세월을…… 아주 외롭고 고독한 시간이었어."

무려 십 년의 세월이었다. 이 작디작은 섬 안에 갇혀 그녀는 사랑으로, 증오로, 또 사명감으로 시간이라는 견고한 벽을 견뎌냈다.

"선황 폐하의 유지요?"

"그래, 사람은 떠났어도 뜻은 남으니 말이다."

유난히도 푸른 꿈을 꾸었던 군주는 천명을 거슬러 성급히 흙으로 돌아갔다.

그러나 생이 꺼졌다 하여 그가 남긴 뜻마저 꺼진 것은 아니라고, 뜻이 남아 있으니 그것을 이어가면 된다고 황후는 입버릇처럼 말했다. 그에 따라 혜제가 남긴 숱한 자료들이 고스란히 위도로 옮겨져 왔다.

"또한 오성의 뜻도 어딘가에는 남아 누군가에게는 영감을 주었을 테고……."

승상은 말끝을 흐리며 무의식적으로 정윤을 바라보았다.

연하고 고운 아이.

가엽게도 폭풍 속에 휘말려 힘겨운 유년기를 보냈을 것을 생각하니 입안에 쓴 물이 고였다. 천신의 도움으로 진영이 겨우 살아나갔다 한들 무엇이 달랐을까. 오랑캐의 여식에 반역자의 여식이라는 오명만이 덧씌워졌을 뿐. 어른들이 제대로 지켜 주지 못해 벌어진 비극이었다.

예고 없이 받은 눈길에 감정이 요동쳐 정윤은 아무것도 없는 빈 허공으로 허둥지둥 달아났다. 왜…… 그냥, 마음이 아팠다. 가만히 있다가는 눈물이 맺힐 것 같아 그녀가 한 곳을 가리키며 화제를 전환했다.

"저기 서책들이 정말 많네요."

손가락의 방향을 따라 여러 개의 눈동자가 수북이 쌓아 올려진 서적 더미에 닿았다. 벽을 도배한 서가, 그 아래의 기둥, 그 기둥을 버티지 못하고 떨어져 고인 책 웅덩이.

여느 창고도 저렇게까지 어지럽진 않을 것 같았다.

귀한 고서에 다들 감탄하며 눈이 휘둥그레진 사이, 모연은 주로 책등이 비어 있는 서적만을 골라 뒤적거렸다. 혹시나 협모락의 책이 여기까지 들어와 있지는 않을까 하는 쓸데없는 기대감 때문이었다.

"이런 도면들은 다 뭐죠?"

그러나 어찌 된 일인지 그녀가 집어 든 책에는 종이마다 희한한 설계 도면이 빼곡했다. 해경이 옆으로 얼굴을 들이밀며 추측했다.

"수레에 뭘 얹은 것 같긴 한데…… 생긴 게 뭐 이래?"

"수레요? 활차 아니었어요?"

저벅저벅 걸어온 승상이 위로 책을 빼앗아 들며 끼어들었다.

"그것은 수총기(水銃機)라는 화재를 진압하는 구화 기계이다. 여럿이서 손잡이를 누르면 통에 든 물을 높은 고도까지 쏘아 올릴 수 있지. 그리고 네 녀석들이 꺼낸 제목 없는 서책들은 전부 석여의 개인 일기장이고."

"일기요? 글씨가 별로 없는데."

"일기라고 사람마다 다 똑같지는 않지. 그녀에게 일기란 그런 것이다. 날마다 떠오르는 새로운 단상들을 끼적이는 낙서장."

"아, 그래서 제목이 다 없었구나. 그럼 이 꼬챙이는 뭡니까?"

"그건 꼬챙이가 아니라 새로운 형태의 화약총이다."

"이렇게 생긴 총은 본 적이 없는데요."

"본 적이 없으니 발명품이지."

석여. 그녀도 오성의 하나였던 사람이었다. 만들어 내는 것마다 기발하고 신통하여 늘 주변을 놀라게 했었다는 비범한 발명가. 기술로서 나라를 부강하게 하고자 했었던 과학자.

승상은 천천히 그녀의 일기를 손으로 더듬었다. 빛바랜 기억 속의 그녀는 매일같이 연구실 구석에 앉아 피곤한 눈썹 새로 눈을 반짝였던 여인이었다. 지나간 추억이 떠오르자 또다시 입안이 썼다.

"석여는 늘 하늘을 날아 보고 싶어 했어. 거기선 마음껏 날개를 펼쳐도 흉이 되지 않는다면서……. 시험 삼아 높은 곳에서 같이 한 번 뛰어내려 보자며 나를 꼬드기곤 했었지."

"그건 하늘을 나는 시험이 아니라 골로 가는 시험인데?"

"공기에 저항할 수 있는 넓은 천을 등 뒤에서 펼칠 수 있다면 가능할 거라고 했다. 우리가 당장은 해내지 못해도 먼 세대의 후손들은 그리할 수도 있다고."

"뭔 딴 세상 같은 소리야?"

"딴 세상이 아니라 미래라고 하는 것이다. 언젠가는 이 세계에서 다 벌어질 일들이지."

"참나, 누가 그걸 몰라?"

"아는 것은 중요한 것이 아니다. 그래서 하느냐가 중요하다."

실천하지 못한다면 아무리 뛰어나다 한들 그저 죽은 생각, 박제된 활자일 뿐이라고 승상은 엄격하게 잘라 쳐냈다.

정윤은 그제야 알 수 있을 것 같았다. 어째서 이 섬에 모인 것들이 혜제의 유지이고 오성의 뜻인지를.

그녀는 언젠가 이와 비슷한 장면을 만난 적이 있었다. 혜제의 실록을 훔쳐보러 들어갔었던 사고에서, 희미하게 묻어 있는 아버지의 흔적에서.

그때는 불꽃에 뛰어든 아버지를 이해하지 못했었다. 그저 어리석고 저릿한 기억으로만 간직하고 나왔을 뿐 아버지의 그 시절이 조금도 가치 있다고 여기지 않았다. 그런 순간이 존재했었다는 것조차도 믿을 수가 없었으니까.

하지만 지금은 고개 숙이고 인정하게 된다. 당신께서 옳았다고. 이만한 시절이라면 몸을 던질 만한 가치가 있었다고, 그러했던 동료들이라면 얼마든지 매혹당해도 좋았다고.

희망이 별처럼 빛났던 순간은 분명히 있었다. 깨달음이 흩어지기도 전에 회한이 짙게 퍼졌다.

"참으로 명석한 여인이었는데……. 너무 큰 별들이 졌어."

관이 자리한 방 안은 삽시간에 묘지처럼 고요해졌다.

적막을 지배하는 것은 후회, 한 시대가 놓쳐버린 희망, 그것을 이제야 안 것에 대한 부끄러움.

무고한 이는 아무도 없었다. 드러난 죄목에 모두가 눈을 감았다. 무거워진 눈꺼풀이 형벌처럼 마음을 짓눌렀다.

* * *

낮부터 추적추적 내리기 시작한 보슬비는 밤이 되니 장대비가 되어 쏟아져 내렸다. 일찍부터 꾸려졌기에 대부분의 채비는 끝났지만 일행은 하루를 쉬어 가기로 하고 각자의 방으로 돌아갔다.

대부분이 잠든 깊은 밤. 정윤은 잠을 이루지 못하고 홀로 누각으로 올라왔다. 난간에 걸터앉은 탓에 비가 발을 흠뻑 적시고 있었지만 피하지 않고 다리를 쭉 뻗어 떨어지는 비를 기껍게 맞았다.

'위도는 비마저도 슬프구나.'

눈물 같은 비였다. 젖은 풍경을 보고 있노라니 마치 자안황후의 눈물 속에 살고 있는 듯한 착각이 들 정도였다.

불구덩이로 던져졌던 나라와, 찢겨져 나간 황제, 몰아닥친 피바람까지. 그 비극 뒤에 무엇이 있을지 숨죽여 추격해 왔는데…….

그러나 벗겨 놓으면 필시 추하리라 생각했던 예상과 달리 그곳에는 슬프게 울고 있는 한 여인이 서 있었다. 지아비와 아이를 동시에 잃고 부모에 의해 낭떠러지로 몰릴 수밖에 없었던 불쌍한 한 여자가.

그토록 찾아 헤맸던 비극의 실체는 결국 대의도 권력도 아니었다. 어쩔 수 없이 그것에 이름을 붙여야 한다면 사랑의 잔악함 정도가 될까.

메말라가던 황후의 몰골이 떠올라 정윤은 차마 옷을 적시는 빗물을 피할 수가 없었다. 허공으로 손을 내밀자 빗방울이 하얀 살결을 타고 또르르 흘러내렸다.

"시간이 늦었는데 이런 곳에서 무얼 하시는 겁니까?"

다정한 목소리와 함께 튼튼한 팔이 허리를 휘감아 안쪽으로 잡아끌었다. 난간에 아슬아슬하게 걸터앉아 있었던 몸은 안전한 품속으로 빨려 들어갔다.

“한참을 찾아다녔습니다. 밤비가 찬데 몸이라도 상하면 어쩌려고.”

온기 없이 텅 빈 방을 맞닥뜨리고 얼마나 놀랐는지 모른다. 지금껏 온 행궁을 뛰어다녔음을 증명키라도 하듯 승학의 숨소리는 여전히 거칠었다.

“잠이 오질 않아서요. 황후마마…… 꼭 밀랍인형 같았지요?”

몸을 틀어 승학의 가슴에 기대며 정윤은 힘없이 속삭였다.

“저도 혼자 남으면 그렇게 돼버릴까요?”

이 사람이 없이 나 홀로만 남게 되면 어찌하나. 승학을 잃고 버틸 수 있을지 그녀는 자신이 없었다. 위도에서 목도한 황후의 잔약함에 겁이 났다.

그러나 연한 속삭임을 듣는 순간 승학은 그 반대의 상황을 상상해 버렸다. 그녀가 사라지고 하얗게 비어 버린 세상을.

미칠 것 같았다. 단순히 상상만으로도 감정이 격하게 일렁거렸다.

당신은 지난 사냥터에서도 목숨을 잃을 뻔했지. 그것으로 내 피가 얼마나 끓어 졸았는데.

가파르게 변한 숨결이 뽀얀 목덜미에 달라붙었다. 강박증이라도 생긴 듯 그가 정윤의 어깨를 바스러질 정도로 끌어안았다.

“혼자 남게 되면 꼼짝없이 산송장이 될 건 접니다.”

"그러지 마세요. 제가 없어도 공자는……."

말은 도중에 끊겨 마쳐지지 못했다. 이번엔 허리까지 바싹 조여 버린 강한 압박감 때문이었다. 그런 미운 말을 하는 게 원망스럽다는 거였다.

"마음의 반절을 베이고도 멀쩡히 살아갈 수 있을 만큼 저는 괴물이 아닙니다. 세상 끝까지 다다라서도 거기에서도 소저를 찾지 못하면 아마 그 자리에서 죽어 버리고 말 겁니다."

정말로 그런 때가 오면, 그녀가 사라지고 혼자 버려지는 그런 순간이 오면, 그는 죽는 게 두렵지 않을 것 같았다. 정확히는 죽는 것조차도 두렵지 않게 될 것이다. 되찾을 수 있는 짓이라면 뭐든 서슴없이 저지르게 될 테니까. 죽는 일 따위야 아무래도 상관없어진다.

"이처럼 무모한 자를 정인으로 삼아버린 소저에겐 미안하지만, 아시잖습니까. 저는 소저에 관해선 눈이 멀고 귀가 먹어 아둔해지는 사람입니다."

그녀를 구하기 위해 사람을 찔렀을 때도, 허물을 대신 뒤집어썼을 때도, 죄를 나누어지고 숨겨 주려 했을 때도 그는 망설임이나 고민 같은 것을 가져 보지 못했다. 자신이 악인이라 지탄 받을 일보다 당장에 그녀를 감싸주지 못한 것이 더 안타까워 속이 까맣게 탔다.

"고칠 수도 없는 구제 불능입니다. 그러니 소저께서 저를 혼자 버려두시면 어딘가가 단단히 망가져서 인생을 망칠 게 뻔합니다.

그걸 보고 싶으신 게 아니라면 그런 말로 저를 불안하게 마십시오."

언뜻 들어선 떼쓰기였지만 그 나름으로서는 가식 하나 섞이지 않은 진심이었다. 그 스스로도 자신이 어디까지 망가질지 내다볼 재량이 없었으니까. 점점 완고해지는 목소리에 정윤은 황급히 사과하며 약속했다.

"예, 그럴게요. 그만할게요. 제가 괜한 생각을 했어요. 불안하게 해서 죄송해요."

그러면서 코를 박은 그의 어깨에 제 입술을 꾹 짓눌렀다. 피부에 닿은 것도 아닌데 승학은 그것만으로도 쌓였던 먹구름이 걷히며 숨이 쉬어지는 기분이었다.

품 안에서 비벼지는 머리카락 사이로 새하얀 귀 끝이 수줍게 드러난다. 가슴이 뛰었다. 승학은 그녀의 관자놀이와 귓가에 입을 맞추며 눈을 감았다.

"몸이 차니 이만 들어가야겠습니다. 이러다 고뿔이라도 걸리면 큰일입니다."

"저 하나도 안 추운데. 그러지 말고 조금만 더 있다 들어가면 안 돼요?"

찬바람을 쐬는 것이 좋아 정윤은 잘 부리지 않는 애교를 피웠다. 어깨를 끌어안고 매달려서 승학은 불가항력으로 움찔거렸다.

잠시 후 그가 크게 심호흡을 하며 단호한 목소리로 거절했다.

"안 됩니다."

"왜……."

"지금 치마가 얼마나 흠뻑 젖었는지 아십니까."

이대로 두면 금세 몸이 으슬으슬해질 게 훤하다. 그럼에도 정윤이 눈치를 보며 미적대자 그는 자신의 겉옷을 벗어 그녀의 목부터 아래까지 꽁꽁 싸매 버렸다. 뚱한 표정으로 시위하려 하니 아예 들쳐 매고 갈 작정으로.

"그렇게 나오시면 납치할 수밖에요."

번쩍 들어 어깨에 걸쳤다. 옷 사이로 얼굴만 빠져나온 정윤은 입을 불만스럽게 내밀었다.

"어디로 납치하시려고요?"

"내 방으로."

"저도 제 방이 있는데요?"

"천둥도 치고 번개도 치고. 혼자 있으면 무섭지 않습니까. 같이 있으면 든든하고."

"저는 천둥도 번개도 하나도 안 무서운데요?"

"제가 무섭습니다."

그 순간 차가운 물방울이 얼굴로 들이닥쳤다. 거세진 바람에 의해 피신처가 되었던 누각 안으로 빗물이 쏟아졌다.

미처 피할 겨를이 없어 승학은 속수무책으로 들이치는 빗물을 전부 뒤집어썼다. 자신과 똑같이 생쥐 꼴이 된 그의 몰골을 보곤 정윤이 놀리듯이 까르르거렸다.

가슴이 벅찰 정도로 맑게 터지는 웃음소리를 그는 빠근해지는 팔 안에서 들었다. 트였던 숨이 다시금 가팔라졌다.

'앞으로도…… 이러하겠지.'

그녀는 앞으로도 이렇게 제 숨통을 쉬이 조이고 풀 터였다. 그녀의 단순한 변심에도 자신은 지금처럼 하늘과 땅을 오가게 되리라 생각했다. 변하는 그 순간조차도 놓치고 싶지 않아서였다.

'그러니 만에 하나라도 잃는다면.'

그에게 죽음이 대수롭지 않아진 이유였다.

똑같이 젖어 축축해진 비단결 너머로 뜨거운 살갗이 느껴졌다. 들쳐 업고 걸어가던 그가 돌연 정윤의 몸을 땅에 내려놓았다. 다리가 엉킨 그녀가 한 발짝 떼기도 전에 기둥으로 밀어붙이고 성급한 입술을 부딪친다.

입술이 겹쳐질 때 차가운 빗물이 스며들었지만 뜨거운 혀가 금세 그 자리를 쓸고 지나갔다. 순식간에 둘 다 뜨거워 견딜 수 없는 상태가 되었다.

바르작거리는 턱을 양손으로 감싸 쥐고 승학은 안으로 완전히 파묻히듯이 고개를 꺾었다. 제발, 한 입만 더. 갈구하는 몸짓은 딱 그것으로밖에 보이지 않았다. 이렇게 흠뻑 젖어버려도 좋다. 등을 적시는 비가 차가웠지만 그치지 않아도 좋았다. 좋은 비는 때를 알고 내리니까.

간절한 것을 받듯 그가 허덕거리는 숨의 한 줌도 남기지 않고 받아 삼켰다. 외딴 섬의 쓸쓸함을 몰아내는 한여름의 장대비 시절이었다.

* * *

때 이른 시각부터 성곽 바깥쪽에서부터 안으로 적지 않은 행렬이 늘어졌다. 넓은 너울을 쓴 신녀들과 그들을 호위하는 병사들이 행렬에 섞여 지나가자 사람들이 야단스럽게 말을 날랐다.

"결국 대신녀가 돌아오는구먼!"

"잘 됐네요! 이리 어수선한데 원귀든 잡귀든 얼른 달래서 돌려보내야지요!"

"폐하께서 큰 결단을 내리신 겁니다!"

행렬의 가장 중심에서 굴러가던 마차의 창문이 새끼손가락만큼 열렸다. 황후와 동석하게 된 정윤은 틈새로 오가는 말들을 빠르게 주워 담았다.

"모두 신녀님의 귀환을 축하하는 분위기입니다."

위도를 떠났으니 황후는 이제 대신녀였다.

"저들에게 저는 사악한 원귀를 쫓아내 줄 성스러운 신녀니까요. 거짓일지라도 문전 박대보다는 낫군요."

"긴장되세요? 아니면 두려우세요?"

침착하게 말하는 음성 새로 사소한 떨림이 느껴졌던 탓이었다.

위령제가 열리는 무오월 초하루까지 남은 시간은 고작 사흘. 황후는 그날 제단에 피를 바쳐야만 이 길고 긴 이야기를 마침내 종결 낼 수 있을 거라고 분명히 뜻을 밝혔다. 복수가 아니라 전쟁이기 때문에 그러하다고도 했다.

하지만 그 피라는 것. 아군에게서 뽑아낼 게 아니라면 그녀의 아비로부터 흩뿌려져 할 제물일 터. 원수가 되었다 해도 부모인데. 정윤은 그 점을 염려하고 있었다.

"긴장도 되고 두렵기도 하군요. 십 년을 대비해 왔는데 앞으로 남은 건 사흘뿐이라. 기다릴 때는 그리도 길다 여겨졌던 것들이 막상 닥쳐오니 시간이 참 짧습니다."

무엇을 두려워하는지, 질문의 요지가 그곳에 있지 않다는 걸 알았을 텐데도 황후는 비스듬히 빗겨나간 각도에서 답변을 돌려주었다. 정윤은 모르는 척 방향을 맞춰 바꿔 주었다.

"정말 그들이 모반을 꾀할 거라 여기십니까?"

"반정을 빌미로 삼은 반란이지요."

"모아 온 병력도 없을 텐데요?"

단시간에 무구 사용에 능숙한 사병을 모집한다는 건 권력과 재력만으로 가능한 일이 아니다. 실제 현장에서 동원할 수 있는, 실력을 갖춘 인원은 열의만으로 확보되지 않는다. 한 명의 병사가 칼부림을 부릴 수 있게 되기까지에는 긴 시간의 훈련이 필요한 법이었다.

하지만 남은 시간은 사흘. 그 이전부터 계획했다고 해도 무력으로 황군에 맞설 규모를 조직한다는 건 아무리 생각해 봐도 힘든 얘기인 것 같았다.

황후는 무슨 말인지 안다는 듯 한층 더 진중한 음성으로 설명했다.

"아니요, 애초에 그쪽은 병력을 모을 필요가 없습니다. 궁에 있으니 소저도 알 만큼 알 테지요. 궐 안에 폐하의 편이 얼마나 되던가요? 폐하께서 위기에 처하면 몸 바쳐 구할 이들이 몇이나 되지요?"

"……그건."

"십 년간 궐을 장악해 온 건 그들입니다. 폐하의 사방에 눈과 귀를 붙이고 수상한 짓을 하진 않는지 감시해 왔지요. 대전의 들어선 수백의 신료들도, 침실을 지키는 수십의 금군들도. 아니, 수발을 드는 내관과 세숫물을 바치는 궁녀 하나까지도 폐하의 사람이 아닙니다."

모두가 그들의 지원군이다. 단지 무장하지 않았을 뿐. 병력을 모을 필요도 없이 이미 주변에 깔린 전부가 그들에겐 병사였다.

"제 아버지는 철두철미한 사람입니다. 그분은 저를 궐의 첩자로 심어 넣었습니다. 황궁의 가장 최중심부였었지요. 하물며 다른 곳은 어땠겠습니까."

그나마 과거에는 '그 중심부'에서 배반자가 나왔으니 그들이 대처하지 못했겠지만 이번에는 관리에 구멍도 없을 것이다. 선례가 있었던 만큼 그들의 단속은 더욱 강화되었고, 여러 개의 시선으로 황제를 지켜보고 있었다. 허튼짓을 하면 당장에라도 손쓸 수 있도록.

황제가 본의 아니게 무능하지도, 그렇다고 유능하지도 않은 채 그저 그런 군주로 십 년간 바보연기를 한 까닭이었다.

"궐내에 폐하께서 진심으로 신뢰할 수 있는 집단이 있었다면 애초에 소저와 같은 사람을 찾아 나섰을 이유도, 그리 어렵게 데려와 변변치 못한 관아에서 썩히며 비밀리에 움직이게 하실 이유도 없었지요."

"그렇…… 다면."

상황에 대한 설명이 논리적으로 흘러나오는 동안 정윤의 표정은 시시각각으로 달라졌다.

처음에는 놓쳤던 부분을 간단히 깨달은 얼굴이었다가 얘기를 들으며 점차 먹구름처럼 짙게 흐려지더니 황후의 말이 다 끝났을 무렵에는 누가 봐도 심각하게 초조해져 있었다.

실은 위도로 떠나오기 직전부터 그녀의 마음을 계속 갉아먹던 것이 한 가지 있었다.

창희가 전해 주었던 밀항선에 관한 소식.

왜율국에서부터 중요한 물건을 훔친 배가 효국 어딘가에 몰래 입항했다는 이야기를 들었을 때부터, 사실 그녀의 머릿속에서는 어떤 위험한 가정이 일 순위로 자리 잡혀 있었다.

왜냐하면 애초에 그쪽 왕실에서 그토록 눈에 불을 켜고 달려들 만한 그들의 특산품은 몇 되지 않았으니까.

예를 들면 금, 혹은 불상, 아니면 군함의 설계도라든지. 그것도 아니면.

'총. 총밖에 없지.'

본래 왜국은 떠돌이 해적들이 모여 건국한 섬나라라, 대륙에 비해 문명은 뒤처졌어도 뛰어난 수군력과 화기 조제기술을 보유하고 있었다. 농작 재배나 가축 사육보다 약탈이 더 쉬웠을 정도로.

그것이 그쪽 나라의 자랑거리였는데 문득 황후가 들려준 이야기를 더해 보니 품고 있던 의심은 섬뜩한 확신으로 변해 버렸다.

바다 건너 훔쳐 들어온 살상 무기, 위험을 감수하고라도 그 많은 총들은 빼돌려야 했을 인물들, 그것들이 쓰일 장소, 궐에는 결코 우리 편이 없을 거라는 황후의 전언. 그 수많은 단서들이 겹쳐져 중심에 교집합이 완성되었다.

황후가 옳았다. 중심에 있는 것은 역천이라는 단어 하나뿐이었다.

"……마마."

"예."

"아직 사실 확인을 하지 못해 선불리 단정 짓기 어렵지만."

"괜찮으니 말씀하세요."

"그렇다면 역도들에게 특별한 무기가 있을지도 모릅니다."

"특별한 무기요?"

훈련이 잘 되어 있지 않아도 무리 없이 군사로 대용할 수 있으려면 창칼보다 배우기는 빠르고 위력은 그 배로 강해야 한다. 아니, 따지고 보면 굳이 이런 조건까지 따라붙지 않아도 되었다. 그냥 총만 장비할 수 있으면 많은 수의 인원을 모집할 필요 없이 소수의 사람만으로도 강력한 공격력을 갖출 수 있었다.

'칼을 찬 용맹한 무사조차 총을 든 어리숙한 농민을 이길 수 없다.'

그러니 만약 그 총을 완벽히 훈련된 황제의 금군에게 쥐여 주기라도 한다면.

……끔찍한 결과가 도출되었다.

불길하게 뛰는 맥박을 잠재우려 노력하며 정윤은 가까스로 뇌리에만 머물러 있던 가설을 꺼내놓았다.

"그들에게 화승총이 있을지도 모릅니다."

차분하게 내려와 있던 황후의 속눈썹에 즉시 한계까지 치켜 올라갔다.

"총, 말입니까?"

"정황상 그렇습니다. 그렇게 되면 미리 알고 있어도 대적하는 것이 쉽지 않습니다. 일반적인 병기로는 절대 총을 당해낼 수 없습니다. 설상가상으로 연발 사격까지 훈련되어 있다면 저희가 밀릴 수도 있습니다."

빠르게 털어놓는 우려에 황후는 일시적으로 경직된 것처럼 할 말을 잃었다. 입가가 부자연스럽게 움직이다가 잠시 후에 무겁고 짙은 한숨이 웃음처럼 끌려 나왔다.

"그렇습니까. 화승총이라니……. 정말이지 대단하군요, 나의 아버지는."

"제 기우였으면 좋겠지만 최악의 상황을 대비해서라도 위령제를 미루심이 어떠십니까."

어차피 위령제는 미끼고 덫이었다. 위령제를 벌임으로써 아군이 노리려고 했었던 전략은 공성계. 일부러 대문을 활짝 개방하고 성을 비워 방심한 채 쳐들어올 적을 기다리려고 했던 것이었다.

하지만 적이 미끼조차도 파쇄할 수 있는 강력한 공격력을 갖췄다면? 도리어 역으로 화를 당할 수도 있었다.

정윤은 아직 늦지 않았을 때 계획을 미루고 전열을 다시 가다듬자고 청했다.

"외곽수비대로 나가 있는 군사들을 황궁으로 귀환시킬 때까지만이라도."

"움직임이 크면 눈치챌 텐데요."

"북쪽 소도시에선 지금 장성의 증축공사가 한창입니다. 부족한 노동력을 보충하기 위한 부대 간의 이동도 많지요. 각지에서 새롭게 징집된 군사들과 기존의 수비대가 섞여 돌고 있습니다. 그 혼선을 이용하면 조금의 인력이라도 우리 쪽으로 흡수할 수 있습니다."

나무랄 데 없는 제안이었다. 그러나 황후는 기뻐하기보단 씁쓸해했다.

"부럽군요."

"예?"

"아버지께서 허술하게 일을 벌일 사람이 아닌데 벌써 그만한 정보를 입수하고, 발 빠른 대응까지 생각해낼 수 있다니…… 부럽습니다."

위도를 떠날 때도 울지 않았던 황후의 눈에 어느새 물기가 아슴아슴 번졌다. 뒤이어 나오는 한 마디조차 아팠다.

"저도 당신처럼 현명했다면 그를 잃지 않았을까요?"

"마마."

"왜 저는 그리도 어리석었을까요. 조금만 더 현명했더라면 구할 수 있었을 텐데……."

애달픈 자책이었다. 아무리 세월이 흘러도 그녀의 슬픔은 과거의 한자리에 고여 있었다.

멍울이 진 듯한 얼굴로 황후는 자그마한 창문의 틈새를 통해 바깥세상을 훔쳐보았다. 순박하고 정직한 사람들이 대신녀의 환궁을 반기고 있었다.

그이가 그토록 사랑했었던 효국의 신민들.

"한때 저도 진짜 황후가 되고 싶었었지요……."

그런 꿈을 꾼 적이 있었다. 어질고 지혜로운 국모라거나 총명하고 의로운 윗사람이 되기를 바랐었던. 현의 아내였던 시절의 이야기였다.

"비록 다 부서져 버린 꿈이지만. 그래도 걱정 말아요. 아내의 도리만큼은 끝까지 저버리지 않을 겁니다."

입매가 다부지게 굳더니 황후는 정윤을 똑바로 응시했다.

사랑하는 남편이 눈을 감는 순간까지도 지키고자 했던 사람들이다. 그 소망을 누군가가 대신 짊어져야만 한다면 그건 바로 자신이라고, 흔들림 없는 강직한 눈빛이 말했다.

"당신의 염려로 저는 더 완벽하고 빈틈없이 쳐들어오는 적들을 대비할 수 있겠군요. 그들이 가지고 있는 것이라 화승총이라. 명심하겠습니다."

상대가 화기를 들고 오는데 단순히 그 사실을 명심하는 것만으로 그들을 막아낼 수 있던가? 대체 어떤 방안을 고려하고 있기에.
정윤은 의표를 띄웠다. 그러다가 문득 이 싸움을 아주 긴 시간 동안 준비해 왔다던 그녀의 고백을 상기하게 되었다.

천 가지의 전략과 만 가지의 가정을 셈하고 그리며, 부모의 가슴에 비수를 꽂을 순간을 고대해왔던 그녀의 나날들을.

"월력과 절기를 종합해 계산했을 때 무오월 초하루는 반드시 비가 내리는 날짜입니다. 해서 저는 그날을 운명의 날로 정한 것입니다. 비는 틀림없이 그들의 발목을 잡을 것입니다."

"하지만 마마, 날씨가 좋지 않으면 곤란한 것은 저희도 마찬가지인데."

"아니요, 우리는 영향 받지 않을 겁니다. 태양은 비가 내려도 곤고한 법이니까요."

그러니 하늘이 뒤집힐 일은 결코 없다. 황후가 간곡히 손을 잡으며 말했다. 스며 오는 구름에도 수그러들지 않는 강렬한 태양빛처럼 몹시 뜨거운 손이었다.

"이만한 맹세면 안심이 되겠습니까."

단지 황후이길 바랐을 뿐, 단 한 순간도 제대로 된 황후인 적이 없었다던 그녀였지만 정윤은 그 순간 숙명이라도 맞닥뜨린 사람처럼 깨달아 버렸다. 지금 바로 이 순간부터 그녀는 이 나라의 황후로서 모든 소임을 다하게 될 것임을.

"충분합니다."

신뢰가 쌓인 손이 그 위로 겹쳐져 올라갔다.

* * *

예사롭지 않은 일에 예사롭지 않은 자의 귀환.

그러나 대신녀의 입궁으로 한바탕 거센 파도가 몰아쳤던 황궁은 하루가 지나고 또 하루가 지나니 언제 그랬냐는 듯 빠르게 평온함을 되찾았다.

연유는 다른 데 있지 않았다. 하늘을 봐야 별을 딸 터, 대신녀를 보기 위해 아무리 용을 쓰고 애를 부려 보아도 그녀는 신궁에 들어가 코빼기도 내비치지 않았다.

구경거리라 할 만한 것이라곤 궁에 들어온 첫날 마차에서 내리던 검은 너울 자락이 고작. 위령제에 받칠 기를 정화한다는 목적으로 그녀는 감히 황제조차도 직접 알현하지 않았다.

행실이 불경스럽다는 비난이 불쏘시개처럼 튀어 올라오고 대신들은 제사의 참관을 거부하겠다는 집단 반발까지 일으켰다.

그러나 오고 싶지 않으면 오지 않아도 좋다면서 눈이 퀭한 황제는 본인의 심신 불안정을 핑계로 신녀의 무례함마저 묵인해 주었다.

그리하여 모처럼 활짝 열렸던 신궁의 문은 주인을 받자마자 도로 철통같이 잠겼다. 그 후로 단 한 번도 열리지 않았고, 누구의 접근도 허용하지 않았다.

살(殺)을 막는 붉은 줄이 주위로 흉물스럽게 쳐져 있어, 죽은 자의 망령이라도 들러붙을까 궁인들은 쉽사리 그곳에 다가서지도 못했다. 그러면서도 잠자리에 누워서는 모두가 똑같은 생각을 했다.

딸랑딸랑-

'또 시작이군.'

매일 밤 자시가 되면 으레 들려오는 방울 소리였다. 오늘 밤까지 하면 도합 세 번째.

여러 번을 들어 봐도 기묘했다. 대체 어떤 무구로 치기에 이다지도 소리가 크고 몽롱할까? 영력이 담겨 있어 그러한가? 영혼을 달랠 수 있다는 게 진짜인가?

'이 소리도 내일 밤이면 마지막이겠지.'

그렇다 해도 내일이면 다 끝날 소리였다. 내일 제사를 지내고 영혼을 성불시키면 저 몽롱한 방울 소리도, 해괴망측한 붉은 줄도 다 사라지게 되어 있었다.

하룻밤만 더 버티면 된다는 생각에 궁인들의 눈꺼풀은 다른 날보다 더 수월하게 감겼다. 의식을 흐리멍덩하게 때리는 음파에 대부분의 사람들이 스르륵 잠으로 빠져들었다.

그래서 아무도 몰랐다.

그 기이한 방울 소리에 스며들어 수십의 그림자가 신궁의 담벼락을 넘었다는 것을. 설마하니 정갈한 신궁 속에 선황의 금의위가 숨어있을 거라고는 도저히.

아무것도 모르는 채로 새까만 밤이 속절없이 지나갔다. 달이 숨고 다시 해가 밝으면 무오월 초하루였다.

13. 그날

다시, 자시가 되돌아오고 있었다. 귀가 접하는 서늘한 초하루의 오후답게 그날따라 유난히 거친 빗줄기가 황궁 벽을 벅벅 긁어 댔다.

"오늘 석강은 취소토록 하라."

눈을 비비적거리며 황제가 말했다.

"자시에 신궁에서 위령제가 있으니 그 전에 조금이라도 쉬어야겠다. 석강까지 하고 나면 기운이 쏙 빠져 드러누울 게 뻔해."

대륙의 천자답지 않은 투정이었다. 내관이 슬금슬금 눈치를 보며 다가갔다.

"정말 친히 신궁으로 납실 생각이시옵니까?"

"짐이 죽겠어서 불렀건만 허면 남의 잔칫상 보듯 하란 말이냐?"

"그런 말이 아니옵고……."

말을 더듬는 내관을 황제는 가소롭다는 듯이 내려다보았다. 오랫동안 제 옆에 붙어 수발을 들어온 자였으나 불행히도 황제는 그를 의지한 바가 없었다. 그럼에도 그를 내치지 않았다. 오히려 꼭 붙잡아 자신의 곁에 두었다.

"고 내관."

"예, 폐하."

"그동안 짐을 보필하느라 수고가 많았느니."

"어찌 그런 말씀을. 황송하옵니다."

"짐의 변덕스러운 비위를 맞추는 일이 어디 쉽던가. 참 대단하단 말이야. 어찌 버텼을꼬?"

변덕만 부렸을까. 심통이 나면 화풀이도 하였고 심심하면 험악한 장난도 여러 번 쳤다. 그럼에도 고 내관은 꿋꿋이 그를 모셔왔다. 이관해 달라는 소심한 청도 없이.

"소임을 다하였을 뿐이온데 그리 치하해 주시오니 몸 둘 바를 모르겠사옵니다."

"응, 아냐, 아냐. 자넨 진짜 대단해. 정말 수고가 많았어. 겸양 떨지 않아도 되느니."

오늘이 함께하는 마지막 날이 될 테니 이 정도 칭찬쯤은 마음껏 퍼부어줘도 괜찮을 것 같았다. 황제는 의례적인 미소가 아닌 진심으로 즐거운 웃음을 터트렸다. 이 자의 보필을 가장한 감시가 늘 혐오스러웠는데 드디어 헤어질 생각을 하니 기쁨이 주체가 안 됐다.

황제가 흔들의자에 파묻히며 덮어두었던 서책을 펼쳤다.

"짐은 예서 책을 읽고 있을 것이야. 석강에 빠졌다 하여 배움을 게을리해서는 아니 되니. 아마도 해시까지 읽겠지. 그렇지?"

"예? 아, 예. 폐하."

"그러다 신궁이 열리는 자시가 되면 그곳으로 향할 것이고. 허면 자시 이전에 황궁 문을 열어야 되겠군. 황궁의 팔대문을 모조리 활짝 열어야 해. 그래야 악귀를 빠져나갈 테니까. 아니 그러한가?"

일정을 나열하는 말투가 이상했다. 마치 꼬치꼬치 알려 주려는 듯이 하나하나 보고하고 검토받는 투다. 허리를 숙이고 있는 내관은 어리둥절했다.

"어찌 소인에게 의중을 물으시는지……?"

"전하라고."

일순 땅을 지탱하고 있던 내관의 다리가 휘청했다. 균형이 흐트러져서 관모마저 떨궜다. 후들거리는 양손으로 그것을 주워 담으며 그가 떨리는 음성으로 말했다.

"전, 전하라니요? 누, 누, 누구에게 전하라는 말씀이시옵니까?"

타들어 가는 심정을 아는지 모르는지 황제는 손을 뻗어 다정하게 그의 어깨를 문질렀다.

"누구긴 누구겠느냐. 오늘 번을 서는 수문장이지. 그들에게 미리 알려 주어야 제때에 궁문이 열릴 것 아니냐. 어찌 당연한 말을 물어."

"아! 예, 예! 그렇지요! 소신이 잠, 잠시 정신이 나갔는지……

송구하옵니다, 폐하."

"그래, 가서 잘 전하고 오너라. 한 자도 빠짐없이 정확히 전달해야 할 것이야. 그것이 고 내관의 임무가 아니겠는가. 나불나불 알리는 것. 짐은 말한 대로 지금부터 여기 앉아서 얌전히 책을 읽을 것이니 자네는 속히 다녀오라."

나불나불 이라는 표현은 왠지 어감이 좋지 않았지만 또다시 허둥대는 모습으로 의혹을 살 순 없었다. 내관은 허리를 숙여 인사를 올린 뒤 급하게 방을 빠져나갔다. 궁문이 열리는 시각이라니, 대어 중에서도 엄청난 대어였다. 당장 취군회로 달려가야 했다.

"흐음."

집무실의 문이 닫히고 황제는 혼자 남아 기분 좋게 적막을 음미했다. 턱을 괴고 앉아 대수롭지 않게 책을 따라 읽는 목소리가 몹시 맑았다.

"간첩을 쓰는 데에는 다섯 가지 방법이 있다. 적의 고향 사람을 의지해 살피는 인간(因間), 적의 관리를 이용하는 내간(內間), 목숨을 걸고 적지에 들어가는 사간(死間), 적지에서 살아 돌아와 작전을 보고하는 생간(生間)……. 그리고 적의 간첩을 역으로 이용하는 반간(反間)."

눈이 싱긋하게 접혔다.

"이 오간(五間)을 써서 적에게 들키지 않는 장수가 신기로서, 군주의 큰 보배이다."

킥킥대며 입가가 찢어지게 올라갔다. 꾸중을 듣는 기분이 들어

본래 이런 책은 별로 즐기지 않는데 이처럼 상황에 어울리는 가르침이라면 또 얘기가 달랐다. 매우 마음에 드는 구절이었다.

"이대로라면 나는 아주 보배로운 군주로군."

원하는 글귀를 얻었으니 미련 없이 책을 덮었다. 그가 덮은 서책, 전쟁의 비책을 가르치는 손자병법이었다.

* * *

차오른 달이 움직이는 것들에 쫓아 붙듯 지상 곳곳에 띄엄띄엄하게 빛이 타올랐다.

신궁의 문이 열리고 그를 따라 황궁의 팔대문이 하나씩 차례차례 개방되었다. 약속한 대로 정확히 자시였다. 정각에서 단 일각도 벗어나지 않았다.

꽁꽁 닫고 위령제를 준비했다는 신궁의 내부는 생각보다 조촐하고 단출했다. 대단한 장식도 요란한 제의도 없었다. 신녀들은 드문드문 서 있었고 심지어 황제의 배행 인원조차 눈에 띄게 적은 수였다. 그러나 분위기만은 여느 대제례 못지않게 엄숙해서 처마 위로 늘어진 휘장이 망자의 수의처럼 기괴하게 휘날렸다.

딸랑딸랑-

딸랑딸랑-

이 소리, 이 밤이 끝일지니.

황제보다 더 높은 대 위에 가부좌를 틀어선 대신녀는 어느 때보다도 더 간절하게 팔주령을 흔들었다.

"……이만 슬픔을 덜어내시옵고 그만 편히 잠드소서."

순수한 염소의 피가 제단 위로 강렬하게 뿌려졌지만 그와 대비되게 혼령을 위로하는 어투는 애잔하리만큼 연약했다.

부들부들 떨리는 오른쪽 팔목을 다른 손으로 부여잡고 신녀는 붓을 빼 들었다.

신위가 비어 있으니 응당 망자의 이름부터 써넣어야 할 터, 경련하는 통에 필세가 흔들려 죽은 자의 획이 조금 출렁거렸다.

사륵. 사르륵. 간지로 먹이 녹아드는 소리가 어둠 끝까지 스며들 것 같았다.

'망자의 이름은.'

공허했던 신위에 드디어 주인이 자리했다. 대신녀는 그것을 우러르듯이 소중히 모셔 제단의 가장 꼭대기로 올라갔다.

을유년 기축월 경오일에 태초의 땅으로 되돌아간 자, 제 죽은 날이니 자나 깨나 선명한 날이었다.

망자의 휘(諱)는 가현이었다.

* * *

쿵. 쿵. 쿵.

해경이 신경을 곤두세우며 더 바짝 땅으로 귀를 갖다 붙였다.

"뭐 좀 들려요?"

"쉿."

하늘 높이 솟아 있는 신궁의 제단 뒤에는 갑주와 신식무기로 무장한 군사들이 빼곡하게 모여 있었다. 지붕 처마에서 대기하는 인원까지 있었으니 전체적인 숫자를 감안한다면 그리 적은 수가 아니다. 모두 자안황후를 따라 위도에서부터 숨어들어 온 선황의 금의위였다.

그 사이에 영훤서의 네 사람도 끼어 있던 터라 긴장으로 입안이 바짝 마르는 경험을 하고 있었다. 그들 역시 갑주를 걸친 등 뒤로 낯선 형태의 장총을 매고 있었다.

"들리냐니까요!"

"아, 조용히 좀 해! 집중이 안 되잖아!"

빗소리가 없으면 발소리가 좀 더 구분이 잘 될 텐데. 보슬보슬 떨어지는 물방울 때문에 판단에 자꾸 오차가 생겼다.

"비켜 보세요! 제가 하는 게 낫겠어요!"

모연이 바닥에 배를 깔고 누우려는 순간 해경이 벌에 쏘인 듯 벌떡 일어났다.

쿵! 쿵! 쿵! 쿵!

"드, 들린다! 들려! 젠장! 엄청 빨라!"

대기하고 있던 금의위들은 그의 경고를 신호로 순식간에 전투 태세를 갖췄다. 제단 뒤에서도, 지붕 위에서도 자세를 바꾸는 건 순식간이었다.

"얼마나 걸릴 것 같으냐."

한쪽 어깨에 총기를 고정시키며 승학이 물었다.

"이 속도면 반 각? 아니지, 아니지. 일각일 수도 있겠네. 신궁에서 가장 가까운 소덕문으로 들어왔을 테니까."

드르르르. 딛고 선 땅이 미세하게 울렸다.

"일각보다 더 빠르겠군."

"괜찮을까?"

"패배가 예상되지 않는 싸움이다. 얼마나 빠르게 저들을 제압하느냐의 문제지. 그렇다 해도 무리해서 나서지 말고 몸을 사려야 한다. 우린 아직 '이것'에 대한 숙지와 훈련이 미숙한 편이니."

"잡고 조준해서 발포하면 끝인데, 뭘. 솔직히 활보다 훨씬 더 조작하기 쉽지. 이 좋은 걸 개발하고도 이제까지 못 만들고 있었던 게 멍청하네."

"적들에게도 총은 있어."

"그건 어차피 무용지물이 될 거잖아."

승학이 이것이라 표현한 것은 총신의 길이가 유난히도 긴 새로운 형태의 개인 화기였다.

이런 무기를 가졌는데. 진다는 것이 상상되지 않는다는 그의 평가는 실로 옳았다. 또한 이런 것을 이제야 만든 것에 대한 해경의 핀잔 역시도 옳았다.

'수석총(燧石銃)이라 했던가.'

정윤은 아직 어색한 금속의 표면을 조심스럽게 쓸어 만졌다.

화승총을 가진 적의 침입을 예고했을 때, 황후가 제게 했었던 맹약이 잊히질 않았다. 태양이 곤고하니 하늘이 뒤집힐 일은 결코 없다 했던가. 그것을 증명키라도 하듯 위도에서부터 들여온 정체불명의 짐 속에서 황후는 적을 압도할 결정적인 패로 이것을 골랐다.

– 생전에 선황께서 석여와 함께 고심하여 설계하셨던 신식 총기입니다. 제작에 옮기기도 전에…… 변을 당하셨지만, 저와 남은 이들이 위도에서 마무리 지을 수 있었습니다. 효국을 지키기 위해 고안된 총이었는데 결국 이렇게 이 나라의 황실을 지키는 데에 쓰이는군요.

마른 몸으로 화기를 들어 보이며 작동원리를 설명하던 황후의 눈 속에는 죽은 황제가 그대로 박혀 있는 것 같았다.

그래, 생각해 보면 위도에서도 그런 말을 들었었다. 사람은 떠났어도 뜻은 남는다고. 그녀가 선황의 흔적을 찾아 모으며 그의 유지를 이어왔다는 말은 그런 의미였었다.

쿵쿵쿵쿵!

진동으로만 느껴졌던 울림이 어느덧 청각으로 잡힐 수 있을 만큼 지척으로 다가왔다.

하지만 위령제는 한눈파는 법 없이 꿋꿋이 진행 중이었다. 들이닥칠 적들을 기다리는 동안 시간을 재는 초만이 몸통이 녹아 짧아졌고 대신녀는 연거푸 술을 따라 넣은 잔을 제단에 바쳐 올렸다.

어느 순간 바르르, 하고 술잔의 테두리가 약진하기 시작했다.

즉시 어둠 속에 숨어 있던 총대가 바깥쪽으로 방향을 틀었다.

"꺄아악!"

변고의 시발점은 제기를 나르던 신녀들의 새된 비명이었다. 그 다음으로는 아무것도 모른 채 황제를 좇아 제례에 참석한 수행원들의 기함이 터졌고, 삽시간에 난폭한 발소리가 신궁의 출입구를 점령해 버렸다.

총기를 소유한 집단이 밀고 들어오자마자 위령제는 한순간에 난장판이 되었다. 당장이라도 쏴버릴 듯 총구를 들이밀며 퇴로를 봉쇄하는 꼴이 완전히 우리 안에 가둬 놓은 짐승 취급이 따로 없었다.

폭풍전야의 긴장 속에 누구 하나 움직이지 못하는데 태연하게 전열을 가르고 등장한 자가 있었다. 그가 분신과도 같았던 지팡이를 버리고 멀쩡히 서서 왔다.

"폐하, 늦은 밤 강녕하신지요?"

명백한 역모일진대 주름진 노인은 당당했다.

"강녕하지 못한다면? 다들 불참하겠다고 짐에게 시위하더니 오지 않은 이유가 다른 데 있었구려."

의례적인 미소를 되돌리며 황제가 마른 웃음을 터트렸다. 화가 난다기보다는 '드디어'하는 잔인한 희열이 더 컸다.

"평온히 지나갈 수 있는 밤을 그대들이 요란하게 만들었어."

"아무렴 위령제만 하겠습니까?"

신궁의 내부를 휘익 둘러보며 태부는 비소를 머금었다. 털끝 하나 다치지 않고 무력입성에 성공했다. 아둔하게도, 고작 속설 하나에 판단력이 흐려진 황제 탓이었다. 그리도 식견이 좁아서야 어찌 자신에게 대항하려 했던 건지 그의 객기가 우스워졌다.

"물러나시게. 감히 여기가 어떤 자리인 줄 알고, 누구를 기리는 곳인 줄 알고 행패인가."

"그리는 못 하겠습니다."

"못 해?"

"폐하, 신하의 도리라는 것은 일차로 군주를 보필하는 것입니다. 하지만 그보다 더 근본적인 도리도 있습니다. 자국이 바른길로 가도록 성심을 다하는 것이지요. 신하는 군주의 사람이기 전에 효국의 사람이기 때문입니다."

사리사욕으로 이 나라를 이미 한 번 끝장냈었던 주제에 뻔뻔하게도 애국을 운운하는 언변이었다.

"나라의 중심은 임금이니 임금이 바로 서야 나라가 바른길로 가지 않겠습니까?"

"그 말은 즉, 짐이 바로 서지 못 했다는 말이로군."

"폐하께선 미신에 빠져 정사를 소홀히 하시고 계십니다."

"위령제는 공도 동의했던 것이 아닌가?"

"그랬었지요, 그때는요. 하지만 지금은 아닙니다."

구실을 찾았던 것뿐이니 말 뒤집는 것이야 어렵지 않았다.

"효국의 앞날을 위해 정신 온전한 이를 군황으로 모시고자 하니 부디 신들의 충정을 이해해 주십시오."

높게 쳐줘 봤자 구차한 괴변에 불과할 뿐인데 모양새는 어연번

듯해서 황제는 헛웃음을 쳤다.

"곱게 물러나 주시오면 국상은 응당 황제의 격에 맞춰 해 드릴 것입니다."

어디까지 지껄이나 봤더니 태부는 정중하게 자진을 요구하고 있었다. 황제는 웃음 반, 걱정 반이 섞인 표정을 지어 보였다.

"짐을 지키는 금의위가 곁에 있다."

"하하하!"

태부는 그 말을 통쾌하게 비웃었다. 동시에 황제의 주위를 호위하던 금의위의 상당수가 자연스럽게 걸어 태부의 뒤로 자리를 옮겼다. 배반이었다.

"어찌 고르셔도 소신이 심어 둔 자들로만 데려오셨는지. 폐하께서는 참 운도 없으십니다."

황실의 그림자인 금의위마저 상대편이라니. 너무 어이가 없어서 황제도 덩달아 너털웃음을 터트리고 말았다.

'이래서였느니.'

가까운 이들조차 믿지 않았던 것.

이럴 것이기에 선황의 금의위장과 금의위를 위도로 숨겨 놓았던 것이다. 제 곁을 지키는 이들은 전부 가짜였으니까.

"아직도 폐하의 곁에 금의위가 있다고 생각하십니까?"

"그렇다면?"

"이리도 딱하실 데가. 소신의 짐작보다 상태가 더욱 안 좋으신 것 같사옵니다."

반대편으로 넘어간 배신자들은 칼을 내려놓고 벌써 준비된 총기를 자연스럽게 착용하고 있었다. 황제의 눈이 가늘어졌다.

"짐의 눈깔이 뒤집어진 게 아니라면 그것, 화승총일 터인데. 어디서 구했지?"

"뜻이 닿아 손에 넣게 되었습니다."

"오늘 같은 날에 화승총이라……."

"허나 꼴을 보아하니 굳이 이것까지 준비할 필요는 없었던 듯합니다. 노구가 괜한 수고를 했군요."

적수조차도 되지 못한다는 노골적인 무시 발언을 내뱉고 태부는 앞으로 거슬러 나아갔다. 제단이 차려진 방향이었다.

화려하진 않아도 제식은 상당한 격식을 갖추고 있었다. 부르르 주먹이 쥐어졌다.

'연화의 영혼마저 괴롭게 하는구나. 가현, 가율. 내 네놈 형제들을 오늘로써 끝내 주마.'

아버지라 부르며 따르던 연화의 모습이 아직도 선한데, 감히 원귀라 칭하고 있는 저 제단을 당장에 부숴버리고 싶었다.

"제단으로 다가서지 말라."

그러나 위엄에 찬 황제의 목소리가 그의 발목을 잡았다. 독 안의 든 생쥐이면서도 황제에겐 여전히 극존다운 기품이 있었다.

"망자를 모신 제단에 손을 대면 어찌 되는지 아는가?"

"……망자?"

"천벌을 받아 무간지옥에 끌려가지. 영원히 꺼지지 않는 불길

속에서 억겁을 살아야 한다네."

순간 태부의 눈 속에 화염이 치솟았다. 겨우 남아 있던 이성을 활활 태워 버리는 자극이었다. 그가 야차처럼 으르렁거렸다.

"지옥에 떨어질 건 선황이십니다! 누가 제 딸을 죽음으로 몰아 넣었습니까!"

가현, 그놈만 아니었다면 연화가 자신을 배반할 일도, 결코 자결할 일도 없었다. 평생 제 곁에서 소중한 딸로 있어 주었을 것이다. 딸을 죽음으로 몰아간 건 자신이 아닌 선황이었다.

황제가 혀를 찼다.

"이런 우매한 자를 보았나. 내 이런 와중에 한 가지 안타까움이 있다면 딸자식에 대한 자네의 삐뚤어진 부정을 동정하는 것일세. 어리석은 자 같으니라고. 돌아가신 황후를 그리 망쳐 놓은 것은 바로 그대야. 자기 딸을 망친 것으로도 모자라 희대의 성군이 되었을 임금과 그가 소중하게 키워오던 등불마저 꺼트려 놓았지. 진작에 죽여 없애야 했을 암적이 아닌가."

이놈만 아니었으면 지금의 시절은 달라졌을 것이다. 효국은 역사상 전례 없는 훌륭한 지도자를 가져 봤을 것이다. 이와 같은 미치광이만 아니었다면.

물론 태부는 인정하지 않았다. 그가 비꼬듯이 표정을 일그러트렸다. 그의 기준에 혜제 가현은 그저 헛된 희망이나 떠들어대는, 세상 물정 모르는 사기꾼이었다.

"흐흐, 폐하, 군신의 관계라는 것은 무릇 협조와 대립을 밥 먹듯이 뒤바꾸며 동고동락하는 것입니다. 군주와 신하의 사이에는 영원한 동맹이란 것이 없지요. 그럼에도 엄연히 지켜야 할 선이란 것이 있습니다."

"선이라."

"예, 그렇습니다. 선. 바로 둘 사이에 결코 다른 세력을 끼우지 않는 것입니다. 선대왕께선 그 선을 지키지 않고 함부로 넘으셨기에 우리 신하들이 등을 돌린 것입니다. 헌데 저를 암적으로 취급하시다니요. 모함이 아니십니까!"

누가 수백 년간 이 왕조를 유지하고 임금을 보좌해 왔는가. 누가 그를 위해 백성을 단속하고 법을 만들고 나라를 운영해 왔는가. 그 모든 수고로움에 손을 보태고 있는 존재는 왕의 신하들이고, 그러므로 국사(國事)는 마땅히 그들에게 돌아가야 할 임무이자 몫이었다. 하지만 선황은 그 일을 다른 집단에게도 나누어 맡기려 했다.

"그분을 영웅이라 몰아가지 마십시오. 군신의 법도를 위반하신 분입니다."

"매도가 지나치군. 그건 누구의 계산법인가. 아무것도 모르고 들으면 신분제를 폐하기라도 한 것처럼 들리겠어."

"사상적으로 문제가 될 수 있었으니 그와 다르지 않습니다."

"아니, 자네는 틀렸네. 형님은 기회를 가두고 있던 우물을 깨려 했던 것일세."

영토가 방대해지고 역사가 깊어지면 그에 따른 확고한 전통과 문화가 생기게 된다. 그러나 그것들이 지나치게 강력해지면 흘러야 할 물조차도 정체되기 마련. 놓쳐버린 중요한 무언가가 그 안에 매몰되어 있었다.

과거의 선황은 자문할 수밖에 없었다. 왕의 이로움이란 저 우물을 깨어 갇혀 있는 희망을 풀어놓는 것에 있는 것이 아닐까 하고.

그는 자신의 쓸모를 다할 방법을 찾고자 했다. 배움이 깊고 경험이 많은 고관들을 불러 모으고, 대학자라 일컬어지는 이들의 소리에 귀를 열었다.

- 우물을 깨는 왕의 치세란 무엇이오? 내가 어찌해야 하오?

하지만 안타깝게도 그들은 왕의 고민을 이해하지 못했다. 그들이 설파하는 제왕학에는 그에 대한 이야기가 부재했다.

해서 다음으로 선택한 것이 학문의 경계를 넓히는 작업이었다. 기존의 지식만으로는 답을 구할 수 없으니 다양한 것에 눈을 돌려보기로.

출발은 그런 사소한 단상에서부터였다. 혹시 그 해답이란 것이 이제껏 중요하게 돌보지 않았던 것들에 있는 것은 아닌지. 그런 사람들이 가진 재주와 생각에 숨어 있는 것은 아닌지. 그래서 모르는 것이 아닐는지.

어쩌면 내가 배운 진리가 세상의 전부가 아닐지도 모른다는 생각. 그 의심의 싹에서 선황은 오성이라는 다섯의 인재를 얻을 수 있었다.

그들은 새 학문을 대표하는 자들이었고 이전에는 천대받던 능력을 지닌 이들이었다. 선황은 자신이 가장 앞장서서 그들의 지식을 배움으로써 기회를 가둔 견고한 우물의 벽이 허물어지기를 바랐다.

'오성은 그 자체만으로도 희망, 그 가능성을 여는 증거였는데.'

하지만 애통하게도 선황의 해답은 미완인 채로 끝나 버렸다. 문장은 마침점이 맺히기도 전에 허리를 베여 끊겨 나갔다.

너희들이 그렇게 만들었다는 맹렬한 비난이 황제의 눈빛으로 쏟아졌다.

"지혜를 얻는 일이 어디 쉽던가. 답을 찾으려 애쓰는 군주를 법도 위반이라 몰아세우는군."

그러나 태부는 황제의 서슬 퍼런 기색을 철모르는 어린아이의 고집처럼 치부했다. 이 형제는 정말 지긋지긋했다.

"폐하, 새로운 발상이 신분의 전복으로 이어지지 않을 거라고 누가 확신하실 수 있습니까? 직업에 경중을 두지 않으면 이동은 위에서 아래로만 가는 것이 아닙니다. 아래에서 위로도 올라오는 것이지요. 그것이 위험한 쪽으로 발전하지 않으리라 누가 장담할 수 있느냔 말입니까?"

처음 오성을 궁으로 데려왔을 때 혜제는 이 나라에 팽배한 학문과 직업의 귀천이야말로 효국의 허점이라며 대신들을 통렬하게 비판했었다. 계속 이와 같은 현실에만 안주해 있으면 경계 너머에 아무리 뛰어난 지혜가 있다 한들 우리는 영원히 얻지 못할 거라고.

하지만 그것은 한 치 앞만 보는 우매한 주장이었다. 경계를 명확하게 하는 데에는 다 그만한 이유가 있는 법이었다.

“장사나 하고 오던 놈이 나라의 재상이 되고, 여인인 기술자가 대전회의에 서서 대신들을 꾸짖는 광경을 보게 되실 수도 있습니다! 그러한 망조가 들도록 소신이 그냥 놔두어야 되겠습니까?”

“결국 내 자리보전을 위해서군.”

“오랫동안 조정의 권위를 수호해 온 근간을 무시하지 마십시오. 그 질서와, 율령 없이 폐하께서 감히 그 자리에 섰을 줄 아십니까!”

“설마, 짐이 그럴 리가 있겠는가. 오히려 그 근간에 짓밟혀 왔던 것들을 이제라도 굽혀 살피려는 것이지. 선대 중 내 형님을 제외하곤 아무도 하지 않으셨으니 짐이라도 해야 되지 않겠는가 말이야. 그러려면 우선 과거부터 청산하고 가야겠지. 대죄인 태부 안융경. 나라의 미래를 초라하게 만든 것에 대한 죗값을 받아 가야겠네.”

황제는 고요히 이를 갈았다. 십 년 전 비극을 이끌었던 인간들, 그 모든 사람들의 이름 가운데에서도 가장 위에 자리하고 있었던 자가 지금 제 앞에 서 있었다.

오늘 밤이 지나면 이 자의 목을 성문 밖에 걸어 효시하고, 이 자의 선조들의 무덤에서 관을 꺼내어 그 시체의 목까지 잘라 놓을 작정이었다.

“그렇다면 서로 더 이상 긴말을 할 필요가 없겠군요.”

짐이라도 하겠다고 했다. 황제는 거기서 분명히 뜻을 밝힌 것이다. 혜제를 죽임으로써 저지시켰던 그것을 기어코 이어 가겠다는 것이다. 태부는 다시 한번 굳건하게 임금의 살해를 결심했다. 여기서 죽이고 가야 했다. 이 형제와는 결코 공존할 수가 없었다.

"당장 저 요망한 신녀부터 끌어내라!"

태부가 손가락으로 제단의 꼭대기를 가리키며 명령했다. 곧 군화가 땅을 차고 비명이 울렸다.

겁날 법도 한데 어찌 된 일인지 대신녀는 돌부처처럼 앉아 뒤도 돌아보지 않고 위령제에만 집중했다. 얼굴을 덮은 투명한 면포에도 움직임이 없었다.

"저런 간사한 계집이!"

제 말을 무시하는 대신녀의 모습에 태부는 불길이 솟구쳤다. 빗물을 가르는 찰박이는 소리를 퍼트리며 그가 성난 걸음으로 계단을 올라갔다. 그리고 거침없이 옥돌이 걸린 편경을 엎어버렸다. 사방으로 튕겨 나간 옥돌 하나에 빗맞아 망자의 위패가 아래로 떨어졌다.

그 순간, 납덩이 같은 목소리가 고막을 짓쳐 들어왔다.

"무엄하구나."

"뭐라?"

"감히 선황 폐하의 제를 망치려 들다니."

무언가 번쩍하고 머릿속을 지나갔다. 선황이라니. 태부가 굴러떨어진 목각 패를 주워들었다. 신위에 망자로 올라간 자, 그의 이름은 가현이었다. 몇 번을 고쳐 보아도 분명 가현이라고 쓰여 있었다.

“그럴 리가. 이 위령제는 분명…… 연화의……”

돌처럼 꿈쩍 않고 있던 대신녀가 자리에서 무섭게 일어났다. 칼날처럼 돌아선 눈빛이 그에게로 그대로 쏟아 부어졌다.

“이것은 선황 폐하의 위령제이니라. 네놈의 탐욕에 희생되어 억울하게 눈을 감으셨으니 응당 그분의 영혼을 달래드려야 하지 않겠느냐!”

호통치는 신녀의 목소리는 마치 인간의 죄를 꾸짖는 천지신의 격노처럼 울렸다.

“너 혹시…….”

날카롭게 치뜬 눈꼬리가 어쩐지 선하게 웃던 연화와 닮은 듯하다. 입이 얼은 채로 굳어 버렸던 태부는 애써 고개를 내저으며 그 자리에서 버텼다.

아니다! 그럴 리가!

겹치긴 해도 신녀의 눈은 살기로 가득하다. 연화는 저런 무서운 눈빛을 할 수 있는 아이가 아니었다.

“너 따위가 무슨 주제로!”

“무슨 주제?”

신녀가 한 손으로 거칠게 면포를 쥐어 잡아 뜯어냈다. 내리꽂는 월광 아래로 창백한 얼굴이 온전히 드러났다.

“부인이 지아비를 모시는 제에 정성을 다하는 것이다. 무슨 주제가 필요하단 말이냐.”

"연……화……?"

"나는 선황의 비였던 황후! 네 감히 누구의 이름을 함부로 부르는 것이냐!"

억지로 버티고 있었던 태부는 결국 무너지는 모래성처럼 바닥으로 허물어졌다.

꿈에서도 그리워하던 딸아이의 얼굴이었다. 죽었다 했을 때 자신도 그만 눈감고 따라 죽고 싶었던 지난날들이었다.

그러나 황후는 결코 그를 아버지로 대접하지 않았다. 눈물이 가득 고이고 눈가가 붉게 타올랐다. 태부는 그 눈 속에서 살기를 넘어선 광기를 읽었다. 언젠가, 목을 매단 딸의 시신 앞에서 자신이 가졌었던 바로 그 증오와 분노였다. 그를 죽지 못하게 하고 하루하루 연명하게 했었던 그 힘이었다.

한 발, 두 발 황후가 계단을 밟고 내려올 때마다 기세등등했던 자들은 뒤로 밀려 물러났다. 빗물을 먹은 그녀의 대례복이 땅에 끌리는 쇠사슬처럼 무거웠다.

"부, 분명히 죽, 죽었을 텐데……!"

죽은 자가 어찌 살아 돌아올 수 있나. 말도 안 된다. 그러나 새파란 원한에 압도되어 앞으로 겨눠진 화승총들이 덜덜덜 흔들렸다.

"총을 버리거라. 감히 내게 총을 겨누느냐."

보이지 않는 얼음송곳이 방어선을 뚫고 들어오는 듯하다. 역도들은 점점 더 공포로 얼어붙기 시작했다. 죽음에서 돌아온 황후의 위엄이란 그 정도였다.

“우, 웃기지 마라! 물러서지 마라! 저들에겐 아무것도 없다! 저들은 무력하단 말이다! 총을 쏴라! 그냥 쏴 버려!”

대장 노릇을 하던 태부가 얼이 빠져 버리자, 이판사판이라 여겼는지 뒤에 숨어 있던 취군회 중의 하나가 궁지에 몰려 소리쳤다. 그들에게도 물러설 자리가 없었다.

“뭣들 해! 그냥 쏘라니까!”

연속되는 발악과 고함 속에 화승(火繩: 심지)에 불이 붙었다. 긴 줄을 타고 타들어 가는 불씨를 지켜보던 황후는 제단에 올라가 제례용 북을 크게 한 번 쳤다.

고동이 울리는 것처럼 북소리가 사방으로 퍼졌다.

대체 북을 왜? 하고 의문을 품었던 태부는 난장판이 된 주위를 본 순간 낯빛이 굳어졌다.

이곳이 제를 올리는 제사장이라면 저 북은 그저 제기일 뿐이다. 하지만 만약 지금이 전시(戰時)이고 여기가 전쟁터라면?

‘북은…… 전진이다!’

북은 전진, 징은 후퇴. 그것은 전시 상황에서 군대를 지휘할 때 쓰는 전통적인 신호였다.

그렇다면 이곳 어딘가에 군대가 숨어있다는 뜻인가. 판단이 끝나기 무섭게 지붕 위와 제단 뒤에서 진짜 황군이 튀어나왔다.

제길! 태부는 황급히 뒤를 돌아 제가 이끌고 온 자들에게 수신호를 보냈다. 들어오지 말라는 뜻이었지만 화승총을 방패로 삼은 그들은 이미 문간을 훨씬 넘어 들어와 방아쇠를 당긴 뒤였다.

어? 이게 왜 이러지?

그러나 방아쇠만을 당겼을 뿐 어찌 된 일인지 탄환은 발포되지 않는다. 고약한 탄약의 냄새만이 불발의 증거로 남았다. 의문에 대한 답을 찾기도 전에 또다시 파괴적인 북소리가 울렸다. 이번에는 사방에서였다.

잠복하고 있다가 일거에 등장한 황군은 삽시간에 완벽한 형태의 진을 이루며 황제를 중심으로 모여들었다. 황제를 수호하는 진정한 금의위였다.

"어떻게……!"

태부는 또 한 번 경악할 수밖에 없었다. 놀랍게도 황군이 든 것 역시도 총기였다. 별안간에 나타난 군사들로 인해 상황은 역도들에게 더 좋지 않게 흘러갔다.

그들이 서둘러 다음 탄약에 점화를 시키자, 황군 쪽에서도 철컥대며 쇠 걸리는 소리가 들렸다. 총과 총이 일대일로 맞붙었다.

"극악무도한 반역자들을 즉결 처단해라."

황후의 그 말이 신호탄이 되었다.

동시다발적으로 터지는 발포 소리에 귀가 멀 것 같았다.

그러나 이번에도 역시 화승총에서는 총알 한 방도 나가지 못했다. 격발 후의 뿌연 연기는 모두 황군이 조준하고 있던 총구에서만 피어올랐다.

태부는 귀를 막고 엎드린 채로 추풍낙엽처럼 쓰러지는 제 편의 이들을 보았다. 손 쓸 틈도 없이 전열이 무너지고 있었다.

대체 왜? 어떻게?

그것이 어리석은 자들이 마지막으로 품었던 질문이었다. 의문이 떠오른 찰나의 사이 총신이 가슴을 뚫고 지나갔다.

"어, 어떻게 이런 일이……."

눈으로 보고 있으면서도 믿을 수가 없어 태부는 피바다가 된 땅을 기었다. 다리에 도저히 힘이 들어가지 않아 네발로 기지 않으면 움직일 수가 없었다. 떨어지는 빗물로도 희석하지 못할 만큼 대량의 핏물이 바닥을 적셨다.

"말도, 말도 안 된다, 이건……!"

화승총의 총알 하나도 황제의 옷깃조차 스치지 못했다. 이건 일방적인 살육이었다. 사상자가 나온 것은 이쪽뿐이었다.

핏발 선 눈으로 황제를 노려보던 그의 시선에 문득 낯익은 아이가 걸렸다.

오성의 딸이라던 빌어먹을 해가의 후손. 그가 그쪽으로 눈길을 부릅뜨자 여인은 지지 않고 정확히 총구를 그에게로 겨누는 강단을 드러낸다.

덕택에 그 어깨에 걸쳐져 있던 총을 자세하게 확대하듯 살펴볼 수 있었다. 낯선 금속 덮개가 약실을 덮고 있었고, 심지가 있어야 할 부분을 정교한 장치들이 대체하고 있었다.

"저 총이 무엇이관데……."

그에 대한 답을 하듯 또 한 번 일방적인 총소리가 울렸다. 이번에는 더 확실하게, 더 제대로 볼 수 있었다.

황군은 반란군처럼 직접 불을 붙여 탄약을 점화하지 않았다. 그저 방아쇠로 강철 지시물을 때리는 마찰열만으로도 불꽃은 쉽게 일었다. 발사된 탄환이 근처 어딘가를 때려 땅이 움푹 파인다. 자욱하게 퍼진 연기 너머로 결과를 보고하는 듯한 말소리가 들렸다.

"연구했던 것과 수치는 비슷합니다, 폐하. 사정거리는 110간(間) 정도입니다. 그래도 확실하게 살상하려면 27간(間) 내에는 적이 들어와야 하는군요."

"그래, 그동안 수고한 보람이 있네. 자네도 고생했어."

"아닙니다."

짧은 대화만 흘려들어도 저간의 사정을 알 수 있었다. 한두 해 고심한 생각들이 아니다. 저들은 이날을 다년간 준비해 온 것이 틀림없었다. 추국하는 법 없이 일거에 상대를 잡아들여, 처단할 자리만을 노리고 있던 것이다.

태부가 들썩이는 어깨로 경멸을 표출하자, 황제가 근처의 병사에게서 총 한 자루를 빼내어 자랑하듯이 가까이 들고 왔다.

"그것참, 애써 구해 온 총일 텐데 한 발도 쏘지 못해서 아쉽겠구먼."

"……닥치시오."

"그러기에 짐이 아까 그러지 않았나. 오늘 같은 날에 왜 화승총을 들고 왔느냐고 말이야. 화승총은 말이지, 습도가 높은 날씨에는 사용하는 게 아니라네. 화약이 눅눅해져서 무용지물이 되거든.

뭐, 격물에 어두운 자네는 그런 것도 몰랐겠지만. 언제 그런 것들에 관심을 가져 봤어야 말이지."

비! 비구나, 비였구나!

뒤통수를 거하게 맞은 사람처럼 태부는 하늘을 올려다보았다. 빗물이 그의 얼굴을 질책하듯 따갑게 때렸다.

"그런데 왜 자네 건 불발되고 내 건 멀쩡하게 발사되는지 궁금하지? 음, 그래. 그렇게 궁금해해야 해. 그래야 이 자리가 그나마 의미를 가지니까. 그건 발화의 원리가 다르기 때문일세. 설계한 방식도 다르고. 습도에 약한 화승총의 약점을 보완해서 만든 게 이 총이니까."

그 뒤로도 자세하게 설명해 주는 어투가 상냥하기 그지없었다. 처음에는 자랑하고 조롱하기 위함이라고 생각했는데 그게 아니었다. 황제는 그에게 무언가를 가르치고, 주지시키고 싶어 했다.

"힘도 써보지 못하고 짐에게 패배한 것, 그건 다 자네가 몰랐기 때문이야. 무지해서. 이제 짐이 아까 했던 말들을 이해하겠나? 생각이 우물 속에서만 자라면 지금처럼 모르는 것에 당하게 되어 있네. 자기가 왜 당하는지도 모르고 말이야. 그게 바로 선황께서 지식을 넓히려 했었던 이유이네."

통째로 형장이 되어 버린 마당에는 왜 죽는지조차도 몰랐던 자들의 시체가 산처럼 쌓여 있었다. 그들은 존재조차도 몰랐던 세련되고 발전된 무기에 저항도 못 하고 그대로 압살당했다.

절망감으로 무릎을 떠는 태부에게 황제는 더 최악의 이야깃거리를 쏟아부었다.

"그렇다 해도 이리 멍청해서는 당장은 깨닫기 어렵겠지. 하루아침에 나올 수 있는 생각들은 아니니. 이 수석총만 해도 내 형님이 석여와 함께 이미 십 년 전에 설계하셨던 물건이지. 비록 그분의 생전에는 만들어지지 못했지만 각고의 노력 끝에 저기 계신 대신녀께서 대신 완성하셨네."

딸을 잃은 것보다 딸이 살아 돌아온 게 더 고통이더라니. 그가 듣고 있는 것은 또다시 십 년의 전의 일이었다.

"또…… 혜제인가?"

흐르지 못하고 과거에 얽매인 상념들이 한 지점에 닿았다. 기억은 오래전의 젊고 희망찼던 군주의 목소리를 되새기게 했다.

- 짐은 총을 들고 항구를 약탈하는 왜인들로부터 백성을 지키고 싶소. 그러려면 그들이 가진 화승총보다 더 강력한 총이 필요하오. 나를 도와주지 않겠소.

그렇구나. 그랬었구나.

회상이 희게 변하며 멀어졌다.

총명했지. 인정하지 않는 바는 아니다. 또한 의로웠지. 그 역시도 부정하지 않는다. 하지만 그와는 운명을 함께 할 수 있는 사이가 아니었다. 서로는 가는 길이 너무 달랐다.

"흐흐흐……."

입은 웃는데 눈에서는 눈물이 차올랐다.

찰박거리는 발소리 끝에 눈이 시릴 만큼 하얀 예복을 입은 황후가 걸어왔다. 치맛단에 붉게 물들어 있는 핏물만이 그녀가 지닌 유일한 색채였다.

"애초부터 이 땅을 지키기 위해 고안된 총이었습니다. 그리고 결국 이렇게 이 나라의 황실을 지키는 데에 쓰인 겁니다."

연화, 나의 딸. 태부는 부질없는 손짓을 허공에 허우적거렸다. 그러나 닿지 못한다. 찬바람이 부는 음성만이 피부를 할퀴었다.

"이 총만 아니었으면 당신이 이겼으리라 생각합니까? 아니요, 무엇을 가져와도 결국 당신은 졌을 겁니다."

잔정이 하나도 없는 싸늘한 질책에 오한이 느껴질 정도였다. 황후는 그의 목을 거두러 온 저승귀처럼 똑바로 서서 내려다보았다.

"역도들을 다스리는 데에 구태여 총기를 쓸 필요는 없었습니다. 나는 오늘이 오기 전에 당신들을 먼저 처단할 수도 있었고, 이곳에 구덩이를 파 밀어 넣고 산 채로 태울 수도 있었지요. 그런데 왜 총을 골랐는지 아십니까."

"연화야."

"보여 주려 한 겁니다. 비교해서 느끼게 해 주려 했던 겁니다. 어리석은 당신은 그분께서 공들여 이룩하려 했던 것이 무엇인지조차도 몰랐으니까요. 나는 그걸 깨닫게 하고 싶었습니다."

과거의 것이니 당연히 오래되고 쇠퇴했을 것이라 여겼겠지만, 아니다. 혜제가 이미 십 년 전에 도달했었던 자리를 이들은 인지하는 것조차도 하지 못했다. 혜제가 죽은 이후로 발전이란 없었고,

이 자들은 이곳에 서서 한 발자국도 전진하지 못한 자들이었다.

"아버지."

"……!"

차게 떨어지는 부름에 태부가 번쩍 머리를 들어 올렸다. 혹시나 하고 바라는 헛된 바람이었다.

"당신은 결코 제 남편을 넘어서지 못합니다. 그는 죽어서도 당신의 위에 있으니까요."

그러나 기대는 눈앞에서 산산조각이 나 떨어진다. 딸의 눈 속에 비친 그는 대역죄인 그 자체였다.

딸은 아비를 호통치고 꾸짖고 싶어 했다.

그 많은 희망들을 짓밟고, 어질고 현명했던 군주를 사사로이 죽인 그를. 그리하여 효국이 태동할 수 있던 길을 막고, 효국의 앞날을 끊어 버린 자를.

"흐흐흐."

태부는 미친 사람처럼 웃기 시작했다. 어째서 딸이 죽음으로부터 살아 돌아왔는지 알 것만 같았다. 그는 이 순간 명확히 그것을 깨우쳤다.

"패배를 인정하세요."

혜제가 옳았음을, 그가 만들려던 세상이 틀리지 않았음을 자신으로 하여금 스스로 인정하게 만들기 위해서였다. 하여 죽은 황제의 신위 앞에 아비의 무릎 꿇리게 하려는 것이다. 이 한순간의 짜릿함을 위하여 딸아이는 저승으로부터 건너왔다.

"흐흐, 그럴 수야 있겠나."

그러나 그는 결코 굴복하지 않을 작정이었다. 죄지은 것도, 용서 빌 것도 없었다. 태부는 쏴 볼 테면 쏴 보라는 무모함으로 팔을 벌렸다.

"그가 바라던 세상은 절대로 오지 않아!"

이를 악물고 저주처럼 소리쳐 뱉었다. 그러자 분에 찬 자들의 손에서 누가 먼저랄 것도 없이 총성이 울렸다.

"으윽!"

피가 분수처럼 뿜어져 나왔다. 여러 개의 탄환이 그의 몸을 관통했다. 참혹한 광경에도 불구하고 거기서 눈을 돌리는 사람은 없었다.

"연화, 연…… 화……."

죄인이 마지막 남은 힘을 짜내어 부른 것은 우습게도 자신을 죽인 자식의 이름이었다. 아비가 흘린 핏물은 그대로 흘러 들어가 딸의 치맛자락을 적셨다.

돌아오는데 걸린 시간은 십 년이었지만 끝을 내는 데는 고작 일각. 귀신이 쓸고 간 자리마다 온통 핏물이었고 살아남은 자는 없었다.

가만히 서서 위태롭게 버티던 황후는 그제야 높게 올렸던 머리를 풀어헤치고, 지아비의 장례 때 하지 못했던 곡을 하며 마음껏 소리 내어 울었다.

그를 제때에 보낼 수 있었다면 연화정 앞의 메꽃이라도 한 송이 꺾어 들려 보냈을 텐데. 가는 길조차 배웅하지 못했던 아내는 이 모든 것들이 한스러웠다.

낭군이시여, 이제 편히 떠나세요. 뒤도 돌아보지 마시고 가벼운 마음으로 부디.

그녀가 목 놓아 울었다.

* * *

그해 입추, 자안으로 기록되었던 황후는 궐을 등졌다.

함께 해 주는 이 없이 홀로 떠나야만 하는 여인을 모두가 가여워 했지만 그녀는 급하게 쫓겨나거나 볼품없이 서두르지 않았다.

눈물짓는 이들에게 일일이 작별 인사를 남기고, 미처 거두지 못했던 물건들을 정리하고, 정 갔던 곳을 매만지고 오며 그렇게 차분히 추억을 한뉘로 접어 두었다.

아비의 부채감으로 생겨난 동생마저 그녀는 숙연히 제 책임으로 거두어 갔다. 그 여유로운 태도가 남은 이들에게는 위안을 주었다.

그들에게 우는 대신 소망을 빌 힘도 마련해 주었다.

'더 이상 당신께서 밤을 붉게 적시는 날이 없기를. 이제는 훌훌 날아 원하시던 메꽃으로 피어나시기를.'

떠나던 날, 그녀는 연화정 앞에서 메꽃 잎을 떼어갔다.

그리하여 자안은 죽었다.

다시 돌아올 어떠한 가능성도 남기지 않은 채.

거대한 황궁의 문을 닫는 뒷모습에서 사람들은 아련하면서도 가장 완성된 단면을 보았다. 마음으로 보았다고 해서 정확한 것은 아니다. 하지만 그녀가 다시는 그 문을 통해 들어오지 않는다는 것만은 분명했다. 적어도 그 문만은 열리지 않을 것이란 걸.

14. 그날 이후

쾅!

도장을 내려찍는 살벌한 진동에 사람들이 움찔했다.

아니 쟤는 왜 또.

다 같이 한 곳을 살펴보며 하는 생각이다. 힐끔거리며 쏟아지는 시선의 중심에는 매서운 눈빛으로 장부를 훑어보는 여인이 있었다. 이곳, 국가의 출납과 회계를 통솔하는 삼사의 유일한 여성 관료였다.

그녀는 성격이 다소 까칠하고 차가운 것으로도 유명세를 날리는 인재였다. 삼사의 우두머리가 바뀌면서 그를 좇아 인사이동을 하게 된 경우였는데, 사회생활과 입신양명에 전혀 뜻이 없는지 아부와 아첨 알기를 아주 우습게 여기기로도 꽤나 유명했다.

“이, 이보게. 해 녹사.”

기계처럼 도장을 내려찍던 동작이 허공에서 그쳤다. 고개가 삐걱거리며 소리가 난 쪽으로 돌아갔다. 창 같은 시선이 제게 꽂히자 호명한 자는 자신이 멈춰 세워 놓고도 흠칫했다.

“예, 말씀하시지요.”

상관에게 답하는 모양새조차도 음산했다. 마치 설마 나한테 뭐 시키려고 부른 건 아니겠지, 앙?! 하고 무언으로 겁박하듯이. 상관이 비스듬히 왼편으로 시선을 회피한 채 말했다.

“지금 무슨 업무를 하고 있나?”

“조세개혁에 관한 서계를 마무리 짓고, 호부에서 보낸 장부를 검토하고 있습니다.”

“그…… 다리 보수에 대한 예산안은…….”

“그건 호부에서 먼저 말이 나와야 짤 수 있다고 몇 번이나 말씀드렸잖습니까. 아직 재정적인 권한이 그쪽에 있다니까요. 왜 자꾸 똑같은 질문을 하십니까.”

받아치는 말투가 사나웠다. 본론은 따로 있는데 빙빙 돌려 괜한 질문 던지는 게 싫다는 거였다. 어서 나를 부른 진짜 목적을 밝히라는 것. 상관이 머쓱한 뒤통수를 긁으며 슬그머니 말꼬리를 올렸다.

“그, 그랬지. 어음, 언제나 봐도 해 녹사는 일 처리가 참 빨라.

그럼 미곡 창고도 다 확인해 보고 온 건가……? 그것도 내가 어제 시킨 것 같은데…….”

아니, 망할. 당신이 언제 그런 일을 시켰는데? 정윤의 이맛살이 미미하게 찌푸려졌다.

이래서 일을 부지런히 해서 빨리 끝내면 남들보다 일찍 쉴 수 있다는 건 다 거짓말이었다. 일을 잘하면 그만큼 다른 일을 더 준다.

이런 더러운 사회생활 같으니라고. 그녀가 잔뜩 가라앉은 목소리로 대답했다.

“아니요, 안 시키셨습니다만.”

“거, 꼭 시켜야만 할 텐가?”

“…….”

“가서 창고를 쫙 돌면서 자물통부터 확인해 보고 오게.”

살짝 울컥할 뻔도 했지만 정윤은 겉으로 표 내지 않고 얌전히 수긍하고 일어섰다. 시킨 적도 없는 일을 어물쩍 떠넘기는 심정을 알 만했기 때문이었다.

근래 궐에서 가장 뜨거운 논란거리는 정체불명의 창고 도둑이었다.

대체 어떻게 숨어들어 와서 그걸 따는 건지, 놈은 이중 삼중으로 된 창고의 자물쇠들을 쉽게 열고 사라지곤 했다. 그러나 웃기게도 또 없어지는 물건은 없어서 귀신이냐 사람이냐 하는 갑론을박까지 있을 정도였다.

아직까지 범인의 코빼기도 잡지 못한 터라, 사건은 시간이 지날

수록 괴이한 이야기만 무성해지는 중이었다. 심지어는 보지 못한 도둑을 두려워하는 사람들도 꽤 생겨났다. 바로 지금처럼 말이다.

'괜히 갔다가 도둑이랑 마주쳐서 해코지당할까 무섭단 말이지.'

그러니 창고를 관리하는 최우선 관청인 삼사에서, 정윤은 이 건이 제 차례까지 미뤄진 저간의 사정을 충분히 이해할 수 있었다.

구시렁대며 회랑을 뚫고 가는 그녀에게 지나가는 이들이 저마다 인사했다. 정윤은 까닥거리는 목례로 답하곤 쌩한 걸음으로 경보했다.

영휜서가 폐지된 지 정확히 여섯 달째. 하는 일도 없던 골칫덩어리 관청이 역사의 뒤안길로 사망한 지 꼬박 반년이 되는 날이었다. 학자들은 영휜서의 폐지를 현 황제가 재위 11년 동안 한 일 중 가장 잘한 업적이라고 손꼽아 칭송했다.

병풍이었던 둥지가 터졌으니 그에 속해 있던 자들이 새로운 곳으로 뿔뿔이 흩어지는 건 당연지사. 정윤은 그 길로 즉각 타 관서로 배정받았다. 문제아 관청 출신이라는 꼬리표를 떼게 된 대신 새로운 흉배를 가슴에 차고 있는 이유였다.

"푸우."

간단히 고개로 인사하는 사람들을 휙휙 스쳐 가며 그녀가 한숨으로 볼을 부풀렸다.

피바람이 불 뻔했던 거사가 진압된 뒤 취군회는 완전히 몰락했다. 관련자들은 예외 없이 끌려 와 단죄받았고, 그 과정에서 죽은 자도 있었고 살아남은 이도 있었지만 그들 중 누구도 전과 같은 삶을 누리기는 어렵게 되었다.

일그러졌던 세계는 빠르게 정상궤도로 복구되어가고 있었다.

정윤의 가문 역시 그 새로운 흐름에 섞여 누명을 씻고 명예를 복권하는데 성공했다. 영훤서는 해체되었지만 괜찮은 내관직으로 발령 났으니 그녀 자신에 대한 대우도, 위상도 확실히 전과 같지 않았다. 예전에는 어떻게든 무시하지 못해서 안달이더니 지금은 나름 아는 척도 하려고 하고 모임에 끼라고 종종 권유도 온다.

하지만 그녀가 그런 것들에 응답해 줄 여유는 없었다. 비밀 조직에서 일했던 마지막 요원이라는 감동을 만끽할 틈조차도 없이 주변 상황이 쉴 새 없이 돌아갔으니까. 이전 자리가 한량직이었다는 걸 인정할 수밖에 없을 정도였다.

'때려치울까.'

그런 이유로 요즘은 등청과 동시에 사직을 고민하고 있었다. 가문의 명예를 되찾았으니 초기의 목적은 달성했고, 출세해서 뭘 어찌해 볼 생각도 없으니 특별히 사회생활을 열심히 해야 할 필요성을 못 느끼겠다. 그럼에도 참고 다녀야 할 연유라면……

"어딜 가니?"

있기야 있지만.

"……미곡 창고요."

동선을 미리 확인해 둔 것인지, 앞서서 자신을 기다리고 있던 사람에게 그녀의 똥 씹은 대답이 튀어 나갔다.

"큼, 정윤아. 이 서방은 지금 아주 바쁘단다."

"하, 저도 알거든요?"

그녀가 분통 터지는 시선으로 아버지를 쳐다보았다.

"해가 떨어지면 만날 수 있단다."

"아니, 그러니까 안다니까요? 대삼사 어른!"

지금 그걸 위로라고. 아니, 위로도 아니겠지. 사전 예방 같은 걸 하고 싶은 것 같았다. 행여라도 그를 찾아가지 말고, 샛길로 빠지지 말고, 얌전히 있다가 네 서방은 집에 가서나 만나라는.

사적으로는 부모여도 공적으로는 자신이 몸담은 관서의 수장인 사람인데, 정윤은 그런 인물이 두 눈을 훤히 뜨고 경고를 줘도 목소리를 낮추지 않았다. 그녀의 쿵쾅거리는 발걸음이 기둥을 끼고 돌았다.

"아악, 진짜! 삼사에만 안 끌려왔어도!"

거르지 않은 불만이 그대로 터져 나왔다.

사나운 한 철이 지나가고 영훤서가 해체되는 동안 조정의 빈자리에도 새로운 얼굴이 속속들이 들어와 찼다.

그 과정에서 가장 먼저 논의되었던 것이 바로 정윤의 아버지인 진영의 복귀 문제. 그의 경우에는 등용이랄 것도 없었다. 누명을 벗고 명예를 회복했으니 박탈당한 본래의 자리를 돌려받는 것뿐. 하지만 웬걸. 초창기의 진영은 그 제의를 완강히 거부했었다. 시절을 잘못 만나 꺾였다 해도 자신의 세대는 이미 지나갔다는 것이 그 이유였다.

그러니 안달 난 것은 황제. 국정의 재정비를 위해 인재를 끌어

모으는 데에 혈안이 되어 있던 그는 삼고초려라도 할 기세였다.
그리하여 회유와 거절이 설왕설래하고, 결국 진영은 제자리로 돌아오는 것을 받아들였지만…….
'누가 알았겠냐고. 이게 아버지의 복귀 조건이었을 줄.'
심각한 부작용을 낳았다. 그는 황제의 제안을 수락하는 대신 본인의 딸을 제 휘하에 놔 줄 것을 약조받고야 말았다.
미안하다면서, 결코 너희 부부를 떼어 놓는 건 자기 탓이 아니라면서, 승학과 다른 임명장을 안기던 황제의 비겁한 목소리를 그녀는 아직도 잊지 못한다. 화관을 올리고 새색시가 된 지 고작 보름 만에 벌어진 대참사였다.
혈육한테 뒤통수를 맞을 줄 몰랐던 정윤은 속이 말이 아니었다. 그녀가 삼사(三司)로 배정 나고 승학은 진급해 이부(吏部)로 떨어지면서 둘은 일적으로도 완전히 교접점이 없게 되었다. 드디어 있어야 할 자리로 왔다며 모두가 그런 승학의 인사이동을 대환영했지만, 중요한 위치로 가게 된 만큼 그의 업무량은 대폭 증가했다. 덕분에 요즘은 얼굴 보기도 힘든 판국이었다.
무릇 신혼이라는 것은 서로 조금만 떨어져도 세상이 무너질 것처럼 좌절해야 하는 시기인데 얼마나 여러 날을 독수공방했는지 아무도 모를 것이다. 정윤은 아주 외롭고 쓸쓸한 신혼생활을 겪고 있었다.
이것이 그녀가 이 신물 나는 직장을 때려치우지 않고 꾹 참고 다니는 이유였다. 이렇게라도 그와 한 공간에 붙어있고 싶어서. 가뜩이나 잘 보지도 못하는 데 멀리 떨어지는 것은 더더욱 싫었다.

'우리를 견우와 직녀처럼 만들었다 이거야. 두고 보자고.'

복수에도 성공하고 정인과 백년해로를 하는 데에도 성공했는데 인생은 아직까지도 완벽하게 행복해지지 않았다.

그녀가 이를 갈며 한참을 걸은 후였다. 불량스러웠던 걸음이 목적지에 거의 다다랐다. 입 끝이 잠깐 올라갔다가 내려갔다.

이곳을 시작으로 옹기종기 모여 있는 사방형의 길쭉한 건물들이 모조리 다 창고. 어느 건물에 어떤 것이 들어 있는지는 관계자만이 알고 있다. 출입구를 경계로 부쩍 많아진 군사들이 보였다.

"확인하러 왔어."

이미 얼굴을 익혀 둔지라 통과하는 데에는 제제가 없었다. 개중 한 명이 그녀를 알아보곤 알아서 열쇠를 가지고 들고 왔다.

"이게 새로 바꾼 그건가?"

"예, 이젠 어느 놈이 와도 뚫기 힘들 겁니다. 보기에도 굉장히 정교해졌습니다. 하지만 저희가 관리하기에는 더 편해졌죠."

몇 명의 군졸들을 이끌고 다니면서 정윤은 이번에 바뀌게 된 창고의 새 잠금장치에 대한 설명을 들었다. 쉽게 열지 못하도록 자물통이 복잡한 내부 구조로 설계되었고 그에 반해 열쇠는 하나로 통일되었다고.

"하나로? 오, 대단한데?"

정윤은 시험 삼아 가장 가까운 곳에 있는 창고 문부터 열어 보곤 솔직하게 감탄했다.

"이거 하나로 여기 있는 창고 문을 다 딸 수 있다면. 확실히 관리하는 게 수월해지겠네."

"그렇습니다. 말 그대로 만능열쇠죠. 도둑놈이 어떻게 이런 걸 흉내 낼 수 있겠습니까."

"과연, 석여 선생이야."

세상이 바뀌면서 오성들의 업적은 재평가되었다. 선황의 죽음과 함께 묻혀 버렸던 그들의 이야기가 드디어 빛을 보게 된 것이다. 그중에서도 단연 눈에 띈 것은 누군가에 의해 보존되어왔던 석여의 일기장이었다.

사실 일기보다는 그저 떠오르는 것들을 두서없이 끼적인 낙서장에 더 근접했지만, 그것이 공개되었을 때 세상은 한 학자의 머릿속에 담겨 있었던 그 방대한 생각의 단편들에 기함할 수밖에 없었다.

그것들은 소소하거나 혹은 대단했고, 주제가 없었으며 규칙적이지 않았다. 그럼에도 매료될 수밖에 없었던 것은 발상의 독특함과 사고의 깊이감 때문이었다.

사람들은 그 기록물을 어느새 일기가 아닌 박물지라고 부르기 시작했고 그녀가 도면으로만 남겼던 것들을 이제야 하나씩 실제로 구현해 보는 중이었다.

"진짜 신기하단 말이야."

그리고 구현이 되면 이처럼 빠르게 적용됐다. 석여는 제 일기장 속에 잠금장치의 파훼 원리에 대해 꽤나 집요하게 서술해 놨었다.

아마도 그것을 통해 특별한 만능열쇠를 만들어 보고 싶었던 모양인데, 그녀가 남겨 준 이론은 지금 이렇게 실생활에서 매우 유용하게 쓰이고 있었다.

"열쇠에 맞춰서 내궐의 자물통도 싹 다 바뀌었습니다. 이제 그 귀신같은 도둑놈도 뚫지 못할 겁니다."

새로 맞춘 신문물이 든든한 건지 군관이 어깨를 펴며 거들었다.

"그래, 쉽지 않겠지. 이렇게까지 했는데."

보안은 높아지고 반대로 관리는 쉬워지고. 본래에도 새로운 발명품이나 장치가 나오면 늘 궁궐이 시범 장소가 되곤 했는데 이번 것은 더 확실하게 적격한 듯했다. 소문의 도둑놈이 영향을 끼친 결과였다.

"제대로 한몫했네."

"예?"

"자네 말이야. 수고했다고."

주어 없는 칭찬에 군관은 잠깐 의아해했지만 푸근한 다독임으로 의문은 금세 가라앉았다.

"수량이랑 품목도 전부 일치하고. 뭐…… 애초에 열린 적도 없는데 안에 있는 물건을 도둑맞는다는 게 더 이상한 소리겠지만. 안 그래?"

정윤이 싱긋 웃으며 내부를 확인하기 위해 열었던 문들을 도로 꼼꼼하게 잠갔다. 전보다 육중해진 자물통의 무게감에서 한층 강화된 안전을 실감할 수 있었다.

"아, 참. 그리고 이 열쇠는 삼사에서 가져갈게. 우리가 가지고 있는 건 다 옛날 거라서."

병사들이 보는 앞에서 관리인의 수결을 남긴 그녀가 이전 열쇠와 새 열쇠를 당당하게 바꿔치기했다.

삼사에게 배당되는 새 열쇠는 곧 정식으로 따로 나오겠지만, 명색이 황궁 창고 관리를 책임지는 관청인데 조금 새치기를 한다고 해서 크게 문제 될 건 없어 보였다.

배웅을 받으며 정윤은 할 일을 마치고 유유히 돌아 나갔다.

그러나 한 걸음, 두 걸음 거리를 벌려가는 사이에 곁눈질은 빠르게 좌우를 훑는다. 두 갈래 길, 거기서 다시 세 갈래 길. 방향이 쪼개질 때마다 속도가 빨라졌다. 마치 미세한 발자국의 흔적조차 남기지 않으려는 듯한 자객 같은 움직임이었다.

잠시 후 날렵한 다리가 한 지점에서 멈춰 섰다. 들어올 때와는 전혀 다른 풍경이었다. 오는 길이 내내 널찍하고 개방된 곳이었다면 지금 들어선 곳은 길 폭이 협소하고 한적했다. 딱 봐도 사람이 잘 다니지 않는 길이었다.

하지만 정윤은 헤매지 않고 능숙하게 소로를 주파해 갔다. 이곳은 창고에서 내궁으로 통하는 또 다른 지름길이었지만 현재는 사용하지 않아서 막혀 있는 통로다. 끝에는 작은 문이 버티고 서 있었고, 문고리에는 당연하게도 자물통이 채워져 있었다.

좌우로 고갯짓을 해 본 뒤 정윤은 소리 없이 다가갔다. 쪼그리고 앉아 집중하는 얼굴 위로 흑요석처럼 반짝이는 눈동자가 돋보였다.

"히히……."

미모와는 전혀 어울리지 않는 음침한 웃음소리지만 부산스럽게 딸각이는 소음이 대신 그것을 덮어 눌렀다. 만능열쇠를 요리조리 돌려보길 얼마 지나지 않아 금속판이 분리되는 듯한 느낌이 찡하게 전달되었다.

철커덩.

"아, 열렸다."

큰소리는 못 내고 공기 박수를 치며 혼자 자축했다. 처음부터 술술 풀리는 계획에 신이 나기도 했다.

귀찮다며 싫은 티를 팍팍 내면서 나왔지만 사실 그녀는 하루 종일 이곳에 오기만을 고대했다.

일하는 건 싫지만 난 지금 할 일을 다 끝내서 매우 한가하고 그러므로 동료의 잔업을 대신 해 줄 수 있다, 와 같은 분위기를 마구 풍겨댔던 것은 다 큰 그림을 그리기 위한 밑 작업이었다.

이 문 너머가 정윤과 승학의 비밀 접선 장소였다.

정윤은 자물통을 완전히 벗겨 내지 않고 살짝 걸쳐만 두었다. 정시에 딱 맞춰서 벗겨 낼 요량이었다.

"좀 빨리 오긴 했는데."

약속 시간을 가늠해보며 자기 키를 훌쩍 웃도는 담장 가까이로 까치발을 치켜들었다.

"거기서 뭐 하나? 너 또 무슨 못된 짓 하려고 하나?"

그 순간 크고 위협적인 덩어리가 그 담장 위에서 그녀의 머리 위로 뛰어내렸다. 본능적으로 피하려다가 정윤은 악 하는 비명을 지르며 엉덩방아를 찧었다.

"이 시간에 왜 여기 있어!"

넘어졌는데도 부축하는 손길은커녕 변함없이 우렁찬 목청이었다. 살쾡이처럼 사나워진 정윤의 눈꼬리도 지지 않고 날아가 꽂혔다.

상대는 머리 하나는 더 큰 껑충한 장신에 일반적인 관복과는 조금 다른 차림새를 하고 있었다. 무장이 안 되는 궁궐에서 어깨와 허리에 총검을 끼고 움직임이 편한 무복을 입은 상태였다.

"너야말로 왜 여기 있는데?"

수비대 총잡이. 그녀가 으르렁거리듯 잇새로 덧붙였다. 상대가 별로 그 호칭을 좋아하지 않는다는 걸 알고 하는 소리였다.

예상을 져버리지 않고 해경은 발끈했다.

"다시 보직 이동해 달라고 상소문 올렸다니까! 그리고 내가 여기 왜 있긴. 도둑놈 잡아야지!"

임무에 충실하고 있는데 자신이 못 갈 곳이 어디 있냐는 당당한 표정이었다. 정윤은 대놓고 콧방귀를 뀌었다.

영휜서가 사라지고 다들 뿔뿔이 흩어졌을 때 유일하게 자신이 희망하는 관청으로 임명장을 받은 사람이 해경이었다. 그가 제발 보내 달라며 고른 곳은 서운관. 존경하던 외숙부의 뒤를 이어 보겠다는 나름 기특한 지원 사유였지만 하나같이 나서서 그의 행보를 만류했었다.

- 농학자를 해 보겠단 말이냐? 학자를……? 농사를……? 네가……?

- 무리한 인생을 살아 보고 싶은 모양이네.

- 한 달 만에 관둔다는 것에 제 겨드랑이 털 두 개 걸겠습니다!

그럼에도 부득불 억지를 부리면서, 자신에게 시간을 주면 노력으로 재능을 극복해 보겠다고 하더니 결국은 이렇게 됐다. 그가 그 벽을 극복하기도 전에 서운관 관료들이 그를 버티지 못하고 쫓아냈다. 겉도 속도 모두 그에게 찰떡같이 잘 맞는 궁궐수비대로였다.

"너에 대한 선입관을 버리려고 애썼던 과거의 나 자신을 후회해. 처음부터 서운관에 가지 못하게 말릴걸. 왜 좀 더 일찍 그러지 못했지? 이래서 사람은 편견이 중요한 건데."

"아니, 도대체 만날 때마다 사람 속을 긁는 이유가 뭔데."

"글쎄, 옛 전우가 한시라도 바삐 현실을 인정하고 평안을 되찾길 바라는, 뭐 그런 마음?"

황궁 수비대는 금의위와 함께 황제를 무력으로 보좌할 수 있는 금군이었다. 날붙이라면 바늘 하나 소지하는 것도 검사받아야 하는 이곳에서 보란 듯이 총도 차고, 검도 찰 수 있는 특혜가 어디 별건가. 궁 전역이 관할지다 보니 얽매이지 않고 여기저기 활개치고 다닐 수 있는 것도 그가 가진 직무의 장점이었다. 정윤은 그 점을 강조했다.

"학자에 대한 미련은 그만 접고 이렇게 도둑이나 잡으면서 다녀. 너 잘하는 거 해."

"안 그래도 내가 그거 잡으러 왔거든? 망할, 그놈이 신나게 여기저기 문 따고 돌아다니는데 그걸 아무도 못 잡았다는 게 말이 돼?"

검거는 고사하고 단서조차도 없을 텐데. 하지만 정윤은 굳이 그런 걸 짚어 주기보다는 그의 아둔함을 꼬집는 길을 택했다.

"추적을 왜 이쪽에 와서 하는데. 여기 막힌 길인 거 몰라?"

"알지. 근데 이상하게 여기로 왔을 것만 같은 생각이 든단 말이야."

아무것도 없는 빈 수풀을 뒤적이며 하는 흰소리에 정윤은 안면이 얼핏 굳었다가 풀렸다.

웃기시네. 쥐뿔, 물증도 없는 주제에. 하지만 이번에야말로 확신할 수밖에 없었다. 역시 그는 금군에 있어야 했다. 저게 천직이다. 논리도 근거도 없는 저 쓸데없이 좋은 감이 문제였다.

'와씨, 깜짝 놀랐잖아. 근본도 없는데 왜 정답이고 난리야.'

정윤은 뜨끔했던 진심 대신 도리어 더 장난치듯이 해경의 불만을 들쑤셨다.

"뭐야, 서운관으로 돌아가고 싶다더니. 어쩔 수 없이 수비대에 들어간 사람치곤 일 되게 열심히 한다?"

"그러는 너는 일 되게 열심히 안 한다고 소문났더라. 이제 나쁜 짓은 그만하고 착한 사람이 될 때도 되지 않았어?"

어이가 없다. 정윤은 자신을 훈계하는 듯한 그에게 겉은 바삭하고 속은 촉촉한 가식적인 안색을 꾸며 과시했다. 조직에 대한 자신의 적응력이 이렇다는 뜻이었다. 본성은 야생적이지만 어쨌든 간에 훈련을 시키면 반쯤 따라 하는 흉내 정도는 내 준다는. 뭐 그것도 영 기분이 별로일 때는 하지 않지만.

"누가 너처럼 여기 일하러 다닌대?"

"어허, 불손하다! 신하는 군신의 도리를 지킨다!"

"나는 일 안 하고 서방님이ㅅ랑 같은 공간에서 서방님 얼굴만 보고 싶다 이거야."

"야, 차라리 일 안 하고 그냥 돈만 벌고 싶다고 해! 그게 그나마 조금 더 양심적이고 현실적이지 않냐?!"

사랑에 눈먼 연인이란 정말 상상을 초월하는 존재였다. 고작 얼굴 하나를 보기 위해 다니기 싫은 곳을 꾹 참고 버티면서 일한다니.

한참 동안이나 혼자 주변을 탐색하던 해경이 이내 아무것도 건지지 못한 빈손으로 털썩 다가와 붙어 앉았다.

"너 삼사로 복귀 안 해?"

"응, 땡땡이."

"그러다 잘린다."

"그러든가."

"뭐, 이렇게 있으니까 우리 옛날 생각도 조금 나고 그러네. 그때는 진짜 일 안 했는데."

"이봐, 난 혼인했어. 지나간 인연으로……."

"미친 거 아니냐, 진짜. 그렇게 선 긋지 않아도 절대 넘어가고 싶지 않거든?"

격분하며 소리를 질러서 정윤은 멍멍해진 귀를 민망하게 눌렀다. 아니, 이게 그렇게까지 모욕적이었다 그거야? 그녀가 뚱한 얼굴로 해경의 팔꿈치를 툭 쳤다.

"왜 이렇게 까칠해? 사는 게 힘들어?"

"아니 좀, 그렇게 근본적으로 질문하지 말라고."

둘은 동시에 미간이 찌그러졌다. 비슷한 생각을 하는 것 같았다. 이 녀석이? 아니면 이 자식이? 둘 중에 하나였다.

앞머리를 막 헝클어트리며 해경이 먼저 힘을 풀었다.

"그냥 요즘 진로 때문에 고민이 많아서 그래."

진로라니. 질풍노도 시기의 소년에게서나 들을 법한 단어였다. 정윤은 그걸 미래라고 바꿔서 표현하자는 말이 목구멍까지 올라왔지만 억지로 꾹 참았다. 해경은 몹시 심각했다.

"너도 알잖아. 난 진짜 외숙부를 따라서 학자가 되고 싶었거든. 근데 서운관에서 근무할 땐 솔직히 힘들었단 말이야. 그런데 수비대로 오니까 아, 이게 왠지는 모르겠는데 일도 쉽고 위화감도 없고. 하다 보니까 재미도 있는 것 같다고! 쫓겨나서 온 건데 이런 마음이 든다는 게 얼마나 괴로운지 네가 아냐?"

어, 잘 알 것 같은데. 정윤은 건성으로 고개를 달랑달랑 흔들었다.

본인의 적성과 업무가 역행하고 있으니 몸이 거부 반응을 일으키는 건 당연한 얘기가 아닐까.

물론 꿈과 재능이 꼭 같이 갈 필요는 없고, 재능이 없다고 꿈을 포기할 필요도 없긴 하지만 그런 희망을 심어 주기에 정윤은 좀 썩어 있는 편이었다.

“피곤하게 사네, 정말. 그냥 너 좋아하고 잘하는 거 해. 하고 싶은 거 하지 말고. 그러다간 진급도 못 하고 만년 제자리일걸? 모연 아우를 봐봐. 얼마나 잘 나가는지.”

“야, 걔는!”

넷 중 가장 출세한 자와의 비교질에 해경은 크게 반발했다.

황제의 비밀 요원이었던 과거를 씻고 모두가 중앙의 실무직으로 떨어졌을 때, 모연은 비서성이라고 하는 황제의 수발 관청으로 부름을 받았다.

황제의 최측근에서 그 명령을 전달하는 영예를 누리지만 관리로서 큰 활약을 떨치기는 어려운 자리. 하지만 모연은 그 어려운 것을 해내고 신입 관료들의 우상이 되어가고 있는 중이었다.

그녀의 손만 거치면 개떡 같은 황제의 말도 청산유수가 된다나? 그리도 문장력이 좋은 줄은 몰랐다는 것이 세간의 평. 그런 이유로 현재 모연은 황성에서 제일가는 문장가로서 이름을 떨치고 있었다. 적성을 직업으로 승화시켜 신화를 이뤄낸 결과였다.

“걔랑 나는 경우가 다르잖아!”

확실히 경우가 다르긴 했지만 항의는 먹혀들지 않았다. 정윤은 해경을 보고 과연 미래가 아닌 진로를 고민할 법한 남자라며 혀를 찼다.

“좋아하는 걸 하는 게 어려우면 거꾸로 내가 하는 걸 좋아해 보든가. 아니, 근데 내 애도 아니고 내가 왜 이걸 들어 주고 있어야 하는 거야?"

"너도 사회생활 엉망으로 하면서……!"

"난 여기 서방님 얼굴 보려고 붙어 있는 거라니까?"

뻔뻔한 이야기에 해경은 무언가 대꾸하고 싶었지만 너무나 맞는 말이라 받아칠 만한 것이 없었다.

공무원의 명예를 들이밀자니 이미 그녀는 충분히 나쁜 녀석이었고, 군신 간의 의리를 들먹이자니 모시는 황제와 그녀의 사이가 썩 화기애애하지 않았다. 녹봉을 운운하면 그나마 만만할 것도 같았지만 생각해 보니 저쪽은 날 때부터 부잣집 딸이었다.

"젠장."

어떤 걸 갖다 대도 필패 확정. 입 벌리면 손해라는 계산에 괜히 궁얼거리려던 때였다. 그가 불현듯 특정한 방향을 쳐다보며 청각을 집중하더니, 자리에서 벌떡 일어났다.

"야, 나 간다."

"갑자기?"

"수비대 호출 소리 났어."

"못 들었는데?"

"희미하긴 한데 났어, 확실히."

귀도 밝네. 정윤은 대수롭지 않게 대답하려고 했지만 내뱉지 못하고 입안에서 씹혔다. 해경이 벌써 저만큼 거리를 벌리고 달리고 있었다. 그는 경보하듯 걷더니 곧 뛰는 걸음으로 움직여 시야에서 더 작아졌다.

“뭐야, 저럴 거면 진로 고민 왜 해.”

본인만 느끼지 못하는 거지 이미 좋아하는 것과 잘하는 것을 동시에 다 하고 있는 것 같은데 말이다.

바삐 뛰는 뒷모습을 팔짱을 끼고 지켜보던 정윤의 어깨가 으쓱 올라갔다 떨어졌다. 뭐, 잘 됐다. 찡찡대면서 안 가고 버텼으면 발로 차서라도 보내려고 했는데, 저렇게 멀리서 부른다고 알아서 가주고. 그녀가 느긋하게 시간을 확인하며 콧노래를 불렀다. 정시까지 코앞이었다.

* * *

내내 기척을 죽여 땅을 밟던 사내가 높은 담벼락 밑에 바짝 몸을 붙였다. 목적지까지 남은 마지막 관문이었다. 여길 지나면 황궁 창고가 늘어서 있는 회랑으로 통한다. 가는 중간에 이름조차 붙지 않은 수많은 소로들을 헤쳐 나가야 하지만 어쨌든 물리적으로는 그러했다.

두드렸던 돌다리를 재차 확인하듯이 승학은 몸을 숨긴 채 면밀하게 주변을 살펴보았다. 아무도 없을 거라 예상하면서도 그는 고요함 속에 숨어 있는 만일의 위험까지도 놓치지 않으려 했다.

그가 시선을 들어 담장의 높이를 눈대중으로 쟀다. 넘으면 궁의 창고로 연결되는 지름길이니만큼 처음 쌓아 올릴 때부터 의도적으로 높이 올려 장신인 그에게도 만만치가 않은 벽이었다.

넘어가기 직전 승학은 걸리는 부분이 없는지 펄럭이는 옷부터 정돈했다. 일전에 여길 월담하다가 옷자락이 걸려서 밑단이 찢긴 적이 있었다. 그 때문에 장인어른에게 의심을 살 뻔하지 않았나. 점잖은 사람이 어디서 칠칠치 못하게 옷을 찢어 왔냐고 추궁받았는데. 그때 당황해서 버벅거렸던 걸 생각하면 지금도 아찔했다.

하지만 그러한 아찔한 기억에도 불구하고 그가 탈선을 멈추지 못하는 것은 바로 이 너머에서 아내가 기다리고 있기 때문.

빨리 보고 싶다. 그런 생각을 하자 옷을 정돈하던 때의 차분함이 무색해지게도 마음이 급격히 조급해지기 시작했다.

그가 도약할 지점을 가늠하며 몇 번 껑충껑충 수직으로 뛰어 보였다. 그것을 인기척의 신호로 알았는지 갑자기 반대편에서부터 문이 밀렸다.

"부인……?"

틈바구니로 얼굴을 내민 사람은 청초한 낯빛에 커다란 눈망울을 굴리고 있는 정윤이었다.

어, 어떻게? 이 문을? 반가우면서도 놀란 감정이 스쳤다. 정윤은 대답하는 대신 파묻히듯이 그의 품으로 뛰어들었다. 서로의 몸이 부둥켜 엉키면서 열렸던 문이 다시 닫혔다.

얽힌 다음에는 하나의 길만이 남은 것처럼 입술을 찾아 들어간다. 바로 직전에 놀랐던 감정조차도 기억에 남지 않았다. 어르고 휘감으며 촉촉하게 감겨 오는 감촉에만 몰두한다. 두꺼운 이불로 꼭꼭 싸매 여미듯이 승학은 정윤의 등과 허리를 강하게 둘러 안았다.

“보고 싶었습니다.”

허겁지겁 물었던 입술을 놔 주며 쉰 소리로 겨우 뱉어낸 한 마디였다. 어제도 저녁에 잠든 것만 보고 새벽에 나왔다. 며칠째 이런 지옥의 연속인 건지 그녀에게 제대로 닿자마자 감정이 너울을 쳤다.

보고 싶었다는 말에 정윤은 금방이라도 울 것 같은 눈으로 승학의 얼굴을 쓸었다. 작은 손끝에 반듯한 이목구비가 스쳐 지나갔다.

“왜 이렇게 수척해지셨어요?”

“아닙니다. 마른 건 부인이 아니십니까. 혹 누군가 힘들게라도 합니까?”

황당하지만 매일매일 한 지붕 아래에서 사는 부부의 대화였다. 그리고 한 이불을 덮고 자는 이들의 염려와 걱정이었다. 유난이기는 했지만 알 게 뭔가. 당사자들은 진지하고 심각했다.

“장인어른께서 잦은 교류는 되도록 하지 말라고 하셔서…… 궐에서 부인의 소식을 접하기가 어렵습니다.”

진영은 생각보다 고지식하고 원칙적이라 두 사람이 공적인 자리에서 지나치게 사사로움을 드러내는 것에 대해 민감하게 반응했다. 굳이 정윤을 자신의 휘하에 둔 것도 그런 의미에서였을 것이다. 부부가 같은 아문 소속이면 남의 입에 오르내리기 쉬워 좋지 않다는 거였다. 덕택에 부부는 같은 관복을 입고 있어도 마주칠 수 있는 기회가 거의 없었다.

남편 얼굴을 보러 일하러 다닌다는 말이 허언이 아닌 듯, 정윤은 제 주변 일들에 대해 궁금해하는 사내에게 미주알고주알 속속들이 말했다. 하루 치 밀린 이야깃거리가 뭐 그리 많은 건지 쉴 새 없이 조잘댔다.

"그럼 부인에게 자기 일을 미룬 것 아닙니까?"

마지막으로 상관이 대신 보내서 올 수 있었다는 내용까지 세세하게 다 끝마쳤을 때 승학은 또 물었다. 마치 그녀를 괴롭힌다는 얘기라도 들은 것처럼.

"내일 즈음 제가 가서 따끔히 일러두면……."

그러더니 방문 의사를 슬쩍 내비친다. 일을 대신 떠맡은 건 이쪽에서 의도한 고도의 전략이었다고 얘기를 해 줬는데도. 그러나 정윤은 거기에 왜요? 라고 말하지 않았다. 왜인지는 이미 알았으니까. 그는 내일은 우리가 어떻게 만날지, 그 궁리를 벌써 하고 있는 거였다.

그녀가 양팔을 벌려 그를 와락 끌어안으며 말했다.

"제가 여길 매일 올 수 있으면 되는 거잖아요? 걱정 마세요, 저 내일도 올 수 있어요."

정확히는 그렇게 되도록 유도할 수 있다. 그러면서 서서히 창고 점검 업무를 완전히 제 관할로 굳힐 요량이었다.

"여기가 좋아요. 쳐다보는 사람도 없고 눈치도 안 보이고. 들킬 염려도 없고요!"

"하지만 근방에서 도둑이 활동하는 위험한 곳입니다."

"걱정 마시래도요. 제가 알아서 조심할게요."

"어떻게……."

어떻게긴. 그 도둑의 동선을 맘대로 조정할 수 있으니 자신만만한 거 아닌가.

그러나 정윤은 이번에도 다른 대답을 했다.

"그런 건 문제도 아니에요, 정말로요. 진짜 저를 힘들게 하는 건 아버지예요. 얼마나 감시하고 눈치를 주시는지. 경거망동하지 마라, 서방님 바쁘니 방해하지 마라……. 제가 아주 못 미더우신 거예요."

굳이 믿어 달라고 하기에는 지금도 미덥지 못한 만남을 갖고 있기는 하지만 그녀는 불평불만이 아주 많았다. 칭얼거리는 것을 귀엽게 보던 승학이 투정을 달래 주듯 볼을 매만져 주었다. 그가 아, 하며 잠시 잊고 있었던 것을 떠올렸다.

"부인, 그러고 보니 아까."

"네?"

"이 문, 어떻게 여신 겁니까."

밀애 장소로 쓰기에는 완벽하지만 근래 도둑이 든 것 때문에 궐문의 자물통을 모두 새것으로 교체했다고 들었다.

경비가 두터우리라 예상했는데…….

의문의 시선을 받은 정윤은 잠시 멈칫했다가 곧 주머니에서 새 열쇠를 꺼내 보였다.

"제가 삼사에서 일한다는 걸 잊지 마세요. 자물통이 바뀌면 어디부터 제일 먼저 열쇠를 주겠어요?"

게다가 이것 하나로 다수의 문을 딸 수 있는 만능열쇠였다. 계기를 제공한 건 정체불명의 도둑 때문이었지만 혜택은 이들 부부가 누리게 되었다.

"어찌 이리 시기적절하게."

"서방님도 참, 그런 것이 중요한가요?"

승학이 더 깊이 상황을 파악하기 전에 정윤은 순식간에 그의 관심을 제게로 빼앗아왔다. 굳건한 어깨에 매달려서 나만 봐달라는 듯 두 눈을 반짝이고 올려다보면 그는 금세 헤어 나올 수 없는 늪에 빠진 사람처럼 되곤 했으니까.

머리칼을 귀 뒤로 넘기며 그가 귓불을 살짝 깨물어 왔다. 소곤거리는 음성조차 다정했다.

"중요치 않지."

누가 먼저랄 것도 없이 다시 한번 입술이 포개졌다.

이렇게 깊이 맞닿을 때면 승학은 제 온갖 감정들이 아내에게 빨려 들어가는 것 같은 아찔함을 느낀다. 전신을 휘감고 도는 짜릿함에 함락되어 그가 더 욕심껏 몰아붙이며 사방으로 헤집었다. 보통 때와 다른 격렬함에 정윤이 움찔거리자 달아날까 허리부터 와락 끌어당겼다.

"움직이지 마십시오. 무던히 참고 있는 중입니다."

여기서 부인을 산 채로 잡아먹으면 위험하니.

손가락 하나도 까딱하면 안 된다고 농담 같은 엄포를 놓자 그의 아내는 달아오른 뺨을 비비며 까르르 웃었다.

그 소리를 음미하며 승학은 녹아 흐를 것 같은 숨결을 목덜미에 파묻었다.

* * *

"다 됐어요. 어떠세요?"

남편의 단장을 돕는 것은 평범한 아내의 일. 구겨지지도 않은 의복을 몇 번이나 손으로 매만져 펴며 정윤은 그 소소함에 행복해했다.

승학은 대답 대신 몸을 숙여 그녀의 입술 쪽으로 다가왔다. 단숨에 분위기가 달아오른 것을 알아차리곤 그녀가 문밖을 가리키며 도리질 쳤지만 근처에서 맴돌던 욕망이 순식간에 잠식해 들어왔다.

"너무 오래 지체하면 들킬지도 몰라요."

"조금만 더……."

바로 직전까지 안고 있었으면서 탐할수록 갈증은 더 심해지는 듯했다.

한 손으로는 아내의 허리를 끌어당기고 다른 손으론 어깨를 조여 잡은 채 승학은 기어이 달짝지근한 입속으로 혀를 밀어 넣었다. 좌우로 부드럽게 얼굴이 돌아갔다.

"정말 가기 싫습니다."

한참 만에야 입술이 떼어지면서 대신 아쉬움이 담긴 숨 덩어리가 살갗을 두드렸다. 노골적으로 끼얹어지는 뜨거운 입김에 정윤은 잘게 떨며 말했다.

"이러다 들키면 정말 큰일 나요. 얼른 가세요……. 서방님 가시는 거 보고 저도 갈게요."

"안 가면 안 될까?"

맞잡은 손을 떼지도 못하고 매달리는 게 안타깝긴 했지만 꼬리가 길면 잡히는 법이다. 정윤은 억지로 승학의 등을 떠밀었다.

"위험해서 안 돼요. 조금만 더 참아요, 우리."

승학은 어쩔 수 없이 뻣뻣하게 굳은 다리를 돌렸다.

그래, 참으면. 참으면 오늘 밤에도 볼 수 있다. 그나마 위로가 되는 희망이었다.

닫혀 있는 문고리에 마지못한 그의 손끝이 닿았다. 지켜보던 정윤은 불어터진 입술을 깨물다가 결국 떠나가는 그의 팔을 붙잡았다. 볼에 쪽 하고 작은 입맞춤이 붙었다.

"자지 않고 기다릴 거예요."

헤어지기 전의 마지막 인사였다. 매일 귀가가 늦은 남편을 기다리다 까무룩 잠들어버리곤 했으니까. 하지만 그 인사는 하지 않는 게 좋았다. 그녀가 남긴 달콤함에 반쯤 넘어갔던 승학의 몸통이 순식간에 제자리로 돌아와 버렸다.

"도저히 못 가겠습니다."

"안 돼요! 가셔야 해요. 아버지는 촉이 좋아서 언제 들통날지 몰라요. 지금도 조마조마한데……."

"장인어른께 맞아 죽는 한이 있더라도."

그리 무모한 성정도 아니면서 승학은 이성을 내다 버리고 위험한 발언조차 서슴지 않았다. 막아서고 갈려놓으려 하니 애틋함을 더 주체하지 못하게 된 눈먼 바보처럼.

그리고 언제나 그랬듯 사랑하는 연인을 가로막는 장애물은 이번에도 늦지 않고 제때에 찾아왔다.

끼익.

오래된 경첩이 신음을 내질렀다. 두 사람이 손대지도 않은 문고리가 덜컹이더니 마음의 준비를 할 새도 없이 반대쪽의 풍경을 훤히 노출시켰다.

"아버지?"

"폐하……?"

절대 열리지 말아야 할 것이 개방되었다. 부부가 기겁해서 고개를 돌린 그곳에는 구경꾼들이 아주 많았다.

이름을 댈 수 있는 자만 명명해 보아도 가장 가운데에는 금빛의 황제가, 그 뒷줄부터는 차례대로 이마를 싸맨 정윤의 아버지, 경악하듯 입을 벌리고 있는 해경, 천재 소년처럼 알이 큰 안경을 걸친 모연이 있었다.

"아이고, 폐하! 보십시오, 소신이 무어라 하였습니까! 얌전하고 잠잠하면 필시 수상하다 하지 않았습니까! 요 근래에 고분고분하더니 기어코!"

"흠, 과연 그렇구려, 대삼사. 매우 뛰어난 예지력일세."

이것이 바로 부모라는 것인가. 황제는 찬탄하며 지그시 정윤의 손아귀에 쥐어져 있는 열쇠에 음흉한 눈길을 주었다. 그녀가 재빨리 숨겼지만 이미 현장을 목격한 자는 얄미운 얘기들을 노래처럼 불렀다.

저거 직권 남용이네, 남용. 농땡이네, 농땡이. 업무 시간에 하라는 일은 안 하고 말이야.

최고 권력자에 의해 부부는 그렇게 현장에서 체포되었다.

* * *

검거는 여러 명의 손이 보태져 완성되었다. 진영의 예지력, 황제의 협조, 승학의 시간적 지체, 그리고 결정적인 제보자 역할을 한 해경까지. 참 많은 이들의 도움을 받았다.

- 어? 저 걔 방금 오다가 봤는데요? 저기 있던데?

해경은 호출을 듣고 복귀하던 도중 황제에게 제 딸의 수상함을 제기하던 진영과 딱 마주쳤다.

알고 보면 딴에는 변호하려는 말이긴 했다. 그래도 친구라고 진로상담을 조금이나마 받아준 게 고마워서. 하지만 그것은 독이 되어 돌아왔다. 진영은 자신의 딸이 그 시점에 있어야 할 곳이 거기가 아님을 알고 있었다.

'저런 쓸모없는 자식! 그냥 학자나 되라 할 것을! 제 인생 망하든 말든 막말이나 해 줄 것을!'

저리 멍청한 짓이나 하고 다닐 줄 알았다면 아까 그리 곱게 보내지는 않았을 것이다. 정윤은 난감해서 머리를 긁적이는 해경을 향해 서슬 퍼런 눈총을 쏟아부었다.

"흐음, 차가 다 우러난 듯한데."

청명한 가을 하늘 아래, 후원에 펼쳐진 소박한 다과상이었다. 소박하다곤 해도 황제가 주최자인 만큼 고풍스러운 차 향기가 후각을 자극했다.

흥미로운 눈으로 상황을 관전하던 모연은 주군의 손짓에 얼른 주전자를 들고 차 시중을 들었다. 내관이 있는데 굳이 본인이 자원하는 이유야 뻔했다. 어떻게든 여기에 엉덩이를 붙이고 앉아서 이 막장 싸움을 구경하고 싶은 거였다. 한가롭고 평화로운 정자에 죄인 둘과 그 보호자들이 동석하는 사자대면이 벌어졌으니.

"어허, 승상! 대삼사! 인상들 좀 펴게나. 꼭 어디 가서 사람 하나라도 때려눕힐 얼굴들이야."

막 찻잔에 입을 데려던 황제가 과장된 몸짓과 어조로 심기 불편한 아버지들을 달랬다. 괜찮으니 부끄러워하지 말라고, 인상 쓰지 말고 다 같이 웃는 얼굴로 해결하자고. 비록 애들이 사고치고 난 후 부모를 호출하는 것과 전혀 다를 바 없는 현장일지라도 말이다.

"그렇지, 너희들도 마실래? 국화차가 향이 아주 좋아."

"아니요."

"소신은…… 괜찮습니다, 폐하."

"그러지 말고 받으래도. 좋은 자리니 사양하지 말라."

아니, 저 자리가 어째서 좋은 자리인가. 부모에, 주군으로도 모자라서 절친한 옛 동료들까지 그들의 망신살을 지켜보고 있는데.

그러나 황제의 눈치 없는 나불거림은 그것이 시작이었다.

"근래에 창고에 웬 쥐가 드나든다 하더니만, 어째 우리는 좀 엉뚱한 쥐를 잡았구먼."

대삼사가 하도 마음이 뒤숭숭하다느니 뭐니 하면서 정윤의 잔머리에 대해 하도 떠들어대서, 자신은 혹시나 하는 마음으로 걸음한 거라고 했다.

그래도 오는 내내 별일 아닐 거라고 편을 들어줬다나?

"정윤아…… 아니지, 크흠. 해 녹사. 이건 업무 태만에 근무지 이탈, 직권 남용이야."

별거 아닌 것으로 끝내려면 그럴 수도 있지만 저렇게 죄목을 물고 늘어지면 줄줄이 걸려들 수도 있는 상황이었다. 그러나 임금의 협박에도 정윤은 그다지 반성의 기미를 보이지 않았다.

저, 저런 못된 녀석. 황제가 혀를 차며 안타까운 시선을 승학에게로 던졌다.

"저놈은 어쩌다 저리되었나?"

승학의 타락을 딱하게 여기는 측은지심성 발언에 울컥한 것은 다른 사람이었다. 꿇어앉아 있는 아들의 처참한 꼴을 본 승상은 뜨거운 차를 벌컥벌컥 들이마셨다. 아비의 부재에도 번듯하게 성장한 아들의 잘남이 언제나 자랑거리인 그였다. 지금 이것은 용납할 수 없는 풍경이었다.

"아니지, 아니지. 융통성 없는 저놈을 월담까지 시킨 건……

그래, 나쁜 물을 들여 놓은 건 해 녹사야. 어찌 된 건지 물어볼 필요도 없어."

승학에게 날아가던 화살이 불시에 방향을 틀었다. 이번에는 진영이 쿨럭거리며 마시던 차를 뱉었다.

"예? 아니, 폐하. 제 딸이 왜……."

자식의 치부가 드러나려 하니 자동으로 나오는 방어벽.

남들이 뭐라 해도 본인에게만은 금지옥엽인 딸인 법인데, 거기에 성급히 달려든 건 화를 주체하지 못하고 있던 승상이었다.

"뭐, 아주 틀린 말씀을 하신 건 아니지요!"

"……뭐요?"

진영의 입가가 씰룩거렸다. 사사로이는 친우이자 사돈지간. 하지만 그 우정과 체통이 아슬아슬하게 도마 위에 올랐다.

"그럼 지금 제 딸이 다 잘못했다 이겁니까? 문 열어 준다고 날름 들어온 놈은 잘못이 아닙니까? 아, 철부지가 지금 제 딸 하나냐 이 말이에요!"

지은 죄가 있는지라 승학은 변명도 못 하고 고개를 숙였지만 그 아버지는 아니다. 승상은 철부지 발언에 즉시 발끈했다.

"그런 얘기를 하자는 게 아니잖습니까! 누가 내 며늘아기를 탓했습니까? 애초부터 대삼사가 예법이 어쩌고저쩌고 들먹거리면서 아이들을 떼 놓지만 않았어도 이런 일이 왜 일어납니까?"

"아니, 허면 상황이 이렇게 된 게 다 이 사람 잘못이다?"

양측이 다 부글부글 끓더니 결국 넘쳤다. 자신도 할 말이 많다면서 진영은 입 밖으로 침까지 튀기며 따져 물었다.

“제가 영영 못 보게 했습니까? 길지도 않아요! 퇴청까지만 얌전히 참으라는데 그것도 못 참아서 월담을 한다는 게 말이나 됩니까! 흠잡을 데 없는 신랑감이라더니 순 사기를 당한 기분입니다!”

“허, 보시오! 지금 내 아들 흉을 보는 게요?”

“어이어이, 왜들 그래. 그러지들 말아. 좀 참아. 승상도 너무 역정 내지 말고. 사이좋게 지내자구.”

말리는 듯하며 황제가 끼어들었지만 조금도 적극적이지 않았다. 오히려 한 마디씩 얹으며 초 치는 소리를 끼얹는 느낌 아닌 느낌이 든다. 임금은 매사 공평무사해야 한다더니 그래서인지 그는 공평하게 분란을 조장하는 중이었다.

최고 권력자의 방치와 격려가 깔리자, 어른들의 공방전은 한층 더 격렬함을 띠기 시작했다. 한쪽은 아들 가진 부모라서 막말하는 거냐고 공격했고, 다른 한쪽은 딸 가졌다고 유세 떨지 말라고 따졌다.

“젊은 애들 사이에 늙은이가 무슨 노망이 나서 끼어듭니까? 그냥 내버려 두면 될 것을.”

“참 세상 물정 모르는 소리 하십니다. 나쁜 얘기가 퍼지면 피해 보는 게 누구 쪽인지 알기나 하십니까? 흥, 아들 가진 주제에 알턱이 없지요!”

“아니, 왜 자꾸 아들 가졌다고 사람 무시를! 나도 딸 있어요!”

사가도 아닌 황궁에서 나라의 재상들이 핏대를 세우며 삿대질.

상황은 점점 더 막장으로 치닫는데 구경꾼들은 흥미로운 눈으로 수수방관이었다.

하얗게 질린 승학이 홀로 말려 보려 애썼지만 아쉽게도 죄인의 말에 귀를 기울이는 사람은 아무도 없었다.

"누가 고리짝 사람 아니랄까 봐. 이보세요, 대삼사. 세상은 변했어요! 좀 더 개방적으로 살 수 없습니까?"

승상은 시종일관 애들이 뭔 짓을 하건 간섭하지 말라는 주장이었다. 단속이랍시고 떼어 놨다간 제 아들이 상사병에 눈이 멀어 앞으로 더 멍청한 짓을 저지르게 될 것만 같았으니까.

당연히 진영은 불같이 화를 냈다.

"몇 번을 말합니까. 내 딸이 궐에서 천덕꾸러기 신세가 되면 승상께서 다 책임지실 겁니까? 얼마나 애지중지 키웠는데. 저는 그 꼴 못 봅니다. 그리고 이건 예법이에요!"

"그놈의 예법이니 뭐니 하는 것 좀 따지지 말라니까! 관리가 힘들면 그냥 댁의 딸을 우리 집으로 보내시오! 그래! 우리 가문에서 다 책임질 테니!"

아니, 이 작자가 보자보자 하니까? 상대방이 되는대로 내뱉는다고 여겼는지 진영이 격렬하게 맞받아쳤다.

"싫습니다! 제가 왜요? 차라리 그 댁 아들을 우리 집에 보내든가!"

"아니, 어떻게 그런 말을! 그럼 내 아들더러 처가살이를 하라 이 말이요?!"

"세상은 변했다면서요?"

"아무리 그래도 그렇지! 사내 체면에 어떻게 처가살이요!"

혼인하면 대부분 분가하는 마당에 데릴사위도 아닌 자가 처가살이. 통념상 다소 불명예한 일로 비춰질 수 있기는 했다.

승상이 목 뒤를 잡으며 난리 치는데 그 아들이 반짝거리는 눈으로 끼어들었다.

"저어…… 그럼, 제가 장인어른 댁으로 들어가면 아내와 만나는 것도 용서해 주시는 겁니까?"

"무어, 뭐?"

"저, 저런 팔불출 같은 자식이!"

너무나 순수하고 희망적인, 과장 하나 없이 오롯이 진심으로만 똘똘 뭉쳐 있는 바람이었다.

그러나 아버지들에게는 청천벽력 같은 소리다.

진영은 당황해서 말을 더듬었고 황제는 옆으로 고꾸라지며 박장대소했다. 당장이라도 끓어올라서 펑 터질 것 같은 인물은 그 철부지 아들의 부모뿐이었다. 마음 같아선 아들의 귓불을 잡아 질질 끌어내고 싶은 것을 초인적인 인내심으로 눌러 참는 게 불쌍해 보일 정도였다.

그가 몇 번이나 심호흡을 하며 손을 부들부들 떨더니, 이마를 땅에 박고 피가 끓는 주청을 올렸다.

"……폐하, 저, 저, 망할 놈을…… 이대로 그냥 넘겨서는 아니 되겠사옵니다! 법도에 따라 소신이 엄히 처벌하겠사오니 부디 제 손에 맡겨 주십시오!"

모든 문무백관을 이끄는 승상이었으니 권한이 없는 건 아니었지만 여기서 직접 처벌을 하겠다는 것은 무언가 끝장을 보겠다는 의미였다. 눈가에 고인 눈물을 문지르며 황제가 손짓으로 윤허하자 곧 살벌한 시선이 철없는 부부에게로 돌아갔다. 따라오라는 거였다.

"잠시만요! 안 됩니다!"

"뭐가 안 돼!"

면목이 없어 내내 고개를 숙이고 있던 승학이 다급히 정윤의 앞을 가로막으며 나섰다. 전에 없던 적극성이었다.

"이건 전부 제 잘못입니다! 아내는 죄가 없습니다!"

끌려가서 자기가 볼기짝을 맞든, 주리가 틀리든 정윤만큼은 보호하려는 살신성인이었다. 그는 처음부터 끝까지 상황을 제 아내에게 유리한 쪽으로 변론해 가며 그녀는 잘못이 없음을 구구절절 항변했다. 그 지극함에 모두가 질릴 수준이었다.

임신 초기, 산모의 심신 안정의 중요성에 대해 전문적으로 설명하던 그의 말을 승상이 확 끊어 버렸다.

"그런 걸 다 외우고 사는 게냐?"

"당연한 것 아닙니까!"

"그래서 며늘아기가 태기가 있느냐?"

"아직은 아닙니다."

"그런데 왜 지금 그런 걸 따져야 해!"

"준비하는 단계가 더 중요한 것입니다!"

"아이고!"

차라리 저게 다 장난치는 거라면 좋겠다. 하지만 승학은 실없는 농담을 하는 성정이 아니었다. 장난은 더더욱 치지 않고 가식은 무엇인지도 모른다. 그의 청산유수는 한 점 부끄럼 없는 진심이었다.

진지하게 미친 게 세상에서 제일 무서운 건데.

진영은 못 산다는 눈으로 딸을 쳐보았다. 하지만 상태가 비정상인 것은 여기도 마찬가지.

그녀는 코끝을 치켜들며 '거봐! 난 잘못하지 않았어!' 따위의 주장을 드러내고 있었다.

"내 저 망할 사위 놈을 그냥……."

제 색시랍시고 감싸고만 도는 사위 녀석이 그렇게도 미울 수가 없었다. 매일같이 예쁘다, 예쁘다 소리만 해 주었으니 저 꼴이 난 게 아닌가. 딸자식의 못난 버릇은 죄 사위 녀석이 만들어 주고 있었다.

"……좋다. 그럼 어쩔 수 없이. 남편이 배로 벌 받는 수밖에."

승상은 오늘 단단히 날을 잡았다는 표정이었다. 까닥거리는 아버지의 손가락에 의해 승학은 침울한 얼굴로 일어섰다.

부자가 나란히 서서 황제에게 하직 인사를 올린 후 떠나려던 순간이었다. 갑자기 놓고 온 게 있는 것처럼 승학이 멈춰 섰다.

"저, 아버지. 잠시만."

"또 왜!"

"저기, 딱 한 번만 안아 보고 가겠습니다. 아내가……."

"안 돼! 절대 안 돼! 너희는 그거는 병이야! 병!"

구경하던 전부가 나서서 동시에 소리쳤다.

하지 말라고 너희들, 좀!

본인들의 사랑을 훼방 놓는 자들이 이렇게까지 많은 줄 몰랐던 부부는 그만 할 말을 잃고 세상에서 제일 억울한 입장이 되었다.

“와, 대박. 저 이거 소재로 써도 됩니까?”

차 주전자를 끌어안고 있던 모연만이 그 사이에 껴서 종알거렸다.

* * *

새까만 밤이었다. 단정한 기와집의 솟을대문이 열렸다. 자기 집에 들어서는 걸음에조차 지친 기색이 짙게 묻어나는 승학이었다.

가히 전쟁 같았던 하루.

움푹 꺼진 눈두덩이를 손으로 꾹꾹 누르며 그는 안채까지 다다르는 어둑한 길을 익숙하게 찾아갔다. 그가 내는 인기척에 누군가가 부엌에서 후다닥 뛰어나왔다.

“아, 오셨습니까. 나리. 아가씨는 계속 기다리시다가 방금 전에 잠드신 것 같던데.”

“괜찮네.”

그를 맞이한 건 막 떠날 준비를 하던 창희였다. 잠시 들렀다가 돌아가는 듯 했지만 시간이 시간인지라 승학은 별스럽게 물을 수밖에 없었다.

“그러고 보니 자네 꽤 자주 보는군.”

교전비(轎前婢: 여자가 시집갈 때 따라가는 몸종)도 아닐 텐데 어째서 이리 빈번하게 얼굴을 내비치는지 의문이었다. 물론 사가에서부터 아내의 수발을 들던 자라는 것은 알았지만.

“어음, 그게.”

창희는 곧바로 대답하지 못하고 망설였다. 그가 오기 직전까지도 정윤의 등쌀에 시달렸던 일이 떠올랐기 때문이었다.

- 너 어제 끓인 국 엄청 짰다? 그러다가 우리 서방님 건강에 문제가 생기면 어떡할 거야? 어? 죽고 싶어?!

- 내일 반찬은 편육으로 준비해! 서방님 고기를 먹여야겠어.

- 내가 말했잖아. 후식으로는 꼭 과일을 준비해 두라고. 대체 몇 번을 말해야 되니?

웬 우렁이 신부도 아니고, 창희는 이 집에서 시집살이인지 아닌지 알 수 없는 나날들을 보내고 있었다.

주인의 후환이 두려워 차마 때려치우지도 못하고 밤과 새벽 사이를 오가며 부엌일을 하는데, 처음에는 반빗아치를 구할 때까지만 해 달라고 하더니 요즘의 정윤을 보면 전혀 사람을 구할 생각이 없어 보였다.

‘유일한 복수는 나리께 고자질……’

그냥 확 저질러 버릴까. 충동이 잠시 일었다. 하지만 눈에 스친 건 피곤이 묻은 눈가에, 지쳐 있는 잘생긴 남자의 몰골. 입을 몇 번이나 벙긋거리던 창희는 들불처럼 솟았던 욕심을 차마 터트리지 못하고 삼켜야 했다.

“그, 뭐…… 별일은 아니고 아가씨 친정에서 이것저것 많이 보내셔서 자주 심부름을 오고 있습니다. 매번 늦은 시간에 죄송합니다.”

“아닐세. 자네가 수고가 많군. 내가 미리 인사를 했어야 하는 것인데.”

승학이 따스한 미소로 창희의 어깨를 두드렸다. 자신이 좀 더 일찍 챙기지 못했음을 미안해하는 눈치였다.

그것만으로도 감동받은 듯 창희가 울먹이는 목소리로 답했다.

“예, 그럼요. 제가 정말 수고가 많지요. 나리께서라도 이리 알아주시니 큰 위안이 됩니다.”

어딘가 모르게 억울함과 고단함이 담겨 있는 말투였다. 승학은 잠시 갸우뚱하긴 했지만 이내 별일 없이 그를 지나쳐 갔다. 그런 걸 알아차리기에는 그의 몸은 지나치게 피곤한 상태였다.

* * *

살며시 문을 밀고 닫으며 승학은 조심스레 방 안으로 들어왔다. 발소리를 죽이며 침상 곁으로 다가간 그는 금침 안에서 고른 숨을 내쉬고 있는 아내를 내려다보았다. 기다리다가 그대로 쓰러져 잠들었는지 등잔의 불도 끄지 않은 채였다.

‘예쁘다.’

행여 곤한 잠을 방해할까 흘러내린 머리카락만 정돈해주고 살짝 입을 맞추었다. 잠결에도 정윤은 콧잔등을 찡긋하며 반응했다. 그것을 못 참고 그녀를 끌어안으려던 승학은 제 몸을 한번 보곤 기울어졌던 몸을 황급히 곧추세웠다.

장시간의 일과 야근, 징계, 후덥지근한 여름 날씨까지 더해져 온몸이 땀범벅에 청결하지 못했다. 이 상태로는 아내를 안고 싶지 않았다.

재빠르게 일어난 그가 목욕을 하기 위해 서둘러 옷을 벗었다. 살갗에 달라붙은 옷들이 바닥으로 벗어 던져지고 매끈한 상반신이 그대로 드러났을 때였다.

"음……?"

언제 깼는지 이불 속에서 튀어나온 정윤의 팔이 그의 허리를 뒤에서 껴안았다. 앙증맞은 얼굴이 등에 파묻혀 비비적거렸다.

"이런, 깨우지 않으려 조용히 들어왔는데."

빙그르르 뒤를 돌며 승학이 다정하게 웃었다.

"아무리 조용히 들어오셔도 서방님 온 건 다 아는걸요."

애교를 부리려는지 정윤은 되똥되똥 고개를 흔들며 손가락으로 제 입술을 가리켰다. 그가 들어와선 제게 입맞춤을 했다는 것까지도 알고 있다는 의미였다.

"부인께서 기척이 대단하신걸."

허리를 끌어당기며 승학이 웃음기 진득한 목소리로 귓가에 속삭였다.

'꺄.'

한쪽 볼에 그의 맨 가슴이 맞닿자 쿵쾅대는 심장 소리와 함께 뜨거운 체온이 스며들었다. 한두 번 안기는 것도 아닌데 매번 부끄럽고 깜짝깜짝 놀라게 된다.

정윤은 화끈거리는 뺨을 숨기고 한곳으로 치워 둔 소반을 탁상 위로 들고 왔다. 상보를 걷으니 그곳에는 정갈스러운 한 상이 차려져 있었다.

"내일은 편육을 올려볼까 하는데 어떠세요?"

승학의 팔을 그 앞으로 잡아끌며 그녀가 생글거리는 미소로 물었다. 승학은 부드럽게 한 번 끄덕이곤 아직 홍기가 남아 있는 그녀의 뺨을 손등으로 쓸어 주었다.

"이 시간에 어떻게 이런 걸 다. 정말이지 부인은 못 하는 것이 없습니다."

"이 정도 가지고 뭘요."

그의 밥상에 올라오는 것들은 모두 정윤이 손수 지은 찬들로 준비되고 있었다. 일단 승학은 그렇게 알고 있다. 그러니 감탄할 수밖에. 하면 할수록 실력도 일취월장하는 건지 반찬은 날이 갈수록 휘황찬란해지고 있었다.

이미 배를 채워 시장하지 않았지만 그는 배부르다는 어떠한 기색도 없이 수저를 들었다. 정윤은 그 옆에 앉아서 부산스럽게 잔에 물을 따르고, 그릇들을 요리조리 배치하며 그의 식사를 거들었다.

그녀가 커다란 부채를 팔랑대며 시원한 바람을 보내 주자 승학이 손목을 잡아 저지했다.

"팔 아프니 하지 마십시오. 덥지 않습니다."

"아니에요. 저 하나도 아프지 않아요!"

실은 바람을 통해 실려 오는 남편의 체취가 너무 좋아서 하는 일이었다. 부채질을 할 때마다 슬쩍슬쩍 좌우로 쓸리는 앞머리도 멋있었고, 실바람에 눈을 깜빡이는 모습에도 심장이 두근거렸다.

입을 헤 벌린 채로 그녀가 와다다 부채를 흔들자 승학이 참지 못하고 웃음을 터트렸다.

아름다운 곡선을 그리는 입꼬리에, 이성을 함락시켜 버리는 사내의 목 울림이란. 정윤은 자리에서 튕겨 나가듯이 그의 품으로 들어가 다시금 와락 안겼다.

맥락도 없고 예고도 없는 거친 돌진이었지만 승학은 한 번도 싫다 하거나 화를 내는 법이 없다. 그가 낮게 깔린 웃음과 함께 아내의 이마 위로 입을 맞추었다. 올려다보는 천진난만한 눈동자를 그 누구보다도 사랑하는 얼굴로 바라보면서.

정윤은 덩달아 시선을 맞춰 올렸다. 함박웃음을 담고 그의 눈 속으로 빠져들어 갈 것처럼 쳐다보는데 돌연 그녀의 미소가 흔들린다. 휘청거리는 다리처럼 불시에 삐끗. 그러더니 서서히 굳어져 종내에는 깨질 것 같은 얼굴이 되었다.

"어째서 그러십니까?"

"서방님 얼굴이……."

"아, 이건."

멀리서는 보이지 않았던 미세한 생채기가 자잘하게 나 있었다. 긁히거나 쓸린 자국. 분명 어제까지만 해도, 아니 오늘 낮에 담벼락 아래에서 볼 때까지만 해도 없었던 상처였다.

그렇다면 어디에서, 왜. 정윤은 눈치 빠르게 알아차렸다.

"저 때문에!"

"아닙니다. 이건 제가 부주의하게 굴어서."

분노한 아버지의 손아귀에 잡혀 끌려간 후에 체벌 아닌 체벌이 있었다. 군관들이나 하는 험준한 훈련에 끼어 뙤약볕에서 땀을 한 바가지 흘리고, 끝나고도 맨바닥에 엎어져서 몇 번을 더 굴렀다. 얼굴이 긁힌 건 그 와중에 조심성 없이 움직이다가 생긴 사고였다.

크게 티 나지도 않을 텐데. 하지만 정윤은 그 좋아하던 부채질도 전부 관두고 울상이 되어버렸다.

"괜찮습니다. 이런 건 아무것도 아닙, 아야."

그런 그녀를 안심시키려 승학은 일부러 상처 부위를 손으로 투박하게 만져 보였지만 금세 고통으로 눈가를 찌푸려야 했다. 그렇게까지 거칠게 만져도 아무렇지 않을 만큼 사소한 상처는 아니었던 듯했다.

그리고 당연히도 그것을 목격한 직후 정윤의 얼굴은 절망감으로 물들었다. 아아, 나 때문에! 통곡과도 같은 자책이 이어졌다.

"이제 전처럼 만날 수도 없는데…… 저 때문에 얼굴까지 상하시고……. 이럴 줄 알았으면 제가 같이 따라갈 것을 그랬습니다. 저를 감싸시느라 더 고생하신 것입니다."

"아닙니다. 이런 건 정말 괜찮다니까. 울지 말고, 응?"

그렇지 않다고 승학은 작아진 등을 안고 토닥토닥 달랬다. 그들이 친 사고는 단독범행이 아닌 공범이었지만 처벌만큼은 저 혼자 감당한 것을 그는 천만다행이라고 여기고 있었다.

분노한 아버지의 화는 좀체 가라앉지 않았고, 그로 인해 바닥에 엎어져 좌로 우로 참 많이도 굴렀으니. 같이 갔다면 아내의 몸에도 생채기가 나지 않았을 거라 장담할 수 없었다.

"이 정도 상처는 금방 아무는 것입니다. 저는 부인께서만 무사하면 됩니다."

정윤은 소매 끝으로 울먹이던 것을 훔치며 승학의 목을 끌어안았다.

"저를 보러 오시지만 않았어도 이렇게 되진 않았을 거예요. 다음번에 걸리면 이보다 더 크게 혼이 나실 겁니다. 그러니 이젠 저를 보러 오지 마세요. 서방님 평판도 나빠지실 테고……"

"그런 안 예쁜 말은 하지 마십시오."

낮에 잠깐이라도 보았기에 이나마 버틸 수 있었던 것이다. 하마터면 광인이 될 뻔했는데.

"그래도 이제는 만나지…"

말자는 이야기는 바로 잡아 먹혔다. 정윤은 갑자기 닥쳐든 열기에 사로잡혀 숨결을 나눠 받았다.

"부부는 언제나 함께. 그래야 옳지 않습니까?"

변함없이 나긋하고 부드러운 음성이었다.

너무 다정해서 울음이 나게 하는 그런.

정윤은 반박하지 않았지만 그렇다고 마음 놓고 수긍하지도 못했다. 일이 이렇게 된 게 여전히 자기 탓이라는 죄책감이 컸다.

만나자고 한 것도, 문을 연 것도, 열쇠를 빼낸 것도. 사실이 다 그랬으니까.

한참이나 손가락을 꼬물거리며 망설이던 그녀가 마침내 고개를 들었다. 무언가 그녀만이 아는 새로운 결심과 각오를 다진 것 같았다.

"네, 부부는 언제나 함께."

"참 잘했습니다. 기특합니다."

"서방님."

"예."

"제가…… 제가 지금보다 더 현명하고 지혜로운 아내가 될게요. 그래서 앞으론 절대 서방님을 이렇게 다치게 하지 않을게요. 제가 꼭 지켜드릴게요."

그러나 이어 나오는 약속은 왜인지 문맥에 맞지 않았다. 하지만 승학은 캐물을 수가 없었다. 양 주먹을 쥐고 후일을 다지는 아내의 모습에 그만 절로 뜨겁게 끓어올라 버렸으니까.

"아, 그렇지."

홀린 듯 동그란 이마에 입술을 꾹 찍어 넣던 그가 문득 잊고 있던 것을 떠올렸다. 짐을 황급히 뒤져 가져온 것은 붉은빛이 도는 마노 목걸이였다.

"주려고 샀는데."

같이 있으면서도 얼굴 볼 시간이 많지 않아 여러 번 걸어 줄 기회를 놓친 물건이었다. 그가 정윤의 긴 머리를 걷고 하얀 쇄골에 붉은 보석을 늘어뜨렸다.

보석의 차가운 느낌이 닿았을 때 살짝 움찔거리긴 했지만 정윤은 금세 볼을 부풀리며 발그레해졌다. 그녀의 볼을 달아오르게 한 건 진홍색의 패물보단 남편에게 소중히 다뤄지고 있다는 행복감이었다.

맨살이 닿는 품에 파고들어 부족할 것 없는 사내를 올려다보았다. 따스함이 어린 눈동자와 싱긋이 올라간 입매가 자신을 향하고 있다. 살짝 젖은 머리칼 밑의 벌거벗은 상체는 콩닥거리는 가슴을 지그시 압박해 안고 있었다.

숨이 가쁘게 뛰기 시작한다. 적당히 땀에 젖은 남편의 모습엔 색기가 가득했다.

'음-'

나쁜 생각들이 새록새록 피어나서 정윤은 그 생각 그대로 손가락 끝을 세워 그의 등위를 돌아다니며 간질였다. 정직한 남자는 움직임이 감지될 때마다 크게 움찔거렸다.

"어디에서 사신 거예요?"

"청운가 쪽에서……"

"언제?"

"어제, 아니, 그제, 오는 길에……"

손가락이 등줄기를 따라 허리 쪽으로 내려갈수록 그의 횡설수설은 더 심해졌다. 제대로 말하고 있는지조차도 확실치 않아 보였지만 정윤은 개의치 않고 계속해서 이런저런 질문들을 던졌다. 어차피 무엇을 묻고 듣든 간에 내용에는 의미가 없었다.

유혹하는 목소리와 간질이는 어조, 애를 태우는 듯한 숨결.

그것들이 전해지는 것만으로 충분했다.

"그런데 이제 주신 거예요? 섭섭해라."

다시 의미는 없고 유혹만 있는 대사였다.

승학은 이번에는 바보처럼 웅얼거리는 대신 정윤의 턱을 양손으로 잡았다.

이마부터 콧잔등, 입술에 이르기까지 델 듯한 뜨거움이 빠르게 쓸고 내려갔다.

땀에 젖은 그의 머리카락이 이마에 휩쓸려 정윤은 짙어진 그의 체향을 가득 마셔 버렸다. 덕분에 하마터면 계획이 엎어질 뻔한 순간도 있었지만 다행히 문제없이 잘 빠져나왔다.

얼얼하게 얽혀 있던 혀를 거두고 그녀가 고개를 돌려 접촉을 끊어냈다. 그리고 곧바로 도망치듯이, 애태우듯이 자리에서 일어났다.

입술은 떨어졌어도 손은 떼어지지 않게. 손가락과 손가락만으로 얽혀진 연약한 고리였지만 그녀는 아름다운 눈웃음과 함께 그것을 제 원하는 방향으로 잡아끌었다.

승학은 주문에 걸린 사람처럼 쩔쩔매며 따라왔고 그가 일어설 때 탁상이 밀리며 사기그릇이 작게 소곤거리듯 울었다.

"절 생각하시면서 산 거죠?"

"응……."

"정말?"

"응……."

어느덧 그는 그녀의 말에 무조건 응이라는 대답밖에 할 줄 모르는 상태에 이르렀다. 슬쩍 동공이 풀리는 게 보일 정도로 매혹당한 채였다.

그런 사내를 침대 앞까지 끌어와 멈춘 뒤 정윤은 다시 한번 짙은 속눈썹을 초승달 모양으로 접었다.

"그럼 저는 매일 하고 있어야겠네요."

대수롭지 않은 속삭임이 사내의 귀에는 어떤 자극점이었을까. 자신을 향해 뻗어오는 커다란 손을 그녀는 피하지 않고 받아들였다. 풀썩거리는 소리를 흘리며 쓰러지면 뒤통수에 닿는 것은 푹신한 금침이었다.

위를 덮친 것은 물론 승학이다. 그의 등짝에 흔들리는 등불의 그림자가 고스란히 그려졌다.

마저 삼키지 못했던 입술을 다시 할짝거린 그는 예고 없이 혀를 세워 여린 살 속을 욕심껏 휘저었다. 무겁게 짓눌린 그녀가 다소 힘겨워하는 듯한 신음을 내도 그는 멈추지 못했다. 이미 반쯤 혼이 나가 있는 상태였다.

"이런 꼴로 안으려 했던 것이 아닌데……."

그의 몸은 온통 땀범벅이다. 깨끗한 이불에 뽀얗게 누워 있는 아내를 보고는 조금 정신이 들었는지 부질없는 사과를 내어놓기는 했다.

옷 속을 헤치며 하는 사과에 무슨 큰 의미가 있을까 싶었지만 적어도 말만큼은 진심이라, 정윤은 장난치듯이 그의 귓바퀴를 괴롭히며 말했다.

"그럼 그만 두고 씻으러 가셔요."

"아니, 지금은 안 돼."

그는 지금 당장 아내를 안아야 했다. 다른 생각은 나지도 않을 뿐더러 애당초 버틴다고 버틸 수 있는 유혹도 아니다. 옷고름을 푸는 손길이 점점 더 다급해졌다.

"이제껏 내내 일하다 오셔 놓곤 힘들지도 않으세요?"

"전혀."

여지없는 단호한 대답에 열심히 간드러진 목소리를 연기하던 정윤은 못 참고 크게 웃음을 터트렸다. 이렇게까지 급하고 확고한 그를 보는 건 오랜만이었다.

"아……."

앞뒤 없이 달려들던 그에게 갑자기 제동이 걸린 건 그때였다. 얇은 속적삼을 잡아 끌어내리기 직전 그가 돌연 손을 멈췄다.

"왜 그러세요?"

"조금 마른 것 같은데."

다급했던 그를 멈추게 한 건 바로 그것이었다. 염려.

천천히 남은 한 꺼풀을 걷어내자 가슴 위에 남아 있던 붉은 자국들이 훤히 드러났다.

이어져 온 숱한 밤 동안 그가 정신없이 만들어놓은 흔적들이었다. 그가 그 위를 손으로 쓸며 말했다.

"제가 부인을 너무 괴롭히는 것이 아닙니까?"

"조금 살이 빠져도 괜찮았잖아요."

"제때 잠도 재우지 않았던 것 같아서……."

그러지 않으려고 하지만 어째선지 아내를 안을 때면 매번 미친 놈처럼 제정신이 아니었던지라, 버겁게 몰아붙여 놓고도 심하다는 자각을 하지 못하는 때가 많았다. 절제 능력을 상실해 버린 괴물같이 굴었다. 그리고 그건 지금 상황에도 별반 차이가 없었다.

한 줌에 들어올 것처럼 가늘어진 허리에 그의 얼굴 위로 미안함이 스쳤다. 실제로는 그 정도로 여위게 된 것은 아니었지만 그의 걱정 어린 마음에는 그렇게 느껴졌을 것이다. 제 욕심 때문에 그녀의 몸이 약해졌을까 걱정이 든 것도 무리는 아니었다.

어정쩡하게 멈춘 상태로 걱정과 갈등이 오가는 표정을 정윤이 읽지 못할 리 없다. 남몰래 웃음을 흘린 그녀는 굳어 버린 그를 대신해 나신이 된 제 몸을 가리듯 그의 어깨를 아래로 끌어내려 덮었다.

단단한 가슴에 부드러운 가슴이 짓눌리자 굳어 있던 그가 다시 움찔거리는 게 느껴졌다. 샘솟았던 걱정을 타오르는 열락이 지워버리는 건 순식간이었다.

멈췄던 손이 다시금 살갗을 어루만져 왔다.

"욕심만 많은 남편이라…… 용서하십시오."

이토록 언행이 불일치하니 아내의 눈에 얼마나 이기적으로 비춰질지. 승학은 진심으로 미안해 보였다.

그러니 감히 그가 짐작이나 할 수 있었을까.

미안해하면서도 결국에는 자신을 탐하고야 마는, 그런 그의 괴로움을 보며 즐거워하고 있는 아내의 못된 마음이 여기 있다는 것을.

이렇게 착한 사람을. 아니, 이렇게나 착한 사람의 타락한 일면을 자신만이 독점하는 것 같아서 정윤은 정말 기뻐하고 있었다.

그래, 황제도 비슷하게 일침하지 않았던가.

둘 사이에서 나쁜 물을 들여 놓는 건 분명 그녀라고.

'틀린 말은 아니지.'

인간적으로 봤을 때 확실히 나쁜 쪽은 제 쪽이라고 생각했다. 하지만 좋은 아내이기는 할 것이다. 정윤은 아직도 미안함을 다 지우지 못한 승학의 목을 양팔로 둘러 감싸 안았다. 그러고는 마치 달콤한 면죄부를 주듯 이렇게 해도 괜찮다고, 그냥 어서 해 버리라고, 그의 귓바퀴에 입술을 붙여 유혹하는 마귀처럼 속삭였다.

흥분해 버린 그가 거칠게 움직일 때는 새어 나가는 아찔한 탄식조차 숨기지 않았다. 자신이 쳐 둔 덫에 걸려 이성을 버리고 격렬해지는 그를 받아들이는 것 역시도 즐거웠다.

어느새 후끈해진 숨결이 발끝까지 열을 지폈다. 정윤은 곧이어 들이닥칠 거센 침입을 기다리며 눈을 감았다.

그러나 뒤이어 닥친 것은 밀려 나가는 힘찬 압박 대신 힘겹게 억눌린 신음이었다.

승학의 젖은 앞머리 끝에 매달려 있던 굵은 땀방울이 정윤의 하얀 뺨 위로 톡 떨어져 내렸다. 그 위를 더운 입김이 덮듯이 휩쓸고, 터지기 직전의 아슬아슬한 긴장감을 유지했다.

정윤은 단번에 알아차렸다.

지금 승학이 어떤 상태인지를. 지금 그는 미칠 것 같은 충동을 참은 채 버티고 있는 중이었다.

왜, 왜……? 내 매혹이 깨지기라도 한 건가?

동그랗게 말려진 입 모양을 읽은 듯 쉰 목소리가 격한 호흡을 동반하며 스며들었다.

"……부인."

"예, 서방님."

"숨, 쉬어 보십시오."

"숨이요?"

"크게, 천천히."

정윤은 시킨 대로 흉부를 천천히, 그러면서도 높이 부풀렸다가 내렸다. 승학은 그것을 가만히 끓어오르는 눈으로 좇다가 잔잔한 웃음을 퍼트렸다. 그가 떨어트렸던 상체를 다시 바짝 붙이며 그녀의 머리를 부드럽게 쓰다듬었다. 한없이 정이 겹쳐진 눈이었다.

"그겁니다."

"무엇이요?"

"버거우면 그렇게 숨을 쉬어 보십시오."

무슨 뜻인지 이해하지 못해 정윤의 눈동자는 커다랗게 변했다. 승학은 세세한 설명을 하는 대신 쑥스러운 얼굴로 어떤 소중한 약속을 내려놓았다.

"천천히, 조심히 움직이겠습니다."

기다리고 있었던 빼근함이 몰려온 건 그 직후였다. 불시에 터져

나오는 신음을 삼키며 정윤은 한 박자 늦게 이해해 버린, 때아닌 숨쉬기가 가진 의미에 대해 그만 입술을 깨물어 버렸다.

뭐랄까. 이런 건 있다고도 상상하지 못한 색다른 묘미였다. 이제껏 늘 제게 넘어와 이성을 잃는 그를 보는 것만을 즐겨왔었는데. 그런데 이렇게 스스로를 힘겹게 다스리며 자신을 조금씩 잡아먹는 그를 보게 되다니.

'이런 것도…… 좋은 것 같아.'

주의를 기한 절제된 움직임에도 기분은 그 어느 밤보다도 빠르게 최고조를 향해 달려가고 있었다.

뜨거움에 시야가 희뿌해지는 것을 느끼며 정윤은 그에게 몸을 맡기고 살포시 두 눈을 내리감았다.

조심스럽고 느린 밤은 완벽히 그를 닮아 있었다.

* * *

화장대 앞에 앉아 머리를 올리는 정윤의 뒷모습에 터 오르는 먼 새벽 동이 비쳤다. 그만큼이나 이른 시간이었지만 그녀의 외출 준비는 이미 막바지에 달해 있었다.

하지만 이 모습만 보고 부지런한 공무원이라고 칭찬해 주기에는 겉모습에서부터 탈락이다.

기본적으로 그녀는 관료의 상징인 관복을 입고 있지 않았다. 그것만으로도 불합격인데 하필이면 상·하의가 모두 칙칙한 검은색 무복. 몸에 알맞게 달라붙어 있어 가볍고 날렵해 보이기는 했지만 그 차림새로 누군가에게 호감을 주기는 힘들어 보였다.

왜냐하면 저기에서 손에 자루 하나만 들고 있으면 이상적인 도둑의 모습 그 자체였으니까.

제 꼴이 그러거나 말거나 정윤은 눈을 바짝 위로 치켜뜨며 이리 보고 또 저리 보며 꼼꼼하게 자기 상태를 살피고 있었다. 거울 속에서 한층 독해진 눈빛의 여인이 그와 똑같은 행동으로 마지막 치장을 확인했다.

"내가 그걸 어떻게 설계한 건데."

흘러나오는 혼잣말도 섬뜩했다. 분을 삭이지 못해 미세하게 떠는 동작마저 엿보였다.

정윤은 본래 출근 시 입었어야 할 관복과 관모를 가방에 쑤셔 넣고는 등 뒤로 맸다. 그 상태 그대로 나가려다가 가는 방향을 정반대로 꺾는다. 아직 곤하게 자고 있는 승학의 머리맡에 그녀가 조심스럽게 내려앉았다.

"서방님."

들리지 않을 작은 소리로 불러보곤 그의 얼굴에 난 미세한 생채기를 손끝으로 훑었다. 과장하는 것이 아니라 정말로 별것도 아닌 상처인데 그녀는 그것만으로도 가슴이 아파 죽을 것 같은 표정이었다. 동시에 가슴이 미어지는 만큼 독한 심보가 싹을 움텄다.

……복수할 것이다.

이 일에 연루된 모두에게 혹독한 대가를 치르게 해 줄 것이다.

그간의 일이 빠르게 머릿속을 스쳐 지나갔다.

내가 그걸 어떻게 설계한 건데. 좀 전에 중얼거렸던 말은 허투루 흘린 소리가 아니었다.

다 같이 나서서 자기들 부부를 금단의 연인처럼 못 만나게 하니, 그녀는 몰래 만나도 들키지 않을 만한 장소를 물색하고 확보하기 위해 홀로 무수한 공을 들여왔었다.

적극적으로 나서서 석여의 일기장의 존재를 세상에 알리고, 좀도둑이 되어 창고를 들쑤시고, 그 불안함을 조장해 보안 장치를 새롭게 교체하도록 만들기까지. 상황이 운 좋게 따라 준 덕도 있었지만 일이 이렇게 되도록 뒤에서 힘쓴 것의 구 할은 모두 그녀의 몫이었다.

'그걸 어떻게 설계했는데! 내가 도둑놀이까지 해 가면서!'

그런데 이리 망조가 들었으니.

하지만 상황이 여기까지 굴러온 마당에 이제 그녀는 이런 것들이 문제가 아니라는 것을 알았다. 이제 그녀가 가야 할 길은 복수의 길이었다.

거듭 밝혔지만 정윤에게 있어서 노동의 낙은 승학이었다. 그와 함께한다는 것에 일의 의미를 두었고, 그와 같은 곳에서 일한다는 것에 직업의 만족감을 채우고 있었다. 그녀에게 있어서 관리의 입신양명이라는 것은 승학 그 자체였다.

그러니 사람들이 지금 누구를 건드린 것인지 똑똑히 깨닫고 후회하게 만들어 줄 것이다. 승학의 얼굴에 난 상처를 어루만지며 갈쌍했던 눈빛이 순식간에 날카로워졌다.

정윤은 소매를 뒤적여 승학에게 선물 받은 마노 목걸이를 수호 부적처럼 비장하게 착용했다. 그러곤 검은 복면으로 입과 코를 덮었다. 밖으로 드러나 있는 유일한 눈동자가 어둠 속에서 차갑게 빛났다.

사랑을 지켜내는 것은 정의와 분노. 자신은 이 숭고한 사랑을 지켜낼 것이다.

두고 보아라. 나는 그보다 더 큰 곳도 털 수 있고, 이보다 더 큰 말썽도 피워 줄 수 있다는 것을. 마음만 먹으면 이 나라에서 제일가는 괴도가 될 수도 있다는 것을.

“저 먼저 나갈게요, 서방님.”

그녀가 다정한 밀어를 상처 난 뺨에 붙였다.

“좋은 꿈 꾸세요.”

〈完〉